BASTEI
LÜBBE

»Cascun se mir el jove Manuel,
Qu'era del mon lo plus valens dels pros.«

JAMES BRANCH CABELL

DIE LEGENDE VON MANUEL

Eine Komödie des Scheins

BASTEI
LÜBBE

BASTEI-LÜBBE-TASCHENBUCH
Fantasy
Band 20 075

Deutsche Lizenzausgabe 1985
Bastei-Verlag Gustav H. Lübbe GmbH & Co., Bergisch Gladbach
Originaltitel: Figures of Earth
Ins Deutsche übertragen von Dr. Helmut Pesch
Titelillustration: Michael Embden
Umschlaggestaltung: Quadro-Grafik, Bensberg
Satz: Computersatz Bonn GmbH, Bonn
Druck und Verarbeitung:
Elsnerdruck GmbH, Berlin
Printed in Western Germany
ISBN 3-404-20075-6

Die Legende von Manuel

Inhalt

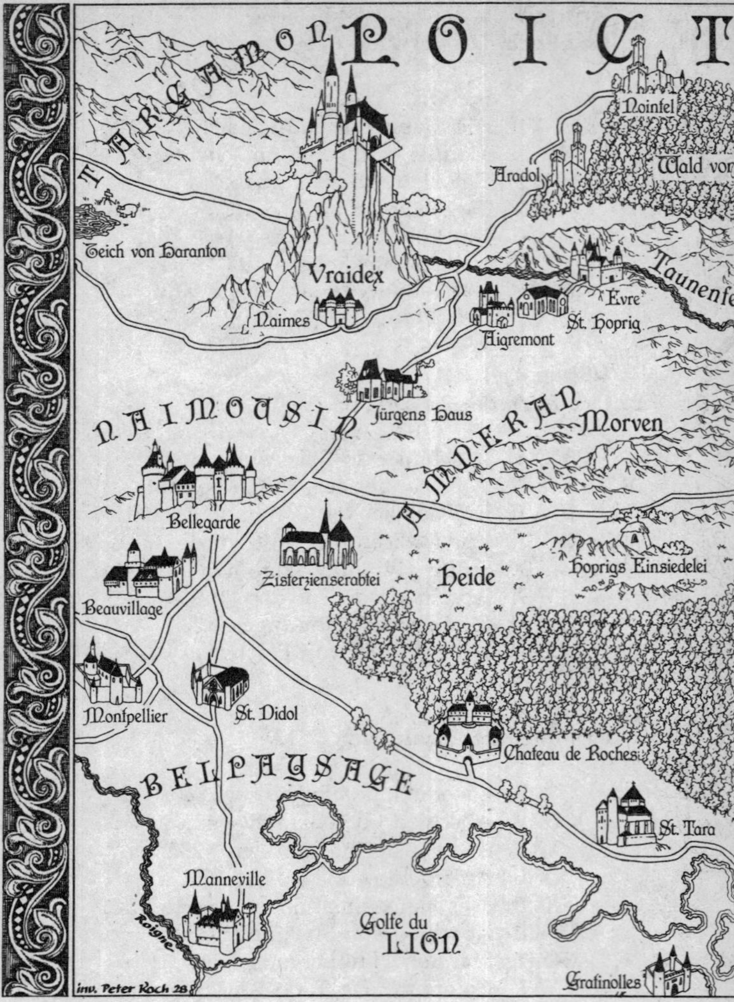
TARGAMON
POICT
Nointel
Aradol
Wald von
Teich von Haranton
Vraidex
Naimes
Evre
Taunenfe
St. Hoprig
Aigremont
Jürgens Haus
NAIMOUSIN
AMNERAN
Morven
Bellegarde
Zisterzienserabtei
Heide
Hoprigs Einsiedelei
Beauvillage
Montpellier
St. Didol
Chateau de Roches
BELPAYSAGE
St. Tara
Manneville
Roigne
Golfe du
LION
Gratinolles
inv. Peter Koch 28

ESME
ARDRA
Yair
Basardra
BOVION
Val-Ardrais
Ogde
Perdigon
Valnères
MUNDUS VULT DECIPI
PIEMONTAIS
Asch
Castries
Lisuarte
Les Mazes
Brunbelois
Storisende
Duardenez
Wald von
ACAIRE
Gontaron
Ranec
DUARDENOIS
Giens
Monfors
Palavas
Saire
Nérac sur Mer
Golfe
d'AIGUESMORTES
delin. H. Pesch 85

Vorwort des Verfassers

Amoto quæramus seria ludo

I

Die Legende von Manuel ist, so paradox dies auf den ersten Blick erscheinen mag, der einzige Band in der langen »Biographie vom Leben des Dom Manuel«, der von Dom Manuel selbst handelt. Keinem Leser, der etwa Lewistams *Key to the Popular Tales of Poictesme* zur Hand genommen hat, wird freilich entgehen können, daß Dom Manuel immer verborgen im Hintergrund der Geschichten steht, ähnlich wie König Artus oder der weißbärtige Karl der Große in ihren jeweiligen Sagenkreisen, um Gerechtigkeit zu üben und Belohnungen zu verteilen und ganz allgemein für die Zukunft der Überlebenden aus jenen Geschichten vorzusorgen, die sich im engeren Sinne mit Anavalt und Coth und Holden und mit Kerin und Ninzian und Gonfal und Donander und mit Miramon (in seiner Rolle als Manuels Seneschall) oder gar mit Sclaug und Thragnar befassen als mit dem Lehensherrn von Poictesme. Außer in dem alten Volksbuch aus dem 16. Jahrhundert (kaum jemandem bekannt, wie mir scheint, da es letztmals 1822 nachgedruckt wurde, und das nicht einmal in einer lesbar modernisierten Rechtschreibung)* scheint es nirgendwo eine englische Fassung der Legenden gegeben zu haben, in denen Dom Manuel wirklich die Hauptfigur ist.

* Für die Auszüge, die den einzelnen Teilen dieses Buches vorangesetzt sind, ist in der deutschen Übersetzung die Rechtschreibung der heutigen angeglichen worden. Anm. d. Hrsg.

Nun, dieses Buch versucht jenes Desideratum zu beheben, und es ist, soweit der Verfasser sich bewußt ist, die einzige mehr oder weniger vollständige moderne Darstellung der Manuelschen Historiographie, die nicht bei Lewistam enthalten ist, welche bislang geschrieben wurde.

Es ist natürlich offensichtlich, daß in einem einzigen Band dieses Umfangs nicht mehr als eine Auswahl von jenem großen Komplex von Mythen enthalten sein konnte, die sich, wie wir annehmen dürfen, um die mächtige, wenn auch schattenhafte Figur Manuels des Erlösers angesammelt haben. Statt dessen ist es mein Ziel gewesen, solche Geschichten und Überlieferungen auszuwählen, welche sich am besten dazu eigneten, in die Form einer zusammenhängenden Erzählung und normalen Folge von Ereignissen gebracht zu werden; sowie allem jenen zuträglichen, erbaulichen und optimistischen Ton zu verleihen, der bei einem Lesestoff im allgemeinen bloßer Wissensvermittlung vorzuziehen ist; und im übrigen soviel von dem archaischen Stil der Gestes zu bewahren, wie es mit der notwendigen Klarheit der Darstellung vereinbar ist. Zudem gibt es auch noch in den ursprünglichen mittelalterlichen Romanzen, sowohl in ihrer Prosa- als auch in ihren Versformen, gelegentliche Anspielungen auf natürliche Prozesse, die diese Geschichten ungeeignet machen, jungen Lesern in die Hand gegeben zu werden; derartige Passagen haben ein beträchtliches Maß an Abänderungen erforderlich gemacht.

II

Keinem Schuljungen braucht heutzutage mehr gesagt zu werden, daß der Manuel dieser Legenden in jeder praktischen Hinsicht eine fiktive Person ist. Daß in der ersten Hälfte des 13. Jahrhunderts ein mächtiger Führer namens Manuel über die Poictoumois herrschte, hat niemand in neuerer Zeit ernsthaft bestritten. Doch die Ereignisse der wirklichen menschlichen Existenz dieses Herrn von Poictesme – ähnlich wie der Kaiser Friedrich Barbarossa mit dem Walddämon Barbatos gleichgesetzt und der Prophet Elias, »aufgefahren im Streitwagen des vedischen Vayu«, mit dem Slawischen Perun eins geworden ist – sind unentwirrbar vermengt worden mit den Legenden des dirghischen Manu-Elul, des Herrn des August.

Somit wird selbst die Unregelmäßigkeit in Manuels Augen von Vanderhoffen in seinen *Tudor Tales* als ein Mythos angesehen, der Manuel mit dem vedischen Rudra und dem russischen Margako und dem serbischen Vii in Verbindung bringt – »und jedem wohlgesonnenen Sturmgott, der mit einem ewig blinzelnden Auge (wie das Flackern des Blitzes) dargestellt wird, damit nicht sein konzentrierter Blick (der Donnerschlag) das Universum in Asche legen sollte. ... Seine Abkunft aus dem Meer und die Beziehung des Sturmgottes zu einer Schwanenmaid der Apsarasas (die Nebel und Wolken versinnbildlicht) und mit Freydis, der Feuerkönigin, bedürfen gleichfalls keiner Erläuterung, wohingegen Niafer offensichtlich eine Variante von Nephthys, der Herrin des Hauses, ist, deren Persönlichkeit Dr. Budge als ›the goddess of the death which is not eternal‹ zusammenfaßt, oder von Nerthus, der Unterirdischen Erde, die der warme Regensturm zu Leben und Fruchtbarkeit erweckt.«

All dies klingt trocken genug, um plausibel zu sein. Doch keine geringere Autorität als Charles Garnier hat dem in einer ziemlich ungehaltenen Replik entgegengehalten: »Qu'ont été en réalité Manuel et Siegfried, Achille et Rustem? Par quels exploits ont-ils mérité l'eternelle admiration que leur ont vouée les hommes de leur race? Nul ne répondra jamais à ces questions. . . . Mais Poictesme croit à la réalité de cette figure que ses romans ont faite si belle, car le pays n'a pas d'autre histoire. Cette figure du Comte Manuel est réelle d'ailleurs, car elle est l'image purifiée de la race qui la produite, et, si on peut s'exprimer ainsi, l'incarnation de son génie.«

Was eigentlich ganz richtig ist und, wenn man es recht bedenkt, im Grunde beweist, daß Dom Manuel heutzutage praktisch mindestens so wirklich ist wie Dr. Paul Vanderhoffen.

III

Zwischen den beiden hauptsächlichen Sagenkreisen von Poictesme, wie sie in *Les Gestes de Manuel* und *La Haulte Histoire de Jurgen* verkörpert sind, ist ein Vergleich mehr oder weniger unvermeidlich. Und Codman, glaube ich, hat das wesentliche Moment treffend zusammengefaßt:

Codman schreibt: »Die Gestes sind weltliche Geschichten, die Historie ist eine kosmische Angelegenheit, indem, wo Manuel der Welt ins Gesicht blickt, Jürgen das Universum ins Auge faßt. ... Dom Manuel ist der Achilles von Poictesme, wie Jürgen sein Ulysses ist.«

Und im großen und ganzen erfüllt diese Unterscheidung ihren Zweck. Doch bei näherer Betrachtung, glaube ich, erkennt man in diesen zwei Gruppen von Legenden einen tieferen, wenn auch subtileren Unterschied in der Behandlung des Protagonisten: Bei Jürgen wird der ganze physische und geistige Mensch ganz normal dargestellt; bei der Darstellung Manuels ist dagegen immer, wie mir scheint, eine gewisse wahrnehmbare und seltsame, wenn auch nicht unerklärliche Distanz zu finden. Manuel tat dies und jenes, Manuel redete so und so, berichten diese Legenden; ja, aber nirgendwo habe ich je irgendeine definitive Aussage über Manuels Gedanken und Gefühle entdeckt, noch irgendeinen noch so verstohlenen Blick in das Innere von Manuels Denken gefunden. Er wird immer von außen gezeigt, immer auf Armeslänge. Es liegt nicht nur daran, daß Manuels Natur von der kalten Unmenschlichkeit seines Vaters, des Wasserdämons, durchtränkt ist; eher scheint es, als ob jene alten Dichter von Poictesme, ob mit Absicht oder nicht, ihren Nationalhelden als eine Person angesehen hätten, deren Taten zwar in vieler Hinsicht bewunderswert waren, die sie aber nie richtig richtig hatten lieben oder völlig verstehen oder ganz ohne Mißtrauen betrachten können.

Es ließen sich verschiedene Erklärungen für diese Tatsache denken – angefangen von dem schädlichen neben dem günstigen Aspekt des Sturmgottes bis hin zu dem naturgegebenen Unvermögen eines Dichters, einen Mann zu verstehen, der in allem Erfolg hat –, aber die Tatsache ist im Endeffekt für uns hier weniger von Belang, außer, als sie Lewistam dazu veranlaßt haben mag, der Geschichte dieses immer etwas zwiespältigen Manuel so wenig Raum zu geben und so die im weiteren hier enthaltenen Legenden als für die klarere und sonnigere Atmosphäre der *Popular Tales* ungeeignet auszuklammern.

Was micht betrifft, so bin ich ganz zufrieden, in dieser »Komödie des Scheins« dem Beispiel der alten Romanzendichter zu folgen. »So und so waren die Dinge, die unser großer Manuel gesagt und getan hat«, erklären sie uns, was im Grunde nichts anderes heißt als: »Solchermaßen war der Schein, nun macht ihr daraus, was ihr könnt.«

Ich sage das auch mit dem Zusatz, daß auch im wirklichen Leben solchermaßen die Art ist, in der wir mit allen Geschehnissen und mit all unseren Mitmenschen umzugehen gezwungen sind, ob diese nun den glänzenden Mantel des Heldentums tragen oder nicht.

Dumbarton Grange
Oktober 1920

JAMES BRANCH CABELL

Erster Teil

Das Buch der Schulden

Dann antwortete der Magier gar fürchterlich und sprach: Manuel, Manuel, nun werde ich dir viele Bücher der Nigromantie *zeigen und wie du diese Kunst erlangen und praktizieren magst. Und überdies will ich dich also lehren, daß du dein Begehr haben sollst, wobei mich dünkt, daß dies eine große Entlohnung für eine so kleine Tat sei.*

I

Wie Manuel den Schweinen Lebewohl sagte

Man erzählt sich in Poictesme, daß in den alten Zeiten, als Wunder so gewöhnlich waren wie Pasteten, ein junger Schweinehirt namens Manuel lebte, der still und bescheiden des Müllers Schweine hütete. Man erzählt sich auch, daß Manuel mit seinem Los recht zufrieden war; denn er wußte noch nicht, was das Schicksal ihm vorherbestimmt hatte.

Indessen war er in der ganzen Umgegend von Rathgor und in den riedgedeckten Häusern von Untertargamon wohlgelitten, und wenn sich das junge Volk des Abends versammelte, um Branntwein zu trinken und Nüsse und Pfefferkuchen zu essen, tanzte niemand fröhlicher als Manuel mit dem schiefen Blick. Er hatte eine ruhige Art mit den Mädchen und mit den Männern eine Art von schlichter Offenheit, was manche Leute dazu verleitete, ihn vorschnell als einen Narren anzusehen. Zudem ward der junge Manuel auch oft dabei ertappt, wie er verträumt vor sich hin lächelte, und seine größte Sorge im Leben schien jener Figur zu gelten, die er sich aus dem Lehm am Teich von Haranton geschaffen hatte.

Diese Figur war er fortwährend dabei umzuformen und abzuändern. Die Figur stand am Rand des Teiches, und nahebei waren zwei moosbedeckte Steine, die ein Kreuz aus altem, wurmstichigem Holz stützten, welches an das gemahnte, was sich einst hier zugetragen hatte.

Eines Tages, es ging auf Herbst zu, als Manuel an diesem Orte saß und in das tiefe, stille Wasser blickte, kam ein Fremder des Wegs, und er trug ein langes, scharfes Schwert, welches ihn erbärmlich beim Gehen behinderte.

»Sag an, was suchst du in diesem dunklen Teich zu finden,

daß du so in ihn hineinstarrst?« fragte der Fremde Manuel als erstes.

»Genau weiß ich es nicht«, antwortete Manuel, »aber undeutlich scheine ich darin die ertrunkenen Liebe und Wünsche und Abenteuer zu sehen, die ich hatte, als ich einen anderen Körper als diesen hier trug. Denn das Wasser von Haranton, muß ich dir sagen, ist nicht wie die Wasser anderer Quellen, und seltsame Träume bringt dieser Teich hervor.«

»Ich sage gewiß nichts gegen die Traumkunde«, erklärte der stupsnasige Fremde, »wenngleich der helle Mittag kaum die beste Zeit für ihre Ausübung ist. Aber was ist das da für ein Ding?« fragte er und deutete mit dem Finger.

»Es ist die Figur eines Mannes, welche ich geformt und immer wieder umgeformt habe und die doch nie so werden will, wie ich es möchte. Daher ist es notwendig, daß ich weiter an ihr arbeite, bis die Figur meinem Willen und meinem Begehr entspricht.«

»Aber warum ist es denn notwendig, Manuel, daß du eine solche Figur machst?«

»Weil meine Mutter, Herr, immer so besorgt darum war, daß ich in der Welt eine gute Figur mache, und als sie auf dem Sterbebette lag, da mußte ich es ihr versprechen, und sie legte mir ein Geas auf, selbiges zu tun.«

»Ah, so ist das! Aber bist du auch sicher, daß sie diese Art von Figur gemeint hat?«

»Ja, denn ich habe sie oft sagen hören, daß sie einen in jeder Hinsicht hervorragenden und bewunderswerten jungen Mann von mir erwarte, wenn ich einmal groß sei. Daher ist es notwendig, daß ich die Figur eines jungen Mannes mache; denn meine Mutter war nicht aus dieser Gegend, sondern eine Frau aus Ath Cliath, und somit legte sie mir ein Geas auf –«

»Ja, ja, das erwähntest du bereits, und ich wüßte zu gerne, was das ist, ein Geas.«

»Es ist so etwas wie eine Verpflichtung oder ein Gebot, Herr, aber eines von jener starken, grundlosen, unabänderlichen und geheimen Art, wie die Virbolg es kennen.«

Der Fremde wandte nun seinen Blick von der Figur auf Manuel hin, und der Fremde fragte sich (wie es später viele

Menschen tun sollten), ob wirklich ein menschliches Wesen so einfältig sein konnte, wie Manuel es zu sein schien. Mit zwanzig war Manuel noch nicht der Riese von einem Mann, der er später werden sollte. Aber schon war er ein langer und kraftstrotzender Kerl, so groß, daß die Köpfe weniger Männer ihm bis zur Schulter reichten; eine Person von gefälligem Äußeren; wohlgestalt und blond, mit einem schmalen, kleinen Kopf, lebendigen hellblauen Augen und dem Brustkorb eines Pferdes; eine Person, deren linke Augenbraue sich seltsam schief nach unten neigte, so daß der riesige Knabe in seiner größten Einfalt den Eindruck zu vermitteln schien, als ob er einen Scherz mache. Alles in allem fand den Fremde diesen jungen Schweinehirten höchst zwiespältig, und da war noch eine merkwürdige Sache, die der Fremde an Manuel feststellte:

»Ist es aufgrund dieses Geas«, fragte der Fremde, »daß eine große Locke von deinem blonden Haar abgeschnitten worden ist?«

Sofort verdüsterte sich Manuels Miene. »Nein«, sagte er, »das hat nichts mit meinem Geas zu tun, und wir sollten besser nicht darüber reden.«

»Du bist aber ein seltsamer Bursche, auf dessen Kopf man eine solche Verpflichtung gelegt und von dessen Kopf man das halbe Haar geschoren und in dessen Kopf es solche Vorstellungen hat. Und wenngleich wenig Schaden je daraus entstanden ist, seiner Mutter folgsam zu sein, so frage ich mich doch, Manuel, wie du hier verschlafen in der Sonne sitzen und deine Schweine hüten und deine Zeit mit einem trüben Teich und einer unmöglichen Figur vergeuden kannst, wo doch so ein schönes Abenteuer auf dich wartet und wo die Nornen so hohe Dinge von dir voraussagen, während sie deinen Lebensfaden spinnen.«

»Ha, Ehre sei Gott dem Herrn, mein Freund, aber was ist das für ein Abenteuer?«

»Das Abenteuer besteht darin, daß die Tochter des Grafen von Arnaye von einem Magier entführt worden ist und daß der hohe Graf Demetrios viele Schätze und Ländereien sowie die Hand seiner Tochter demjenigen bietet, der die schöne Maid zurückgewinnt.«

»Ich habe davon in der Küche von Arnaye gehört, wo ich gelegentlich ein Schwein hinbringe. Aber was hat ein Schweinehirt mit solchen Dingen zu schaffen?«

»Mein Sohn, heute magst du ein Schweinehirt sein, der in der Sonne döst, wie du gestern ein Kind warst, das in der Wiege lag, aber morgen wirst du nichts davon sein, wenn Wahrheit in dem liegt, was die Nornen sich erzählen, wenn sie am Fuß der Esche neben dem Tor zum Haus des Sylanen miteinander reden.«

Manuel schien sich in das Unvermeidliche zu fügen. Er beugte sein hohes, hellschimmerndes Haupt und sprach: »Ehre sei Urdhr und Werdandi und Skuld! Wenn ich zu dem Helden bestimmt bin, der die Grafentochter von Arnaye retten soll, sollte ich mit den Nornen nicht hadern. Komm, sage mir nun, wie heißt jener verruchte Magier und wie gelange ich zu ihm, um sein übles Haupt von seinem verderbten Körper zu trennen?«

»Man nennt ihn Miramon Lluagor, den Herrn der neun Arten des Schlafs und Fürst der sieben Formen des Wahnsinns. Er lebt in mythischem Glanz auf dem Gipfel des grauen Berges, der Vraidex genannt wird, wo er alle Arten von Illusionen bewirkt und insbesondere die Träume der Menschen gestaltet.«

»Ja, so hieß es auch in der Küche von Arnaye von diesem Magier, und es waren sich alle in der Küche darüber einig, daß mit diesem Miramon nicht zu spaßen sei.«

»Er ist klügste Magier der Welt, und seine List ist ohne Grenzen. Keiner kann ihm widerstehen, und niemand kann die schrecklichen Schlangenwesen überwinden, die die grauen Klippen des Vraidex bewachen, wenn er nicht das noch schrecklichere Schwert Flamberge trägt, welches ich hier in seiner blauen Scheide bei mir habe.«

»Aber dann seid Ihr es, der des Grafen Tochter retten sollte!«

»Nein, das ist nichts für meinesgleichen; denn im Leben eines Helden gibt es zu viel an Unruhe und Schlägerei und Mord für einen so friedliebenden Menschen wie mich. Außerdem wird der Held, der die Dame Gisèle rettet, ihre Hand erlangen, und da ich bereits verheiratet bin, weiß ich, daß zwei Ehefrauen für mich zweimal zu viel Zwistigkeiten bedeuten würden, wo ich doch, wie gesagt, ein friedliebender Mensch bin. So meine ich, daß du mit dem Schwert und dem Abenteuer besser bedient bist.«

So gürtete sich Manuel die Zauberscheide um, und mit dem Zauberschwert zerschlug er voll Bedauern die Lehmfigur, die er nicht ganz richtig hinbekommen konnte. Dann steckte Manuel Flamberge in die Scheide und sagte seinen Schweinen Lebewohl:

»Ich werde niemals zu euch zurückkehren, meine Schweine, weil das Schlimmste, was mir widerfahren kann, nämlich im Kampf zu sterben, besser ist, als die Jugend in der Sonne zu verdösen. Ein Mann hat nur ein Leben. Es ist alles, was er hat. Daher verlasse ich euch nun, meine lieben Schweine, um mir eine schöne Frau und viel Reichtum und Muße zu gewinnen, in der ich mich meines Geas entledigen kann. Und wenn mein Geas aufgehoben ist, werde ich nicht zu euch zurückkehren, ihr Schweine, sondern ich werde überall hinreisen, bis zu den Grenzen der Erde, so daß ich die Enden dieser Welt sehen und über sie urteilen mag, solange mein Leben währt. Denn danach, sagt man, urteile ich nicht mehr selber, sondern es wird über mich geurteilt; und ein Mann, der nicht mehr am Leben ist, o Schweine, taugt zu nichts mehr, nicht einmal für Speck.«

»So viel Rhetorik für die Schweine«, meinte der Fremde, »ist gewiß recht und billig. Doch sag, gibt es denn nicht das eine oder andere Mädchen, dem du anders als mit Worten Lebewohl sagen solltest?«

»Nein, wenngleich mir zuerst der Gedanke kam, ich sollte mich von Suskinde verabschieden, die sich mir mitunter im Waldesdunkel geneigt zeigt. Doch bei näherer Überlegung erscheint es mir anders besser. Denn Suskinde würde vermutlich weinen und mir Versprechungen ewiger Treue abverlangen und auf andere Weise den Eifer dämpfen, mit dem ich dem Morgen und der Rettung der reichen Grafentochter von Arnaye entgegensehe.«

»Wenn das so ist, dann bist du ein sonderbar freimütiger

und kühler Bursche, mein junger Manuel, der es weit bringen wird, sei es im Guten oder im Bösen.«

»Vom Guten oder Bösen, davon weiß ich nichts. Aber ich bin Manuel, und ich werde stets meinem eigenen Willen und meinem eigenen Begehr folgen.«

»Und gewiß ist es nicht minder sonderbar, daß du dies sagen solltest; denn wie jedermann weiß, war dies die häufigste Redensart deines Namensvetters, des berühmten Dom Manuel, der da jüngst in Poictesme verschied.«

Auf diese Worte hin nickte der junge Schweinehirt mit ernstem Gesicht. »Ich nehme dies als Omen an, Herr. Denn wie ich es deute, hat mein großer Namensvetter höflicherweise für mich Platz gemacht, damit ich weit über ihn hinausgehen kann.«

Dann entbot Manuel dem freundlichen Fremden Lebewohl; und Manuel überließ des Müllers Schweine sich selbst am Teich von Haranton; und Manuel ging fort in seinen ärmlichen Kleidern, einem Schicksal entgegen, über das lange geredet werden sollte.

II

Niafer

Das erste von allem, was Manuel tat, war, einen Rucksack mit einfachem und nahrhaftem Proviant zu füllen, und dann begab er sich zu jenem grauen Berge, den man Vraidex nannte, auf dessen fernem und wolkenumhülltem Gipfel der schreckliche Miramon Lluagor in seinem zweifelhaften Palaste lebte, wo der Herr der neun Arten des Schlafs seine Illusionen wirkte und die Träume der Menschen gestaltete. Als Manuel unter einigen sehr alten Ahornbäumen vorbeigekommen war und sich an den Aufstieg machte, da begegnete er einem schmächtigen, flachgesichtigen, dunkelhaarigen Knaben, der vor ihm dem Berg hinaufstieg.

»Ich grüße dich, Wicht«, sprach Manuel, »aber sag, was suchst du hier an diesem gefährlichen Ort?«

»Oh«, sagte der Knabe, »Ich will herausfinden, wie es der Dame Gisèle d'Arnaye auf der hohen Spitze dieses Berges ergeht.«

»Oho, dann werden wir dieses Abenteuer zusammen bestreiten, denn das ist auch mein Ziel. Und wenn wir dieses Ziel erreicht haben, werden wir miteinander kämpfen, und der Überlebende soll den Reichtum und die Ländereien und die Tochter des Grafen auf seinem Knie sitzen haben. Wie ist dein Name, Freund?«

»Ich heiße Niafer. Aber ich würde meinen, daß die Dame Gisèle bereits jemandem angetraut ist, nämlich dem Miramon Lluagor. Zumindest hoffe ich aufrichtig, daß sie mit diesem großen Magier verheiratet ist; denn sonst wäre es nicht schicklich für sie, mit ihm zusammen auf der Spitze dieses grauen Berges zu leben.«

»Papperlapapp, was macht das schon?« sprach Manuel. »Kein Gesetz der Welt verbietet einer Witwe, sich sogleich wieder zu verehelichen, und Witwen werden schnell gemacht, wenn es einen Helden gibt, über den die weisen Nornen bereits reden. Aber davon sollte ich dir gar nichts erzählen, Niafer, da ich nicht überheblich erscheinen möchte. So will ich dir einfach sagen, daß ich Manuel heiße und ansonsten bislang noch keinen Titel trage, noch nicht einmal den eines Barons.«

»Trotzdem«, meinte Niafer, »bist du für einen jungen Burschen ziemlich selbstsicher.«

»Oh, wessen sollte ich mir in dieser unsteten Welt sicher sein, wenn nicht meiner selbst?«

»Unsere Väter, Manuel, sagen, daß solch ein Eigendünkel eine Sünde sei, und unsere Väter, heißt es, sind weiser als wir.«

»Unsere Väter, Niafer, haben lange die Geschicke der Welt gelenkt, und du kannst selbst sehen, was sie daraus gemacht haben. Was für eine Art Welt ist das, frage ich dich, in der die Zeit das Gold des Haares unterschlägt und das Rot der Lippen veruntreut und der Nordwind den Glanz und die Glorie und die Zufriedenheit des Oktobers hinwegträgt und ein sabbernder alter Magier ein schönes junges Mädchen raubt? Solche Plündereien sind wider die Vernunft und zeigen klar, daß unsere Väter keine Ahnung haben, wie man mit Dingen umgeht.«

»Und du, Manuel, willst wohl die Welt umgestalten?«

»Wer weiß?« sprach Manuel in dem hohen Stolz seiner Jugend. »Auf jeden Fall gedenke ich, sie nicht unverändert zurückzulassen.«

Darauf bedachte ihn Niafer, als ein eher nüchtern denkender Mensch, mit einem langen Blick, der gleichermaßen aus Bewunderung und Mitleid zusammengesetzt war, sagte aber nichts dazu. Statt dessen gelobten die beiden, einander beizustehen, bis sie Madame Gisèle gerettet hätten. »Dann werden wir um sie kämpfen«, meinte Manuel erneut.

»Zuerst, Manuel, laß mich ihr Gesicht sehen, und dann laß mich ihre Verfassung sehen, und danach werde ich sehen, ob ich mit dir kämpfen will. Zuvor aber sollten wir daran denken, daß dies ein sehr hoher Berg ist, den zu erklettern uns den ganzen Atem kosten wird, den wir hier verschwenden.«

So begannen die beiden ihren Aufstieg zum Vraidex, auf jenem gewundenen Weg, den die Träume nahmen, wenn sie von dem Herrn der sieben Wahnsinne zu den Menschen gesandt wurden. Zuerst gab es auf dem ganzen Weg nur grauen Fels. Aber bald trafen sie auf die abgenagten Gebeine derjenigen, die vor ihnen hinaufgestiegen waren; diese waren über ein kleines Plateau verstreut, welches mit Eisenkraut bewachsen war, und durch und über die purpurnen Blüten kam die Schlange des Ostens, um sie zu vernichten, eine sehr schreckliche Gestalt, mit der Miramon den Schlaf der Litauer und Tataren heimsuchte. Die Schlange ritt auf einem schwarzen Pferd; auf seinem Kopf saß ein schwarzer Falke, und ein schwarzer Hund folgte ihm. Das Pferd strauchelte, der Falke schrie, der Hund heulte.

Da sprach die Schlange: »Mein Roß, was strauchelst du? Mein Hund, was heulst du? Und mein Falke, was schreist du? Denn diese drei Dinge besagen Übles für mich.«

»Oh, etwas sehr Übles!« gab Manuel zurück, der sein Zauberschwert schon halb aus der Scheide gezogen hatte.

Aber Niafer rief: »Ein endloses Übel sagen diese Dinge voraus. Denn ich bin auf der Insel der Eichen gewesen, und unter der zwölften Eiche war ein kupfernes Kästchen, und in dem Kästchen war eine purpurne Ente, und in der Ente war ein Ei, und in dem Ei, o Norka, war und ist dein Tod.«

»Es ist wahr, daß mein Tod in solch einem Ei ist«, sagte die Schlange des Ostens, »aber niemand wird je dieses Ei finden, und daher bin ich unwiderstehlich und unsterblich.«

»Ganz im Gegenteil ist das Ei, wie du sehen kannst, in meiner Hand, und wenn ich dieses Ei zerbreche, wirst du sterben, und kleinere Würmer als du werden mir diese Nacht für ihr Abendmahl danken.«

Die Schlange blickte auf das Ei, das Niafer in der Hand hielt, und sie bebte und wand sich so, daß ihre schwarzen Schuppen überallhin Glimmer von Sonnenlicht widerspiegelten. Sie rief: »Gib mir das Ei, und ich werde euch beide unbehelligt weiterziehen lassen, wo euch ein schlimmerer Tod als dieser erwartet.«

Niafer zeigte wenig Neigung, dies zu tun, aber Manuel hielt es für das beste, und so willigte Niafer schließlich in den Handel ein, um der Kinder der Schlange willen. Dann stiegen die beiden weiter empor, während die Schlange ihrem Pferd und ihrem Hund die Augen verband und ihrem Falken eine Haube überstreifte und dann behutsam von dannen kroch, um das Ei an einem unbekannten Ort zu verbergen.

»Aber wie um alles in der Welt«, fragte Manuel, »hast du es fertiggebracht, an dieses unschätzbare Ei zu kommen?«

»Es ist ein ganz gewöhnliches Entenei, Manuel. Aber die Schlange des Ostens hat keine Möglichkeit, dies herauszufinden, es sei denn, sie zerbricht es; und das ist das einzige, was die Schlange niemals tun wird, weil sie glaubt, daß es das magische Ei ist, das ihren Tod enthält.«

»Ei, Niafer, du bist zwar nicht schön von Gesicht, aber du bist weit klüger, als ich dich gehalten habe.«

Nun, als Manuel Niafer auf die Schulter klopfte, geriet der Wald neben der Straße in Aufruhr. Das Unterholz knackte, und die hohen Buchen krachten und barsten und stürzten übereinander. Und so geschah es, daß die Erdkruste durch die

Schlange des Nordens durchbrochen ward. Nur der Kopf und der Hals dieser Traumgestalt Miramons erhob sich aus dem Wirrwarr von Bäumen; denn es war ein unabdingbares Gebot, daß die unteren Windungen der Schlange niemals ihren Griff von den Festen von Norroway lösen sollten. Alles, was von dieser Gestalt zu sehen war, war mit Seegras und Entenmuscheln überwachsen.

»Es ist der Wille Miramon Lluagors, daß ich euch beide auf der Stelle zerschmettere«, sprach die Schlange, und ihr Maul klaffte auf wie eine zahnbewehrte Höhle.

Erneut langte der junge Manuel nach seinem Zauberschwert Flamberge, aber Niafer hatte bereits das Wort ergriffen.

»Nein, denn bevor du mich vernichten kannst«, sprach er, »werde ich diesen Zaum über deinen Kopf geworfen haben.«

»Was für ein Zaum ist denn das?« erkundigte sich die Schlange herablassend.

»Sind denn deine flammenden Augen nicht groß und nicht hell genug, um zu sehen, daß dies jener dünne Zaum ist, den man Gleipnir nennt, der aus dem Atem von Fischen, dem Speichel von Vögeln und dem Tritt einer Katze gemacht ist?«

»Nun, obschon sicherlich von solch einem Zaum die Kunde ging«, räumte die Schlange ein wenig unsicher ein, »woher soll ich wissen, daß du die Wahrheit sprichst, wenn du sagst, daß dieser Zaum hier Gleipnir ist?«

»Ganz einfach, nämlich so: Ich werde diesen Zaum über deinen Kopf werfen, und dann wirst du selbst sehen, daß die alte Prophezeihung ihre Erfüllung gefunden hat und daß alle Macht und alles Leben aus dir schwinden und die Nordmänner hinfort nicht mehr träumen werden.«

»Nein, halte dieses Ding von mir fern, du kleiner Narr! Nein, nein, wir wollen deine Wahrhaftigkeit nicht auf diese Weise auf die Probe stellen. Setzt ihr beide statt dessen euren Aufstieg fort, um einen schlimmeren Tod zu finden durch das Unheil, das aus dem Westen kommt. Und mir gebt jenen Zaum, daß ich ihn an eurer Stelle vernichte. Und dann, wenn ich ewig lebe, werde ich sicher sein, daß dies in der Tat Gleipnir ist und daß ihr die Wahrheit gesprochen habt.«

Also stimmte Niafer dieser Probe der Wahrhaftigkeit bei,

eher als diese Schlange sterben und die Festen von Norroway (wo nach eigenem Bekunden eine Tante Niafers lebte) wanken zu lassen, wenn sich der Griff der sterbenden Schlange von Mittelgarth löste. Der Zaum wurde übergeben, und Niafer und Manuel stiegen weiter den Berg hinauf.

Manuel fragte: »Wicht, war das wirklich der Zaum, den man Gleipnir nennt?«

»Nein, Manuel, es ist ein ganz gewöhnlicher Zaum. Aber die Schlange des Nordens hat keine Möglichkeit, dies herauszufinden, es sei denn, sie streift den Zaum über ihren Kopf; und das ist das einzige, was die Schlange niemals tun wird, weil sie glaubt, daß dann, wenn mein Zaum sich als Gleipnir erwiese, alle Macht und alles Leben aus ihr schwinden würden.«

»O kluger, häßlicher kleiner Wicht!« meinte Manuel; und wieder klopfte er Niafer auf die Schulter. Und dann sprach Manuel ein gar hohes Lob der Klugheit und sagte, daß er für seine Person gegen Klugheit am rechten Ort nie etwas einzuwenden gehabt hätte.

III

Aufstieg zum Vraidex

Nun wurde es Abend, und die beiden Wanderer suchten Schutz in einer seltsamen Windmühle am Wegesrand, wo sie einen kleinen verrunzelten alten Mann in einem geflickten Mantel vorfanden. Er gab ihnen Unterkunft für die Nacht und Brot und Käse als handfestes Mahl, doch für sein eigenes Abendessen zog er Frösche aus seinem Busen und briet diese über den Kohlen.

Dann ließen sich die beiden Jungen im Eingang der Hütte nieder und sahen zu, wie die Träume jener Nacht vom Vraidex hinabstiegen, um bei den seherisch begabten Menschen, zu denen jene Träume in Form von unglaublichen weißen Dämpfen herniederkamen, ihr schuldiges Werk zu verrichten. Wie die beiden so da saßen, kam die Rede auf dieses und jenes, und Manuel erfuhr, daß Niafer dem alten heidnischen Glauben anhing; und dies, sagte Manuel, sei eine hervorragende Sache.

»Denn wenn wir unser Ziel erreicht haben«, sprach Manuel, »und miteinander um die Grafentochter kämpfen müssen, werde ich dich gewißlich töten, lieber Niafer. Wenn du nun ein Christ wärest und auf so unheilige Weise sterben würdest, indem du versuchtest, mich zu ermorden, würdest du danach zu den unauslöschlichen Flammen des Fegefeuers oder eines noch heißeren Feuers gehen müssen. Aber unter den Heiden gehen alle, die tapfer im Kampf sterben, direkt in das heidnische Paradies ein. Ja, ja, deine abscheuliche Religion ist ein großer Trost für mich.«

»Sie ist auch für mich ein Trost, Manuel. Aber als ein Christ solltest du kein freundliches Wort für das Heidentum übrig haben.«

»Ah, aber«, sprach Manuel, »während meine Mutter Dorothy mit den weißen Armen eine gar fromme Christin war, gehörte mein Vater, wie du wissen mußt, nicht zu den Gläubigen.«

»Wer war denn dein Vater, Manuel?«

»Kein geringerer als Oriander, der Schwimmer, der seinerseits der Sohn Mimirs ist.«

»Ah, was du nicht sagst! Und wer ist Mimir?«

»Nun, Niafer, das ist etwas, was nicht allgemein bekannt ist, aber er ist berühmt als ein kluger Kopf.«

»Und, Manuel, wer, wo wir gerade dabei sind, ist Oriander?«

Da sprach Manuel:

»Oh, aus der Leere und der Dunkelheit, die von Mimirs Brut bevölkert ist, von den letzten stummen Festen der düsteren Tiefen des Meeres umd dem Frieden jener zeitlosen Finsternis kam der blinde Oriander. Von Mimir kam er her, um Krieg gegen das Meer zu führen und seinem Begehr zu trotzen. Wenn aus der umgekehrten Schale der Asen Unwetter wüten und heulen, dann hören die Seefahrer sein Rufen und Gellen, das seine unheilige Freude ertönen läßt. Und wenn der Rand des Meeres sich aufwölbt und das Dach der Welt erzittert, dann erglänzt weiß sein Gesicht, wo die aufgewühlten Wogen gegen den Schwimmer anstürmen, den sie doch nie zu ermüden vermögen. Keine Augen wurden diesem Schwimmer zuteil, sondern blind kämpft er, doch mit unstillbarem Hohn, bis die Zeit vergeht und die Liebeslieder der Erde gesungen sind und die letzte Totenklage verklingt und ein besiegtes und erschöpftes Meer neidvoll anerkennt, daß Oriander allein zu Recht der Macht seines Zornes spottet.«

»Das hört sich wirklich nach einem Vater an, auf den man stolz sein kann, Manuel, und wirklich nicht nach einem braven Kirchgänger, und seine Blindheit würde natürlich auch deinen schiefen Blick erklären. Ja, das würde sie gewiß. So erzähl mir doch von diesem blinden Oriander und wie er mit deiner Mutter, Dorothy mit den weißen Armen, zusammentraf, denn sie müssen sich ja irgendwann einmal getroffen haben.«

»Leider nein«, bekannte Manuel, »denn Oriander läßt nie ab vom Schwimmen, und so muß er immer im Wasser bleiben. So hat er meine Mutter in Wirklichkeit nie getroffen, und sie heiratete Emmerick, der mein nomineller Vater wurde. Aber so oder ähnlich spielte sich die Geschichte ab.«

Dann erzählte Manuel Niafer alles über die Umstände von Manuels Geburt in einer Höhle und über die Umstände von Manuels Jugend in und um Rathgor, und die beiden Jungen redeten weiter und weiter, während draußen ungeborene Träume vorbeitrieben; und drinnen saß der kleine verrunzelte alte Mann und hörte ihnen mit einem sehr zweifelhaften Lächeln zu und sagte kein einziges Wort.

»Und warum ist dein Haar so seltsam geschnitten, Manuel?«

»Darüber, Niafer, tut nicht not zu reden, zum einen, weil es nicht länger so geschnitten bleiben wird, und zum anderen, weil es Zeit ist, schlafen zu gehen.«

Am nächsten Morgen zahlten Manuel und Niafer den Preis, den ihr alter Wirt verlangte. Sie ließen ihn Schuhe flickend zurück, und als ihr Aufstieg noch weiter hinauf ging, trafen sie auf keine Gebeine mehr, denn niemand sonst war so hoch geklettert. Alsdann kamen sie an eine Brücke, auf der acht Speere waren, und die Brücke wurde von der Schlange des Westens bewacht. Die Schlange war in Blau und Gold gestreift, und auf dem Kopf trug sie eine große Haube aus Kolibrifedern.

Manuel zog sein Schwert halb aus der Scheide, um diese Schlangengestalt anzugreifen, mit der Miramon die roten Stämme im Schlaf schreckte, die jenseits der Hesperiden jagen und fischen. Doch Manuel blickte zuerst zu Niafer.

Und Niafer wies eine lustig gezeichnete kleine Schildkröte vor und sagte: »Maskanako, erkennst du nicht Tulapin, die Schildkröte, die niemals lügt?«

Die Schlange heulte auf, als sei sie von tausend Hunden zugleich getreten worden, und floh.

»Warum hat er das getan, Wicht?« fragte Manuel mit einem schläfrigen und resignierten Lächeln, da er nun zum drittenmal fand, daß sein Zauberschwert Flamberge nicht gebraucht wurde.

»Genau genommen, Manuel, weiß niemand, warum diese Schlange die Schildkröte fürchtet; uns aber interessiert hier weniger der Grund als die Wirkung. Was das betrifft, so dürfen diese acht Speere auf keinen Fall berührt werden.«

»Ist das, was du da hast, eine ganz gewöhnliche Schildkröte?« wagte Manuel zu fragen.

»Natürlich«, sagte Niafer. »Wo sollte ich eine außergewöhnliche Schildkröte herbekommen?«

»Von der Seite hatte ich das Problem noch nicht betrachtet«, meinte Manuel, »aber die Frage ist gewiß unbeantwortbar.«

Sie setzten sich dann zum Mittagsmahl nieder und fanden, daß das Brot und der Käse, die sie am Morgen von dem kleinen alten Mann erworben hatten, sich in Manuels Rucksack in Klumpen von Silber und purem Gold verwandelt hatten. »Das ist ja abscheulich«, sagte Manuel, »und ich wundere mich nicht, daß mir fast der Rücken brechen wollte.« Er warf den Schatz weg, und sie stärkten sich mit ein paar Brombeeren.

Aus dem Gewirr der Brombeerranken kam die leuchtende Schlange des Südens, die die kleinste, schönste und giftigste von allen Traumschlangen Miramons war. Mit dieser Schlange machte Niafer einen seltsamen Handel aus. Dabei spielten drei Gegenstände eine Rolle; über zwei davon sollte man besser nicht reden, aber der dritte war eine kleine Figur, die aus Haselnußholz geschnitzt war.

»Gewiß bist du sehr klug«, meinte Manuel, als sie an dieser Schlange vorbei waren. »Doch deine Verwendung dieser ersten zwei Gegenstände war unerhört, und was du mit der geschnitzten Figur gemacht hast, hat mich doch sehr peinlich berührt.«

»Angesichts solcher Gefahr, wie sie uns drohte, Manuel, darf man nicht zimperlich sein«, gab Niafer zurück, »und mein Exorzismus war gutes Dirgham.«

Und viele andere Abenteuer und Gefahren begegneten ihnen noch, die alle zu erzählen eine lange und unwahrscheinliche Geschichte abgeben würde. Aber das Wetter war ihnen günstig, und aus jeder Klemme half ihnen Niafer durch den einen oder anderen Trick heraus, den Niafer sich aus der Not des Augenblicks heraus einfallen ließ. Manuel sparte nicht an Preis für die überraschende Klugheit seines flachgesichtigen, dunklen Gefährten und beteuerte, daß er Niafer stündlich mehr und mehr liebte, und Manuel sagte auch, daß er mit immer größerem Widerwillen an die Zeit zu denken beginne, wenn Niafer und Manuel um die Hand der Grafentochter von Arnaye würden kämpfen müssen, bis einer von ihnen den anderen getötet hatte.

Einstweilen aber blieb das Schwert Flamberge in seiner seltsamen blauen Scheide.

IV

Im zweifelhaften Palast

So kamen Manuel und Niafer unbeschadet zur Spitze des grauen Berges, den man Vraidex nannte, und zum zweifelhaften Palast des Miramon Lluagor. Langsam geschlagene Gongs erklangen wie in trägem Disput untereinander, als die beiden Burschen ein kleines, flaches Plateau erreichten, dessen Grasbesatz mit weißem Klee durchwachsen war. Hier und dort standen verkrüppelte Bäume mit violettem und gelbem Blattwerk. Der zweifelhafte Palast, dem die Jungen sich vorsichtig näherten, schien ganz aus schwarzem und goldenem Lack erbaut zu sein, und er war geschmückt mit den Figuren von Schmetterlingen, Schildkröten und Schwänen.

Da es ein Donnerstag war, traten Manuel und Niafer unbehelligt durch die Tore aus Horn und Elfenbein und kamen in eine rote Vorhalle, in der fünf graue Tiere, die wie große haarlose Katzen aussehen, sich mit einem Würfelspiel vergnügten. Die Tiere grinsten und leckten sich die Lippen, als die Jungen tiefer in den zweifelhaften Palast eindrangen.

In die Mitte des Palastes hatte Miramon gleich einem Turm einen der Stoßzähne des Behemoth gesetzt. In den Zahn waren fünf große Räume gehauen, und im innersten Raum, unter einem Baldachin mit grünen Troddeln, fanden sie den Magier. »Tritt hervor und stirb, Miramon Lluagor!« rief Manuel mit gezücktem Schwert, für das es endlich eine Verwendung zu geben versprach.

Der Magier zog seinen alten fadenscheinigen Morgenmantel enger um die Schultern, und er ließ von seinen Zaubereien ab, und er legte eine kleine, unvollendete Traumgestalt beiseite, die mit kläglichem Winseln in den Kamin huschte. Und Manuel erkannte, daß der schreckliche Fürst der sieben Formen des Wahnsinn in seinem Aussehen jenem freundlichen Fremden glich, der Manuel das Zauberschwert gegeben hatte.

»Ah, ja, es war nett von dir, so schnell zu kommen«, sprach Miramon, legte seinen Kopf zurück und blickte sie an den Flügeln seiner Stupsnase entlang aus sanften, dunklen Augen an. »Ja, und dein junger Freund ist gleichfalls herzlich willkommen. Aber ihr Jungs müßt ziemlich müde sein, nachdem ihr euch diesen Berg hochgeplagt habt, also setzt euch doch bitte und nehmt einen Becher Wein, bevor ich euch meine verehrte Gattin übergebe.«

Sprach Manuel, mit finsterem Blick: »Aber was hat das alles für einen Sinn?«

»Der Sinn und das Fazit«, erwiderte der Magier, »liegt ganz klar darin, daß es Unsinn für mich wäre, da du ja das Zauberschwert Flamberge trägst und der Träger des Zauberschwerts unwiderstehlich ist, mich dir zu widersetzen.«

»Aber Miramon, du warst es doch, der mir das Schwert gegeben hat!«

Miramon rieb sich eine Weile seine Stupsnase, eher er etwas sagte. »Und wie sonst wäre ich zu besiegen gewesen? Denn ich muß dir sagen, Manuel, es ist ein Gesetz der Léshy, daß ein Magier seine Beute nicht herausgeben kann, außer wenn dieser Magier besiegt wird. Ich muß dir auch noch sagen, daß ich, wie ich nach und nach entdeckte, ziemlich unbesonnen handelte, als ich Gisèle entführte.«

»Fürwahr, beim heiligen Paul und Pollux! Ich verstehe überhaupt nichts mehr von dem, Miramon.«

»Oh, Manuel, du mußt wissen, daß sie ein ganz bezauberndes Mädchen war und vom Äußeren her genau der Typ, der mir immer als Frau vorgeschwebt hatte. Doch vielleicht ist es nicht weise, sich ganz vom äußeren Schein leiten zu lassen. Denn ich finde nun, daß sie einen starken Willen in ihrem weißen Busen und eine rastlose Zunge in ihrem hübschen Kopf hat, und ich muß gestehen, daß ich nicht alle vier dieser Besitztümer in gleichem Maße bewundere.«

»Und doch, Miramon, wenn nur ein paar Monate zuvor deine Liebe so groß war, daß sie dich dazu verleitete, sie zu entführen –«

Der Fürst der sieben Wahnsinne sagte gewichtig:

»Liebe, wie ich meine, ist eine momentane Verschmelzung von Schatten und Substanz. Diejenigen, die die Liebe ganz zu besitzen streben, sehen sich am Ende betrogen. Es ist einfach nicht machbar; dies ist ein Gesetz. Der Liebende, der jene Verschmelzung erspäht wie eine vorüberschreitende golden schimmernde Göttin, zugänglich, freundlich und von unschätzbarem Wert, und um die Geliebte wirbt, gewinnt damit, zu seinem Unglück, zugleich die Substanz. Der goldschimmernde Schatten verblaßt im Morgengrauen seines Ehelebens; die Zufriedenheit nimmt ihm den Glanz, und der Schatten verschwindet. So bleibt dem verwirrten Ehegemahl für die Umarmung das Fleisch, das zweifellos schön und lieblich ist, doch Fleisch ist wie das seine; und Worte, Worte und nochmals Worte; und Küsse in jedweder erdenklichen Form. Auch eine Art von Liebe bleibt bestehen, aber es ist kaum die Liebe, wie sie gestern war.«

Hier kam das unvollendete Traumgeschöpf aus dem Kamin gekrabbelt und kletterte, immer noch leise winselnd, an Miramons Bein hoch. Er blickte es nachdenklich an, dann drehte er ihm den Kopf ab und ließ die Teile in den Papierkorb fallen.

Miramon seufzte. Er sagte:

»Dies ist die Klage aller Ehegatten, ob sie jetzt oder hernach leben mögen: ›Was ist aus dem jungen Mädchen geworden, das ich geheiratet habe? Und wie soll ich mit jener Frau zurechtkommen, die die Zeit irgendwie in meine Handlungen einbezogen hat? Eine Art von Liebe verspüre ich zwar für sie, aber es ist nicht die Liebe, wie sie gestern war –‹«

Während Miramon also sprach, sahen die beiden Gefährten einander sprachlos an; denn sie waren jung, und das Verständnis für diese Dinge blieb ihnen noch versagt.

Dann sprach Miramon:

»Ja, der ist weiser, der solches Verlangen vor Überdruß schützet. Ja, der ist weiser, der weiß, daß Substanz erst durch Schatten belebt wird, und dabei weise die Wege des unsteten Schattens betrachtet, der deinem Griff sich entzieht und dir folgt, wenn du suchst, ihn zu meiden, und der das Leben mit Glanz vergoldet und stets eine Frau weiß, jung und bezaubernd und frei, und weiß dich doch allenthalben niemals zufrieden, doch stark durch die Selbstachtung, die kein Vermählter völlig sich aufrechterhält, der sich erst in sein Schicksal gefügt hat. Nein, denn die Liebe, sie ist eine Einheit, in der sich der Schatten flüchtig verschmelzt der Substanz, und hernach mag der Liebende Freude ernten von jedem allein, doch kaum von den beiden vereint.«

»Nun«, gab Manuel zu, »das mag ja alles richtig sein; aber ich habe Hexameter nie ganz verstanden, und so konnte ich auch nie verstehen, welchen Nutzen es hat, darin zu reden.«

»Ich tue das immer, Manuel, wenn mich etwas im Innersten berührt. Es ist, nehme ich an, das Dichterische in meiner Natur, das in dem Augenblick an die Oberfläche kommt, wo die Hemmungen aufgehoben sind – und wenn ich an die bevorstehende Trennung von meiner lieben Frau denke, verliere ich mehr oder weniger die Kontrolle über mich. Weißt du, sie nimmt nämlich ein aktives Interesse an meiner Arbeit, und das kann kein kreativer Künstler gleich welcher Art ertragen. Oh, du lieber Himmel, nein, nicht um alles in der Welt!« fügte Miramon verzweifelt hinzu.

»Aber wie sieht das aus?« fragte Niafer.

»Wie jedermann weiß, gestalte ich die Träume der Menschen. Gisèle nun ist der Meinung, daß die Leute genug Probleme im wirklichen Leben haben, ohne sich auch noch im Schlaf mit welchen beschäftigen zu müssen –«

»Das ist wirklich wahr«, meinte Niafer.

»Also gestattet sie mir nur, helle, optimistische Träume und erbauliche Träume und frohe Träume zu entwerfen. Sie sagt, man müsse müden Menschen das geben, was sie am meisten bräuchten; und sie betont, wie wichtig es sei, daß jeder in einer entspannten Atmosphäre schlafen könne. Daher habe ich seit Monaten keinen schönen Alptraum oder einen glaubhaften Schrecken – nichts Morbides oder Entsetzliches, keine Seeschlangen oder Kraken oder Hippogryphen, noch irgend etwas, was mir eine wirklich freie Hand gibt – mehr entwerfen dürfen, und meine Kunst leidet darunter. Und, was andere Träume betrifft, solche von etwas gewagterer Art –«

»Um welche Art von Träumen mag es dabei gehen, frage ich mich, Miramon.«

Der Magier beschrieb, was er meinte. »Solche Träume hat sie auch streng verboten«, fügte er mit einem Seufzer hinzu.

»Ich verstehe«, sagte Manuel, »und jetzt, wo ich daran denke, muß ich feststellen, daß ich in der letzten Zeit wirklich keinen solchen Traum mehr hatte.«

»Niemand überhaupt darf einen Traum dieser Art haben in diesen entarteten Nächten, niemand in der ganzen weiten Welt. Und hierunter leidet wiederum meine Kunst; denn meine Entwürfe in dieser Richtung waren immer besonders lebendig und wirkungsvoll und haben die härtesten Gemüter befriedigt. Und dann, außerdem, erzählt mir Gisèle dauernd, was ich machen muß, zu meinem eigenen Nutzen. Der langen Rede kurzer Sinn: Mein Weib nimmt solch ein übertriebenes Interesse an all meinen Dingen, daß der einzige Ausweg für einen friedliebenden Magier wie mich darin bestand, auf eine Möglichkeit zu sinnen, daß jemand sie aus meinen Klauen befreie«, meinte Miramon verdrießlich.

»Es ist schwer, dir das jetzt begreiflich zu machen, Manuel, aber wenn du erst einmal eine Zeitlang mit Gisèle verheiratet bist, wirst du es schon von selbst verstehen.«

»Nun, Miramon, es staunt mich zu sehen, wie ein großer Magier von einer Frau beherrscht wird, die in seiner Gewalt ist und die doch letztlich nichts anderes tun kann als reden.«

Miramon sah Manuel eine Zeitlang ziemlich hilflos an. »Nur unverheiratete Männer wundern sich darüber«, sagte Miramon. »Auf alle Fälle werde ich sie jetzt rufen, und du kannst ihr dann erklären, wie du mich besiegt hast, und dann kannst du sie mit dir nehmen und selbst heiraten, und der Himmel möge dir beistehen!«

»Aber soll ich ihr erklären, daß du es warst, der mir das unwiderstehliche Schwert gab?«

»Nein, Manuel; nein, du solltest deine Freimütigkeit besser in Grenzen halten. Denn du bist nun ein berühmter Held, der einer gerechten Sache zum Sieg verholfen hat, für die viele tapfere Recken und edle Ritter ihr Leben geopfert haben, weil sie wußten, daß am Ende das Recht obsiegen würde. In deinem Erfolg erweist sich somit ein großes moralisches Prinzip, und die praktischen Details dieser erhabenen Prozesse zu erläutern ist nicht immer empfehlenswert. Außerdem, wenn Gisèle glaubte, ich wünschte, sie loswerden zu wollen, würde sie ganz gewiß zu Bemerkungen greifen, an die ich lieber nicht denken möchte.«

Doch nun kam in den Raum die Frau des Magiers, Gisèle.

»Sie ist, gewiß, ziemlich hübsch«, meinte Niafer zu Manuel.

Sprach Manuel verzückt: »Sie ist das schönste und lieblichste Geschöpf, das ich je gesehen habe. Wenn ich ihre unvergleichliche Schönheit sehe, dann weiß ich, daß hier alle Träume von gestern erfüllt sind. Ich erinnere mich auch an meine

Lieder von gestern, die ich meinen Schweinen zu singen pflegte, über eine Liebe zu einer fernen Prinzessin ›weißer als Lilien, röter als Rosen und funkelnder als die Rubine des Orients‹; denn hier finde ich meine alten Lieder angebracht, wenn auch unzulänglich. Und ich bin erschüttert, daß dieser schäbige Schurke die unvergleichliche Schönheit seines Opfers nicht zu würdigen weiß.«

»Was das betrifft, so habe ich da meine Vermutungen«, warf Niafer ein, »und ich befürchte, Madame Gisèle wird diese Vermutungen alsbald mit ihren Worten bestätigen; denn sie scheint nicht gerade milde gestimmt zu sein.«

»Was ist das für ein Unsinn, den ich da höre«, sprach die stolze, strahlende Schönheit zu Miramon Lluagor, »daß man dich besiegt habe?«

»Leider, meine Liebe, ist es nur zu wahr. Dieser Held ist, auf irgendeine unerklärliche Weise, in den Besitz des magischen Schwerts Flamberge gekommen, welches die einzige Waffe ist, mit der ich besiegt werden kann. Also habe ich mich geschlagen gegeben, und er hat nun, glaube ich, die Absicht, meinen Kopf von meinem Körper zu trennen.«

Die schöne Maid war entrüstet, da sie erkannt hatte, daß, ob Magier oder nicht, nach dem ersten Monat oder zwei wenig Unterschied zwischen Ehemännern besteht; und wo sie Miramon nun einigermaßen gut im Zaume hatte, hatte sie nicht die Absicht, ihn gegen einen anderen Ehegatten einzutauschen. Daher fragte Gisèle: »Und was wird mit mir?«, und das in einem Ton, der Unheil vorausahnen ließ.

Der Magier rieb sich unbehaglich die Hände. »Meine Liebe, ich bin natürlich ganz machtlos vor Flamberge. Insofern als deine Rettung im Einklang mit jeder Regel in diesen Dingen vollbracht worden zu sein scheint und der siegreiche Held entschlossen ist, mir meine Übeltaten zu vergelten und dich deinen trauernden Eltern wieder zuzuführen, fürchte ich, daß es nichts gibt, was ich da noch machen könnte.«

»Schau mir in die Augen, Miramon Lluagor!« sprach die Dame Gisèle. Der schreckliche Fürst der sieben Wahnsinne gehorchte ihr mit einem beschwichtigenden Lächeln. »Ja, du hast dabei deine Finger im Spiel«, sagte sie. »Und der Himmel allein weiß, wie, obwohl es natürlich im Grunde keinen Unterschied macht.«

Madame Gisèle blickte dann auf Manuel. »Du bist also der Held, der gekommen ist, mich zu retten!« sagte sie bedächtig, während ihre großen Saphiraugen ihn über ihren großen Fächer aus buntgefärbten Federn hinweg taxierten und Manuel unruhig zu werden begann.

Als letzten von allen sah Gisèle Niafer an. »Ich muß sagen, du hast lange gebraucht«, meinte Gisèle.

»Es hat mich zwei Tage gekostet, Madame, eine Schildkröte zu finden und zu fangen«, antwortete Niafer, »und das hat mich aufgehalten.«

»Oh, du hast immer eine Geschichte oder zwei zur Entschuldigung bereit, aber besser spät als nie. Sag mir, Niafer, weißt du etwas über diesen tölpelhaften, abgerissenen, blondhaarigen jungen Helden?«

»Ja, Madame, er hütete zuvor die Schweine des Müllers, am Weg nach Rathgor, und ich habe ihn gelegentlich in der Küche von Arnaye herumlungern sehen.«

Gisèle wandte sich nun dem Magier zu, wobei ihre dünnen goldenen Kettchen und die unzählbaren Facetten ihrer Juwelen nicht weniger hell blitzten als ihre saphirgrünen Augen. »Also!« sagte sie mit schrecklicher Stimme. »Und du wolltest mich einem Schweinehirt überlassen, dem man das halbe Haar vom Kopf gehackt hat und dem das Hemd aus den durchgewetzten Ellenbogen sticht?«

»Meine Liebste, unbeschadet aller haarstilistischen Geschmäcker und ungeachtet aller schneidermäßigen Feinheiten, und Schweinehirt oder nicht, hat er doch das magische Schwert Flamberge, vor dem all meine Kräfte nichts sind.«

»Aber das läßt sich leicht ändern. Haben Männer denn überhaupt keinen Verstand? Junge, jetzt gib mir dieses Schwert, bevor du dir beim Herumfuchteln damit noch weh tust, und machen wir diesem Unsinn ein Ende.«

Also sprach die stolze Dame, und eine Weile betrachtete sie der siegreiche Held mit sehr jugendlich wirkenden, verletzten Augen. Doch er ließ sich nicht einschüchtern.

»Madame Gisèle«, erwiderte Manuel, »tölpelhaft und ärmlich gekleidet und jung mag ich zwar sein, aber solange ich dieses Schwert behalte, bin ich euer aller und auch der Zukunft Herr. Wenn ich es aufgebe, gebe ich alles auf, was meine Lehrmeister mich wertzuschätzen gelehrt haben; denn sie lehrten mich, daß Reichtümer und große Ländereien und eine hübsche Frau angenehmer zu hüten sind als eine Horde Schweine. Wenn ich überhaupt nachgebe, muß ich erst handeln und meinen Preis für das Nachgeben bekommen.«

Er wandte sich nun von Gisèle zu Niafer. »Lieber Wicht«, sagte Manuel, »auch du solltest bei diesen Verhandlungen etwas zu sagen haben; denn von Anfang an war es deine Klugheit, die uns gerettet und uns zwei so hoch gebracht hat. Denn sieh, endlich habe ich Flamberge gezogen und stehe zu guter letzt auf dem zweifelhaften Gipfel des Vraidex und bin Herr der Stunde und der Zukunft. Ich brauche nur noch mit einem Schlag das üble Haupt dieses verruchten Magiers von seinem verderbten Körper zu trennen, und das wird für ihn das Ende sein –«

»Nein, nein«, sprach Miramon besänftigend. »Ich werde mich nur in etwas anderes verwandeln, worüber wir hier besser nicht reden sollten. Aber es wird mir nicht im mindesten Unannehmlichkeiten bereiten, also laß dich nicht von falscher Güte mir gegenüber zurückhalten, sondern schlag vielmehr zu und empfange deine wohlverdiente Belohnung.«

»Wie dem auch sei«, stellte Manuel anheim, »brauche ich jedenfalls nur zuzuschlagen, und ich erlange viel Reichtum und satte Äcker und eine schöne Gemahlin, und aus dem Schweinehirt wird ein großer Edelmann. Aber du bist es, Niafer, die all diese Dinge mit deiner Klugheit für mich gewonnen hast, und es scheint mir, daß diese wunderbaren Belohnungen weniger wunderbar sind als mein lieber Weggefährte.«

»Aber du bist auch ganz wunderbar«, meinte Niafer getreu.

Sprach Manuel mit traurigem Lächeln: »Ich bin nicht so wunderbar, daß mir nicht in der Stunde meines Triumphs meine eigene Kleinheit Angst macht. Schau, Niafer, ich hatte gedacht, ich würde ein anderer sein, wenn ich ein berühmter Held wäre, aber obgleich ich hier mit diesem langen Schwert stehe und Herr der Stunde und der Zukunft bin, bleibe ich doch der Knabe, der am letzten Donnerstag Schweine hütete. Ich fürchtete mich nicht vor den Schrecken, die mich auf meinem Weg bedrängten, des Grafen Tochter zu retten, aber vor des Grafen Tochter selbst habe ich schreckliche Furcht. Nicht um alles in der Welt möchte ich mit ihr alleine gelassen werden. Nein, solche hehren und schrecklichen Damen sind nichts für einen Schweinehirten, und es ist eine andere Art von Frau, die ich begehre.«

»Wen begehrst du dann zur Frau«, sagte Niafer, »wenn nicht die lieblichste und reichste Dame in ganz Rathgor und Niedertargamon?«

»Oh, ich begehre das klügste und liebste und wunderbarste Geschöpf in der ganzen Welt«, sprach Manuel, »welches ich mich entsinne vor etwa sechs Wochen gesehen zu haben, als ich in der Küche von Arnaye war.«

»Ah, ah! Dann ließe es sich vielleicht machen. Aber wer ist diese wundervolle Frau?«

»Du bist diese Frau, Niafer«, sagte Manuel.

Niafer antwortete nichts, aber Niafer lächelte. Niafer hob eine Schulter ein wenig und rieb sie an Manuels breiter Brust, aber Niafer blieb immer noch stumm. So betrachteten die beiden jungen Leute einander eine Zeitlang, ohne zu sprechen, und allem Anschein nach waren ihnen Miramon Lluagor und sein ganzer Zauber keinen Strohhalm wert, noch hatte irgend etwas für sie Wert außer ihnen selbst.

»Alles hat sich für mich geändert«, sprach Manuel alsdann mit leiser Stimme, »und für den Rest der Zeit lebe ich in einer Welt, in der Niafer sich von allen anderen Menschen unterscheidet.«

»Mein Liebster«, antwortete Niafer, »es gibt keine strahlende Königin oder glänzende Prinzessin in der ganzen Welt, deren Herz nicht vor Freude springen würde, wenn du sie ein zweitesmal ansähst, und ich bin nur ein Dienstmädchen.«

»Aber gewiß doch«, unterbrach Gisèle sie grob. »Niafer ist meine entsprechend verkleidete heidnische Aufwartefrau, der mein Gatte vor einiger Zeit einen Traum sandte, mit Anweisungen, mich hier aufzusuchen, so daß ich jemanden hätte, um nach meinen Sachen zu sehen. Also, Niafer, da du hierherbefohlen wurdest, um mir aufzuwarten, hör jetzt auf, diesen jungen Schweinewärter anzuhimmeln, und sage mir, was höre ich da über deine bemerkenswerte Klugheit!«

Statt dessen war es Manuel, der stolz von Niafers Listen erzählte, durch die sie den Schlangen und den anderen Schrecken des Schlafs entgangen waren. Und alldieweil der hochgewachsene Knabe mit ihren Fähigkeiten prahlte, lächelte Miramon Lluagor und sah Gisèle Niafer mit harten Augen an; denn Miramon und seine Frau wußten beide, daß es mit Niafers Klugheit nicht weiter her war als mit ihrem guten Aussehen und daß der Traum, den Miramon gesandt hatte, Niafer sorgfältig hinsichtlich dieser Listen unterwiesen hatte.

»Daher, Madame Gisèle«, schloß Manuel, »werde ich Euch Flamberge geben und Miramon und Vraidex und den ganzen Rest der Erde dazu, im Austausch gegen die wunderbarste und klügste Frau der Welt.«

Und mit einer schwungvollen Verbeugung überreichte Manuel des Grafen lieblicher Tochter das Zauberschwert Flamberge und nahm dann die Hand des schwarzbraunen, flachgesichtigen Dienstmädchens.

»Also wirklich«, sprach Miramon in einer plötzlichen Gemütsaufwallung, »das ist alles sehr beeindruckend. Ich brauche nicht zu sagen, daß es mir die angenehmste Überraschung und diverse andere Gefühle entlockt, die dem Anlaß angemessen sind. Aber soweit es dein eigenes Interesse berührt, Manuel, hältst du dein Verhalten für sehr vernünftig?«

Der hochgewachsene Bursche blickte mit einer Art von mitleidiger Verachtung auf ihn herab. »Ja, Miramon; denn ich bin Manuel, und ich folge meinem eigenen Willen und meinem eigenen Begehr. Natürlich ist es sehr schön von mir, so viel Reichtum und Macht um meiner wunderbaren lieben Niafer willen aufzugeben; aber sie ist das Opfer wert, und außerdem ist sie Zeuge dieser ganzen Großherzigkeit, und diese wird ihren Eindruck auf sie nicht verfehlen.«

Niafer machte sich natürlich Gedanken darüber: »Dies ist sehr närrisch und lieb von ihm, und ich werde für den ersten Monat oder so nach unserer Heirat aus reinem Anstand gezwungen sein, entsprechende Verrücktheiten zu begehen. Danach, hoffe ich, werden wir uns auf ein vernünftigeres Leben einrichten.«

Indessen sah sie Manuel zärtlich an und ganz, als ob sie meine, daß er ungewöhnliche Intelligenz erkennen ließe.

Aber Gisèle und Miramon blickten einander an und wunderten sich: »Was kann dieser langbeinige Knabe in diesem gewöhnlichen und unscheinbaren Mädchen sehen, das um Jahre älter ist als er? Oder sie in diesem jungen, prahlerischen, abgerissenen Narren? Und wieviel weiser und glücklicher ist doch unsere Ehe als eine durchschnittliche Ehe!«

Und Miramon seinerseits war so tief bewegt durch diese erschütternde Erkenntnis, die so viele Paare der menschlichen Natur zum Trotz zusammenhält, daß er die Hand seiner Frau tätschelte. Dann seufzte er. »Die Liebe hat mich besiegt«, sprach Miramon doppeldeutig, »und das Geheimnis einer zufriedenen Ehe besteht letztlich darin, zu erkennen, welche Ehefrauen die anderen Leute erst haben.«

Gisèle schalt ihn, kein Narr zu sein, aber sie sprach ohne Schärfe, und im Sprechen drückte sie seine Hand. Sie verstand diesen mächtigen Magier besser, als sie je beabsichtigte.

Danach wischte Miramon die Himmelskörper vom Firmament und setzte einen wunderbaren Regenbogen dorthin, und unter seinem Bogen wurde für den Schweinehirten und das Dienstmädchen ein solcher Verlobungsaufzug aus Fantasien und Illusionen inszeniert, wie es die Kunst des Miramon nur vermochte und jedermann begeisterte, aber Miramon begeisterte es ganz besonders. Der Drache, der verborgene Schätze bewacht, trieb Späße für sie, die Najaden tanzten, und Cherubim flatterten unter lieblichen Gesängen umher oder gaben ihnen komische Vexierrätsel auf. Danach setzten sie sich zum Festmahl nieder, mit unirdischen Bediensteten zu ihrer Aufwartung, und taten all das, was einem Ehegelöbnis bei Gottheiten angemessen war. Und als das Picknick vorüber war, sagte Manuel, da es so aussehe, als würde er nun doch kein reicher Edelmann werden, müßten er und Niafer sich jetzt auf den Weg machen, zuerst zum nächsten Priester und dann zurück zu den Schweinen.

»Ich bin nicht so sicher, daß ihr das schaffen werdet«, sagte Miramon, »denn während der Aufstieg zum Vraidex durch Ungeheuer ein wenig behindert wird, wird der Abstieg nur zu leicht durch Tod und Schicksal unmöglich gemacht. Denn ich muß euch sagen, daß ich einen ziemlich eigenmächtigen Halbbruder habe, der einer von diesen schrecklichen Realisten ist, ohne einen Funken ästhetischen Gefühls, und er läßt sich nicht beherrschen.«

»Nun«, überlegte Manuel, »man kann nicht ewig im Reich der Träume leben, und Tod und Schicksal muß sich jedermann stellen. So können wir es nur versuchen.«

Nun taxierte sie Miramon Lluagor eine Zeitlang mit seinen dunklen Augen. Er, der der Herr der neun Arten des Schlafs und der Fürst der sieben Formen des Wahnsinns war, seufzte nun; denn er wußte, daß diese jungen Leute beneidenswert und im Endeffekt unwichtig waren.

Also sprach Miramon: »Dann geht eures Wegs, und wenn ihr dem Schöpfer und Zerstörer von uns allen nicht begegnet, wird dies gut für euch sein, und wenn ihr ihm begegnet, wird es insofern auch gut für euch sein, als es sein Wille ist.«

»Ich werde ihn weder suchen, noch ihm ausweichen«, antwortete Manuel. »Ich weiß nur, daß ich meinem eigenen Willen folgen muß und einem Begehr, das sich nicht mit Träumen zufriedenstellen läßt, und seien sie –«, der Knabe schien nach einem Vergleich zu suchen, dann meinte er lächelnd, »– so funkelnd wie die Rubine des Orients.«

Danach entbot Manuel Miramon und seiner schönen Frau Lebewohl, und Manuel stieg vom wundersamen Vraidex mit seiner unscheinbaren Niafer hinab, und er war's zufrieden. Denn das Glück ging mit ihnen, wenn auch nur ein kurzes Stück.

V

Der ewige Hinterhalt

Manuel und Niafer kamen ohne Schwierigkeiten vom Vraidex hinab. Und es gab nirgends einen glücklicheren oder hingebungsvolleren Liebhaber als den jungen Manuel.

»Denn wir werden so bald als möglich heiraten, lieber Wicht«, sprach er, »und du wirst mir helfen, mich meines Geas zu entledigen, und danach werden wir überall hinreisen, bis zu den Grenzen der Erde, so daß wir die Enden dieser Welt sehen und über sie urteilen mögen.«

»Vielleicht sollten wir lieber bis zum nächsten Frühjahr warten, wenn die Straßen besser sind, Manuel, aber mit Sicherheit werden wir so bald als möglich heiraten.«

Um zu zeigen, wie ernst es ihr damit war, erlaubte Niafer Manuel, sie erneut zu küssen, und Manuel sagte zum zweiundzwanzigsten Male: »Es gibt nirgends ein Glück wie mein Glück und keine Liebe wie meine Liebe.«

Unter solchen Reden und unter solchem Betragen kamen sie schließlich zum Fuß des grauen Berges und zu den alten Ahornbäumen, unter denen sie zwei Personen vorfanden. Einer war ein großer Mann, der auf einem weißen Pferd saß und ein reiterloses schwarzes Pferd am Zügel führte. Er hatte den Hut tief herabgezogen, so daß sein Gesicht nicht deutlich zu sehen war. Der andere jedoch, der bei ihm war, hatte des Aussehen eines barhäuptigen jungen Mannes mit dunkelrotem Haar, und auch sein Gesicht war verborgen, wie er am Wegrand saß und sich mit einem kleinen Messer mit grünem Griff die langen Fingernägel zurechtschnitt.

»Ich grüße euch, Freunde«, sagte Manuel, »und auf wen wartet ihr hier?«

»Ich warte auf einen, der dieses schwarze Roß hier reiten soll«, erwiderte der berittene Fremde. »Es ist so bestimmt, daß die erste Person, die diesen Weg entlangkommt, sein Reiter sein muß, aber ihr zwei kommt Seite an Seite. Also macht ihr beide unter euch aus, wer es besteigt.«

»Nun, es ist gewiß ein prächtiges Roß«, sprach Manuel, »ein Roß, wie es Karl dem Großen, Hektor oder irgendeinem anderen Helden der alten Zeit angemessen wäre.«

»Jeder von ihnen ist auf diesem schwarzen Roß hier geritten«, erwiderte der Fremde.

Niafer sprach: »Ich habe Angst.« Und über ihnen begann ein verstohlener Wind in den vergilbten und zerfetzten Ahornblättern zu rascheln.

»– denn es ist ein prächtiges Roß und ein altes Roß«, fuhr der Fremde fort, »und ein nimmermüdes Roß, das alle hinwegträgt. Es hat den Fehler, sagen einige, daß seine Reiter nicht zurückkehren, doch man kann es nicht allen recht machen.«

»Freund«, sagte Manuel, und seine Stimme klang ganz anders, »wer bist du und wie ist dein Name?«

»Ich bin ein Halbbruder Miramon Lluagors, des Herrn der neun Arten des Schlafs, doch ich bin Herr über eine andere Art des Schlafens; und was meinen Namen betrifft, es ist der Name, der in deinen Gedanken ist, und der Name, der dich am meisten ängstigt, und der Name, an den du am häufigsten denkst.«

Keiner sprach ein Wort. Manuel bewegte dümmlich die Lippen. »Ich wünschte, wir wären nicht Seite an Seite gegangen«, sagte er dann. »Ich wünschte, wir wären bei den hellen Träumen geblieben.«

»Alle Menschen äußern Bedauern der einen oder anderen Form, wenn sie mir begegnen. Und es hat noch nie etwas ausgemacht.«

»Aber wenn es keine Wahl dabei gäbe, dann könnte ich mich irgendwie damit abfinden, so oder so. Nun muß einer von uns, sagst du, mit dir gehen. Wenn ich sage: ›Niafer soll es sein‹, werde ich mich immer mit Abscheu vor mir selbst daran erinnern.«

»Aber ich sage es auch!« Niafer streichelte ihm den Arm und zitterte dabei.

»Außerdem«, bemerkte der Reiter auf dem weißen Pferd, »hast du noch eine andere Möglichkeit.«

»Die andere Möglichkeit«, erwiderte Manuel, »kann ich nicht einmal aussprechen. Doch ich wünschte, ich wäre nicht gezwungen, dies zu bekennen. Es klingt übel. Wie dem auch sei, ich liebe Niafer mehr als irgendeinen anderen Menschen, aber ich werte Niafers Leben nicht höher als mein eigenes, und es wäre Unsinn, so etwas zu sagen. Nein; mein Leben ist sehr wichtig und notwendig für mich, und mir ist ein Geas auferlegt, in dieser Welt eine gute Figur zu machen, bevor ich sie verlasse.«

»Mein Liebster«, sprach Niafer, »du hast eine weise Entscheidung getroffen.«

Der verhüllte Reiter sagte überhaupt nichts. Doch er nahm seinen Hut ab, und die Betrachter schauderten. Die Verwandtschaft mit Miramon war offensichtlich; man konnte die Ähnlichkeit sehen. Aber sie hatten nie in Miramon Lluagors Antlitz gesehen, was sie hier erschauten.

Dann sagte Niafer Manuel mit erbarmenswerter, flüsternder Stimme Lebewohl. Sie küßten sich. Einen Augenblick lang stand Manuel bewegungslos. Er bewegte seinen Mund ganz merkwürdig, als wäre er steif und er müsse versuchen, ihn geschmeidiger zu machen. Danach tat Manuel, der ganz krank und verzweifelt aussah, was erforderlich war. Also ging Niafer, an Manuels Statt, mit Gevatter Tod hinweg.

»Mir bricht das Herz«, sagte Manuel und blickte hilflos auf seine Hände, »aber besser sie als ich. Nichtsdestoweniger ist dies ein armseliger Anfang im Leben; denn gestern lag großer Reichtum und heute große Liebe in meiner Reichweite, und jetzt habe ich beides verloren.«

»Aber du bist nicht richtig an die Sache herangegangen, um überhaupt etwas gewinnen zu können«, meinte der verbleibende Fremde.

Und nun erhob sich dieser andere Fremde vom Zurechtschneiden seiner langen Fingernägel; und man konnte sehen, daß dies ein junger, hochgewachsener Mann (wenn auch nicht so groß wie Manuel und bei weitem nicht so kräftig) mit roten Wangen, weit auseinander stehenden braunen Augen und krausem dunkelroten Haar war.

Dann rieb sich Manuel seine feuchten Hände so sauber, wie es nur ging, und dieser Jüngling begleitete Manuel ein Stück des Wegs und redete von dem, was gewesen war, und von einigen Dingen, die noch kommen sollen. Und Manuel sagte: »Fürwahr, Horvendile, da dies dein Name ist, solch Gerede ist wahnwitzig und mir in meiner Trauer um den Verlust Niafers kein Trost.«

»Dies ist nur der Anfang deiner Verluste, Manuel, denn ich glaube, daß du Stück für Stück alles verlieren wirst, was sich zu gewinnen lohnt, bis dir am Ende nur ein Überdruß und eine Müdigkeit und ein unbestimmter Abscheu vor all dem verbleiben wird, was dich die menschliche Weisheit deiner Lehrmeister dir anzueignen getrieben hat.«

»Aber, Horvendile, wie kann denn jemand die Zukunft vorhersehen? Oder kann es sein, daß Miramon die Wahrheit gesprochen hat, als er sagte, daß auch das Schicksal mit im Bunde sei, uns am Verlassen dieses Berges zu hindern?«

»Nein, Manuel, ich behaupte nicht, daß ich das Schicksal sei oder einer der Léshy, sondern eher scheint es mir, daß ich wahnwitzig bin. So ist es vielleicht um so besser, je weniger du meinen Worten Aufmerksamkeit schenkst. Denn ich muß dir sagen, daß mir dieses öde Land, dieser Berg, diese Straße, diese alten Ahornbäume und dieser Fels dort Dinge zu sein scheinen, die ich mir in meiner Phantasie ausgedacht habe, und daß du und jene Niafer, derer du dich soeben auf so unschöne Weise entledigt hast, und Miramon und seine schöne Xanthippe und ihr alle mir Personen zu sein scheint, die ich mir in meiner Phantasie ausgedacht habe; und alles, was in dieser Welt geschieht, scheint mir nur eine Vorstellung meiner Phantasie zu sein.«

»Wenn das so ist, dann würde ich gewiß sagen oder würde es vielmehr für unnötig halten zu sagen, daß du nicht bei Verstand bist.«

»Du sprichst ohne Zögern, und es ist deine Fähigkeit, solche Probleme im Handumdrehen zu lösen, die dich am Ende vielleicht doch noch zum Erfolg bringen wird.«

»Ja, aber«, fragte Manuel langsam, »was ist Erfolg?«

»Bei deinem tiefgründigen Verstand, denke ich mir, hat diese Frage bereits eine Antwort gefunden.«

»Unzweifelhaft habe ich meine Vorstellungen davon, aber es war deine Vorstellung, die ich wissen wollte.«

Horvendile machte ein ernstes und zugleich verschmitztes Gesicht. »Oh, ich habe irgendwo gehört,« sprach er, »daß dieser Erfolg letztendlich nur das Bemühen eines Affen ist, der seinen Schwanz verloren und das Klettern verlernt hat und der sich doch selber als ein Symbol und als die gebrechliche Repräsentation der Allmacht fühlt, an einem Ort, der nicht sein Zuhause ist.« Manuel schien mit seinem Urteil noch zu warten. »Wie geht der erfolgreiche Affe denn an diesen nicht ganz freundlichen Orten vor?«

»Er müht sich mehr schlecht als recht von Geheimnis zu Geheimnis, mit armseligen Notbehelfen. Verstehen tut er zwar nichts, doch ist gierig in all seinen Wünschen und zugleich von Feigheit durchsetzt und doch bereit, alles zu geben und kämpfend für jene unbeweisbare Idee zu sterben, daß er des Himmels Stellvertreter und Erbe ist.«

Manuel schüttelte seinen schmalen Blondkopf. »Du brauchst zu viele lange Worte. Aber so weit ich dich verstehen kann, ist das nicht die Art von Erfolg, die ich suche. Nein, ich bin Manuel, und ich muß meinem eigenem Willen und meinem eigenen Begehr nachfolgen, ohne dabei auf andere Leute und deren Vorstellungen von Erfolg Rücksicht nehmen zu können.«

»Was die mangelnde Rücksichtnahme auf andere Leute betrifft, so muß ich sagen, nachdem ich Zeuge geworden bin, wie du dich jüngst deiner Liebsten entledigt hast, daß du es in dieser Art von Entsagung bereits zu einigem Sachverstand gebracht hast.«

»Hah, aber du weißt nicht, was hier brodelt«, antwortete Manuel, indem er sich auf seine breite Brust schlug. »Und ich werde dir auch nichts davon sagen, Horvendile, da du weder das Schicksal noch einer der Léshy bist, die mir mein Begehr erfüllen könnten.«

»Und was wäre dein Begehr?«

»Mein Wunsch wäre, immer das zu bekommen, was ich mir wünsche. Ja, Horvendile, ich habe mich oft gefragt, warum in den alten Legenden niemand, wenn ihm drei Wünsche offenstanden, je an erster Stelle diesen vernünftigen und wirtschaftlichen Wunsch nannte.«

»Was braucht einer die Léshy mit einem so närrischen Wunsch zu belästigen, wenn es, für einen bestimmten Preis, immer möglich ist, das zu bekommen, was man sich wünscht? Und so mußt du es angehen.« Und Horvendile verriet Manuel ein seltsam und gefährlich Ding. Dann meinte Horvendile ein wenig schwermütig: »So viel Wissen kann ich niemandem zum Michaelitag versagen. Aber ich muß dir auch den Preis nennen, und der besteht darin, daß dir mit der Erfüllung jedes Wunsches sein Wert offenbar werden wird.«

Mit diesen Worten teilte Horvendile das Dickicht am Straßenrand. Eine wunderschöne dunkle Frau wartete dort; sie trug eine grünblaue Robe, und auf ihrem Kopf war ein blaues Diadem mit aufgesteckten grünen Federn. Sie trug eine Vase. Horvendile trat vor, und das Dickicht schloß sich hinter ihm und verbarg Horvendile mitsamt jener Frau.

Manuel blickte ihm verwundert nach. Dann ging er weiter des Wegs, und als er sicher war, daß niemand ihn sah, warf er sich auf sein Gesicht und weinte. Der Grund dafür war, so wird berichtet, daß der junge Manuel Niafer geliebt hatte, wie er niemanden sonst lieben konnte. Dann stand er auf und machte sich auf den Weg zum Teich von Haranton und nach Hause, nachdem er in allem gescheitert war.

VI

Was Math meinte

Was sich alsdann am Teich von Haranton abspielte, läßt sich nur schwer genau beschreiben, aber es war merkwürdig genug, um Manuels Gedanken in eine neue Richtung zu lenken, auch wenn es daraus nicht unbedingt glückliche Gedanken zu machen schien. Jedenfalls kehrte Manuel ohne Anschein von Fröhlichkeit zu seiner Halbschwester Math zurück, die die Frau des Müllers war.

»Und wo in aller Welt bist du die ganze Woche gewesen«,

sprach Math, »während die Schweine sich in alle Winde zerstreuten und die ganze Gegend durchwühlten und mein Mann, Gott sei's geklagt, mir dauernd deine Nichtsnutzigkeit vorhalten mußte und diese rothaarige Suskinde jeden Abend bei Dämmerung nach dir suchen kam und mir mit ihren Klageliedern die Ohren vollsang? Und außerdem, warum machst du ein so düsteres Gesicht?«

»Ich habe Grund genug dazu.«

Manuel erzählte ihr von seinen Erlebnissen auf dem Vraidex, und Math meinte, daß käme davon, wenn man seine eigentliche Aufgabe vernachlässige, die in seinem Fall darin bestünde, die Schweine ihres Gatten zu hüten. Manuel erzählte ihr dann, was er soeben am Teich von Haranton gesehen hatte.

Math nickte. »Schämen solltest du dich, du junger Spund, wo du deine Niafer erst gerade ins Paradies gebracht hast und wo deine Suskinde sich in der Dämmerung die Augen nach dir ausweint! Aber das muß Alianora, die Unerreichbare Prinzessin, gewesen sein. Denn also kommt sie über den Golf von Biscaya her von dem fernen Land Provence in, wie man sagt, der Gestalt eines Schwans, und also badet sie in dem Teich, worin sich seltsame Träume regen, und also streift sie sich das Gewand der Asparasas über, wenn es höchste Zeit ist, vor solchen schamlosen Buben die Flucht zu ergreifen, als deren einer du dich erwiesen hast.«

»Ja, ja! Ein Hemd ganz aus strahlend weißen Federn, Schwester. Hier ist eine Feder, die abgebrochen ist, als ich nach ihr griff.«

Math drehte die Feder in der Hand. »Also wirklich! Hat man so etwas schon einmal gesehen! Und doch, eine abgebrochene Feder ist für niemanden etwas nütze, und wie ich dir schon des öfteren gesagt habe, dulde ich kein Gerümpel in meiner Küche.«

Und so ließ Math die strahlend weiße Feder in das Feuer fallen, auf dem sie einen Topf Suppe für Manuel aufwärmte, und sie sahen zu, wie die Feder verkohlte.

Manuel sprach seufzend: »Genauso schwinden meine Tage dahin, und meine Jugend geht aus mir fort, in ein Land, in dem Suskinde von unangenehmen Dingen flüstert und in dem es keine Maiden gibt, die so klug und lieb wie Niafer oder so schön wie Alianora sind.«

Math meinte: »Ich habe es nie damit gehalten, schlecht über die Toten zu reden. So mögen Glück und gute Worte mit deiner Niafer in ihrem heidnischen Paradies sein. Auch hinsichtlich deiner Suskinde –«, hier bekreuzigte sich Math, »– muß man sagen, je weniger darüber geredet wird, um so besser. Aber was deine Alianora betrifft, so würde kein wirklich nettes Mädchen über den Himmel fliegen und fünf Nationen ihre Füßchen zeigen und an Orten baden, dazu noch an einem Montag, wo beinahe jeder entlangkommen könnte. Es schickt sich nicht, und ich frage mich, was für Eltern das sein müssen.«

»Aber Schwester, sie ist eine Prinzessin!«

»Eben drum. Daher habe ich die Feder verbrannt, weil es Leuten von unserem Stand nicht zuträglich ist, Prinzessinen irgendeiner Sache zu berauben, und sei es auch nur eine Feder.«

»Schwester, das ist wahr! Es ist nicht recht, irgend jemandem irgend etwas mit Gewalt zu nehmen, und dies scheint mir eine weitere Verpflichtung aufzuerlegen, derer ich mich entledigen muß; denn indem ich diese Feder raubte, habe ich etwas an mich genommen, was mir nicht gehörte.«

»Junge, glaub nicht, du könntest mich zum Narren halten; denn wenn dein Gesicht diesen Ausdruck bekommt, weiß ich, daß du irgendeinen Unsinn im Schilde führst, der über den Unsinn hinausgeht, den du gewöhnlich redest. Indes bezweifle ich nicht, nach deiner Beschreibung der Sache zu urteilen, daß jene wanderlustige, splitternackte Prinzessin geglaubt hat, du wolltest ihr in der Tat etwas rauben, was dir nicht gehörte. Daher habe ich die Feder verbrannt, damit sie nicht erkannt wird und dich an den Galgen oder einen schlimmeren Ort bringt. Und warum hast du dir nicht die Füße abgeputzt, bevor du in meine saubere Küche gekommen bist? Und wie oft soll ich dir das noch sagen?«

Manuel sagte nichts. Aber er schien über etwas nachzudenken, das ihm Kopfzerbrechen machte. Schließlich ging er dann in den Hühnerhof des Müllers, fing sich eine Gans und riß ihr aus dem Flügel eine Feder aus.

Dann zog Manuel seine Sonntagskleidung an.

»Viel zu gut für dich, um darin auf Reisen zu gehen«, meinte Math.

Manuel blickte auf seine Halbschwester herab, und ein- oder zweimal blinzelte er mit seinen seltsam hellen Augen. »Schwester, wäre ich angemessen gekleidet gewesen, als ich Herr des zweifelhaften Palastes war, hätte die Dame Gisèle mich auch ganz ernst genommen. Ihre Bemerkung über meine Ellenbogen hat mir zu denken gegeben.«

»Kleider machen keine Leute«, entgegnete Math fromm.

»Es ist dein Glaube an Redensarten wie diese, der eine Müllersfrau aus dir gemacht hat und aufgrund dessen du bis ans Ende aller Zeiten eine Müllersfrau bleiben wirst. Ich aber habe es besser gelernt, sowohl durch mein Mißgeschick auf dem Vraidex und auch aus meinem Gespräch mit jenem verrückten Horvendile über die Dinge, die gewesen sind, und einige, die noch kommen sollen.«

Math, die eine kluge Frau war, bemerkte kurioserweise: »Ich sehe, daß du dir dein Haar wachsen läßt.«

Manuel sagte: »Ja.«

»Junge, Katz und Maus mit dem Schicksal zu spielen ist ein gefährlich Ding.«

»Und geboren zu werden ist auch eine höchst gewagte Spekulation, Schwester, und doch riskieren wir notgedrungen alles auf diesen Wurf.«

»Jetzt redest du dummes Zeug –«

»Ja, Schwester; aber es keimt in mir ein Verdacht, daß die rechte Art von dummem Zeug nicht unrentabel ist. Ich mag mich irren, aber ich werde meine Vermutung auf die Probe stellen.«

»Und welcher nackten Idiotie wirst du nun nachjagen, um dabei deine Arbeit zu vernachlässigen?«

»Oh, Schwester, ich werde wie immer meinem eigenen Willen und meinem eigenen Begehr folgen«, sprach Manuel überlegen, »und beiden steht der Sinn nach etwas Höherem als Schweinen.«

Danach küßte Manuel Math, und auch diesmal ging er, ohne von Suskinde in der Dämmerung oder von sonst jemandem Abschied zu nehmen, und machte sich auf zum fernen Land Provence.

VII

Die Krone der Weisheit

Und so geschah es, daß König Helmas, als er in Nevet unter dem Jägermond auf die Jagd ritt, einem großen und kräftigen jungen Burschen begegnete, der sehr anständig in Schwarz gekleidet war und dessen linkes Auge sich seltsam nach unten neigte und der in den Herbstwäldern umherzustreifen und nach Abenteuern zu suchen schien, und der König erinnerte sich an das, was vorhergesagt worden war.

Und König Helmas sprach zu Manuel dem Schweinehirten: »Was ist es, das ich in deiner Tasche sehe, was da in rote Seide eingewickelt ist?«

»Es ist eine Feder, König, die ich in ein Stück vom besten Unterrock meiner Schwester eingewickelt habe.«

»Nun, Ehre sei deinen dunklen Zauberkünsten, Freund, und zu welchem Preis willst du mir diese Feder verkaufen?«

»Aber eine Feder ist für niemanden etwas nütze, König, denn wie Ihr seht, ist dies eine ganz gewöhnliche Feder.«

»Komm, komm,« sprach der König listig, »warum sollte man wohl eine gewöhnliche Feder in rote Seide wickeln? Freund, glaube nicht, König Helmas von Albanien täuschen zu können, oder es wird dir schlecht ergehen. Ich erkenne jene strahlend weiße Feder genau. Es ist die Feder, die in diesem Walde dem Gefieder des Zhar-Ptitza-Vogels entfallen ist, in jenen alten Zeiten, ehe meine Vorväter in dieses Land kamen. Denn es wurde vorhergesagt, daß ein junger Zauberer wie du mir, der ich der dümmste König bin, der je über die Peohten herrschte, eine solche Feder bringen würde, die ihrem Besitzer vollkommene Weisheit verleiht, und es wäre ein Akt der Ketzerei von dir, diese Prophezeihung in Zweifel zu ziehen.«

»Ich ziehe Eure Dummheit nicht in Zweifel, König Helmas, noch ziehe ich irgend jemandes Prophezeihungen in einer Welt in Zweifel, in der nichts gewiß ist.«

»Eines zumindest ist gewiß«, bemerkte König Helmas mit einem häßlichen Stirnrunzeln, »und das ist, daß bei den Peohten alle Leute, die unsere Prophezeihungen in Zweifel ziehen, auf dem Scheiterhaufen verbrannt werden.«

Manuel schüttelte sich ein wenig und sagte: »Es sieht mir wie eine ganz gewöhnliche Feder aus, aber eure Propheten – und das zweifellos nicht zu Unrecht – genießen einen höheren Ruf an Weisheit als ich, und verbrannt zu werden ist kein angenehmer Tod. So gedenke ich dessen, was mir ein Verrückter sagte, und da Ihr sicher seid, daß dies die Feder des Zhar-Ptitza ist, will ich sie Euch für zehn Sequinen verkaufen.«

König Helmas schüttelte mißbilligend das Haupt. »Das kommt überhaupt nicht in Frage, und dein Preis ist völlig indiskutabel; denn es ist vorhergesagt worden, daß du für diese Feder zehntausend Sequinen verlangen würdest.«

»Nun, ich bin besonders darauf bedacht, nicht den Anschein eines Ketzers zu erwecken, jetzt wo ich ein junger Zauberer geworden bin. So sollt Ihr diese Feder zu Eurem eigenen Preis haben, damit die Prophezeihung nicht unerfüllt bleibt.«

Dann stieg Manuel zu dem König, der ihn nicht aus den Augen lassen wollte, aufs Pferd, und gemeinsam ritten sie so zu dem Schlosse, das Brunbelois genannt wird. Sie gelangten zu zwei nebeneinanderliegenden spitzbogigen Toren, von denen das kleine für Fußgänger und das andere für Reiter gedacht war. Darüber war eine Reiterstatue in einer Nische und ein großes bemaltes Fenster mit einem Flechtwerk von Herzen und Disteln.

Sie betraten die Burg durch das größere Tor, und am Nachmittag jenes Tages ritten zwölf Herolde in hellroten Waffenröcken, die mit goldenen Disteln bestickt waren, aus diesem Tor, um die Erfüllung der Prophezeihung über die Feder des Zhar-Ptitza zu verkünden, und am Abend jenes Tages stimmten die Priester der Peohten in all ihren seltsamen Untergrundtempeln Dankgebete an. Das gemeine Volk, das in den letzten Jahrzehnten darunter gelitten hatte, von einem so dummen König regiert zu werden, umarmte einander und tanzte und sang patriotische Lieder an allen Straßenecken; das Unterhaus trat zusammen und verabschiedete eine Entschließung, daß aus Ehrerbietung gegenüber Seiner Majestät der erste April als Tag der Narren aus dem Kalender gestrichen werden sollte; und Königin Pressina (die dem Wasservolk entstammte), erklärte, daß man alles von zwei Seiten sehen könne, und verbrannte derweil eine Anzahl von privaten Papieren. In der Nacht wurde dann ein Feuerwerk abgebrannt, der König hielt eine Rede, und Manuel wurde in Schubkarren die Summe von zehntausend Sequinen ausgehändigt.

Danach blieb Manuel einen Monat lang am Hofe des Königs Helmas und merkte sich wohl, was es auf der einen wie auf der anderen Seite an Bemerkenswertem gab. Manuel war unter dem Adel wohlgelitten, und wenn die Barone und die feinen Damen sich am Abend versammelten, tanzte niemand würdevoller als der edle Manuel. Er hatte eine ruhige Art mit den Damen und mit den Baronen eine Art von schlichter Offenheit, die bei einem so mächtigen Zauberer, daß seine Magie die langgesuchte Feder des Zhar-Ptitza-Vogels herbeigeschafft hatte, ungemein bewundert wurde. »Aber die Gelehrtesten«, wie König Helmas zu Recht bemerkte, »sind immer am bescheidensten.«

Helmas trug nun die Flügelfeder von des Müllers Gans auf der Spitze seiner zweitbesten Krone, weil das die Krone war, in der er Recht zu sprechen pflegte. Und als es sich herumgesprochen hatte, daß König Helmas die Feder des Zhar-Ptitza besaß, kamen die Peohten gern, um sich von ihm richten zu lassen, und die benachbarten Könige begannen ihm ihre schwierigeren Fälle zu unterbreiten, und all seine Urteilssprüche wurden mit Achtung entgegengenommen, weil jedermann wußte, daß König Helmas' Weisheit nun unfehlbar war und daß sein Urteil in irgendeiner Hinsicht zu kritisieren nur die eigene Dummheit bloßlegte.

Und jetzt, wo jeder Selbstzweifel aus seinen Gedanken verschwunden war, lebte Helmas glücklich und zufrieden, und seine Verdauung besserte sich, und seine Liebe und Güte waren grenzenlos, weil er jenen bemitleidenswerten Geschöpfen, die vor seinen Thron befohlen wurden, nicht böse sein konnte, wenn er bedachte, wie wenig sie in der Lage waren, zwischen Weisheit und Unweisheit zu unterscheiden, wo er selbst allwissend war; und all seine Handlungen waren gnädig und gerecht, und das Volk pries ihn. Selbst die Königin mußte eingestehen, daß, wenn man sich erst einmal an seine Eigenarten gewöhnt und ihm klargemacht hatte, daß man sich nicht als Fußabstreifer behandeln ließ und daß das Essen nicht auf ihn warten würde, es Frauen gab, die es schlechter hatten.

Und Manuel besorgte sich Lehm und formte die Figur eines jungen Mannes, der die Züge und den weisen Blick König Helmas' hatte.

»Ich kann die Ähnlichkeit sehen«, meinte der König, »aber es wird mir bei weitem nicht gerecht, und außerdem, warum hast du einen jungen Burschen aus mir gemacht und mein Aussehen mit deinem Aussehen zusammengeworfen?«

»Ich weiß es nicht«, sagte Manuel, »aber ich nehme an, es liegt an jenem Geas, das mir auferlegt ist, einen in jeder Hinsicht hervorragenden und bewundernswerten jungen Mann abzugeben und nicht einen alten Mann.«

»Und stellt dich die Statue zufrieden?« fragte der König mit einem weisen Lächeln.

»Nein, die Figur gefällt mir ganz gut, jetzt wo sie fertig ist, aber ich weiß irgendwie, daß es nicht die Figur ist, die ich machen möchte. Nein, ich muß meinem eigenen Willen und meinem eigenen Begehr folgen, und Weisheit scheint mir dafür nicht erforderlich.«

»Ihr Künstler!« sagte der König, wie Leute das immer sagen. »Ich indes würde meinen, daß trotz all deiner Zauberkünste es dich dringend nach Weisheit verlangt, Messire Manuel, der du mir zu verstehen gibst, daß du bald von hinnen reiten mußt, um woanders das für deine Figur notwendige Aussehen zu finden. Denn also auf der Suche nach einem bloßen Ausdruck in der Welt herumzureiten, und das, ohne sich überhaupt sicher zu sein, nach welchem äußeren Erscheinungsbild man Ausschau hält, scheint mir nicht von Vernunft zu zeugen.«

Aber der junge Manuel erwiderte fest:

»Ich reite, um zu sehen, was das Leben mir bringen mag, da ich zumindest dessen gewiß bin, daß jede reiche Ernte, die das Leben für mich zurückhält, einem Samen entspringt, den ich säe – und ernte. Denn mein Geas ist wirkmächtig, und früher oder später werde ich mein Geas erfüllen und mein Schicksal als wohlverdiente Bezahlung annehmen, die mir als Lohn für die Figur, die ich in dieser Welt mache, zuteil wird.

Diese Figur, die ich erahne und die doch meinem Auge verborgen ist, es sei denn, daß ich sie im Licht eines Traumes erspähte, werde ich sie lieben, wenn ich sie wiedersehe, oder wird Abscheu in mir erwachen, nachdem ihre Züge deutlich zutage getreten sind? Wie dem auch sei: Wie das Schicksal es meint, so meine auch ich, der ich meinem Geas diene und der ich am Ende schlimmstenfalls solchen Lohn gewinnen werde, wie er mir ehrlich zusteht für die Figur, die ich in dieser Welt gemacht habe.

Ihrer Formung weihe ich die Jugend, die mich stark macht, gebe ich in glühendem Eifer auch die letzte und geringste Gabe der Jugend hin, da ich weiß, daß alle Gnade, die die Götter mir verliehen haben, mir nichts hilft, wenn mir dies mißlingt. Denn alles, was menschenmöglich ist, muß ich in das Bild einbringen, das ich schaffe, daß meine Schöpfung leben mag, wenn die Zeit mein Leben zunichte macht und der Tod mich von der Figur trennt, die ich in dieser Welt gemacht habe.«

Darauf erwiderte der König ziemlich trocken: »Es ist etwas daran an dem, was du sagst. Aber dieses Etwas, so kann ich dir versichern, ist nicht Weisheit.«

So war jedermann in Albanien zufriedengestellt außer Manuel, der erklärte, daß er von dem Bild, welches er nach der Gestalt des König Helmas von sich geschaffen hatte, angetan, aber nicht überzeugt sei.

»Außerdem«, meinten die anderen zu ihm, »seht Ihr so aus, als würde Euch irgend etwas Kopfschmerzen bereiten.«

»In der Tat gibt es mir zu denken, wenn ich sehe, wie ein Narr in all seinen Taten und Reden dadurch weise gemacht wird, daß man diese Weisheit von ihm erwartet.«

»Aber das ist ein Grund zur Freude und spricht für die Macht Eurer Zauberkünste, Messire Manuel, wohingegen Ihr offensichtlich Gedanken hegt, die Ungemach hervorrufen könnten.«

Manuel entgegnete: »Ich glaube, daß es nicht recht ist, irgend jemanden irgendeiner Sache zu berauben, und mich deucht, daß Weisheit nicht mehr wiegt als eine Feder.«

Dann ging Manuel in König Helmas' Hühnerhof, fing sich eine Gans und rupfte aus ihrem Flügel eine Feder aus. In jenen Tagen ging Manuel gekleidet wie ein Pfau, mit golddurchwirkter Kniehose und mit goldenen Sporen an den Fersen, und die Figur, die er nach der Gestalt des König Helmas geschaffen hatte, ward in einer teuren Tasche aus geprägtem Leder verstaut, und groß und weithin strahlend ritt Manuel auf einem prächtigen Apfelschimmel, als er gen Süden zog; denn Geld hatte Manuel inzwischen genug zur Verfügung.

VIII

Der Schein der Heiligkeit

Und nun nimmt Manuel ein Schiff, das ihn, immer noch in Richtung Provence auf der Suche nach Alianora, die man die Unerreichbare Prinzessin nannte, über die unruhige Bucht von Biskaya trägt. Oriander der Schwimmer, so erzählt man sich, folgte diesem Schiff, aber er machte keinen Versuch, Manuel ein Leid zu tun, zumindest nicht für dieses Mal.

So kam Manuel hochgemut in das Land des bösen Königs Ferdinand, und um Allerheiligen brachte man einen jungen Riesen von einem Mann in die Folterkammer des Königs. König Ferdinand war alles andere als müßig, und er blickte mit durchaus zufriedener Miene von seiner Beschäftigung auf; doch alsgleich fiel ein Schatten über sein Gesicht.

»Ausgerechnet jetzt«, sprach Ferdinand, während er seine weißglühenden Zangen zischend in einen Wasserbehälter fallen ließ. »Und ich hatte so gehofft, du würdest mir noch mindestens zehn Jahre Zeit lassen.«

»Wenn ich Euch stören sollte, so bitte ich vielmals um Entschuldigung«, gab Manuel sehr höflich zu verstehen, »und daß ich hier eindringe, geschieht gegen meinen Willen. Denn, ohne jemandes häusliche Einrichtung kritisieren zu wollen, gibt es doch Dinge in dieser Folterkammer, deren Anblick mir gar nicht behagt.«

»Das kann man halten, wie man will. Unterdessen sag mir, was ist es, das ich in deiner Tasche sehe, was da in rote Seide eingewickelt ist?«

»Es ist eine Feder, König, die ich in ein Stück vom besten Unterrock meiner Schwester eingewickelt habe.«

Da seufzte Ferdinand, und er erhob sich von seinen interessanten Experimenten mit dem, was vom Marquis de Henestrosa übriggeblieben war, gegen den der König am Morgen eine plötzliche Abneigung gefaßt hatte.

»Na ja!« sagte Ferdinand. »Und doch habe ich, alles in allem, etwas aus meiner Zeit gemacht, mit meinen Lastern und meinen Schandtaten, und es ist nicht, als ob es nichts gäbe, auf das ich zurückblicken könnte! Für welchen Preis willst du mir also jene Feder verkaufen?«

»Aber eine Feder ist doch sicherlich für niemanden etwas nütze, König, und meint Ihr nicht auch, daß dies eine ganz gewöhnliche Feder ist?«

»Komm«, sprach König Ferdinand, während er sich die Hände wusch, »warum sollte man wohl eine gewöhnliche Feder in rote Seide wickeln? Du schielender Strolch, glaube nicht, mich durch solches Gerede um meine ewige Seligkeit betrügen zu können! Ich erkenne jene Feder genau als die Feder, die Milcah aus dem linken Flügel des Erzengels Oriphiel rupfte, als die Gottessöhne noch auf einem engeren und intimeren Fuße mit den Menschentöchtern standen, als heutzutage erlaubt ist.«

»Nun denn, Herr«, sprach Manuel, »Ihr mögt recht haben in einer Welt, in der nichts gewiß ist: Jedenfalls bin ich durch ein oder zwei Dinge in dieser Folterkammer zu dem Schluß gekommen, daß es besser ist, Euch nicht zu widersprechen.«

»Muß ich denn nicht recht haben, wenn es vor langer Zeit vorhergesagt wurde, daß solch ein göttlicher Bote wie du mir diese heilige Reliquie bringen würde, um mich von meinen Sünden zu bekehren und einen Heiligen aus mir zu machen?« beharrte König Ferdinand.

»Es sieht mir wie eine ganz gewöhnliche Feder aus, König; aber ich gedenke dessen, was mir ein Verrückter sagte, und ich bestreite nicht, daß Eure Propheten weiser sind als ich; denn ich bin noch nicht allzu lange ein göttlicher Bote gewesen.«

»Dann nenne deinen Preis für diese Feder!«

»Mich deucht, es wäre ehrerbietiger, Euch auf die Propheten zu verweisen, denn ich kenne sie als großzügige und hochherzige Geschöpfe.«

Ferdinand nickte beifällig. »Das ist sehr lobenswert gesprochen, da es vorhergesagt ist, daß mir diese Reliquie aus freien Stücken von einem großen Edelmann übergeben werden sollte. So muß ich, wie es aussieht, dir alsgleich ein Grafenpatent ausstellen und dir ein Stück fruchtbaren Lands und eine feste Burg oder zwei zu Lehen geben und deinen Anspruch auf diese Dinge auf den gestrigen Tag zurückdatieren.«

»Gewiß«, sagte Manuel, »würde es Euch schlecht anstehen, einer solch berühmten Prophezeihung nicht den gebührenden Respekt zu zollen, wo neben Eurem Ellenbogen doch ein Tintenfäßchen steht.«

So sandte König Ferdinand nach dem Grafen von Poictesme und erklärte ihm sozusagen unter alten Freunden, wie die Sache stand, und am Nachmittag desselben Tages ward dem hohen Graf die Beichte und danach der Kopf abgenommen. Da Poictesme nun ein vakantes Lehen war, erhob König Ferdinand Manuel in den Adelsstand und ernannte ihn zum Grafen von Poictesme.

Es traf sich allerdings, daß ganz Poictesme damals von den Nordmännern unter Herzog Asmund besetzt gehalten wurde, welcher König Ferdinands Herrschaftsanspruch leugnete und ihn mit ärgerlicher Hartnäckigkeit in der Schlacht besiegte, so daß Manuel fürs erste nichts als den wohlklingenden Titel davontrug.

»Irgendein schreckliches Ungemach«, wie König Ferdinand ausführte, »wird jedoch Asmund und seine schändlichen Gesellen über kurz oder lang befallen, so daß wir uns über sie keine Sorgen zu machen brauchen.«

»Aber wie kann ich dessen gewiß sein, Herr?« fragte Manuel.

»Graf, ich bin überrascht ob solchen Zweifels! Steht es nicht unmißverständlich in der Heiligen Schrift, daß die Bösen zwar eine Zeitlang gedeihen mögen, dann aber gefällt werden wie grüne Lorbeerbäume?«

»Ja, ohne Zweifel! Somit werden Eure Soldaten sicher bald losziehen, um Herzog Asmund zu besiegen.«

»Aber ich kann keine Soldaten gegen ihn ausschicken, jetzt da ich ein Heiliger bin; denn das würde nicht gut aussehen. Es würde den ketzerischen Eindruck erwecken, ich wolle den Himmel nötigen.«

»Und doch, König, sendet Ihr Soldaten gegen die Mauren. . .«

»Ah, aber es ist nicht Euer Land, Graf, sondern meine Stadt Ubeda, die von den Mauren angegriffen wird, und einen Heiligen anzugreifen, ist, wie du zweifellos verstehen wirst, eine gefährliche Häresie, die niederzuschlagen meine Pflicht ist.«

»Ja, zweifellos. Nun ja«, sprach Manuel, »es heißt zumindest etwas, ein Graf zu sein, und einen schönen Namen zu tragen ist etwas Besseres, als Schweine zu hüten, wenn es auch den Anschein hat, als würden die Schweine ihren Mann besser ernähren.«

In der Zwischenzeit waren die Herolde des Königs in ihren geriefelten Rüstungen überall hingeritten, um die Erfüllung der alten Prophezeihung über die Feder des Erzengels Oriphiel zu verkündigen. Niemals zuvor hatte es solch eine Bewegung in jenen Landen gegeben; denn alle Kirchenglocken läuteten den ganzen Tag, und alle Leute liefen umher und beteten mit lauter Stimme und vergaben ihren Angehörigen und küßten die Mädchen und bliesen Pfeifen und läuteten Kuhglocken, weil die Stadt nun eine so heilige Reliquie beherbergte, daß der schlimmste Sünder sie nur zu berühren brauchte, um von seinen Schandtaten freigesprochen zu sein.

Und am gleichen Tage verstieß König Ferdinand die üblen Gesellen, mit denen er so lange jeder Art von Laster gefrönt hatte, und von Stund an lebte Ferdinand,wie es einem Heiligen geziemte. Er gründete zwei Kirchen pro Jahr und nährte sich zur Erbauung aller von Wurzeln und Kräutern; er wusch täglich die Füße von drei bedürftigen Personen und ging in Sack und Asche gekleidet; und immer, wenn er Ketzer verbrannte, trug er das Holz für den Scheiterhaufen selbst zusammen, um niemandem zur Last zu fallen; und er machte Priorinnen und Äbtissinnen aus seinen intimeren und persönlicheren Bekanntschaften von gestern, weil er wußte, daß Menschen durch den Kontakt mit der Heiligkeit heilig gemacht werden und daß diese rückwirkend gültig ist.

Danach blieb Manuel einen Monat lang am Hofe des König Ferdinand und merkte sich wohl, was es auf der einen wie auf der anderen Seite an Bemerkenswertem gab. Manuel war unter den Frommen allgemein wohl gelitten, und wenn sich der Hof am Abend zum gemeinsamen Gebet versammelte, betete niemand andächtiger als der Graf von Poictesme. Er hatte eine ruhige Art mit den Äbtissinnen und Priorinnen und mit den Einsiedeln eine Art von schlichter Offenheit, die bei einem göttlichen Boten ungemein bewundert wurde. »Aber die besondere Gunst des Himmels«, wie König Ferdinand bemerkte, »trifft immer die Bescheidensten.«

Die Flügelfeder von Helmas' Gans hatte König Ferdinand an jenem schmucklosen Käppchen mit seinem Heiligenschein aus Golddraht befestigen lassen, das er jetzt anstelle seiner eitlen irdischen Krone trug, damit die immerwährende Nähe zu jener Reliquie ihn im Zustand zunehmender Heiligkeit erhalten möchte. Und jetzt, wo jeder Selbstzweifel aus seinen Gedanken verschwunden war, lebte Ferdinand glücklich und zufrieden, und seine Verdauung besserte sich dank seiner leichten Diät von Wurzeln und Kräutern, und seine Liebe und Güte waren grenzenlos, weil er jenen bemitleidenswerten Geschöpfen, die vor seinen Thron befohlen wurden, nicht böse sein konnte, wenn er bedachte, welche Foltern ihnen in der Hölle oder im Fegefeuer bevorstanden, während Ferdinand im Himmel auf einer goldenen Harfe spielen würde.

So handelte Ferdinand mitfühlend und großzügig gegenüber jedermann. Die Hälfte seiner Untertanen meinte, daß ihnen dies zur Lehre gereiche, während die andere Hälfte von ihnen erklärte, daß sie es eigentlich schon immer so gehalten und daß sie oft daran gedacht und sich gewünscht hätten, daß junge Leute Nutzen daraus ziehen könnten, solche Dinge ernster zu nehmen.

Und Manuel besorgte sich Lehm und formte die Figur eines jungen Mannes, der die Züge und den heiligmäßigen Blick König Ferdinands trug.

»Ja, dieser junge Bursche, den du aus Erde gemacht hast, hat Ähnlichkeit mit mir«, gab der König zu, »wenngleich Lehm natürlich den schönen roten Wangen und der roten Nase nicht gerecht werden kann, die ich in jenen sündigen Tagen zu haben pflegte, als ich noch an solche Eitelkeiten dachte, und im übrigen hat sie mehr Ähnlichkeit mit Euch. Und doch, Graf, zeigt das Ding Gefühl, es ist gesund, es ist erfrischend frei von diesen morbiden modernen Vorstellungen von anatomischer Genauigkeit, und es steht dir gut an.«

»Nein, Majestät, die Figur gefällt mir zwar ganz gut, jetzt wo sie fertig ist, aber ich weiß irgendwie, daß es nicht die Figur ist, die ich machen möchte. Nein, ich muß meinem eigenen Willen und meinem eigenen Begehr folgen, und Heiligkeit scheint mir dafür nicht erforderlich.«

»Ihr Künstler!« sagte der König, wie Leute das immer sagen. »Aber in deinen Gedanken steckt mehr als bloß dieser Lehm dahinter.«

»In der Tat gibt es mir zu denken, Majestät, wenn ich sehe, wie Ihr dadurch zu einem Heiligen gemacht werdet, daß man es von Euch erwartet.«

»Aber, Graf, das sollte niemanden bekümmern, solange ich mich nicht beschwere, und es ist eine ernstere Sache, an die Ihr denkt.«

»Ich glaube, daß es nicht recht ist, irgend jemanden irgendeiner Sache zu berauben, und mich deucht, daß absolute Rechtschaffenheit eine feine Feder ist, sich damit zu zieren.«

Dann ging Manuel in den Hühnerhof hinter dem rotüberdachten Palast König Ferdinands, fing sich eine Gans und rupfte aus ihrem Flügel eine Feder aus. Danach ritt der prächtige junge Graf von Poictesme auf seinem großen Apfelschimmel gen Osten, und ein Gefolge von sechs Lakaien in schwarz-und-silberner Livree kam hinter ihm her getrabt, und die zwei vordersten Lakaien trugen in Satteltaschen, die mit einer goldenen Grafenkrone geschmückt waren, die Statuen, die Dom Manuel geschaffen hatte. Ein dritter Lakai trug Dom Manuels Schild, auf dem das Wappen von Poictesme prangte. Der schwarze Schild zeigte ein silbernes Streitroß, steigend in allen Gliedern und mit goldenem Zügel, doch das alte Wappen hatte ein neues Motto erhalten.

»Was heißt dieses griechische Zeug?« hatte Dom Manuel gefragt.

»*Mundus decipit*, Graf«, hatte man ihm gesagt, »lautet das alte, fromme Motto von Poictesme; es besagt, daß die Dinge dieser Welt nur ein eitler Mummenschanz sind und daß irdischen Äußerlichkeiten nirgends eine besondere Bedeutung zukommt.«

»Dann ist euer Motto ein Zeichen grüner Unerfahrenheit«, sprach Manuel, »und es als das meine zu führen wäre ein Zeichen schwarzer Undankbarkeit.«

So war die Legende nach seinen Anweisungen abgeändert worden, und sie lautete nun: *Mundus vult decipi.*

IX

Die Feder der Liebe

In solchem Aufzug kam Graf Manuel am Morgen des Weihnachtstages, just zwei Tage nachdem er einundzwanzig geworden war, in die Provence. Dieses Land, das dem Hörensagen nach von Zauber erfüllt war, bot ihm jedoch in keiner Hinsicht irgendwie ungewöhnliche Züge dar, wenn es auch auffiel, daß der marmorne Palast des Königs von silbernen Lanzen gesäumt wurde, die die präparierten Köpfe von jungen

Männern trugen, welche erfolglos um die Hand der Prinzessin Alianora angehalten hatten. Manuels Lakaien sagte der Anblick dieser Köpfe zunächst nicht zu, und es dünkte ihnen, als seien diese unpassend als Weihnachtsdekorationen; aber Dom Manuel klärte sie auf, daß zu dieser Zeit allgemeiner Freude auch diese Palisade der allgemeinen Erheiterung dienlich sei, weil (da ein Wetter herrschte, wie es in diesen Breiten noch nie dagewesen war) während der Nacht ein leichter Schnee gefallen war, so daß jeder Kopf eine weiße Nachtmütze zu tragen schien.

Alsdann ward Manuel zu Raymond Bérenger gebracht, dem Grafen der Provence und König von Arles, der in seiner großen, warmen Halle das Weihnachtsfest beging. Raymond saß auf einem prächtigen Thron aus geschnitztem weißen Elfenbein und Gold unter einem purpurnen Baldachin. Und neben ihm, auf einem Thron ebensolcher Art, aber nicht ganz so hoch, saß Raymonds Tochter Alianora, die Unerreichbare Prinzessin, in einem Gewand aus fließender Seide in sieben verschiedenen Farben, das mit dem dunklen Gefieder kleiner Bartvögel gesäumt war. In ihrer Krone waren Chrysolithe und Amethyste; es war ein Wunder zu sehen, wie hell sie strahlten, aber sie waren nicht so strahlend wie Alianoras Augen.

Sie machte große Augen, als Manuel hohen Hauptes durch die Halle kam, in der die Barone gemäß ihrem Rang Platz genommen hatten. Sie hatte, so erzählt man, vier Gründe, sich an diesen unverschämten, großen, schiefblickenden blonden jungen Burschen zu erinnern, den sie am Teich von Haranton getroffen hatte. Sie errötete und sprach mit ihrem Vater in der pfeifenden und zischenden Zunge, die die Asparasas untereinander gebrauchen; und ihr Vater lachte lang und laut.

Sprach Raymond Bérenger: »Es hätte sehr viel schlimmer kommen können. Kommt, sagt mir nun, Graf von Poictesme, was ist es, das ich in Eurer Brusttasche sehe, was da in rote Seide eingewickelt ist?«

»Es ist eine Feder, o König«, erwiderte Manuel ein wenig müde, »die ich in ein Stück vom besten Unterrock meiner Schwester eingewickelt habe.«

»Ach ja?« sprach Raymond Bérenger mit einem Grinsen, das

immer freundlicher zu werden schien. »Und ich brauche wohl nicht zu fragen, welchen Preis du für diese Feder haben willst. Nichtsdestoweniger bist du ein junger Zauberer von ausgezeichnetem Ruf und edlem Rang, der zweifellos eine beträchtliche Anzahl von Riesen und Drachen getötet und mit Sicherheit Könige von Narrheit und Verderbtheit auf den rechten Weg gebracht hat. Denn solche guten Gerüchte eilen dem Mann voraus, der gute Taten hinter sich hat, daß du nicht als ein Fremder in mein Reich kommst; und, ich wiederhole, es hätte alles sehr viel schlimmer kommen können.«

»Nun höret, Ihr alle, die Ihr hier das Weihnachtsfest begeht!« rief Manuel. »Vor einiger Zeit beraubte ich diese Prinzessin einer Feder, und der Gedanke daran belastete mich schwerer als eine Feder, weil ich etwas genommen hatte, was mir nicht gehörte. Also fühlte ich die Verpflichtung, mich zur Provence aufzumachen, um ihr eine Feder zurückzugeben. Und solches befiel mich auf dem Wege, daß ich zu Michaelis Weisheit in ein Reich brachte und zu Allerheiligen Frömmigkeit in ein anderes Reich. Was ich nun am höchsten Feiertag von allen in Euer Reich bringen mag, weiß nur der Himmel. Dem Auge mag es als eine ganz gewöhnliche Feder erscheinen. Aber das Leben in der großen weiten Welt ist verrückter, als sich je ein Schweinehirt in seiner Hütte träumen ließ, und überall werden die Menschen von ihrem Glauben genährt, in einer Art, wie kein Schweineschinken jemanden nähren kann.«

Raymond Bérenger meinte mit einem weisen Kopfnicken: »Ich sehe, was du in deinem Herzen trägst, und ich sehe ebenso, was du in deiner Tasche trägst. So, warum sagst du uns nicht, was jedermann weiß? Jedermann weiß, daß die Robe der Asparasas, der ureigenste Schatz der Provence, durch den Verlust einer Feder unbrauchbar geworden ist, so daß meine Tochter nicht länger in der Gestalt eines Schwans über Land ziehen kann, weil die Robe keine Wunder mehr zu wirken vermag, ehe nicht jene Feder in deiner Tasche wieder mit dem alten Zauberspruch in das Gewand eingenäht worden ist.«

»Nun, das weiß wohl in der Tat jeder!« sprach Manuel.

»Jedermann weiß auch, daß meine Tochter vor Sehnsucht

nach ihren früheren Erlebnissen in der freien Natur und den gesunden Luftveränderungen, die sie zu haben pflegte, schier vergeht. Und jedermann weiß schließlich auch, daß ich, auf den recht vernünftigen Vorschlag meiner Tochter hin, ihre Hand demjenigen in die Ehe versprochen habe, der jene Feder wiederbrächte, und den Tod einem jeden unverschämten jungen Burschen, der hier ohne sie einzutreten wagte, wie die Umfriedung meines Palastes bezeugt.«

»Oh, oh!« sprach Manuel mit einem Lächeln. »Mich dünkt, es ist kein erfreuliches Abenteuer, das mir da ungebeten widerfahren ist.«

»Und so, wie du mir erzählt hast, kamst du in die Provence, und, wie mir niemand zu erzählen braucht, da ich noch zwei Augen im Kopf habe, hast du die Aufgabe erfüllt. Und warum erzählst du mir jetzt dauernd von Dingen, die ich ebensogut weiß wie du selbst?«

»Aber, König von Arles, wie wollt Ihr wissen, ob dies nicht eine ganz gewöhnliche Feder ist?«

»Graf von Poictesme, warum sollte man wohl –«

»Oh spart mir dieses üble Beispiel weltlicher Logik, Herr, und ich will zugeben, was immer Ihr verlangt!«

»Dann hör auf, solchen Unsinn zu reden und mir von Dingen zu erzählen, die jedermann weiß, und gib meiner Tochter endlich ihre Feder!«

Manuel stieg die Stufen zum weißen Thron Alianoras hinauf. »Seltsame Dinge sind mir widerfahren«, sagte Manuel, »aber nichts Seltsameres als dies kann je geschehen, als daß ich hier mit Euch stehen und diese kleine Hand in der meinen halten sollte. Ihr seid vielleicht nicht ganz so schön, geschweige denn so klug wie Niafer. Nichtsdestoweniger seid Ihr die Unerreichbare Prinzessin, deren anmutige Gestalt mich nach meiner sinnlosen Trauer um Niafer wieder aufrichtete, nachdem ich Niafer eine halbe Stunde zuvor verloren hatte. Ja, Ihr seid die, deren Schönheit einen Traum und eine Unzufriedenheit im Herzen eines Schweinehirten entfachte, um ihn hinaus in die große weite Welt und durch ihre wundersamen Wege und an ihre hohen Orte zu führen, so daß jetzt der Schweinehirt hier steht, gekleidet in Samt und Gold und in reiches Pelzwerk, auf den obersten Stufen eines Thrones, und die Hand der Unerreichbaren Prinzessin liegt in seiner Hand, und im Herzen ist ihm elend zumute.«

Die Prinzessin meinte darauf: »Ich weiß nichts von dieser Niafer, die wahrscheinlich nicht besser war, als sie hätte sein sollen, und ich kann mir auch keinen Grund denken, weshalb es dir elend zumute sein sollte.«

»Aber ist es nicht die Wahrheit«, fragte Manuel Alianora mit nicht allzu fester Stimme, »daß Ihr den Mann zu heiraten gelobt habt, der Euch die Feder zurückbringt, die Euch am Teich von Haranton geraubt wurde? Und daß Ihr keinen anderen heiraten könnt?«

»Es ist die Wahrheit«, antwortete sie mit einer kleinen, erschreckten, lieblichen Stimme, »Und ich bin nicht länger traurig darüber, daß es die Wahrheit ist, und es dünkt mich recht unhöflich von Euch, darob elend zu sein.«

Manuel lachte ohne rechte Freude. »So muß der Mensch im Leben lernen! Ich muß nun an die spaßige Leichtgläubigkeit eines Jungen denken, der zusah, wie eine strahlend weiße Feder im Feuer verbrannte, während er nicht eine Armeslänge entfernt saß und an Kohlsuppe dachte, weil ihm die älteren Leute versicherten, daß eine Feder niemals für irgendwen von irgendwelchem Nutzen sein könne. Und das auch noch, nachdem er gesehen hatte, welcher Nutzen sich aus einem alten Zaum, einem Entenei oder aus allem Möglichen ziehen läßt! Aber was soll's! Alles Wasser, das über den Damm hinaus ist, muß seinen Weg gehen, auch wenn es eine Flut von Tränen ist –«

Hier zuckte Manuel leicht die breiten Schultern. Er nahm aus seiner Tasche die Feder, die er aus dem Flügel von Ferdinands Gans gerupft hatte.

Er sprach: »Eine Feder raubte ich Euch in den roten Herbstwäldern, und eine Feder gebe ich Euch nun wieder, meine Prinzessin, in diesem Eurem weißen Palaste, nicht um eine Belohnung zu erheischen und auch nicht in dem Verlangen, daß Ihr Euch in den grauen Jahren, die da kommen werden, meiner erinnert, sondern nur, um keine Verpflichtung unerfüllt und keine Schuld unbeglichen zu lassen. Und ob in dieser

Welt, in der nichts gewiß ist, eine Feder besser ist als eine andere Feder, weiß ich nicht. Es mag sich wohl begeben, daß ich alsgleich ein häßlich Schicksal von schönen Lippen werde hören müssen und daß alsbald mein Kopf auf einer silbernen Lanze darren wird. Aber man weiß ja nie, und ich habe gelernt, daß es gut ist, sich alle Selbstzweifel aus dem Kopf zu schlagen.«

Er gab ihr die Feder, die er der dritten Gans ausgezogen hatte, und die Posaunen ertönten zum Zeichen, daß die Suche nach Alianoras Feder vollendet sei, und der ganze Hof brach in Jubelrufe auf den edlen Graf Manuel aus.

Alianora blickte auf das, was sie in ihrer Hand hielt, und sah, daß es eine Gänsefeder war, die in nichts der Feder ähnelte, die sie aus der Robe der Apsarasas gezogen hatte, als sie in jungfräulicher Scham Manuels allzu freundlichen Annäherungsversuchen entfleucht war, um dann ihren Vater dazu zu bewegen, jenen Wettbewerb zu verkünden, dessen Gewinner sie so bereits von vornherein bestimmt glaubte.

Dann blickte Alianora auf Manuel. Und die seltsamen ungleichen Augen dieses großen jungen Mannes vor ihr waren hell und standhaft wie Altarkerzen. Er hielt das Kinn hochgereckt, und es schien ihr, daß dieser prächtige junge Bursche von ihr erwarte, daß sie die Wahrheit verkünde, wo die Wahrheit sein Todesurteil sein würde. Sie hatte für derlei Unsinn keine Zeit.

Sprach Alianora mit jenem lieblichen stillen Lächeln, das ihr eigen war: »Graf Manuel hat die Aufgabe erfüllt. Er hat mir die Feder aus der Robe der Apsarasas zurückgebracht. Ich erkenne sie genau.«

»Oh, wie schön«, sprach Raymond Bérenger. »Dennoch, hole besser deine Nadel und die Rolle mit dem alten Zauberspruch und die Robe ebenso und mache es all meinen Baronen deutlich, daß die Kraft der Robe wiederhergestellt ist, indem du ein wenig in der Gestalt eines Schwans durch die Halle kreist. Denn es ist besser, bei solchen Dingen die vorgeschriebene Form zu wahren, damit auch nicht der geringste Verdacht aufkommt, daß etwas nicht rechtmäßig zugegangen sei.«

Nun sahen die Dinge etwas kitzlig für Dom Manuel aus, da er und Alianora wußten, daß die Robe verdorben war und daß die Hinzufügung von gleich wie vielen Gänsefedern Alianora nicht in einen Schwan verwandeln würde. Doch das offene und hochgemute Gesicht des Jungen blieb den Wünschen des Gastgebers höflich gewogen, und sein Ausdruck änderte sich nicht.

Doch Alianora meinte entrüstet: »Mein Vater, Ihr überrascht mich! Habt Ihr überhaupt keinen Sinn für Anstand? Ihr solltet wissen, daß es sich für eine anverlobte Maid nicht ziemt, in Gestalt eines Schwans in der Provence herumzufliegen, und noch weniger vor den Augen von Männern, die den ganzen Morgen getrunken haben. Dinge dieser Art führen dazu, daß über ein Mädchen geredet wird.«

»Nun, das ist wahr, meine Liebe«, sagte Raymond Bérenger beschämt, »und dein Feingefühl tut dir Ehre. So sollte ich vielleicht etwas anderes vorschlagen –«

»Jawohl, mein Vater, und ich sehe genau, was Ihr vorschlagen wolltet. Und ich glaube, Ihr habt recht.«

»Ich bin nicht unfehlbar, meine Liebe, aber meint Ihr nicht –«

»Ja, Ihr habt vollkommen recht: Es wäre für keine verheiratete Frau gut, wenn man sie im Besitz einer solchen Robe wüßte. Man weiß nie, genau wie Ihr sagt, was die Leute über sie reden würden, noch welche schändlichen Tricks man ihr nachsagen könnte, die sie ihrem Gatten spielen würde.«

»Meine Tochter, ich wollte dir nur sagen –«

»Ja, und Eure Worte sind fürwahr unwiderlegbar. Denn Ihr, dem man nachsagt, der weiseste Graf zu sein, der je über die Provence herrschte, und der klügste König, den Arles jemals hatte, wißt gar wohl, wie die Leute reden und wie gern die Leute reden und bereit sind, allem die schlimmste Auslegung zu geben, und Ihr wißt auch, daß Ehegatten derlei Gerede nicht lieben. Gewiß hätte ich nie an diese Dinge gedacht, mein Vater, aber ich glaube, Ihr habt recht.«

Raymond Bérenger strich sich seinen dichten kurzen Bart und meinte: »Wahrlich nun, meine Tochter, ob ich nun weise und klug sein mag oder nicht – wenngleich, wie du sagst, es natürlich Leute gegeben hat, die derlei von mir behaupteten, zum Beispiel in Bittschriften –, aber wie dem auch sein mag und abgesehen von der Tatsache, daß es jedermann gern sieht, wenn man seine Fähigkeiten würdigt, so muß ich doch bekennen, daß ich mir kein Geschenk vorstellen könnte, was bei diesem hohen Feste einem Gatten willkommener wäre als die Asche jener Robe.«

»Das ist ein Wort«, hört man hier Alianora verkünden, »das eines Raymond Bérenger wohl würdig ist, und ich habe Euch oft bewundert, wie Ihr die Dinge beim Namen nennt.«

»Das ist auch eine Gabe«, sprach der König-Graf mit angemessener Bescheidenheit, »die manchen Personen gegeben ist und anderen nicht. Daher verdiene ich dafür kein Lob. Doch wie ich im Begriff zu sagen war, als du mich unterbrachst, meine Liebe, ist es das Recht der Jugend, sich auszutoben, da (wie ich oft gedacht habe) wir nur einmal jung sind, und so habe ich nie ein Wort der Kritik an deinen Ausflügen in ferne Länder verlauten lassen. Aber ein Ehemann ist ein anderes Paar Schuhe. Ein Ehemann mag es nicht, wenn seine Frau über die Baumwipfel und die hohen, einsamen Berge und die langen, flachen Sümpfe fliegt, ohne daß jemand ein Auge auf sie hat, und das mit Recht. So, wenn ich an deiner Stelle wäre und weise genug, auf deinen alten Vater zu hören, der dich liebt und der weiser ist als du, meine Liebe – ja, nun, wo du davorstehst zu heiraten, sage ich dir mit aller Eindringlichkeit, mein Liebling, würde ich diese Feder und diese Robe in einem roten Feuer vernichten, wenn Graf Manuel dem zustimmt. Denn er ist es, der jetzt über all deine Besitztümer gebietet, und nicht ich.«

»Graf Manuel«, sprach Alianora mit ihrem lieblichen, stillen Lächeln, »Ihr habt die eindringlichen Worte meines Vaters gehört, und die Pflicht gebietet mir, mich von ihnen leiten zu lassen. Ich leugne nicht, daß ich Euch, auf den Rat meines Vaters hin, darum bitte, eine mächtige Magie zu zerstören, die manche über das schwache Flehen einer Frau stellen würden. Aber ich weiß jetzt«, und ihr Blick begegnete dem seinen, und für jeden jungen Mann, in dessen Brust ein junges Herz schlug, konnte das, was Manuel in den hellen Rehaugen Alianoras sehen konnte, nur eine beinahe unerträgliche Freude sein, »aber ich weiß jetzt, daß Ihr, der Ihr mein Gatte werden sollt und der Ihr Weisheit in das eine Königreich gebracht habt und Frömmigkeit in das zweite, die Liebe in das dritte Königreich gebracht habt, und ich sehe, daß diese dritte Magie eine stärkere und eine edlere Magie als jene der Apsarasas ist. Und es dünkt mir, daß Ihr wie ich gut daran tun würdet, allem Zweitrangigen zu entsagen.«

»Mir wiederum scheint es«, sprach Manuel, »daß Ihr eine ungewöhlich intelligente junge Frau seid, und ich bin des Glaubens, daß es viel zu früh für mich ist, mich den Wünschen meiner Frau zu widersetzen, in einer Welt, wo alle Menschen von ihrem Glauben genährt werden.«

Und da es somit beschlossen war, wurde das Julscheit neu entfacht, und die Gänsefeder und die Robe der Apsarasas wurden den Flammen überantwortet. Danach ließen die Posaunen einen Tusch erklingen, um zu verkünden, daß Raymond Bérengers Weihnachtsbraten gewürzt und angerichtet, seine Weinfässer angeschlagen und seine Puddings am Dampfen seien. Sodann ging der frühere Schweinehirt hinein, um mit des Königs-Grafen Tochter, Alianora, die man allenthalben die Unerreichbare Prinzessin genannt hatte, das Weihnachtsmahl zu halten.

Und man erzählt sich, daß, während Alianora und Manuel behaglich vor dem offenen Kamin saßen und Walnüsse knackten und in den Pausen ihres Gesprächs zusahen, wie der Schnee gegen die Fensterscheiben trieb, der Geist Niafers im Paradies der Heiden ruhelos unter einem ewig strahlendblauen Himmel über die grünen Gefilde wandelte. Und als die freundlichen Wächter mit den hohen Stirnen sie fragten, was es sei, das sie suche, konnte es ihnen der arme Geist nicht sagen; denn Niafer hatte Lethe gekostet und hatte Dom Manuel vergessen. Nur ihre Liebe zu ihm war ihr geblieben, weil jene Liebe ein Teil ihrer selbst geworden war und so weiterlebte, als ein blindes Sehnen und als ein Verlangen, das sein Ziel nicht mehr kannte. Und man berichtet auch, daß in Suskindes niedrigem, von roten Säulen getragenen Palaste Suskinde ihren Erinnerungen nachhing und wartete, daß einer kam.

Zweiter Teil

Das Buch der Ausgaben

Oftmalen hörte Manuel von der Schönheit der Königin der Furien *und* Gnomen *und* Hydrae *erzählen, dermaßen daß er in Liebe zu ihr entbrannt war, obzwar er sie niemals gesehen; alsdann machte er durch sein Geschick ein Loch in das Feuer und gelangte also zu ihr, und so er mit ihr gesprochen, zeigte er ihr sein Begehr.*

X

Alianora

Man erzählt sich in Poictesme, daß nach dem Mahle König Raymond Botschafter zu seiner Frau sandte, die jenes Weihnachtsfest mit ihrer Tochter, Königin Meregrett von Frankreich, verbrachte, auf daß sie Dame Beatrice auftragen sollten, sie möchte sobald als möglich zurückkehren, damit sie ihre Tochter Alianora mit dem berühmten Graf Manuel vermählen könnten. Man erzählt sich auch, wie die Feiertage mit Festlichkeiten aller Art verbracht wurden und wie Dom Manuel gar prächtig mit seiner Prinzessin harmonierte und wie es Betrachtern erschien, daß sich für beide von ihnen, selbst für den etwas herablassend wirkenden Jungen, die Liebe als ein höchst wundersamer und edler Zeitvertreib erwies.

Dom Manuel bekannte in Antwort auf eifersüchtige Nachfragen, daß er Alianora nicht für ganz so schön noch so klug halte, wie es Niafer gewesen sei; aber dies, wie Manuel darlegte, sei kaum eine Sache, an der sich etwas machen ließe. Auf jeden Fall war die Prinzessin ein gutaussehendes und intelligentes Mädchen, wie Dom Manuel ihr freimütig eingestand, und die Magie der Apsarasas, in der sie ihn zu unterweisen begonnen hatte, erklärte Dom Manuel für etwas sehr Interessantes, wenn man sich aus derlei Dingen etwas machte.

Die Prinzessin ihrerseits gab bescheiden zu, daß ihre Magie dem Vergleich mit der seinen natürlich nicht standhalte, da ihre nur Macht über die Körper von Menschen und Tieren habe, während Dom Manuels Magie eine so bemerkenswerte Verwandlung in den Herzen und Gemütern von Königen bewirkt hätte. Und doch, wie Alianora darlegte, konnte sie Korn und Vieh verderben, konnte sehr dienliche Stürme heraufbeschwören und, wenn man ihr die Zeit dazu gab, einen Feind mit beinahe jeder physischen Krankheit belegen, die man sich denken konnte. Sie konnte nicht geradewegs töten, das war richtig, aber selbst so waren diese kleineren Übel keine verachtenswerten Errungenschaften bei einem so jungen Mädchen. Auf jeden Fall, meinte sie zusammenfassend, sei es sehr schlecht, sie zu entmutigen, indem man über ihre bescheidenen Fähigkeiten spotte.

»Ah, aber komm doch, meine Liebe«, sprach Manuel, »ich habe dich doch nur geneckt. Ich halte deine Arbeit wirklich für sehr vielversprechend. Du mußt nur weitermachen. Übung, sagt man, ist das wichtigste bei allen Künsten.«

»Ja, und wenn du mir dabei hilfst –«

»Nein, ich habe Wichtigeres zu tun, als mich mit Teufelskunststücken abzugeben«, sprach Manuel, »und mich selbst einer Verpflichtung zu entheben, bevor ich anderen etwas auferlegen kann.«

Denn des Geas wegen, das auf ihm lag, in der Welt eine gute Figur zu machen, hatte Dom Manuel seine beiden Statuen ausgepackt, und nachdem er sie lange und unbefriedigt betrachtet hatte, war er wieder darangegangen, in Lehm zu modellieren, und hatte sich ein drittes Bildnis geschaffen. Diese Figur hatte gleichfalls die Gestalt eines jungen Mannes, aber sie hatte die Züge und den Blick der Prinzessin Alianora.

Manuel gestand, daß er mit dieser Figur schon recht zufrieden sei, doch selbst so erkannte er darin noch nicht ganz die Figur, die er sich zu schaffen wünschte, und daraus, sagte er, leitete er ab, daß die Liebe nicht das Wesentliche für ihn sei.

Alianora gefiel die Figur überhaupt nicht.

»Wenn du eine Statue von mir gemacht hättest«, bemerkte sie, »wäre dies ein sehr nettes Kompliment gewesen. Aber wenn du damit anfängst, an meinem Äußeren herumzuändern, als ob du damit nicht zufrieden wärst, und es mit dem deinen zu vermengen, bis du die Gestalt eines jungen Mannes geschaffen hast, der aussieht wie beide von uns, ist es kein Kompliment. Eher ist es eine Form von Egotismus.«

»Vielleicht jetzt, wo ich daran denke, bin ich ein Egotist. Auf jeden Fall aber bin ich Manuel.«

»Und außerdem, Liebster«, sprach sie, »ist es nicht ziemlich, daß du, der du jetzt mit einer Prinzessin verlobt bist und Herr der Provence und König von Arles sein wirst, sobald ich mich Vaters entledigt habe, immer mit nassem Dreck herumspielst.«

»Das weiß ich sehr wohl«, gab Manuel zurück, »aber nichtsdestotrotz liegt ein Geas auf mir, die Wünsche meiner Mutter zu ehren und eine bewunderswerte und bedeutende Figur in der Welt zu machen. Abgesehen davon jedoch, Alianora, sage ich dir noch einmal, daß dieser Plan von dir, deinen Vater zu vergiften, sobald wir verheiratet sind, mir aus verschiedenen Gründen unklug erscheint. Ich habe keine Eile, König von Arles zu werden, und genau genommen bin ich nicht einmal sicher, daß ich überhaupt König werden will, weil mein Geas wichtiger ist.«

»Mein Teuerster, ich liebe dich sehr, aber meine Liebe macht mich nicht blind für die Tatsache, daß du zwar ein mächtiger Zauberer sein magst, aber in weltlichen Dingen hoffnungslos unpraktisch veranlagt bist. Überlasse mir diese Sache, und ich werde sie schon so zuwege bringen, daß der äußere Schein gewahrt bleibt.«

»Ah, und du hältst es also für notwendig, den Schein zu wahren, selbst wenn es um so etwas wie Vatermord geht?«

»Aber gewiß sieht es viel besser für Vater aus, wenn er nach außen hin an einer Verdauungsstörung stirbt. Die Leute würden alles mögliche Böse von dem armen alten Kerl denken, wenn es bekannt würde, daß seine eigene Tochter ihn nicht länger ertragen konnte. Auf jeden Fall, Teuerster, habe ich beschlossen, da Vater glücklicherweise keine Söhne hat, daß du noch vor Ende dieses Jahres König von Arles sein wirst.«

»Nein, ich bin Manuel, und es bedeutet mir mehr, Manuel zu sein als König von Arles und Graf der Provence und Seneschall von Aix und Brignoles und Grasse und Massilia und Draguignan und so weiter.«

»Oh, du brichst mir das Herz mit dieser Mißachtung deiner wahren Interessen! Und es liegt alles an diesen drei häßlichen Figuren, die du mehr schätzt als den alten Thron Bosons und Rothbolds und Ozeane mehr als mich!«

»Komm, das habe ich nicht gesagt.«

»Ja, und du denkst auch ein gut Stück mehr an jenes tote heidnische Dienstmädchen als an mich, die ich eine Prinzessin und Erbin eines Königreiches bin.«

Manuel sah Alianora eine beträchtliche Weile an, bevor er etwas sagte. »Meine Liebe«, sprach er dann, »du bist, wie ich dir immer gesagt habe, ein ungewöhnlich hübsches und intelligentes Mädchen. Und ja, du bist eine Prinzessin, natürlich, obwohl du nicht länger die Unerreichbare Prinzessin bist, und das macht gewiß einen Unterschied . . . Aber unabhängig von all diesen Dingen gab es niemals irgend jemanden wie Niafer, und es wäre Unsinn, etwas anderes vorzuheucheln.«

Die Prinzessin erwiderte: »Ich wundere mich über mich selbst. Du bist seltsamer Zaubereien mächtig, die den Apsarasas unbekannt sind; das steht außer Frage nach den Wundern, die du bei Helmas und Ferdinand gewirkt hast. Selbst so habe auch ich ein gewisses Geschick in magischen Dingen, und es ist nicht recht, daß du mich behandelst, als wäre ich der Dreck unter deinen Füßen. Und ich lasse es mir auch noch gefallen! Das ist es, was mir rätselhaft ist, es macht mich über mich selbst wundern, und mein einziger Trost liegt darin, daß diese wunderbare Niafer, von der du schwärmst, jedenfalls tot und begraben ist.«

Manuel seufzte. »Ja, Niafer ist tot, und diese Figuren sind auch tote Dinge, und diese beiden Tatsachen geben mir fortwährend zu denken. Bei Niafer kann man da, scheint's, nichts machen, aber wenn ich nur diesen Figuren irgendein Leben eingeben könnte, so glaube ich, würde das Geas, das auf mir liegt, wohl hinreichend erfüllt sein.«

»Solch ein Wunsch ist blasphemisch, Manuel, denn der ewige Vater hat nicht mehr als dies mit seinen Ur-Skulpturen im Garten Eden getan.«

Dom Manuel kniff seine blaßblauen Augen zusammen, als ob er tief überlege. »Ja, aber«, sagte er langsam, »wenn ich ein Kind Gottes bin, ist es nur natürlich, meine ich, daß ich den Geschmack und die Gewohnheiten meines Vaters erben sollte. Nein, es ist nicht blasphemisch, möchte ich meinen, den Wunsch zu hegen, eine belebte und lebendige Figur zu machen, die etwas bewundernswerter und bedeutender als die eines durchschnittlichen Menschen ist. Nein, das erscheint mir nicht so. Wie dem auch sein mag, blasphemisch oder nicht, dies ist mein Wunsch, und ich muß meinem eigenen Willen und meinem eigenen Begehr folgen.«

»Wenn jener Wunsch in Erfüllung ginge«, fragte Alianora mit einem seltsamen Blick, »würdest du dann zufrieden sein, dich mit einer vernünftigen Lebensweise abzufinden, wie sie einem achtbaren Zauberer und König ziemt?«

»Ich denke schon, denn ein König hat keinen Herrn, und es steht ihm frei, überallhin zu reisen und die Enden der Welt zu sehen und darüber zu urteilen. Ja, ich glaube es schon, in einer Welt, in der nichts gewiß ist.«

»Wenn ich das nur halbwegs glauben könnte, würde ich versuchen, an Schamir zu gelangen.«

»Und wer oder was zum Teufel ist dieser Schamir?«

»Ein Versprecher«, erwiderte Alianora lächelnd. »Nein, ich will nichts mit deinen idiotischen Lehmfiguren zu tun haben, und ich werde dir nichts weiter erzählen.«

»Jetzt komm, mein Kleines!« sprach Manuel. Und er begann die Prinzessin der Provence mit eben solchen Schmeicheleien zu umgarnen, wie sie der große hübsche Junge früher bei den Bauernmädchen von Rathgor angewandt hatte.

»Schamir«, erklärte Alianora schließlich, »ist in einen Siegelring eingefaßt, der im Land auf der anderen Seite des Feuers wohl bekannt ist. Schamir hat das Aussehen eines schwarzen Kiesels, und wenn du eine dieser Figuren damit berühren würdest, nachdem du die entsprechenden Zeremonien vollführt hast, würde die Figur zum Leben erweckt werden.«

»Ja, aber«, sprach Manuel, »die Schwierigkeit ist die: wenn ich versuche, durch das Feuer hindurchzugehen, um das Land dahinter zu erreichen, werde ich unweigerlich zu Asche verbrannt werden, und so habe ich keine Möglichkeit, diesen Talisman zu erlangen.«

»Um ihn zu erlangen«, beschied ihn Alianora, »muß man ein Ei aus dem Nest des Falken nehmen, es kochen und es dann in das Nest zurücklegen und sich nahebei unter einem rot und weiß gemusterten Schirm mit einer Armbrust auf die Lauer legen, bis die Vogelmutter, wenn eines der Eier allen ihren Bemühungen, es mit Wärme zu erfüllen, widersteht, fortfliegt, sich in das nächste Feuer stürzt und mit dem Ring im Schnabel zurückkehrt. Mit Schamir wird sie das gekochte Ei dann berühren und es so wieder in seinen früheren Zustand versetzen. In diesem Augenblick muß man sie erschießen und den Ring an sich bringen, bevor er zu seinem rechtmäßigen Besitzer zurückgebracht werden kann. Ich meine, zu seiner schrecklichen Besitzerin, nämlich«, und hier machte Alianora ein unverständliches Zeichen, »Königin Freydis von Audela.«

»Komm«, sagte Manuel, »was soll mir dieses Wissen nützen, jetzt mitten im Winter. Es wird Monate dauern, bis die Nistzeit der Falken beginnt!«

»Manuel, Manuel, was soll nur aus dir werden! Siehst du nicht, wie schlecht es einem erwachsenen Mann und mehr noch einem berühmten Helden und mächtigen Zauberer ansteht, eine Schnute zu ziehen und die Stirn in Falten zu legen und mit den Füßen zu stampfen und überhaupt keine Geduld zu zeigen?«

»Ja, ich nehme an, daß es nicht besonders gut aussieht, aber ich bin Manuel, und ich muß meinem eigenen –«

»Oh, erspar mir das«, rief Alianora, »oder sonst, so sehr ich dich auch liebe, werde ich handgreiflich werden.«

»Nichtsdestoweniger ist das, was ich sagen wollte, wahr«, gab Manuel zu verstehen, »Und wenn du es nur glauben würdest, würde alles viel reibungsloser zwischen uns laufen.«

XI

Die Magie der Apsarasas

Nun erzählt die Geschichte, wie Manuel, um Alianora gefällig zu sein, sich in der Magie der Apsarasas unterweisen ließ. Er ging mit der Prinzessin zu einem hohen, geheimen Ort, und Alianora vollführte die gebührenden Beschwörungen, indem sie mit süßer Stimme in der berühmten alten Manier rief: »Torolix, Ciccabau, Tio, Tio, Torolililix!« Und alsbald kamen Vögel in großer Zahl geflogen und senkten sich in einer Flut aus Farbe und Flügelschlagen und Pfeifen hernieder.

Der Pfau schrie: »Mit dem Maß, mit dem du andere missest, sollst du selbst gemessen werden.«

Die Nachtigall sang: »Zufriedenheit ist das größte Glück.«

Die Turteltaube gurrte: »Es wäre besser für einige Geschöpfe, daß sie wären nie geschaffen worden.«

Der Spatz tschirpte: »Wer keine Gnade für andere kennt, soll selber keine finden.«

Der Storch sagte hoheitsvoll: »Die Herrlichkeit auf Erden muß Rauch und Asche werden.«

Und der Schrei des Adlers war: »Mag das Leben lange währen, ist das Ende doch gewiß.«

»Also das ist praktisch dasselbe, was ich gesagt habe«, erklärte der Storch, »und du bist ein unverschämter und kahlköpfiger Plagiator.«

»Und du«, entgegnete der Adler, indem er den Storch an der Kehle packte, »bist ein toter Vogel, der keine Kinder mehr bringen wird.«

Aber Dom Manuel zog den Adler am Flügel und fragte ihn, ob er wirklich meine, daß dies vor diesem Hohen Rat der Vögel so Gültigkeit haben solle. Und als der wütende Adler seinen grausamen Schnabel öffnete und eine mörderische Klaue erhob, um einen heiligen Eid zu schwören, daß er dies in der Tat meine und auch beweisen werde, flog der Storch intelligenterweise weg.

»Ich werde nie Eure Freundlichkeit vergessen, Graf Manuel«, rief der Storch, »und vergeßt nicht, daß Ihr dafür die üblichen drei Wünsche offen habt, wann immer Ihr wollt.«

»Und auch ich bin dankbar«, meinte der beschämte Adler, »ja, im ganzen gesehen bin ich dankbar; denn wenn ich jene langbeinige Pest getötet hatte, hätte dies eine Mißachtung des Hohen Rates dargestellt, und sie hätten mich dazu verurteilt, rote Basilisken auszubrüten. Auch war sein Vorwurf nicht ganz unbegründet, und ich muß mir einen neuen Ruf ausdenken.«

Und so setzte sich der Adler auf einen Felsen und sagte versuchsweise: »Es gibt niemand, der zu stolz ist zu kämpfen.« Er schüttelte angewidert sein kahles Haupt und versuchte es mit: »Der einzige dauernde Friede ist ein Friede ohne Sieg.« Aber auch das schien ihn nicht zufriedenzustellen. Danach rief er aus: »Wer gegen mich ist, hat zu wenig Verstand«, und: »Wenn jemand nicht genau das tut, was ich sage, wird das Herz der Welt brechen.« Und viele andere närrische Worte wiederholte er und schüttelte jedesmal den Kopf, denn keine von diesen Maximen gefiel dem Adler, und er bewunderte nicht länger den Pädagogen, der sie erfunden hatte.

Und so vergaß der Adler auf seiner geplagten Suche nach einem Ausspruch, der hinreichend pompös und bedeutungslos war, um seine Ethik zu enthalten und zugleich ohne Mühe als großes moralisches Prinzip hochgehalten werden zu können, alles, was Manuel getan hatte; aber der Storch vergaß es nicht, denn in den Augen des Storchs ist das Leben des Storchs wertvoll.

Die anderen Vögel gaben verschiedene derartige Merksätze von sich, wie sie bereits genannt wurden, und all diese, so erklärten sie Manuel, seien anerkannte Zaubersprüche. Der große blondhaarige Junge bestritt dies nicht; er bestritt überhaupt selten etwas. Aber das Kniepen seines linken Auges verstärkte sich, und er gab Alianora zu verstehen, daß er sich wohl frage, ob solche schwachbrüstigen netten kleinen Wahrheiten wirklich die Höhe der Weisheit seien, außerhalb von Religion und öffentlichen Reden. Dann fragte er, wer denn der weiseste aller Vögel sei, und sie sagten ihm, dies sei der Zhar-Ptitza, den man auch den Feuervogel nannte.

Manuel veranlaßte Alianora, den Zhar-Ptitza herbeizubeschwören, der das älteste und gelehrteste aller lebenden Geschöpfe ist, wenn er auch soweit nichts mit Sicherheit gelernt hat, als daß der Schein stets gewahrt bleiben muß. Der Zhar-Ptitza kam herbeigeflogen und krächzte dabei müde: »Schöne Federn machen schöne Vögel.« Man hörte ihn schon von weitem.

Der Zhar-Ptitza hat selbst jeden Grund, Trost aus seiner Maxime zu ziehen, denn sein Gefieder war überall von leuchtendem Purpur, außer daß sein Hals mit Federn von der Farbe neuen Goldes besetzt war und sein Schweif blau mit etwas längeren roten Federn dazwischen. Seine Kehle war mit einem prunkvollen Kehllappen behangen und sein Kopf mit einem Federbusch besetzt, und er schien um ein Weniges größer zu sein als der Adler. Der Feuervogel trug sein Nest aus Zimt und wohlduftenden Hölzern mit sich, und dies legte er auf den flechtenbewachsenen Fels, und er saß darin, während er mit Manuel redete.

Die leichtfertige Frage, die Manuel hinsichtlich seiner Lehmfiguren erhob, sah der Zhar-Ptitza als ein sehr menschliches Stück Unsinn an, und das weise Geschöpf sagte, er fühle sich gezwungen, darauf hinzuweisen, daß kein intelligenter Vogel jemals davon träumen würde, sich ein Bildnis zu machen.

»Aber, Sire«, sagte Manuel, »ich will diese Welt nicht mit weiteren leblosen Statuen belasten. Statt dessen will ich in dieser Welt eine belebte Figur machen, ganz so, wie man sagt, wie ein Gott es einmal getan haben soll –«

»Komm, du solltest nicht versuchen, Jahveh für alles verantwortlich zu machen«, wand der Zhar-Ptitza mit großmütiger Gebärde ein, »denn Jahveh machte nur einen Menschen und hat es seitdem nie wieder getan. Ich erinnere mich sehr gut an die Erschaffung dieses ersten Menschen, denn ich war am Morgen davor erschaffen worden, um über der Erde das offene Firmament des Himmels zu bevölkern; also konnte ich die ganze Sache mit verfolgen. Ja, Jahveh hat den ersten Menschen am sechsten Tage erschaffen. Und ich habe keinerlei Kritik geäußert. Denn natürlich sollte kein schöpferischer Künstler, nachdem er fast eine ganze Woche ohne Unterbrechung gearbeitet und so viele wirklich wichtige Sachen gemacht hat, dafür verantwortlich gemacht werden, wenn er am sechsten Tag nicht gerade die glücklichste Hand hat.«

»Und habt Ihr zufällig gesehen, Sire«, fragte Manuel hoffnungsvoll, »auf welche Weise Adam belebt wurde?«

»Nein, er lag gerade in der Sonne zum Trocknen, als ich seiner erstmals ansichtig wurde, und Gabriel saß zu seinen Füßen und blies auf einem Flageolett, und natürlich habe ich solcher Narretei keine besondere Aufmerksamkeit geschenkt.«

»Nun ja, ich behaupte nicht, daß das Erschaffen von Menschen die höchste Form der Kunst sei, aber nichtsdestoweniger liegt ein Geas auf mir, aus mir einen hervorragenden und bewunderswerten jungen Mann zu machen.«

»Aber warum solltest du deinen kleinen Anteil an Geist und Kraft so verschwenden? Welchen dauerhaften Nutzen könnte ein menschliches Wesen wohl haben, selbst wenn das Geschöpf tugendsam und schön anzuschauen wäre. Ach, Manuel, du hast sie nicht vorübergehen sehen, wie ich sie habe vorübergehen sehen, mit ihren Kriegen und ihren Reformen und ihren großen Zielen. Und nichts ist von ihnen geblieben außer ihren Gebeinen.«

»Ja, ja, für Euch, in Eurem Alter, der Ihr jung wart; als Ninive gegründet wurde, muß es seltsam erscheinen, und ich weiß auch nicht, warum es meine Mutter danach verlangte, daß ich einen hervorragenden und bewundernswerten jungen Mann abgeben sollte. Aber das Geas liegt auf mir.«

Der Zhar-Ptitza seufzte. »Gewiß sind die Launen der Frauen mitunter schwer erklärbar. Doch muß euer Volk irgendeine Methode haben, neue Männlein und Weiblein aller Art hervorzubringen. Ich bin mir dessen sicher, denn sonst wäre die Rasse der Menschen bei dem Ausmaß, in dem sie einander umbringen, schon längst ausgestorben. Und vielleicht halten sie sich immer noch an Jahvehs Methode und machen frische menschliche Wesen aus Erde; denn wenn ich es recht bedenke, so habe ich die kleinen, gerade erst fertigen Exemplare eurer Rasse gesehen, und sie sahen genau wie roter Lehm aus.«

»Es ist unleugbar, daß kleine Kinder wirklich danach aussehen«, pflichtete Manuel ihm bei. »So glaubt Ihr also wenigstens, daß ich in dem richtigen Medium arbeiten könnte?«

»Es erscheint plausibel, denn ich bin sicher, euer Volk ist nicht intelligent genug, um Eier zu legen, noch könnte es natürlich einer derart ungeduldigen Rasse gelingen, sie auszubrüten. Auf jeden Fall haben sie unzweifelhaft die eine oder andere Methode gefunden, und du könntest vermutlich etwas über diese Methode in Erfahrung bringen, wenn du den am wenigsten dummen von ihnen um Rat fragst.«

»Und wer ist der am wenigsten dumme Mensch?«

»Wahrscheinlich König Helmas von Albanien, denn es wurde vor langer Zeit von mir geweissagt, daß er der weiseste aller Menschen werden würde, wenn er in den Besitz einer meiner strahlend weißen Federn käme, und mir ist zugetragen worden, daß dies der Fall sei.«

»Sire«, sprach Manuel zweifelnd, »ich muß Euch im Vertrauen sagen, daß die Feder, die König Helmas hat, nicht die Eure ist, sondern aus dem Flügel einer gewöhnlichen Gans stammt.«

»Macht das etwas?« fragte der Zhar-Ptitza. »Ich habe natürlich nie geweissagt, daß er wirklich eine meiner strahlend weißen Federn finden würde, weil alle meine Federn rot, golden oder purpurn sind.«

»Aber wie kann Magie in einer Gänsefeder liegen?«

»Die Magie besteht darin, daß König Helmas, nun, da er in ihrem Besitz ist, an sich selber glaubt und aufgehört hat, sich über sich selbst Gedanken zu machen.«

»Ist sich nicht über sich selbst Gedanken zu machen die höchste Weisheit?«

»Oh, nein! Oh, meine Güte, nein! Ich sagte nur, es ist die höchste, derer der Mensch fähig ist.«

»Aber was ist mit den Weisen und Philosophen, Sire, die in alter Zeit solchen Ruhm genossen und die die Maximen für euch Vögel machten? Warum, zum Beispiel, hat König Salomon nicht mehr erreicht als dies?«

»Ach ja, der!« sagte der Zhar-Ptitza und seufzte wieder. »Also das ist eine traurige Geschichte. Der arme Kerl war, rein als Experiment, mit beträchtlicher Weisheit ausgestattet worden. Und diese ließ ihn zu dem Schluß kommen, daß ein Mann nur dann völlige Zufriedenheit erreicht, wenn er betrunken oder wenn er mit Beschäftigungen befaßt ist, die sich nur wenig schicklich beschreiben lassen. So gab Suleiman-ben-Daoud den ganzen Rest seiner Zeit dem ausschweifenden Leben und koedukativen Unternehmungen hin. Es war eine logische Folge, aber sie führte zu einem äußerst teuren Serail und einer sehr unziemlichen äußeren Erscheinung und ruinierte außerdem die Gesundheit des Mannes. Ja, das war das Ergebnis davon, daß einer von euch mit wirklicher Weisheit ausgestattet worden war, rein als Experiment, um zu sehen, was dabei herauskommen würde; verständlicherweise ist das Experiment nie wiederholt worden. Aber von lebenden Personen, wage ich zu behaupten, wirst du König Helmas bemerkenswert frei von tausend allgemeinen Wahnvorstellungen finden, aufgrund der einen Wahnvorstellung, die er über sich selber hat.«

»Nun gut denn«, sprach Manuel. »Ich habe zwar den Verdacht, daß in vielem von dem, was Ihr sagt, ein absichtlicher Widerspruch und ein gezwungener Zynismus liegt. Aber ich werde König Helmas über das menschliche Leben und über die Figur, die ich in dieser Welt machen muß, befragen.«

So sagten sie einander Lebewohl, und der Zhar-Ptitza nahm sein Nest aus Zimt und wohlduftenden Hölzern auf und flog damit weg; und als er sich in die Lüfte erhob, rief der Zhar-Ptitza: »Schöne Federn machen schöne Vögel.«

»Aber das ist nicht das richtige Sprichwort«, rief Manuel dem prächtigen Geschöpf nach, »und auch solche Pervertierungen, sagt man mir, sind ein Zeichen von vorgetäuschter Klugheit.«

»So mag es dir jetzt erscheinen, mein Sohn, aber die Zeit ist eine Fee, die alles verwandelt. Daher warte du nur, bis du älter bist«, rief der Vogel aus der Höhe zurück, »und dann wirst du besser wissen, als meinen Ruf zu bezweifeln – oder ihn nachzuplappern!«

XII

Eis und Eisen

Dann kamen von jenseits des Meeres die Bischöfe von Ely und Lincoln, der Prior von Hurle und der Meister des Tempels und baten, daß König Raymond eine seiner Töchter mit einer angemessenen Mitgift sende, um des Königs von England Frau zu werden. »Sehr gern«; sprach Raymond Bérenger; und sie könnten seine dritte Tochter, Sancha, haben und tausend Goldstücke dazu.

»Aber Vater«, sagte Alianora, »Sancha ist doch noch ein Kind. Eine schöne Königin würde sie abgeben!«

»Leider«, meinte der König, »Bist du ja bereits vergeben.«

»Ich dachte nicht an mich selbst. Ich dachte an Sanchas Wohlergehen.«

»Selbstverständlich, mein Schatz, und jedermann kennt die schwesterliche Liebe, die du für sie hegst.«

»Das kleine Luder ist weiß Gott schon verzogen genug. Und wenn es so weit käme, daß ich aufstehen müßte, wann immer Sancha in den Raum käme, und auf einem Schemel sitzen müßte, während sie sich in einem Sessel rekelte, so wie Meregrett es tut, wäre es Gift für das Kind.«

Raymond Bérenger sagte: »Gewiß wird es hart für dich sein, zwei Schwestern zu haben, die beide Königinnen sind – und auch die kleine Beatrice mag noch den einen oder anderen König heiraten, wenn ihre Zeit kommt –, während du, die hübscheste von allen, nur eine Gräfin bist.«

»Mein Vater, ich sehe sofort, worauf Ihr hinaus wollt!« rief Alianora entgeistert. »Ihr meint, es sei meine Pflicht, meine persönlichen Neigungen hintanzustellen und ob der grausamen und drängenden politischen Notwendigkeit den König von England zu ehelichen!«

»Ich sagte nur, mein Liebling –«

»– denn Ihr habt sofort gesehen, daß ich dem künftigen Wohlergehen unserer geliebten Provence dieses große Opfer darbringen muß. Mit Eurem Scharfsinn, dem nichts entgeht, habt Ihr erkannt, daß ich mit Hilfe Eurer Weisheit und Eures Rates sehr wohl diesen hohen König zu leiten imstande wäre, der nicht der Herr eines Westentaschenreiches wie die Provence ist, sondern von England, und von Irland dazu.«

»Und auch, von Rechts wegen, von Aquitaine, Anjou und der Normandie, mein Schatz. Doch ich wollte nur sagen –«

»Oh, glaubt mir, ich will mit Euch nicht rechten, mein lieber Vater, denn ich weiß, daß Ihr viel weiser seid als ich«, sprach Alianora und wischte sich tapfer große Tränen aus ihren schönen Augen.

»Wie du willst«, erwiderte Raymond Bérenger mit ausgebreiteten Händen. »Aber was soll dann mit dir und dem Grafen Manuel hier geschehen?«

Der König blickte zu dem Wandteppich mit Jephthahs Opfer, neben dem Manuel saß, der just dabei war, die Figur des jungen Mannes mit dem liebenden Blick Alianoras wieder abzuändern, die Manuel unter dem Zwang seines Geas geschaffen hatte und die doch nicht so recht nach seinem Gefallen werden wollte.«

»Ich bin sicher, Vater, daß auch Manuel die Sache selbstlos, verständnisvoll und vernünftig akzeptieren wird.«

»Ah, ja! Aber was soll später werden? Denn jedermann kann sehen, daß du und dieser kniepende, langbeinige Bursche hoffnungslos ineinander verliebt seid.«

»Ich würde meinen, nachdem ich verheiratet bin, Vater, könnt Ihr oder König Ferdinand oder König Helmas Graf Manuel mit irgendeinem Auftrag an den englischen Hof senden, und ich bin sicher, daß er und ich immer wahre und liebe Freunde sein werden, ohne jemandem einen Ansatzpunkt für Gerüchte zu liefern.«

»Oho!« sagte König Raymond. »Ich sehe, wohin das zielt, aber das wäre dann des König von Englands und nicht meine Angelegenheit. Mein Anteil besteht nun darin, wegzugehen, damit ihr beide die Einzelheiten jener Gesandtschaft besprechen mögt, bei der Dom Manuel der Stellvertreter von so vielen Königen sein soll.«

Raymond Bérenger nahm sein Zepter und ging fort, und die Prinzessin wandte sich dorthin, wo Manuel mit den drei Statuen beschäftigt war, die er nach dem Bilde Helmas' und Ferdinands und Alianoras geschaffen hatte. »Also, Manuel, mein Liebster, siehst du, es bricht mir das Herz, aber um des Reiches willen muß ich den König von England heiraten.«

Manuel sah von seiner Arbeit auf. »Ja, das hörte ich. Es tut mir leid, und ich habe nie etwas von Politik verstanden, aber ich nehme an, es läßt sich nicht ändern. Also, würde es dir etwas ausmachen, ein bißchen mehr nach links zu gehen? Du bist mir im Licht, und das stört mich, weil ich nicht genau sehen kann, was ich hier mit dieser Oberlippe mache.«

»Wie kannst du nur mit diesem nassen Dreck herumhantieren, während mir das Herz bricht!«

»Weil ein Geas auf mir liegt, diese Figuren zu machen. Nein, ich weiß wirklich nicht, warum meine Mutter das von mir verlangt hat. Aber alles, was vom Schicksal vorherbestimmt ist, muß erduldet werden, wie wir jetzt erdulden müssen, daß es dir auferlegt wurde, den König von England zu heiraten.«

»Daß ich verheiratet bin, braucht für uns keinen Unterschied zu machen, nachdem ich erst einmal Königin bin; denn die Leute sagen, dieser König sei ein armes dürres Geschöpf, und, wie ich schon sagte, du kannst alsbald nach England nachkommen.«

Manuel sah sie einen Augenblick oder zwei an. Sie wechselte die Farbe. Er, zu Füßen des weinenden Jephthah, lächelte. »Wohlan«, sagte Manuel, »Ich werde kommen, wenn du mir eine Gänsefeder sendest. Damit wäre alles geregelt.«

»Oh, du bist ganz aus Eis und Eisen!« sagte sie. »Und du hast für nichts etwas übrig außer für deine Statuen aus nassem Lehm, und ich verabscheue dich!«

»Meine Liebste«, antwortete Manuel ruhig, »das Problem ist, daß jeder von uns eine bestimmte Sache mehr als alles andere begehrt. Dich begehrt es nach Macht und nach einem großen Namen und einem König, der zugleich dein Sprachrohr, dein Lakai und dein Liebhaber sein soll. Nun, offen gesagt, ich habe nicht die Zeit, irgend eines von diesen Dingen zu sein, weil mein Begehr anders ist als dein Begehr, aber nicht minder stark. Auch scheint es mir, wie ich älter werde und mehr von den Menschen und den Wegen der Menschen sehe, daß die meisten Leute kein spezielles Begehr, sondern nur Vorlieben haben. In einer Welt solchen Wischi-Waschi-Volks können du und ich nicht erwarten, von Vergleichen mit Eis und Eisen verschont zu bleiben, aber es steht uns schlecht an, wenn wir uns diese altehrwürdigen Metaphern gegenseitig um die Ohren schlagen.«

Sie blieb für eine Weile still. Dann lachte sie unsicher. »Ich frage mich oft, Manuel, ob in dieser großen, kräftigen, schiefblickenden, ernsthaften Hülle eine sehr weise Person oder ein ausgemachter Narr steckt.«

»Ich stelle fest, daß dies etwas anderes ist, was wir gemeinsam haben; denn das frage ich mich oft auch.«

»Ist es also abgemacht?«

»Es ist abgemacht, daß du, statt das kleine Arles zu regieren, Königin von England und Herrin von Irland und Herzogin der Normandie und Aquitaniens und Gräfin von Anjou werden sollst; daß unser Erkennungszeichen eine Gänsefeder sein wird; und daß, wie ich mit allem Respekt wiederhole, du mir bitte aus dem Licht gehen und mich nicht länger bei der Erfüllung meines Geas stören mögest.«

»Und was wirst du tun?«

»Ich werde, wie immer, meinem eigenen Willen –«

»Wenn du diesen Satz zu Ende führst, dann schreie ich.«

Manuel lachte gutmütig. »Ich nehme an, ich sage ihn ziemlich oft, aber er ist eben wahr, und das große Problem zwischen uns, Alianora, ist, daß du seine Wahrheit nicht erkennst.«

Sie sagte: »Und ich nehme an, du wirst dich jetzt irgendeiner anderen Frau zum Trost in die Arme werfen.«

»Nein, die Tröstung, die ich suche, ist nicht in Weiberröcken zu finden. Nein, zuallererst werde ich zu König Helmas gehen. Denn meine Figuren weigern sich hartnäckig, lebendig zu werden, und es fehlt etwas an jeder von ihnen, und keine davon ist die Figur, die ich in dieser Welt zu machen wünsche. Nun weiß ich nicht, was sich da machen läßt, aber der Zhar-Ptitza gibt mir zu verstehen, daß, wenn überhaupt jemand, König Helmas mir helfen kann, da ihm jeder Selbstzweifel genommen worden ist.«

»Dann müssen wir voneinander Abschied nehmen, wenn auch nicht für lange, hoffe ich.«

»Ja«, sagte Manuel, »dies ist ein Abschied, und für einen Teil meines Lebens ist es ein ewiger Abschied.«

Dom Manuel ließ seine Figuren, wo der alte Hebräerhauptmann sie in dumpfem Schmerz und Grimm zu betrachten schien, und Manuel nahm die beiden süßen kleinen Hände des Mädchens, und so stand er eine lange Zeit da und blickte auf die Prinzessin herab.

Und Manuel sprach mit Trauer in der Stimme:

»Ich spreche den Abgesang der Vorstellungen, wie sie nur Knaben hegen können. ›Gewiß‹, so dachte ich, ›erfüllt diesen wunderschönen Leib die alles durchdringende und vollkommene Seele und wird in ihm offenbar.‹ So begann meine Verehrung für dich, deren tiefblaue Augen zu allen Zeiten ihren kühlen, spröden Glanz bewahren und niemals erweichen, sondern mir immer wie die Augen erschienen sind, die, wie man sagt, eine Göttin verflossenen Liebhabern zuwendet, die um die verlorene Hoffnung und Glückseligkeit weinen, mit Lippen, welche die Glut von Leidenschaften versengt hat, die sie, die Unsterbliche, weder fühlen noch verstehen kann. Genauso blickst du, liebe Alianora, die du nicht göttlich bist, auf mich, ganz ungerührt von jedweder Gefühlsregung außer einer gewissen Verwunderung, während ich meinen Abgesang an die Liebe spreche.

Aus Liebe und geblendet vom Glanz jener trügerischen Träume, die alle Liebenden betören und verleiten und verlokken, konnte ich, bis heute, niemals klar erkennen, welche Person ich mit meinen Vorstellungen behelligte. Da ich blind war, konnte ich deine Blindheit nicht erkennen, die sich blind bemühte, mich zu verstehen, und die nach Verständnis hungerte wie ich nach Liebe. Also verschleierten unsere Küsse höchstens die vergeblichen Mühen des Fleisches, das sich an den hohen Ort der Seele hingesellen möchte, aber dazu nicht imstande ist. Jetzt, wo das Spiel vorbei ist, muß die Zeit zeigen, was der Sinn und das Ziel von allem war. Zumindest sollte ein jeder von uns beiden ein wenig um das trauern, was wir in diesem Spiel verloren haben – du um einen Liebhaber, ich um die Liebe.

Nein, es ist nicht Liebe, was hier in den letzten Zügen liegt, jetzt, wo wir uns freundschaftlich am Totenbett des Gefühls trennen, das uns gestern verband. Auch dieses Gefühl war nicht göttlich, und so konnte es nicht die fruchtlosen Monate überdauern, in denen ich, wie einer, der in einem Mühlteich nach Perlen fischt, mich gemüht habe, aus deinem Herzen mehr herauszuholen, als der Himmel in dieses Herz hineingelegt hat, in dem keine Liebe wohnt. Jetzt ist das Weinen gestillt, der Schrei der Einsamkeit nach seinem ungefundenen

Partner: schon sammelt sich Staub hell und grau auf den starren Lippen. Darum laß uns das Gestorbene begraben, und wenn der Leichnam in das Grab gesenkt ist, laß uns ehrlich jenem fragilen, wie eine Blume verwelkten Gefühl auf den Grabstein schreiben: ›Hier lieget Lust, nicht Liebe‹.«

Nun schmollte Alianora. »Du brauchst so häßliche Worte, Liebling, und du redest auch unvernünftig, denn ich bin sicher, daß es mir genauso leid tut wie dir –«

Manuel bedachte sie mit jenem langsamen, schläfrigen Lächeln, das ihm eigen war. »Eben«, sagte er, »und das ist es, was einen demütigt. Ja, du und ich, wir sind zweitklassige Menschen, Alianora, und wir haben einander erkannt. Es ist schade. Aber wir werden immer unser Geheimnis vor dem Rest der Welt bewahren, und unser Geheimnis wird immer ein Band zwischen uns bleiben.«

Er küßte die Prinzessin, ganz sacht, und beließ es dabei.

Dann machte sich Manuel hohen Hauptes von Arles auf, mit seinen Lakaien und Figuren, und ritt von dannen, und in der Frühlingssonne glänzte der silberne Hengst auf seinem Schild mit dem Motto: *Mundus vult decipi*. Alianora, die ihm vom Fenster ihrer Kemenate aus nachsah, weinte bitterlich, weil die arme Prinzessin das Unglück hatte, Dom Manuel wirklich gern zu haben. Aber gegen seine Hartnäckigkeit und seine unbegreiflichen Vorstellungen ließ sich halt nichts ausrichten, wie Alianora erkannt hatte, und so machte sie sich daran, über sich selbst und die Zukunft mit den Mitteln zu verfügen, die ihr gegeben waren. Ihre Methoden hatten sich zwangsweise geändert, aber ihr Ziel blieb dasselbe, und sie hatte immer die Absicht, alles zu bekommen, was sie sich wünschte (und das schloß Manuel mit ein), sobald sie und der König von England erst einmal einen vernünftigen Modus vivendi gefunden hatten.

Es bereitete diesem jungen, hübschen Mädchen indes Sorge, sich im Spiegel zu betrachten und dabei schon absehen zu können, daß der König von England wahrscheinlich monate- und jahrelang in Liebe zu ihr entflammt sein würde. Aber dann dachte sie sich philosophisch, daß sich schließlich alle Frauen mit den romantischen Anwandlungen der Männer abzufinden hatten. So trocknete sie ihre großen hellen Augen und rief nach ihrem Schneider.

Sie gab zwei Kleider in Auftrag, jedes von fünf Ellen Tuch, das eine in Grün und gesäumt entweder mit Zindeltaft oder Sarsenett und das andere aus dunkelbraunem Samt. Sie wählte Stoff für ein Paar purpurne Sandalen und für vier Paar Stiefel aus, die um die Knöchel herum mit Stickerei verziert werden sollten, und sie suchte sich neun sehr kleidsame Diademe aus Goldfiligran und edlen Steinen aus. Und so brachte sie den Morgen hin und verdrängte Manuel aus ihren Gedanken, wenn auch nicht für lange.

XIII

Was Helmas riet

Nun nimmt der Graf von Poictesme Abschied von der Provence, begleitet von seinen Lakaien, die seine Figuren tragen, und früh im April kommt er zu Helmas dem Tiefgeistigen. Der weise König spielte gerade mit seiner kleinen Tochter Melusine (die ihn später absetzen und ins Gefängnis werfen sollte), aber er schickte das Kind mit einem Kuß weg und hörte aufmerksam zu, was Manuel ihm zu sagen hatte.

König Helmas sah sich die Figuren an, stupste sie mit einem runzligen Zeigefinger an und räusperte sich; und sagte dann nichts, da Manuel immerhin der Graf von Poictesme war.

»Was fehlt ihnen?« fragte Manuel.

»Sie sind nicht lebensecht«, erwiderte Helmas, »insbesondere die hier, die so aussieht wie ich.«

»Ja, das weiß ich; aber wer kann meinen Bildern Leben geben?«

König Helmas schob seine zweitbeste Krone zurück, an der die Feder vom Flügel der Gans des Müllers befestigt war, und kratzte sich den Kopf. Er sagte: »Es gibt eine Macht über alles, was aus Erde ist, und eine Königin, deren Wille weder im

Lösen noch im Binden liegt.« Helmas wandte sich zu einem dicken Buch, in dem Magie war. »Ja, *queen*, das heißt ›Königin‹, ist dasselbe wie *cwen*. Daher könnte Königin Freydis von Audela dir vielleicht helfen.«

»Ja, denn sie ist es, die Schamir besitzt. Aber die Falken haben jetzt keine Nistzeit, und wie kann ich zu Freydis, jener Frau mit den seltsamen Kräften, gelangen?«

»Oh, die Leute gebrauchen heutzutage keine Falken mehr, und natürlich kann niemand ungebeten zu Freydis gelangen. Doch läßt es sich machen, daß Freydis zu dir kommen wird, wenn der Mond dunkel und machtlos ist und wenn entsprechende Vorkehrungen getroffen worden sind.«

Und Helmas der Tiefgeistige teilte Graf Manuel mit, was dazu erforderlich war. »Diese und jene Dinge wirst du brauchen«, sprach König Helmas, »aber vor allem vergiß die Salbe nicht.«

Graf Manuel ging allein ins Land Poictesme, das sein Lehen war, wenn er es nur in Besitz nehmen konnte. Er kam im geheimen nach Obermorven, jenem Ort von schrecklichem Ruf. Bei dem zehnfarbigen Stein, wo man in alten Zeiten dem Vel-Tyno geopfert hatte, errichtete er eine Umfriedung aus geschälten Weidenruten und bestrich sie mit Butter und verknüpfte sie mit Streifen von gelbem Band, genau wie Helmas es ihm geraten hatte. Und innerhalb der Umfriedung traf Manuel all die Vorkehrungen, die Helmas ihm geraten hatte. Und dort wartete Manuel in der letzten Aprilnacht und blickte zum Vollmond auf.

Nach einer Weile sah er, wie die Schatten auf der leuchtenden Oberfläche des Mondes zu zittern und sich zu bewegen begannen; später verzogen sie sich wie kleine Wolken von der Mondscheibe, und der Mond war bar aller Markierungen. Dies war ein Zeichen, daß die Mondkinder zu dem Brunnen gegangen waren, von dem sie einmal im Monat Wasser holten, und daß der Mond für eine Stunde leer und machtlos sein würde. Mit dieser und jener Zeremonie entzündete Graf Manuel ein solches Feuer auf dem alten Altar Vel-Tynos, wie Helmas es ihm geraten hatte.

Manuel rief laut: »Nun sei mir geneigt, infernalische, terrestrische und himmlische Bombo! Herrin der Straßen, Patronin der Kreuzwege, die du das Licht trägst! Du, die du immer im Dunkel wirkst, du Feind des Tages, du Freund und Gefährtin der Dunkelheit! Du, die du frohlockst beim Bellen der Hunde und dich labst an vergossenem Blut, also ehre ich dich.«

Und Manuel tat, was Helmas ihn geheißen hatte, und für einen Augenblick waren die Schreie erbarmenswert, aber das Feuer machte ihnen schnell sein Ende.

Dann rief Manuel ein zweitesmal: »O du, die du unter Schatten und über Gräbern wandelst und selbst das starke Meer bezwingst! O launige Schwester der strafenden Sonne und unstete Geliebte des alten Todes! O Gorgo, Mormo, Herrin von tausend Gestalten und Eigenschaften, blicke nun mit gnädigem Auge auf mein Opfer herab!«

Also sprach Manuel, und ständig wuchs das Feuer auf dem Altar und wurde größer und heller, wie er es mit ekler Nahrung speiste.

Als das Feuer so groß wie ein ausgewachsener Krieger war und seltsame Dinge sich zur Rechten und zur Linken taten, sprach Graf Manuel die vorgeschriebenen Worte; und plötzlich war die Farbe des Feuers verändert, so daß grüne Funken in den Flammen aufschimmerten, als ob dort Salz verbrenne. Dieses Grün drehte und wand sich und wuchs im Herzen des Feuers, und aus dem Feuer quoll eine grüne Schlange hervor, deren Leib so dick war wie der Körper eines Mannes.

Dieses Ungetüm drang mit schrecklichem Zischen auf Graf Manuel ein. Er, der schon schrecklichere Schlangen gekannt hatte, packte das Ungeheuer an der Kehle, und die Schuppen waren unter seinen Händen wie sehr kaltes Glas.

Die große Schlange wand sich so aalglatt unter seinen Fingern, daß Manuel zurückgedrängt wurde, auf das Feuer und auf ein Schicksal zu, das viel schlimmer war, als verbrannt zu werden, und das Feuerlicht glomm in den verächtlichen weisen Augen der Schlange. Manuel war von kräftiger Gestalt, aber seine Stärke half ihm nichts, bis er laut, wie Helmas ihm geraten hatte, die Multiplikationstabellen rezitierte. Gegen Mathematik hatte Freydis keine Gegenwehr.

Und so, als Manuel bis zu zwei mal elf gekommen war, sank

das Feuer nieder, als beuge es sich unter dem Vorüberziehen eines starken Windes; dann loderten die Flammen hoch auf, und Manuel konnte sehen, daß er den Hals eines gigantischen Ebers umklammerte. Er, der ja etwas von Schweinen verstand, konnte sehen, daß dies ein schwarzer Eber war, der mit der geronnenen Milch der Milchstraße befleckt war; sein Fleisch fühlte sich kalt an, wie totes Fleisch, und er hatte lange Hauer, die ein seltsames Eigenleben besaßen und sich wie zwei fette weiße Würmer auf Manuel zudrehten und -wanden.

Alsdann sprach Manuel, wie Helmas es ihm geraten hatte: »Salomons Speise für einen Tag war dreißig Maß feinen Mehls und sechzig Maß groben Mehls, zehn fette Ochsen und zwanzig Ochsen von der Weide, sowie hundert Schafe, daneben Hirsche und Rehböcke und Damwild und gemästetes Geflügel. Aber Elias der Tishbiter wurde von Raben genährt, die ihm Brot und Fleisch brachten.«

Wieder senkten sich die hohen Flammen. Jetzt umklammerte Manuel eine dicke, eiskalte Platte aus Kristall, wie ein Spiegel, worin er sich ganz deutlich sehen konnte. Genau wie er wirklich war, konnte er, der er nichts von solchen Spiegeln verstand, Graf Manuel sehen, der in einem bißchen feuchten Dreck wohnte, während um ihn überall die alten, unauslöschlichen Sterne kreisten; und der Anblick war genug, um jeden das Fürchten zu lehren.

Und so sprach Manuel: »Der Elephant ist das größte aller Tiere, und an Klugheit kommt er am nächsten an den Menschen heran. Seine Nase ist zu einem Rüssel verlängert und hat den Zweck einer Hand. Seine Zehen sind ungeteilt, und er lebt zweihundert Jahre lang. Elefanten leben in Afrika, aber in Indien findet man die größten.«

Der Spiegel war nun zu einer dunklen, warmen Flüssigkeit zerschmolzen, die zwischen seinen Fingern hindurchrann und auf den Boden tropfte. Aber Manuel hielt fest an dem, was zwischen seinen Händen blieb, und er spürte, heißt es, daß in der Flüssigkeit etwas Kleines, Weiches und Lebendiges zappelte, als halte er einen winzigen Stichling.

Und Manuel sprach: »Eine Gerade ist die kürzeste Entfernung zwischen zwei Punkten.«

Und mit einem Male war das Feuer wieder ein ganz gewöhnliches Feuer, und die Hexen von Amneran kreischten, und alle Zauberei war von Morwen gewichen, und Graf Manuel hielt den warmen, weichen Hals einer Frau umklammert. Im Nu hatte er sie in die Umfriedung aus geschälten Weidenruten gezogen, die mit Butter gefettet und mit Knoten von gelbem Band verknüpft waren, weil nämlich in eine solche Umfriedung Freydis' Macht niemals Einzug halten konnte.

All diese Dinge tat Manuel genau so, wie König Helmas es ihm geraten hatte.

XIV

Ein Duell auf dem Morven

Also sah Dom Manuel im Licht der sieben Kerzen Königin Freydis zum erstenmal in ihrer eigenen Gestalt und in der äußeren Erscheinung, die sie in ihrem eigenen Lande trug. Was Manuel dachte, hat nie jemand sagen können; aber jeder andere Mann, der Königin Freydis in dieser Gestalt sah, hat gemeint, daß ihm alsgleich sein ganzes bisheriges Leben als ein dumpfes Vorspiel zu dem Augenblick erschienen sei, als er Freydis, der hohen Königin von Audela, von Angesicht zu Angesicht gegenüberstand.

Freydis erschien nun als eine wunderschöne Frau. Ihr langes, schwarzes Haar war zu Flechten aufgesteckt, und rote Seide umschmeichelte ihre weißen Glieder, und ihre Schultern deckte ein schwarzer Mantel, der mit kleinen goldenen Sternen und Purpurschnecken bestickt war, und sie trug Sandalen aus vergoldeter Bronze. Aber in ihrem Gesicht war solche Schönheit, daß Worte sie nicht wiedergeben können.

Freydis lief nun von einer Seite zur anderen und sah den Zauber, der die Umfriedung schützte. »Ich bin in deiner Gewalt, wie es scheint«, sprach die hohe Königin. »Was begehrst du von mir?«

Manuel zeigte ihr die drei von ihm geschaffenen Figuren, die dort aufgereiht standen. »Ich brauche Eure Hilfe bei diesen Statuen hier.«

Königin Freydis sah die Figuren an, und Freydis lächelte. »Diese tönernen Mißgeburten sind mit großer Sorgfalt gemacht. Was kann einer mehr verlangen?«

Dom Manuel beschied sie, daß er eine lebendige und belebte Figur zu machen begehre.

Worauf sie lachte, hell und süß und spöttisch, und ihm erwiderte, daß sie ihm dazu niemals ihre Hilfe geben würde.

»Nun gut denn«, sprach Manuel, »ich habe die Mittel, Euch zu zwingen.« Er zeigte dieser schönen Frau die Instrumente ihrer Folter. Sein offenes Jungengesicht war sehr ernst dabei, als ob es ihm bereits im Herzen leid zu tun beginne. Er stieß ihre Hand in die grausame Zwinge, die bereit stand. »Jetzt, Zauberin, die alle Männer fürchten außer mir, sollst du mir als Lohn dafür, daß ich dich gefangen habe, die Tuyla-Beschwörung nennen. Oder sonst werde ich, Stück um Stück, die Hand zerstören, die so viel Unheil gewirkt hat.«

Freydis' Antlitz erschien im Licht der sieben Kerzen bleich wie Milch. Sie sagte: »Ich bin an diesem Ort schwach und menschlich und habe keine Macht außer der einer jeden Frau und keine Kraft. Dennoch werde ich dir nichts sagen.«

Manuel legte seine Hand an den Hebel, bereit, mit der Zerstörung zu beginnen. »Mir das zu sagen, was ich wissen möchte, wird Euch nicht weh tun –«

»Nein«, gab Freydis zurück, »aber ich werde weder von dir noch von einem anderen Mann, der da atmet, Befehle entgegennehmen.«

»– und wenn Ihr Euch mir widersetzt, werdet Ihr schrecklich leiden müssen –«

»Ja«, gab Freydis zurück. »Und dich wird das wenig kümmern!« fügte sie vorwurfsvoll hinzu.

»– und daher meine ich, daß Eure Handlungsweise töricht ist.«

Freydis sagte: »Du machst eine menschliche Frau aus mir, und dann erwartest du, daß ich der Vernunft folge. Du bist es, der sich töricht benimmt.«

Graf Manuel dachte nach, denn dies klang zweifellos vernünftig. Dem Ausdruck seines offenen Jungengesichts nach zu urteilen, tat ihm die Sache im Herzen nun schon äußerst leid. Königin Freydis atmete freier und begann zu lächeln, mit der Weisheit einer Frau, welche nicht übermenschlich, dafür aber skrupellos ist.

»Die Hand würde auch ganz zerquetscht werden«, sagte Manuel, wobei er sie sich näher ansah. Auf dem Mittelfinger war ein Ring aus Kupfer, in den ein großer schwarzer Stein eingesetzt war; dies war Schamir. Aber Manuel blickte nur auf die Hand.

Er berührte sie. »Eure Hand, Königin Freydis, welches Unheil sie auch immer bewerkstelligt haben mag, ist weich wie Samt. Sie ist getönt wie Rosenblüten, aber sie duftet süßer als Rosen. Nein, fürwahr, meine Bilder sind die Zerstörung eines solchen Hand nicht wert.«

Dann ließ Manuel die Hand los und seufzte. »Mein Geas muß somit auf mir liegen bleiben, und meine Figuren müssen warten«, sprach Manuel.

»Ach, gefallen dir meine Hände wirklich so?« fragte Freydis, wobei sie sie kritisch in Augenschein nahm.

Manuel sprach: »Ah, meine schöne süße Feindin, spottet meiner nicht! Alles steht bereit, Euch zu zwingen, meinen Willen zu tun. Hättet Ihr irgendeine häßliche Gestalt bewahrt, hätte ich Euch bezwungen. Doch gegen die Gestalt, die Ihr jetzt tragt, vermag ich nichts. Drachen, Dämonen und Chimären und solch namenlose Ungeheuer, wie ich sie jetzt diese Umfriedung von gefetteten Weidenruten bedrängen sehe, fürchte ich nicht, aber ich kann nicht gegen die Erscheinung kämpfen, die Ihr nun tragt.«

»Ach, gefällt dir wirklich meine natürliche Gestalt?« meinte Freydis völlig überrascht. »Es ist natürlich ein Trost, gelegentlich in sie zu schlüpfen, aber ich hatte mir wirklich nie nähere Gedanken darüber gemacht, ob man sie für schön halten könnte oder nicht.«

Sie trat zu dem großen Spiegel, der dort aufgestellt war, wie Helmas es geraten hatte. »Mir gefiel mein Haar mit diesen großen, strengen Zöpfen nie. Und was diese Ungeheuer dort betrifft, so sind sie mein Volk, das in einigen der vergessenen Gestalten, als Spurne, Drauen, Calcars und andere Schrecken des Altertums, aus dem Feuer kommt, um mich zu retten. Aber die Armen können nicht in das Innere dieser Umfriedung aus gefetteten Weidenruten gelangen, deiner Magie wegen. Wie närrisch sie aussehen, nicht wahr, mit ihren tückischen Blicken, ihren Luftsprüngen und ihrem Zähneknirschen, wo es doch nirgends abergläubische Personen gibt, die ihnen Beachtung schenken könnten.«

Die Königin machte eine Pause; sie hüstelte geziert. »Aber du hast da irgendwelchen Unsinn geredet, von wegen, daß dir meine äußere Erscheinung nicht schlecht gefiele, oder so. Nun, die meisten Männer mögen lieber Blondinen, und außerdem hörst du mir ja gar nicht richtig zu, und das ist unhöflich.«

»Es ist schwierig, ein höfliches Gespräch zu führen«, gab Manuel zu bedenken, »während Eure schrecklichen Diener mit ihren tückischen Blicken, ihren Luftsprüngen und ihrem doppelreihigen Zähneknirschen ganz Obermorven unsicher machen.«

Sie sah ein, daß er da nicht ganz unrecht hatte. Also ging sie zu jenem Tor, durch das sie nicht hindurch konnte, der Tontheken, Spaks und Hufeisen wegen, wenn sie nicht ein Mann über die Schwelle hob.

Sie rief mit ihrer hohen, süßen Stimme: »Ein Pfennig, ein Pfennig, zwei Pfennig, anderthalb Pfennig und ein halber Pfennig! Macht, daß Ihr fortkommt, und zwar alle, denn Helmas' Weisheit ist zu groß für uns. Es gibt für euch keinen Weg in diesen Ort von gefetteten Weidenruten hinein, wie es für mich keinen hinaus gibt, bevor ich nicht diesen penetranten, schiefäugigen jungen Sterblichen umgarnt und überlistet habe. Zieht hinunter nach Bellegarde und vergießt das Blut von Nordmännern oder ruft einen Hagelsturm hervor oder vertreibt euch auf andere Weise die Zeit. Macht euch um mich jedenfalls keine Gedanken, die ich für eine Weile eine menschliche Frau bin; denn mein Widersacher ist ein sterblicher Mann, und in dem Kampf hat noch nie der Mann obsiegt.«

Sie wandte sich zu Manuel. Sie sagte:

»Das Land Audela ist mein Königreich. Doch du hast dir die Schattenseiten meiner Existenz erwählt; du hast eine menschliche Frau aus mir gemacht. Und so wandle ich unter den Schatten, denn mein verlorenes Reich allein ist Wirklichkeit. Hier ist alles nur ein rastloser Streit von Schatten, die alsbald vergehen; hier ist alles Sichtbare und sind alle den Menschen bekannten Farben nur Schatten, die die wahren Farben verdunkeln; hier trügen dich Zeit und Tod, die dunkelsten Schatten, die der Mensch kennt, mit falschem Schein. Denn all solche Dinge, die die Menschen für unbestreitbar halten, weil sie dem Auge und dem Sinn offenkundig sind, nur das ermüdende Treiben von Nebeln, die die Welt verschleiern, die nicht länger mein ist. Und so erscheinen in dieser Zwielichtwelt der Menschen wir von Audela als bloße Männer und Frauen.«

»Ich wünschte, daß solche Frauen öfter erschienen«, meinte Manuel.

»Das Land Audela ist mein Königreich, wo ich Königin von allem bin, das hinter diesem Schleier von menschlichem Auge und Sinn liegt. Dieser Schleier mag niemals je gehoben werden; aber sehr oft wird der Schleier durchbrochen, und die Stelle, an der er durchbrochen wird, sehen die Menschen und nennen sie Feuer. Durch diese Bruchstellen können Menschen die wahre Welt erblicken, und ein solcher Blick blendet ihre schwachen Augen und spottet ihrer geringen Kraft. Durch diese Risse können, falls die Öffnung groß genug ist, hier und da ein paar Menschen, die nicht ganz so beschränkt sind wie ihre Genossen, uns von Audela herbeiholen, wenn für eine Stunde der Mond leer und machtlos ist: wir kommen aus einem alten Grund, und wir kommen als Männer und Frauen.«

»Ah, aber ihr sprecht nicht mit der Stimme von Männern und Frauen«, warf Manuel ein, »denn eure Stimme ist Musik.«

»Das Land Audela ist mein Königreich, und sehr häufig, nur um des Vergnügens willen, wandeln meine Diener und ich im geheimen unter euch. Als menschliche Wesen tapsen wir durch eure verdunkelte Schattenwelt, gebunden durch die Gesetze der Sinne, doch immer bewahren wir dabei in unserem Herzen die Geheimnisse von Audela und das Geheimnis, wie wir dorthin zurückkehren können. Manchmal auch setzen wir, nur zum Spaß, irdenen Figuren einen Funken des wahren Lebens von Audela ein; und dann sagt ihr Winzlinge, die ihr kein echtes Leben habt, sondern denen nur das Flackern eines gequälten Schattens einen kurzen, erbärmlichen Anschein der Existenz verleiht, daß dies sehr hübsch sei; und ihr spendet uns gedankenlos Beifall ob solcher Taschenspielerei.«

»Nein, wir preisen euch ob eurer Schönheit«, sprach Manuel.

»Jetzt kommt, Graf Manuel, und laßt es genug sein mit Euren törichten Schmeicheleien, die mir niemals irgendwelche Zugeständnisse entlocken werden! Ihr habt also Königin Freydis in menschlicher Gestalt gefangen. Daher muß ich im Körper einer menschlichen Frau wohnen, meint Ihr, und Euren Launen und Euren schönen großen Muskeln untertan sein, bis ich Euren lächerlichen Statuen einen Funken von Audelas wahrem Leben leihe. Aber ich werde es Euch besser lehren; denn ich werde nie Euch oder irgendeinem lebenden Mann zu Willen sein.«

In Schweigen betrachtete Graf Manuel die entzückende Form und die klaren leuchtenden Farben des Antlitzes dieser Frau. Wie in Trauer sprach er: »Die Figuren sind nicht mehr wichtig. Es ist besser, sie zu lassen, wie sie sind.«

»Das ist dummes Gerede«, antwortete Königin Freydis alsgleich, »denn wenn je Figuren meine Hilfe nötig hatten, dann sie. Nicht daß ich daran dächte, sie auch nur anzufassen.«

»Fürwahr, ich verbiete Euch, sie anzufassen, schöne Feindin. Denn wenn die Bilder so belebt und lebendig wären, wie ich sie mir wünsche, würde ich sie allzeit ansehen und nach keiner Frau mehr schauen; und keine Frau in der Welt hätte mehr die Macht, mich so zu bewegen, wie Eure Schönheit mich jetzt bewegt, und ich würde Euch nicht eine alte Zwiebel wert schätzen.«

»Das ist nicht die Wahrheit«, sprach Freydis erzürnt, »denn der Mann, der mit der Figur, die er gemacht hat, zufrieden ist, ist ein ebensogroßer Narr, was Frauen betrifft, wie jeder andere. Und wer bist du, daß du mir irgend etwas verbieten könntest?«

»Ich würde Euch daran erinnern müssen«, sprach Manuel sehr gebieterisch, »daß dies meine Figuren sind, mit denen ich machen kann, was ich will. Und ich würde Euch auch daran erinnern müssen, daß ich, was immer Ihr in Audela zu sein vorgebt, hier stärker bin als Ihr.«

Da lachte die stolze Frau. Herausfordernd berührte sie die nächststehende Figur mit einer formellen, altehrwürdigen Geste, und man konnte sehen, wie der schwarze Stein Schamir einen opalisierenden Schimmer annahm. Unter ihrer Berührung erzitterte die Lehmfigur, die Alianoras Züge trug, und holte seufzend Atem. Das Bildnis erhob sich, ein lebendes Geschöpf, das weit schöner war als menschliche Art, und bedachte Manuel mit einem verächtlichen Blick. Dann verließ es hinkend die Umfriedung, und Manuel seufzte.

»Das ist eine starke Magie«, sprach Manuel, »und dies ist fast genau die bewundernswerte und bedeutende Figur, die ich in der Welt machen wollte. Aber wie ich jetzt zu spät erkenne, habe ich die Beine dieser Figur ungleich gemacht, und meine Freude darüber, daß sie nun lebt, ist geringer als meine Scham darüber, daß sie hinkt.«

»Solche Magie ist eine Kleinigkeit«, erwiderte Freydis, »wenngleich es die einzige Magie ist, die ich in einer Umfriedung von mit Butter gefetteten Weidenruten wirken kann. Nun siehst du also selbst, daß ich keine Befehle von dir entgegenzunehmen gewillt bin. So muß nun die Figur, die du gemacht hast, ob du es willst oder nicht, im Angesicht der ganzen Welt herumhumpeln, was zwar nicht mehr als ein paar Jahrhunderte währen wird, aber lange genug, um Beweis dafür zu geben, daß ich mir keine Befehle erteilen lasse.«

»Es kümmert mich nicht allzu sehr, ob schönste und klügste Feindin von allen. Vor einer halben Stunde erschien es mir noch wichtig, Euch dieses Geheimnis zu entringen, wie man Bildnissen Leben verleiht. Jetzt habe ich das Wunder gesehen; ich weiß nun, daß es dem Mann, der Eure Gunst genießt, möglich ist, wie ein Gott zu werden, Leben zu schaffen und lieblichere lebende Wesen zu schaffen, als Gott sie schuf, und Wesen, die auch länger leben; und doch ist es nicht an diese Dinge, woran ich wirklich denke, sondern an Eure Augen.«

»Du magst wirklich meine Augen?« sagte Freydis. »Du, der du noch vor kurzem keine Frau der Welt mehr anschauen wolltest, wenn du erst lebende Wesen hervorbringen könntest?«

Aber Manuel sagte ihr, worin ihre Augen sich von den Augen aller anderen lebenden Wesen unterschieden und um wie viel gefährlicher sie wären, und sie hörte ihm bereitwillig genug zu; denn Freydis war jetzt eine menschliche Frau. Danach erschien es, daß ein Kummer und eine große Betrübnis über Manuel gekommen sei ob Freydis' Schönheit; denn er sprach folgende Klage:

»Es gibt viel Verlust in der Welt, wo die Menschen endlos mit der Sorge kämpfen, und die Zeit entkleidet alle Menschen wie ein starker Dieb all dessen, was sie wertschätzen. Doch wenn der Kaiser in der Schlacht geschlagen ist und seine weiten Lande verloren sind, sagte er mit einem Achselzucken: ›In der nächsten Schlacht werde ich obsiegen.‹ Und wenn das Schiff des bärtigen Kaufherrn im Sturm gesunken ist, sagt er: ›Die nächste Reise wird vielleicht gewinnbringend sein.‹ Selbst wenn das Leben eines alten Bettlers im Graben von ihm weicht, sagt er: ›Morgen werde ich vielleicht ein froher junger Seraphim im Paradiese sein.‹ So gibt die Hoffnung eine Linderung für jeden Schmerz; doch für den, der die Schönheit Freydis' mit Augen geschaut hat, gibt es keine Hoffnung.

Denn im Vergleich mit jener fremden, klaren Schönheit gibt es keine Schönheit in dieser Welt. Wer die Schönheit Freydis' mit Augen geschaut hat, muß fortan hungrig gehen, weil die Erinnerung ihm keine Ruhe gibt, und seine Genossen verhöhnen ihn voll Neid. Die ganze Welt reibt sich an seiner Narrheit; denn sie weiß, daß sein Glaube in die Macht der Welt nicht länger fest gegründet ist und daß er nach etwas strebt, was die Welt ihm nicht geben kann. In seinem Herzen hält er die starken, stumpfgesinnten Herren der Erde gering, und sie, da sie stark sind, sinnen auf Rache, während er in einem Winkel Bildnisse schafft, um das ins Gedächtnis zu rufen, was verloren ist; doch für den, der die Schönheit Freydis' mit Augen geschaut hat, gibt es keine Hoffnung.

Wen es Königin Freydis anzuschauen verlangt hat, der

fürchtet nicht, mit Schlangen oder mit Schweinen zu ringen; er blickt in den Spiegel, in dem ein Mensch sich sieht, wie er wirklich ist; er sieht das Blut, das von seinen besudelten Händen tropft, und weiß, daß auch dies notwendig war. Und doch weiß er, daß ihm diese Wagnisse nur eine Stunde erkaufen. Die Stunde geht dahin, und mit ihr geht auch Freydis, die hohe Königin. Nur die Erinnerung an ihre Stunde bleibt, einem grausamen Stachel gleich, für die der versessene Betrachter der Königin Freydis eine Wohnung in seinen Bildnissen erbauen muß, in seinem Wahnsinn sich erkühnend, Erinnerungen mit nassem Lehm zu vermengen; doch für den, der die Schönheit Freydis' mit Augen geschaut hat, gibt es keine Hoffnung.«

Freydis hörte ihn bedacht bis zum Ende an. »Ich will nicht wissen, wie vielen anderen Frauen Ihr wohl solchen Unsinn über Schönheit und Verzweiflung und Ewigkeit vorerzählt habt«, meinte Freydis, »und sie haben es vermutlich gern gehört, die armen Närrinnen! Und ich frage mich, wie könnt Ihr von mir erwarten, daß ich Euch glaube, wenn Ihr vorgebt, all diese schönen Dinge von mir zu halten, und mich doch in dieser Umfriedung eingepfercht haltet wie eine bösartige alte Kuh.«

»Nein, Ihr täuscht Euch; denn es ist jetzt alles anders als zuvor. Die Figur, die ich in der Welt gemacht habe, und alles andere, was es irgendwo außerhalb dieser Umfriedung von gefetteten Weidenruten gibt, bedeutet mir nichts mehr, und ich sehe keinen Sinn in irgendwelchen Dingen außer in der Schönheit von Freydis.«

Dom Manuel ging zum Eingang der Umfriedung und dann zu den Fenstern und wischte die vergoldeten Tontheken und die blitzenden Spaks beiseite und zog die Kupfernägel aus den Hufeisen, die von Mohammeds Stute und Hrimfaxi und Balaams Esel und von Pegasus stammten. »Ihr wart in meiner Gewalt. Jetzt zerstöre ich diese Gewalt und damit mich selbst. Nun ist der Ort ungeschützt, und all Eure Diener können eintreten, und all Eure Schrecken sind ungebunden, um gegen mich losgelassen zu werden, der ich nicht länger etwas zu fürchten habe. Denn ich liebe Euch mit jener sterblichen Liebe, die nichts mehr kennt außer ihrem Verlangen, und Ihr empfindet nichts für mich.«

Nach einer kleinen Weile, während der sie ihn ansah, seufzte sie und sagte: »Es ist die närrische Tat eines wahren Liebenden. Und, wirklich, ich weiß das zu schätzen. Aber, Manuel, ich weiß nicht, was ich als nächstes tun soll. Niemals ist mir so etwas passiert, so daß meine ganze gesammelte Weisheit hier nutzlos ist. Niemand hat es jemals gewagt, die schreckliche Macht der Freydis mit einem Achselzucken abzutun, so wie du, und noch weit weniger hat es jemand je gewagt, ihr schöne Augen zu machen. Außerdem habe ich nicht das Verlangen, dich mit Blitzen zu verzehren, und dich mit Wahnsinn zu schlagen erscheint so unnötig.«

»Ich liebe Euch«, sagte Manuel, »und Euer Herz ist hart, und Eure Schönheit übersteigt alles menschliche Denken, und Euer Wille steht weder nach Lösen noch nach Binden. In einem so beispiellosen Dilemma, wie kann es mir überhaupt etwas ausmachen, was immer Ihr Euch zu tun entschließt?«

»Dann werde ich gewiß keinen meiner großartigen Schrekken für Euch verschwenden!« meinte Freydis mit einem verärgerten Werfen des Kopfes. »Und ich habe auch keine Zeit mehr an Euch zu vergeuden; denn bald werden die Mond-Kinder an ihre Orte zurückkehren, und bevor die Stunde vorbei ist, in der der Mond leer und machtlos bleibt, muß ich in mein eigenes Königreich zurückkehren, wohin Ihr mir nicht folgen könnt, um mich mit mehr von Eurem Unsinn zu ärgern. Und dann wird Euch das alles von Herzen leid tun, jawohl, denn Ihr werdet immer an mich denken müssen, und es wird nur menschliche Frauen geben, um Euch abzulenken, und die sind armselige Geschöpfe.«

Freydis trat noch einmal an den Spiegel und sann dort nach. »Ja, ich werde Euch immer vor Augen bleiben, mit dem Haar in diesen schrecklichen Zöpfen, was schade ist, aber Ihr werdet dennoch immer an mich denken. Und wenn Ihr Bildnisse macht, dann werden es Bildnisse von mir sein. Nein, aber ich kann es nicht zulassen, daß Ihr noch mehr solch gräßliche Parodien gleich erstaunten Leichen macht und die Leute überall über Königin Freydis lachen!«

Sie nahm die magische Schreibfeder, die bereit lag, wie Helmas geraten hatte, und sie schrieb mit dieser Greifenfeder auf das bereitliegende Pergament. »Und so habt Ihr hier die Anleitung für die Tuyla-Beschwörung, die Euren Bildnissen Leben geben wird. Es mag Euch ein wenig trösten, jene billige Magie wirken zu können. Es wird auf jeden Fall solche nichtsnutzigen Wichte, die dumm genug sind, um Euch ernst zu nehmen, davon abhalten, sich allzu erhaben über die Bildnisse zu dünken, die Ihr von mir machen werdet und auf denen mein Haar so unschön zurechtgemacht ist.«

»Nichts wird mich je trösten können, schöne Feindin, wenn Ihr fortgegangen seid.«

Aber er nahm das Pergament.

XV

Salbe für den Sieger

Sie traten aus der Umfriedung und zu dem alten Altar des Vel-Tyno, während der Mond immer noch leer und machtlos war. Die Diener der Freydis eilten wieder in Scharen gen Obermorven, nachdem sie sich eine Stunde lang plündernd und wüstend in Poictesme vergnügt hatten. Als Spurne, Drauen und Calcars und andere, längst vergessene Gestalten kamen sie geräuschlos herbeigeflogen, so daß der Obermorven dem gestörten Geist eines armen Fiebernden auf dem Sterbebette glich; und zur Rechten wie zur Linken schauten die Hexen von Amneran dem Treiben zu und nickten zu dem, was sie sahen.

Und so kamen eine nach der anderen die vergessenen Gestalten zum Feuer und riefen: »Ein Pfennig, ein Pfennig, zwei Pfennig, anderthalb Pfennig und ein halber Pfennig!«, wie jeder in das Feuer tauchte, welches das Tor zu ihrer Heimat war.

»Lebwohl!« sprach Freydis, und als sie so sprach, seufzte sie.

»Wir dürfen nicht so voneinander Abschied nehmen«, sprach Manuel. »Denn höret nun wohl, Königin Freydis! Helmas der Tiefgeistige war es, der mir geraten hat, was zu tun sei. ›*Queen* ist dasselbe wie *cwen*, und das heißt: *eine Frau*, nicht mehr und nicht weniger‹, sagte der weise König. ›Das mußt du nur bedenken.‹»

Freydis verstand. Zornig rief sie aus: »Dann war dein ganzes närrisches Gerede über mein Aussehen und deine Liebe zu mir von vornherein geplant! Und du hast mir das alte Tuyla-Geheimnis abgeschwindelt, indem du so getan hast, als würdest du mich lieben, und indem du mir mit solchem Unsinn die Ohren vollgestopft hast, wie ein Bauernbursche ihn sich ausdenkt, um das Herz einer Kuhmagd zu betören! Jetzt werde ich gewiß deine Offenheit in einer Weise belohnen, über die man noch lange flüstern wird.«

Und damit begann Königin Freydis einen vernichtenden Zauber zu weben.

»Alles, alles war von vornherein geplant, bis auf eines«, gab Manuel mit einem trockenen Lachen zu wissen, ohne dabei den aufkeimenden Schrecken auch nur einen Blick zu gönnen. Er hielt das Pergament ins Feuer, das Freydis ihm gegeben hatte. »Ja, es war alles geplant, außer daß Helmas mich nicht von dem geläutert hat, was den Lohn einer Lüge Euch gegenüber nicht anzunehmen gewillt ist. So kommt die Weisheit des Tiefgeistigen am Ende doch zu nichts.«

Jetzt winkte Freydis für einen Augenblick zwei Drittel eines entsetzlichen Ungeheuers, das, bislang noch unvollendet, für Dom Manuels schreckliches Ende gedacht war, zurück und rief erregt: »Aber hast du denn überhaupt keinen Verstand! Du verbrennst dir ja die Hand!«

Und in der Tat hatte der Junge bereits seine Hand mit schmerzverzerrtem Gesicht aus dem Feuer zurückgezogen, denn wie es Freydis gesehen hatte, hatte er im Eifer, seine edle Geste auszuführen, nicht daran gedacht, wie heiß ihr Feuer brannte.

»Es ist nur ein kleiner Schmerz für mich, der ich so großen Schmerz erlitten habe«, sprach Manuel schwermütig. »Denn ich habe geglaubt zu lügen, und in meinem Mund wurde die

Lüge zur Wahrheit. Zumindest ziehe ich keinen Gewinn aus meinem falschen Spiel, und ich winke Euch Lebewohl mit leeren Händen, die das Feuer vom Diebstahl reingebrannt hat.«

Dann sagte sie, die eine menschliche Frau war: »Aber du hast dir die Hand verbrannt!«

»Es macht nichts: ich habe eine Salbe dort drüben. Beeilt Euch, Königin Freydis, denn die Stunde vergeht, wo der Mond leer und machtlos ist.«

»Es ist Zeit genug.« Sie holte Wasser aus der Umfriedung herbei und badete Dom Manuels Hand.

Aus dem Feuer kam nun ein Wispern: »Macht schnell, Königin Freydis! Macht schnell, Herrin des Feenlandes!«

»Es ist Zeit genug«, sagte Freydis, »und hört auf, mich zu hetzen!« Sie holte aus der Umfriedung ein Gefäß mit Salbe und strich sie Manuel auf die Hand.

»Borram, borram, Leanhaun shee!« knisterte das Feuer. »Nun ist die Stunde vorbei!«

Da sprang Freydis von Manuel fort auf das Feuer zu, jenseits dessen sie Königin alter Mysterien war und jenseits desssen ihr Wille weder zu lösen noch zu binden war. Und sie rief eilig: »Ein Pfennig, ein Pfennig, zwei Pfennig –«

Doch dann sah sie nur für einen Augenblick zum Morven zurück und zu dem Mann, der allein und verletzt auf dem Morven wartete. In seinen Augen, in denen sich das Feuer spiegelte, sah sie Liebe über Maßen und ohne Hoffnung. Und in Freydis' Brust schlug das Herz einer sterblichen Frau.

»Ich kann nicht anders«, sagte sie, als die Stunde verrann. »Irgend jemand muß die Hand verbinden, und Männer haben in solchen Sachen kein bißchen Verstand.«

Worauf das Feuer zornig aufbrüllte und hochsprang und in sich zusammenfiel; denn die Mondkinder Bil und Hjuki waren von dem Brunnen zurückgekehrt, der Byrgir genannt wird, und der Mond war nicht länger leer und machtlos.

»So, ist das jetzt besser?« fragte Freydis. Sie wußte, daß in diesem Augenblick Alter, Sorge und Tod irgendwo unausweichliche Hinterhalte gelegt hatten, aus denen sie sie irgendwann angreifen würden; denn jetzt, wo das heilige Feuer erloschen war, war sie sterblich geworden und hatte die Absicht, das Beste daraus zu machen. Eine Weile lang blieb Graf Manuel stumm. Dann sagte er mit zitternder Stimme: »O Frau, die du so lieb und schön und leichtgläubig und mitleidig bist, du und du nur allein bist es, die ich ewig mit solcher Zärtlichkeit lieben muß, wie sie den stolzen und einsamen Königinnen auf ihren hohen Thronen versagt bleibt! Und du bist es, der ich immer mit solch einer Liebe dienen muß, wie sie der Figur, die ein Mann in dieser Welt macht, nicht zusteht! Und sei auch das ganze Leben eine staubige Öde endlosen Bemühens, und seien auch die Wege der Menschen immer die Wege der Narrheit, so sind doch diese Wege fortan unsere Wege, und es sind keine hoffnungslosen Wege, denn ich und du werden sie gemeinsam gehen.«

»Also, eines muß man in Audela gewiß nicht, nämlich sich solchen verrückten Unsinn anhören oder eine solche schnellfüßige Stunde der Narreteien durchleben«, erwiderte Freydis, »wie mich dies hier und heute nacht mein Königreich gekostet hat.«

»Die Liebe wird es vergelten«, meinte Manuel, wie es die leichtherzige Art von Männern ist.

Und Freydis, die jetzt in allen Dingen eine menschliche Frau war, lachte leise in der Dunkelheit. »Du kannst es mir dadurch vergelten, mein Liebster, daß du mir nie erzählst, wie sehr ich dich auch in der zweifelhaften Zeit, die da kommen wird, darum bitte, wie du das Verbandszeug und das Gefäß mit Salbe so nahe bei der Hand haben konntest. Denn es ist nicht gut für eine menschliche Frau, hinter die Listen weiser Könige zu blikken, und weitaus schlimmer für sie, die heroischen Possen ihres Gatten zu durchschauen.«

Inzwischen hatte in Arles die junge Alianora ihre eigene Heirat mit mehr Umsicht in die Wege geleitet. Die Engländer, die zuerst zwanzigtausend Franken als ihre Mitgift gefordert hatten, hatten sich nach endlosem Feilschen dazu bereiterklärt, sich mit dreitausend zu begnügen, und sie sollte Plymouth und Exeter und Tiverton und Torquay und Brixham und dazu die Zinnminen von Devonshire und Cornwall als Brautgabe erhalten. In allem, außer was den Bräutigam betraf, war dies eine hervorragende Partie, und so hatte man ganz

Arles in jener Nacht mit Flaggen und Bannern und Kränzen und farbenprächtigen Gehängen geschmückt und mit Lampen und Fackeln erleuchtet, und in der ganzen Provence hatte es Festlichkeiten jeglicher Art, und die Prinzessin fand viel Ehre und Beifall unter dem Volk.

Aber in der Dunkelheit von Obermorven fanden zwei das Glück, und sollte es auch nur kurze Zeit währen.

Dritter
Teil

Das Buch der Abrechnungen

Bedenke, teures Elend (sprach Manuel), daß es nicht in des Menschen Macht liegt, seine Liebe zu vergeben, wo er will, da diese das Werk einer hohen Gottheit ist. Ein Vogel ward niemals gesehen in Pontus, *noch wahre Liebe in einem flüchtigen Sinne: Niemals soll meines Herzens Neigung schwinden, die von Natur dem Steine* Abiston *gleicht.*

XVI

Freydis

Man erzählt sich in Poictesme, wie Königin Freydis und Graf Manuel einträchtig zusammen auf dem Obermorven lebten. Man erzählt sich auch, wie der schändliche Usurpator Herzog Asmund zu jener Zeit das nahegelegene Bellegarde besetzt hielt, aber daß seine Nordmänner sich von Obermorven fernhielten, der übernatürlichen Wesen wegen, denen man dort allenthalben begegnen mochte, so daß Manuel und Freydis zunächst keine menschliche Gesellschaft hatten.

»Irgendwann einmal in naher Zukunft«, sagte Freydis, »mußt du Bellegarde einnehmen und Herzog Asmund seinen häßlichen Kopf abschneiden, weil von Rechts und von König Ferdinands eigener Handschrift wegen ganz Poictesme dir gehört.«

»Nun, wir werden das noch ein bißchen warten lassen«, sprach Manuel, »denn ich wünsche mir nicht so innig, mit Pergamenten auf dem vergoldeten Sitz eines Grafen festgebunden zu sein, wie ich mir wünsche, überallhin zu reisen und die Enden der Welt zu sehen und über sie zu urteilen. Jedenfalls, liebe Freydis, bin ich für den Augenblick zufrieden genug in diesem unseren kleinen Heim, und die Politik kann warten.«

»Und doch sollte da irgend etwas geschehen«, meinte Freydis. Und da Manuel ein hartnäckiges Vorurteil gegen jede Art von tödlichen Krankheiten hegte, belegte sie Asmund mit einem Grindfluch, durch den er von allen kleinen oberflächlichen Wehwehchen befallen wurde, die es zwischen Kopfschuppen und Fußpilz gibt.

Auf dem Obermorven hatte Freydis durch einen Zauber ein bescheidenes Heim errichtet, das aus Jaspis und Porphyr und aus gelb und violett geädertem Brecchiamarmor erbaut war. Im Inneren waren die Steinwände überall mit wertvollem Maßwerk im Flachrelief bedeckt und in Abständen mit Scheiben und Kacheln aus türkisfarbenem Porzellan eingelegt. Der Fußboden war natürlich aus Zink, zum Schutz gegen die unfreundlichen Alfen, die im ewigen Krieg mit Audela liegen, und darüber hinaus war das Ganze von einer Palisade von geschälten Weidenstäben umgeben, die nicht mit Butter gefettet, aber geölt und mit ungeknoteten Bändern verbunden waren.

Alles war sehr einfach und heimelig, und hier warteten ihnen die Diener der Freydis auf, wann immer sie ihrer bedurften. Die gefallene Königin war eine graue Hexe – nicht in ihrem Äußeren, gewiß, aber in ihren Fähigkeiten, die nicht beschränkt waren, wie es die Kräfte der schwarzen und weißen Hexen sind. Sie unterwies Dom Manuel in der Magie von Audela, und sie und Manuel hatten in jenem Frühling und Sommer viel Spaß zusammen, wenn sie entkrönte Götter und possierliche Monster und lehrreiche Geister heraufbeschworen, um sich in den Pausen zwischen anderen Vergnügungen zu unterhalten.

Sie hörten auch soweit nichts mehr von der Lehmfigur, der sie Leben gegeben hatten, außer das, was ein Bogglebuh ihnen berichtete, daß nämlich, als der hinkende frohe junge Bursche vom Morven hinabstieg, die ehrbare Bürgerschaft überall entsetzt gewesen war, weil er so einherging, wie er geschaffen war, splitternackt, und dies galt als unanständig. Und so kam ein großer Skarabäus von Westen, aus den Sümpfen Philistias, und folgte der belebten Figur überallhin, wobei er kläffte und spuckte: »Moral, nicht Kunst!« Und also übelleumundig begleitet geht die Figur fürs erste aus Manuels Saga heraus.

»Aber wir werden eine viel schönere Figur machen«, sprach Freydis, »und so macht das nichts.«

»Ja, mit der Zeit«, sprach Manuel, »aber das kann ein bißchen warten.«

»Das sagst du neuerdings immer!«

»Ah, aber, meine Liebe, es ist so wunderbar angenehm, hier eine Weile auszuruhen und nichts Ernsthaftes zu tun, jetzt wo ich mich meines Geas entledigt habe. In Bälde werden wir uns natürlich aufmachen müssen, überallhin zu reisen, und wenn wir die Enden dieser Welt gesehen und auch über sie geurteilt haben, dann werde ich Zeit und auch ein größeres Wissen haben, sie dieser Schaffung von Bildnissen zu widmen –«

»Es ist nicht von irgendwelchen fernen Orten, lieber Manuel, sondern von seinem eigenen Land, woher ein Mann die Erde für das Bild machen muß, das er sich schafft –«

»Nun, wie dem auch sei, deine Küsse sind mir weit süßer als deine Magie.«

»Das höre ich aus deinem Munde gern, mein Liebster, aber dennoch –«

»Nein, wirklich, denn du bist wirklich viel netter, wenn du dich so an mich schmiegst, als wenn du in Gestalt von Schweinen und Schlangen und Feuerwerk durch die Welt rennst und mit deinen extravagenten Hexereien die Leute umbringst.«

Mit diesen Worten küßte er sie und brachte so ihren Protest zum Schweigen, denn in diesen liebreichen Zeiten war auch Königin Freydis im Grunde weniger an Magie als an Küssen interessiert. In der Tat war nie eine Zauberin zärtlicher als Freydis, jetzt wo sie eine menschliche Frau geworden war.

Wenn sie jemals gereizt war, so war es nur, wenn Manuel auf eifersüchtiges, bohrendes Nachfragen hin bekannte, daß er sie nicht ganz so schön oder so klug fand, wie Niafer gewesen war; aber daran, wie Manuel klarstellte, ließe sich nichts machen. Denn es habe nie irgend jemanden wie Niafer gegeben und es wäre Unsinn, etwas anderes zu behaupten.

Es ist möglich, daß Dom Manuel dies wirklich glaubte. Das ziemlich reizlose, nicht sonderlich intelligente und in keiner Hinsicht bemerkenswerte Dienstmädchen mag wohl – in jener unerklärlichen Weise, wie solche Dinge zustande kommen – die Frau gewesen sein, die Manuels Herz sich erwählt hatte und die daher in seinen Augen für den Rest der Zeit von allen anderen Frauen verschieden sein mußte. Gewiß hätte kein unastigmatischer Richter diese braunhäutige Niafer für geeignet gehalten, wie man so sagt, Freydis oder Alianora das Wasser zu reichen; Manuel hingegen verbarg nicht einmal vor diesen königlichen Frauen selbst seine persönliche, wenn auch einzigartige, Bewertung.

Auf der anderen Seite gibt es Leute, die sagen, daß Frauen, die an stündliche Bewunderung gewöhnt sind, keinen Mann vorübergehen sehen können, der nicht von ganzem Herzen der Bewunderung voll zu sein scheint. Er, der überhaupt nicht bewundert, ist offensichtlich ein Narr und der Mühe nicht wert. Aber dem, der zugibt: »Du bist ja ganz schön«, und sich dann zum Weitergehen anschickt, haftet ein Geheimnis an, und die einzige Art, es zu lösen, ist, diesem aufreizenden Burschen nachzugehen. Einige (die also argumentieren) behaupten, daß der kniepende Manuel diesen Lehrsatz kannte und daß er ihn in seinem Umgang mit Freydis ebenso wie mit Alianora beachtete. Wie dem auch sei, bekamen diese Theoretiker von Dom Manuel nie eine irgendwie geartete verbale Unterstützung. Da Niafer für ihn tot und verloren war, hatte er, ohne irgendwelche beispiellose Liebesglut zur Schau zu stellen, Alianoras Liebe erwidert, und jetzt, wo Freydis ihre Unsterblichkeit um seiner Küsse willen abgelegt hatte, erweckte der hochgewachsene Knabe wiederum irgendwie den Eindruck, als lasse er sich dazu herab, das Opfer dieser Frau und ihre Schönheit anzunehmen, da es im großen und ganzen der nächstbeste Ersatz für Niafers spärliche Vorzüge sei.

Doch andere neigen zu der einfacheren Erklärung, daß Dom Manuel so beschaffen war, daß er jedes Verlangen für gering erachtete, sobald er es erreicht hatte. Und diese sagen, er habe festgestellt – wiederum in jener unerklärlichen Weise, wie solche Dinge zustande kommen –, daß nun, wo Manuel die unirdische Königin besaß, sie ebenso wie Alianora zuvor zu einer nicht außergewöhnlichen Person geworden war, die im ganzen Umgang mit ihrem Geliebten also an ihm handelte.

»Aber liebst du mich wirklich, o Mann aller Männer?« würde Freydis sagen. »Und abgesehen von dieser verdammten Niafer, liebst du mich ein bißchen mehr als jede andere Frau?«

»Wieso, gibt es denn überhaupt andere Frauen?« fragte Manuel dann ganz überrascht. »Oh, gewiß, es muß wohl welche geben, aber ich hatte es schon ganz vergessen. Ich habe keine von diesen berockten Geschöpfen gesehen oder gehört oder auch nur einen Gedanken an sie verschwendet, seit meine liebe Freydis in mein Leben trat.«

Die Zauberin schnurrte, wenn sie diese Worte hörte, und sie legte ihren Kopf an eine Stelle, die speziell dafür gemacht zu sein schien. »Ich wünschte, ich könnte deinen Worten glauben, König meines Herzens. Ich muß mir solche Mühe geben, heutzutage, dich zu solch närrischen, doch angebrachten süßen Redensarten zu verleiten, und selbst wenn du sie endlich aussprichst, ist deine Stimme hoch und leichtfertig, daß es klingt, als redetest du im Scherz.«

Er küßte ihre dichten Flechten, die duftend seine Lippen umschmeichelten. »Weißt du, obwohl ich im Scherz rede, liebe ich dich eigentlich doch sehr.«

»Ich würde diesen Satz ein paarmal üben«, bemerkte Freydis kritisch. »Du solltest deine Stimme nach den ersten zwei Worten ein wenig brechen lassen.«

»Ich spreche, wie ich fühle. Ich liebe dich, Freydis, und so sage ich es auch.«

»Ja, aber liegst mir nicht mehr dauernd in den Ohren damit.«

»Ach, meine Liebe, du bist auch nicht mehr die unerreichbare Königin des Landes auf der anderen Seite des Feuers, und das macht gewiß einen Unterschied. Genauso gewiß ist es, daß ich dich mehr als alle anderen lebenden Frauen liebe.«

»Ah, aber, mein Liebster, wer liebt dich mehr, als eine menschliche Zunge sagen kann?«

»Eine eigentümlich hartnäckige und hübsche Närrin«, sprach Manuel, und er tat das, was angebracht erschien.

Später seufzte Freydis ergeben: »Das erspart einem die Mühe des Redens, nicht wahr. Und du hast so toll und verführerisch geredet in jener ersten Nacht, als du mich herumkriegen wolltest um deiner Figur wegen, aber jetzt hältst du mir überhaupt keine hübschen Reden mehr.«

»Oh, Himmel!« stöhnte Manuel. »Ich bin einer Monomanin in die Hände gefallen. Liebe Freydis, was auch immer ich sagen könnte, es wären doch notgedrungen dieselben alten Worte, die von Millionen von Männern Millionen von Frauen ins Ohr geflüstert wurden, und meine Liebe zu dir ist etwas nie Dagewesenes, das nicht durch ein so abgetragenes Gewand travestiert werden sollte.«

»Jetzt versuchst du schon wieder, mich mit solchen ernsthaften Scherzen in diesem leichten, hohen Ton abzuwimmeln, aber es liegt keine Treue in dieser Stimme, und ihre Rede bedrückt mich.«

»Ich rede, was ich fühle. Ich liebe dich, Freydis, und so sage ich es auch, aber ich kann es dir nicht alle Viertelstunde wieder sagen.«

»Oh, aber ganz gewiß ist dieser große, schiefäugige Knabe der unberedteste und der störrischste Esel, den es je gegeben hat!«

»Und wolltest du, daß ich anders wäre?«

»Nein, und das ist ja das Merkwürdige dabei. Aber es bekümmert mich der Gedanke, ob du so viel vorhergesehen hast.«

»Ich?« lachte Manuel. »Aber wie käme ich zu so feingesponnenen Plänen? Meine Liebe, solange du nicht begreifst, daß ich das offenste und geradlinigste von allen Geschöpfen bin, die es je gegeben hat, wirst du nie beginnen, mich zu verstehen.«

»Ich weiß, daß du so bist, du großer Junge. Und doch will mir der Gedanke nicht aus dem Kopf«, meinte Freydis, »und das macht mir ein ganz klein wenig Kummer.«

XVII

Die Magie der Bildnismacher

Es sprach sich mit der Zeit herum, daß Königin Freydis von Audela eine menschliche Frau geworden war, und danach kamen gewisse Zauberer nach Obermorven, um ihren Rat und ihre Gunst und die Hilfe Schamirs zu suchen. Dies waren die Zauberer, wie Manuel erfuhr, die Bildnisse schufen, denen sie dann und wann – niemand schien genau zu wissen, wie, am wenigsten von allen die Thaumaturgen selbst – Leben einzuhauchen vermochten.

Einmal ging Manuel mit Freydis an einen dunklen Ort, wo einige dieser Magiewirker bei der Arbeit waren. Im Licht eines Holzkohlenfeuers waren Bildnisse aus Ton als rötliche Schemen auszumachen; vor diesen bewegten sich die Zauberer unmenschlich gewandet und taten Dinge, die, gnädigerweise vielleicht, Manuel durch die weihrauchgeschwängerte Dunkelheit verborgen blieben.

Als Manuel die Galerie betrat, hörte er einen der Magiewirker in der Dunkelheit einen schrillen Gesang intonieren. »Es ist die unvollendete Rune der Schwarzen Vögel«, flüsterte Freydis ihm zu.

Unter ihnen fuhr das leidvolle Jammern fort:

»– gepfercht und gezwängt, so lebendig begraben (ob einer Wette, will man meinen), trotz verängstigten Kreischens und Murrens, nach der Art, wie einst in Kalkutta jener hagere Radscha mit gefangenen Helden verfuhr. Und wollt' ihren Stolz man brechen und ihnen das Maul stopfen – heiß, wild und zörnig tönt's dann hervor, aus breiten Schnäbeln ein so klares Sächsisch, wie es je beim Witenagemot klang! Doch wenn sie singen, singen sie wie kein weißer Vogel (da sich keiner als Phönix erhebt), so perfekt, wie die Natur es vermag, oder, und schmeckt's auch nach Platitüde, Noten, die keine Bank zurückweist, die noch Dankbarkeit – und klingt's auch unglaublich – für bare Münze nimmt.«

Sprach, in der Dunkelheit, ein anderer Zauberer:

»Doch fern von ihren Chorälen saß der hohe König, in einem goldbestickten Rock und mit einem goldumrandeten Hut, und zählte sein angehäuftes Geld und träumte von mehr Franken und Sequinen und Louisdor. Währenddessen saß die Königin in jener schicksalhaften Nacht, obgleich ihr nach eigenem Bekunden jeder Appetit mangelte, immer noch zu Tisch, wo, wie das Gerücht geht, sie sich ihre siebte Scheibe Brot (so gedeiht jedes aufschwellbare Gerücht bei Hofe) mit Gold von den königlichen Bienenstöcken überhäufte. Durch den verschlafenen Park, unter den sich wölbenden Bäumen, ging zu ihrer Arbeit singend das Mädchen Dénise –«

Ein dritter fiel hier ein und sagte:

»Und sie sang, wie tückisch und bitter und hell ein Tier

ward geboren, das war gekleidet mit dem Glanz und Licht der kalten Enden des Nordens, wie eine fleischliche Blüte, weißer als die wachsenden Stürme, die ziehen, mit Donner als Waffe, um die eisige Öde des Schnees zu verheeren. Sie sang, wie daß alle Männer auf Erden sagten, ob seine Herrin am Morgen aufbrach oder wartet auf Nacht, – ob sie durch den Schaum und das Strandgut der flachen Bucht schritt, oder sich im reifen Kornfeld versteckte, oder aller menschlicher Freude entfloh, – daß dorthin es gleichweise zöge.«

Nun begann ein vierter:

»Also sang Dénise, während die seidenen Kissen und Dekken, die königliche Träume betten, mit der seltsamen Leibwäsche, die ein König so hat, sie sorgsam steckte, und träumte nicht von jenem Schicksal, das wartete, noch ungeboren, um die Menschen sprachlos vor Ehrfurcht niedersinken zu lassen. Wie wenn die siebente Welle aufsteigt und der Sonne Strahl sie golden spaltet, durch und durch, wie um den nahenden Tod für den zu verkünden, der das Schicksal bestimmt sieht – und atemlos aufragen den Tod, hoch und prächtig –, während die hohe Welle sich neigt, um ihm brechend ein Ende zu machen: so verharrte der schwarze Vogel, während einer zählen mochte eins und zwei und drei und vier und fünf und sechs, aber kaum sieben –«

So fuhren sie fort; aber Manuel hörte ihnen nicht weiter zu. »Was hat dies alles zu bedeuten?« fragte er Freydis.

»Es ist eine experimentelle Beschwörung«, antwortete sie, »ein Stück unvollendeter Magie, für das die richtigen Worte noch nicht gefunden wurden; aber zwischen jetzt und einem späteren Zeitpunkt wird man darauf stoßen, und dann wird diese Rune ewig bestehen und all jene Reime überleben, die mit Gedanken und einsichtigen Bedeutungen verpestet sind, wie sie die menschliche Natur als abstoßend empfindet.«

»Sind Worte dann so wichtig und während?«

»Oh, Manuel, du überraschst mich! Wie sonst, bitte, unterscheidet sich der Mensch von anderen Tieren, außer daß er von Worten gebraucht wird?«

»Also, ich hätte gesagt, daß Worte von Menschen gebraucht werden.«

»Es ist natürlich ein Geben und Nehmen, aber in der Hauptsache ist der Mensch mehr den Worten dienstbar als sie ihm. Denk doch nur einmal an so schreckliche Worte wie Religion und Pflicht und Liebe, Patriotismus und Kunst, Ehre und Vernunft und daran, was diese tyrannisierenden Worte Menschen antun und aus ihnen machen!«

»Nein, das ist Sophisterei; denn Worte sind nur vorübergehende Geräusche, während der Mensch das Kind Gottes ist und eine unsterbliche Seele hat.«

»Ja, ja, mein Liebster, ich weiß, daß du das glaubst, und ich finde es auch entzückend altmodisch und süß von dir. Aber, wie ich sagen wollte, ein Mensch hat nur den Leib eines Tieres, um Erfahrungen zu gewinnen, und das Gehirn eines Tieres, um darüber nachzudenken, so daß die Gedanken und Meinungen dieses armen Geschöpfes immer die eines mehr oder weniger intelligenten Tieres bleiben müssen. Aber seine Worte sind sehr oft magisch, wie du nach und nach begreifen wirst, wenn ich dich zum größten aller Bildnismacher gemacht habe.«

»Ja, ja, aber das kann noch ein bißchen warten«, meinte Manuel.

Und danach redete Manuel mit Freydis und bekannte, daß die Erscheinung dieser Magiewirker Manuel Unbehagen verursachte. Er habe, so sagte er, es für etwas Bewundernswertes gehalten, Bildnisse zu machen, die lebten, bis er das Auftreten dieser gewohnheitsmäßigen Bildnismacher gesehen und bedacht habe. Sie seien ein häßliches und verdrehtes, reizbares Volk, sagte Manuel; sie seien unfähig, gehässig, verlogen und in alltäglichen Dingen geradezu blöde: sie verachteten offenkundig alle, die keine Bildnisse machen konnten, und verachteten anscheinend alle die, die es konnten. Gegenüber Manuel waren sie besonders hochfahrend und gaben ihm zu verstehen, daß er nur ein vom Glück begünstigter Pseudo-Magier sei und daß der Schaden, der von einem selbst-ernannten Thaumaturgen wie ihm angerichtet werde, leicht beträchtliches Ausmaß annehmen könne. Was für Vorbilder seien dann diese verrückten, im Lehm wühlenden Eigenbrötler für einen hochgewachsenen jungen Burschen? Und wenn Manuel ihre

Kunst erlernte (so fragte er als Schlußfolgerung), würde er auch ihre Charakterzüge annehmen?

»Die Antwort ist vielleicht nein und möglicherweise ja«, antwortete Freydis. »Denn durch das alte Tuyla-Mysterium ziehen sie das, was das Beste in ihnen ist, aus sich heraus, um es ihren Bildnissen einzugeben, und dies läßt sie leicht aller Tugenden bar zurück. Aber du solltest bedenken, daß das Beste in ihnen fortdauert, wohingegen das Beste in anderen Personen auf einem Schlachtfeld oder einem Strohsack oder an einem Galgen ausgelöscht wird. Deshalb dachte ich mir, daß du heute nachmittag –«

»Nein, das kann noch ein bißchen warten; denn ich muß mir dies alles durch den Kopf gehen lassen«, sagte Manuel, »und meine reife Meinung über diese Sache werde ich erst später zum Ausdruck bringen können.«

Aber während seine Gedanken mit diesen Dingen beschäftigt waren, machten seine Finger ihm kleine, drollige Bildnisse von zehn der Bildnismacher, die er unbelebt beiseite stellte. Freydis lächelte über diese Karikaturen und fragte Manuel, ob er ihnen Leben geben würde.

»Oh, später vielleicht«, meinte er, »und dann könnten ihre Possen wohl erheiternd sein. Doch ich sehe, daß diese alte Tuyla-Magie mit einem hohen Preis und großer Gefahr verbunden ist, so daß ich nicht in Eile bin, mehr davon zu lernen. Lieber will ich das genießen, was schöner und besser ist.«

»Und was kann schöner und besser sein?«

»Die Jugend«, antwortete Manuel, »und du.«

Königin Freydis war nun eine menschliche Frau in allen Dingen, und so freute sich ihr Ohr, wenn nicht ihr Verstand, über diese Worte. »Und stellen dich diese beiden Besitztümer zufrieden, König meines Herzens?« fragte sie ihn sehr liebevoll.

»Nein«, sagte Manuel und blickte über das Hochland hinaus zu den wolkenverhangenen Kämmen des Taunenfels-Gebirges, »noch glaube ich, daß ich je in dieser Welt der Menschen Zufriedenheit finden werde.«

»Die Menschen sind fürwahr im Durchschnitt arme, minderbemittelte Geschöpfe, Manuel –«

Er antwortete schwermütig:

»Aber ich kann die Vorstellung nicht verdrängen, daß diese Menschen meine Genossen und meine Vertrauten sein sollten. Statt dessen empfinde ich, der ich ein berühmter Held bin, täglich Mißtrauen, ja beinahe Furcht, vor diesen unbegreiflichen und hirnverbrannten Wesen. Für alles gibt es, wenn man sich zu sehr damit befaßt, eine Form des Wahnwitzes, vor der ich zurückschrecke, und muß diesen Schauder doch immer verbergen. Es gibt keine Stunde in meinem Leben, wo ich nicht in geheimen Vorbehalten und kleinen Lügen gewappnet gehe, und in meinem Panzer bin ich einsam. Freydis, du beteuerst, daß du diesen wohlgewappneten Manuel innig liebst, doch welche Weisheit wird dir, und mir nicht minder, enthüllen, was eigentlich Manuel ist? Oh, mich verwirrt die Unbeständigkeit und die Einsamkeit und die Ohnmacht dieses Manuel! Teure Freydis, liebe nicht meinen Leib oder meine Redeweise, noch irgendeine andere Eigenschaft, die ich im Fleische habe; denn all diese vergänglichen Dinge sind den Würmern verpfändet. Und der Gedanke ist mir auch ein Dorn –«

»Reden wir nicht von diesen Dingen! Laß uns an nichts Schreckliches denken, nur an einander!«

»Aber ich kann den Gedanken nicht verdrängen, daß ich, der ich für den Augenblick in diesem verpfändeten Leib existiere, niemals zu dir hinausgelangen kann. Freydis, es gibt keinen Weg, wie sich zwei Personen in dieser Welt der Menschen treffen können; wir können nur von ferne verzweifelte Signale der Freundschaft austauschen, in dem sicheren Wissen, daß sie fehlgedeutet werden müssen. So gehen wir unseres Wegs, jeder aus dem Leib einer fremden Frau entstammend, jeder ein Zerrbild des Fleisches seiner Eltern, jeder hoffnungslos, mit unmitteilungsfähigen Gesten, dem Leib eines fremden Grabes entgegen, und wo ist die Gemeinsamkeit in dem ganzen sinnlosen Gedränge dieses Lebens? Keine Seele kann auf einer Brücke von Worten reisen. Gibt es doch nicht einmal ein Wort für mein großes, vergebliches Verlangen, zu lieben und geliebt zu werden, wie auch kein Wort für den großen, noch nicht ganz geformten Gedanken, der sich in diesem Augenblick in mir bewegt. Aber der Gedanke ist mir auch ein Dorn –«

Manuel blickte immer noch auf das sich wandelnde Purpur und Grün der Berge und auf die hohen Wolken, die nordwärts zogen. Die Dinge, die er dort sah, waren alle gewaltig und wunderbar, und das Schicksal der Menschheit schien sie nicht allzu sehr zu kümmern.

Dann sagte Freydis: »Machen wir uns doch nicht so viel Gedanken in unserer Jugend. Es ist eine solche Verschwendung der frohen Zeit und der Jugend, die niemals wiederkehren wird –«

»Aber ich kann den Gedanken nicht verdrängen, daß es niemals der wahre Manuel sein wird, den du lieben oder auch nur kennen wirst, noch kann ich das Wissen einfach abtun, daß diese menschlichen Sinne, durch die allein wir irgendein Wissen voneinander erlangen können, Lügner sind. Was kann ich je für dich sein als ein Körper und eine Stimme? Doch ist dies nicht einmal die Wurzel all meines Kummers, liebe Freydis. Denn ich weiß, daß mein Mißtrauen gegenüber allen lebenden Geschöpfen – oh, selbst dir gegenüber, liebe Freydis, wenn ich dir ganz nahe bin – immer wie eine Mauer zwischen uns sein muß, eine niedrige, dauernde, festgegründete Mauer, die wir niemals niederreißen können. Und ich weiß, daß ich nicht wirklich ein berühmter Held bin, sondern nur ein verlorener und einsamer Gefangener der zweifelhaften Veste meines Leibes, und daß ich, der ich nicht wahrhaft weiß, wer ich bin, in eben diesem Zweifel und dieser Einsamkeit sterben muß, hinter den starken Wällen der Treuherzigkeit und Offenheit und des jovialen Gelächters, die ich zu meinem Schutz errichtet habe. Und der Gedanke ist mir auch ein Dorn.«

Jetzt war Manuel, wie Freydis ihn noch nie gesehen hatte. Sie verwunderte sich über ihn; sie war bestürzt über den unbegreiflichen Trübsinn, der diesen prachtvollen Burschen befallen hatte, wo rote, willige Lippen doch so nahe winkten, und ihre dunklen Augen waren mit einem wundersamen und zarten Begehren auf ihn gerichtet, das man nicht in Worten sagen mag.

»Ich verstehe dich nicht, mein Liebster«, sagte sie, die nicht länger die hohe Königin von Audela war, sondern eine menschliche Frau. »Es ist wahr, daß all die Welt um uns her ein falscher Schein ist, aber du und ich, wir sind wirklich und wahrhaft vereinigt, denn wir haben voreinander nichts zu verbergen. Ich bin sicher, daß keine zwei Menschen glücklicher sein könnten, als wir es sind, noch besser füreinander bestimmt. Und gewiß sehen dir solche morbiden Anwandlungen nicht ähnlich, wo du doch, wie du selbst erst gestern gesagt hast, von Natur aus so offen und geradlinig bist.«

Bei diesen Worten kehrten Manuels Gedanken zurück von den Wolken und dem Grün und Purpur der Berge. Einen Augenblick oder zwei sah er sie sehr ernst an. Er lachte bitter. Dann sagte er: »Siehst du!«

»Aber, Liebster, du bist so merkwürdig und überhaupt nicht du selbst –«

»Ja, ja!« sagte Manuel und küßte sie. »Einen Augenblick lang hatte ich vergessen, frei und geradlinig und alles andere zu sein, was du von mir erwartest. Jetzt bin ich wieder mein altes, unkompliziertes, offenes Selbst, und ich werde dich nicht mehr mit solchen dummen Anwandlungen beunruhigen. Nein, ich bin Manuel, und ich folge meinem eigenen Willen und meinem eigenen Begehr, und wenn das Einsamkeit mit sich bringt, muß ich sie ertragen.«

XVIII

Manuel trifft seine Entscheidung

»Aber ich kann nicht verstehen«, meinte Freydis an einem schönen Septembertag, »wie es kommt, daß du jetzt, wo die Macht Schamirs dir zu Gebote steht und du das Geheimnis kennst, wie du deinen Bildnissen Leben geben kannst, weder das Geheimmins noch den Talisman benutzen willst. Denn du machst keine Statuen mehr, und du sagst immer: ›Nein, das kann noch ein bißchen warten‹, und du willst nicht einmal die zehn Karikaturen der Bildnismacher beleben, die du bereits modelliert hast.«

»Sie werden schon eines Tages Leben erhalten«, sagte Manuel, »aber der Tag ist noch nicht gekommen. Inzwischen vermeide ich die Ausübung des alten Tuyla-Mysteriums aus dem hinreichenden Grunde, daß ich die Wirkung gesehen habe, die es auf den Ausübenden hat. Ein Geas lag auf mir, in der Welt eine gute Figur zu machen, und so habe ich einen so prächtigen hübschen jungen Helden geschaffen und zum Leben erweckt, wie es meinem Willen und meinem Begehr entsprach. Also ist mein Geas, würde ich meinen, jetzt erfüllt, und damit hat die Sache ein Ende. Der Himmel mag mich nun übertreffen, indem er eine größere Anzahl von lebenden Geschöpfen erschafft als ich, aber Erstrangigkeit in dieser Sache ist keine Frage der Arithmetik –«

»Ah, ja, mein schiefblickender Knabe besitzt alle Tugenden, einschließlich der der Bescheidenheit!«

»Wohlan, aber ich habe meine Idee verkörpert gesehen, habe sie Leben annehmen gesehen, habe sie vom Morven in die Welt hinausgehen sehen, als eine Figur, die in jeder Hinsicht, außer einem kleinen Hinken – was ich, weißt du, eher als anmutig empfand –, in nahezu jeder Hinsicht, wiederhole ich, ununterscheidbar war von den verkörperten Ideen jenes Meisters, den die einen Ptah, die anderen Jahveh und andere Abraxas und wieder andere Koshchei den Ewigen nennen. Summa summarum habe ich eine Figur gemacht, die bewundernswerter und bedeutender ist als der Durchschnitt der Menschen, und ruhe mich jetzt auf meinen Lorbeeren aus.«

»Du hast ein lebendes Wesen geschaffen, das etwas über dem Durchschnitt liegt, das ist wahr; aber so gesehen macht jede Frau, die ein hübsches Kind hat, nichts anderes –«

»Das Prinzip ist nicht dasselbe«, meinte Manuel mit Würde.

»Und warum nicht, bitte, großer Knabe?«

»Zum einen war mein Bildnis eine originale und selbständige Schöpfung, während ein Kind, wie man mir gesagt hat, das Ergebnis einer mehr oder weniger eiligen Kollaboration ist. Außerdem ist ein Kind weitgehend ein Werk des Zufalls, insofern, als seine Natur nicht genau von seinen Schöpfern vorausgeplant und vorherbestimmt werden kann, welche, in der Hitze des künstlerischen Schöpfungsaktes, sehr oft, wie ich mir vorstellen kann, verabsäumen müssen, den besten ästhetischen Richtlinien zu folgen.«

»Was das betrifft, so kann niemand, der neue und beispiellose Dinge macht, sie genau nach das Schöpfers Willen werden lassen. Selbst dein Bildnis hinkte, wie du dich erinnern wirst –«

»Ah, aber so anmutig!«

»Nein, Manuel, nur die Nekromanten, die die Toten beschwören und ihren Seelen in das warme Fleisch zurückzukehren gebieten, können sich der Ergebnisse ihrer Zaubereien sicher sein. Denn sie allein unter den Magiewirkern wissen im voraus, was sie machen.«

»Ah, das ist mir neu! So glaubst du, es ist möglich, die Toten in einer greifbareren Form als der eines lehrreichen Geistes heraufzubeschwören? Du hältst es für möglich, daß ein totes Mädchen – oder von mir aus auch ein toter Knabe, ein abberufener Erzbischof oder ein verblichener Lumpensammler – zurückgeholt werden kann, um wieder im warmen Fleisch zu leben?«

»Alles ist möglich, Manuel, für einen Preis.«

Da sprach Manuel:

»Welcher Preis würde wohl genügen, um dem Tod seine reiche Beute wieder abzukaufen? Und woher ließe sich wohl ein Bestechungsmittel gewinnen? Denn all der glänzende Reichtum und die Schönheit dieser großen runden Welt dürfte neben seinen Schätzen nur als ein frischgeprägter Heller erscheinen, als eine kleine, blitzende, unwichtige Münze, die – ja, selbst sie! – der Erde gehört, doch von ihm bislang übersehen wurde. Und alsbald wird auch diese Stunde und was auch immer in ihr sich regt den vollgehäuften Krypten zugefügt werden, worin alles liegt, was einstmals lieb und teuer war.

Dort nun ist solche Macht und Schönheit und Weisheit angesammelt, daß menschliches Denken es nicht fassen kann. Ein Kaiser wird hier hochgerühmt, wenn er einen Teil der Welt erobert hat, aber dem Tod ist eine Welt von Kaisern einerlei, und in des Todes überfüllten Lagerhäusern macht sich keiner die Mühe, auch nur auf tausend Tausende genau zu schätzen, wie viele Kaiser und Zaren und Päpste und Pharaos und Sultane, die in ihren Tagen als allmächtig verehrt wurden, dort versammelt sind, zusammen mit all dem, was einstmals lieb und teuer war.

Und was Schönheit betrifft, sticht nicht einmal Helenas Schönheit unter den vielfachen Millionen von prangenden Königinnen hervor, die man dort findet. Hier gibt es viele hübsche Frauen und vor allen anderen Freydis, so will ich mich nicht beklagen. Aber dort ist die vollbusige Semiramis und die schönhaarige Guinevere und Magdalena, die Christus liebte, und Europa, die lachende Braut des Stiers, und Lilith, deren Kuß Satan entflammte, und viele andere Frauen, durch deren Schönheit Macht die Lieder Gestalt gewannen, die uns all das in Erinnerung rufen, was einstmals lieb und teuer war.

Was Weisheit angeht, so haben wir hier kluge Geschäftsleute, die zwei und zwei zusammenzählen können, und Gerechtigkeit mag aus der Hand von Ungerechtigkeit durch eine Liste der nächstbesten zwölf Geschworenen unterschieden werden. Hier haben wir viele Helmase, die weise unter einer Gänsefeder kakeln. Doch dort sind Cato und Nestor und Merlin und Sokrates, Abelard sitzt dort mit Aristoteles, und die Sieben Weisen konferieren mit den großen Propheten, und dort ist alles, was einstmals wert und teuer war.

Alles und alle werden in die vollgehäuften Lagerhäuser des Todes hinweggeschafft, so sicher weggeschafft, daß der reiche Tod wohl verächtlich auf das Leben herabgrinsen mag; denn alles gehört dem Tod, und das Leben ist nur ein Bettelmann, der sich seine Geschwüre kratzt, solange der Tod es gestattet. Nein, Freydis, den Tod kann keiner bestechen! Denn welches Bestechungsmittel hat das Leben irgendwo anzubieten, das der Tod nicht bereits unbeachtet in tausend staubbedeckten Truhen liegen hat, zusammen mit allem, was einstmals wert und teuer war?«

Freydis antwortete: »Ein Ding allein. Ja, Manuel, es gibt nur eine einzige Sache, die all das Rauben und Raffen des Todes dem Leben niemals genommen hat und die nimmer in seinen Besitz gelangt ist. Durch ein kluges Abwägen dieser Tatsache und dessen, was sich daraus ergibt, kann einer, der kühn genug ist, die Toten zurückbringen, daß sie erneut im warmen Fleische leben.«

»Ich habe gar wohl Geschichten von vermessenen Menschen gehört, die versucht haben, solche Wunder zu wirken, und all diese Personen kamen früher oder später zu Elend.«

»Aber sicher doch! Zu wem hätten sie sonst kommen sollen?« meinte Freydis. Und sie erklärte, wie es war.

Manuel stellte viele Fragen. Den ganzen Abend war er nachdenklich, und er war ungewöhnlich zärtlich zu Freydis. Und in jener Nacht, als Freydis schlief, küßte Manuel sie ganz sanft, kniff dann die Augen zusammen und bedeckte sie für einen Augenblick mit der Hand. Und wie er also dastand, bewegte der hochgewachsene Knabe seltsam seinen Mund, als wäre dieser steif und er versuche, ihn geschmeidiger zu machen.

Dann wappnete er sich. Er nahm den schwarzen Schild auf, auf den ein silberner Hengst gemalt war. Er schlich aus ihrem bescheidenen magischen Heim und ging nach Bellegarde hinab, wo er sich ein Pferd aus den Stallungen Herzog Asmunds stahl.

Und jene Nacht und den ganzen nächsten Tag hindurch ritt Dom Manuel über Aigremont und Naimes hinaus, fort von Morven und fort von dem Haus aus Jaspis und Porphyr und violett und gelb geädertem Brecciamarmor und fort von Freydis, die ihre Unsterblichkeit für seine Küsse abgelegt hatte. Er reiste nordwärts, auf die hohen Wälder von Dun Vlechlan zu, wo die Blätter in den Sterbefeuern des Herbstes erglühten; denn der Sommer, in dem Dom Manuel und Freydis zusammen glücklich gewesen waren, war jetzt so tot wie jene merkwürdig entfremdete Zeit, die er mit Alianora verbracht hatte.

XIX

Das Haupt des Elends

Als Manuel den Rand des Waldes erreichte, traf er dort auf einen Ritter in scharlachroter Rüstung, der einen Frauenärmel um seinen Helm gewunden hatte, und als erstes von allem verlangte dieser Ritter zu wissen, wer Manuels Liebste sei.

»Ich habe keine Liebste unter den Lebenden«, sagte Manuel, »außer der Frau, die ich soeben ohne Abschiedszeremonie verlassen habe, weil mir dies als der einzige Weg erschien, einen Streit zu vermeiden.«

»Aber das ist unritterlich und macht keinen guten Eindruck.«

»Sehr wahrscheinlich habt Ihr recht, aber ich folge keinen ritterlichen Idealen. Ich bin Manuel, und ich folge meinem eigenen Willen, und ich habe eine Pflicht zu erfüllen, die auf eine alsbaldige Anwendung des Wissens hinzielt, welches ich von dieser Frau erlangt habe.«

»Dann seid Ihr ein schurkischer Verräter von Frauen und ein ehrloser Schuft.«

»Ja, das mag sein, denn ich habe eine andere Frau verraten, da ich es zuließ und dem in der Tat sogar Vorschub leistete, daß sie an meiner Stelle starb, und so brachte ich eine weitere Verpflichtung auf mich herab, und diese Pflicht zieht mich jetzt fort von einem heimischen Ort und aus sanften Armen, in denen ich zufrieden genug war«, sprach Manuel und seufzte.

Doch der ritterliche Abenteurer in Rot war voll des Abscheus. »Oh, du großer, schiefblickender schurkischer Ritter vom silbernen Hengst, ich frage mich, von wessen Hof du wohl kommen magst, wo man kein besseres Betragen lehrt als das Morden von Frauen. Und ich frage mich, auf welch üble neue Schurkerei Ihr hier wohl aus seid.«

»Also, zuletzt war ich am Hofe Raymond Bérengers ansässig«, sprach Manuel, »und da Ihr unbedingt etwas über meine privaten Angelegenheiten erfahren wollt, so kann ich Euch sagen, daß ich in diesen Wald gekommen bin, um nach Béda oder Kruchina zu suchen, oder wie auch immer man das Elend der Welt in diesen Breiten nennt.«

»Aha, und seid Ihr einer von Raymond Bérengers Freunden?«

»Ja, das möchte ich meinen«, sprach Manuel kniepend, »ja, ich denke schon; denn immerhin habe ich verhindert, daß er vergiftet wurde.«

»Das höre ich gern; denn ich bin immer einer von Raymond Bérengers Feinden gewesen, und all die Freunde von ihm, denen ich begegnet bin, habe ich erschlagen.«

»Zweifellos habt Ihr Eure Gründe gehabt«, meinte Manuel und wollte weiterreiten.

Aber der andere rief wütend: »Dreh dich um, du großer Narr! Dreh dich um, du feiger Frauenverräter!«

Er drang wie ein Wirbelwind auf Manuel ein, und Manuel hatte keine andere Wahl, als den Kampf aufzunehmen. So kämpften sie, und alsbald warf Manuel den roten Ritter zu Boden, stieg vom Pferd und tötete ihn. Es war bemerkenswert, daß aus der Todeswunde kein Blut floß, sondern nur ein sehr feiner schwarzer Sand rann, aus dem eine kleine scharlachrote Maus krabbelte, die eilends davonhuschte.

Dann sprach Manuel: »Mich dünkt, daß dies der eigentümlich irrationale Teil des Waldes sein muß, den man mir wies, und ich frage mich, welchen Groll dieser rote Zänker wohl gegen König Raymond Bérenger gehegt haben mag.«

Niemand antwortete darauf, also bestieg Manuel wieder sein Pferd und ritt weiter.

Graf Manuel umritt den Wolfsee und kam zu einer graugestrichenen Hütte, die sich auf den Knochen von vier großen Vogelfüßen über den Boden erhob. In die vier Pfosten der Jagdhütte waren jeweils einzeln die Figuren eines Löwen, eines Drachen, eines Basilisken und einer Natter geschnitzt, die das Elend der fleischlichen und geistigen Sünde, des Stolzes und des Todes darstellen sollten.

Hier pflockte Manuel sein Pferd an eine Holmeiche an. Er hob beide Arme und rief, gen Osten gewandt:

»Steht mir nun bei, ihr dreißig Barami! O all ihr Mächte der gesammelten Verdienste, o höchste Meister der Freigebigkeit, der Moral, der Entsagung, der Weisheit, der Tapferkeit, der Geduld, der Wahrheit, der Entschlossenheit, der Nächstenliebe und der Gleichmütigkeit! Helft mir alle bei meiner Begegnung mit dem Elend der Erde!«

Er bekreuzigte sich fromm und ging in die Höhle. Im Innern waren die Wände mit sehr alt aussehenden Fresken geschmückt, denen es gleichermaßen an Perspektive und an Zurückhaltung mangelte; der Fußboden war mit Bronzeplatten ausgelegt. In jeder Ecke fand Manuel einen aufrecht stehenden Schirm mit vielen Etagen von der Art, wie man ihn im Osten für heilige Zwecke benutzt. Jeder von ihnen hatte einen silbernen Griff und war in neun Farben gehalten. Doch am wichtigsten von allen, so hatte Manuel erfahren, war der Kürbis, der gegenüber dem Eingang stand.

Manuel zündete ein Feuer an und bereitete die angebrachte Art von Suppe, und bei Sonnenuntergang ging er zu dem Fenster der Hütte und rief dreimal hinaus, daß das Abendessen fertig sei.

Eine Stimme antwortete ihm: »Ich komme«.

Manuel wartete. Es war nun kein Laut im Wald zu hören; selbst die paar Vögel, die noch nicht gen Süden geflogen waren, welche von des Tages Abenteuern getschirpt hatten, waren plötzlich verstummt, und der Wind erstarb in den Baumwipfeln. Im Innern der Hütte zündete Manuel seine vier Kerzen an, und er stellte eine davon unter jeden Schirm in der vorgeschriebenen Weise. Seine Schritte auf dem bronzenen Boden und das Rascheln seiner Kleider, als er in der Hütte umherging, um das Notwendige zu tun, waren überraschend scharfe und deutliche Geräusche in einem endlosen Schweigen und in einer grenzenslosen Einsamkeit.

Dann sagte ein dünnes Stimmchen: »Manuel, öffne die Tür!«

Manuel gehorchte, und es war nirgendwo jemand im Dunkel des Waldes zu sehen. Die braun und gelb getönten Bäume waren im Zwielicht still wie Gemälde. Sein Pferd stand angezäumt und ganz bewegungslos, außer daß er zitterte.

Jemand sprach zu seinen Füßen: »Manuel, hebe mich über die Schwelle.«

Dom Manuel, der vor Schreck zurückwich, blickte nach unten, und in dem Fleck von Kerzenlicht zwischen dem Schatten, den seine Beine warfen, konnte man ein menschliches Haupt sehen. Er hob das Haupt auf und trug es in die Hütte. Er konnte nun erkennen, daß das Haupt aus weißem Ton gemacht war, und konnte den Schluß ziehen, daß nun das Elend der Erde, das einige Béda nennen und andere Kruchina, zu ihm gekommen war.

»Und nun, Manuel«, sprach das Elend, »gib mir mein Abendessen.«

Also setzte Manuel das Haupt auf den Tisch und stellte einen Teller mit Suppe vor das Haupt und flößte die Suppe mit einem goldenen Löffel dem Elend ein.

Als das Haupt sein Essen verzehrt hatte, ließ es sich von Manuel in die kleine Bambuswiege legen und befahl Manuel, die Kerzen auszulöschen. Viele Menschen hätten alles lieber getan als mit dem Elend allein in der Dunkelheit zu sein, aber Manuel gehorchte. Er kniete nieder, um sein Nachtgebet zu beginnen, aber alsgleich geschah etwas, was ihn davon Abstand nehmen ließ. So legte sich Dom Manuel ohne seine übliche göttliche Anrufung auf den bronzenen Boden der Hütte, unter einen der großen Schirme, und rollte seinen groben Mantel zu einem Kissen zusammen. Bald darauf begann das Haupt zu schnarchen, und dann schlief auch Manuel ein. Er sagte später, er habe von Niafer geträumt.

XX

Tage wie Jahre

Am Morgen, nachdem er den außergewöhnlichen Ansinnen des Kopfes Folge geleistet hatte, ging Manuel nach draußen, um sein Pferd zu füttern, und fand an der Holmeiche das sauber abgenagte Skelett des Tieres angebunden. »Das ist sehr bedauerlich«, sprach Manuel, »aber ich halte es für klüger, mich nicht zu beschweren.« Im übrigen war auch niemand da, bei dem er sich hätte beschweren können; denn das Elend, nachdem es sich wieder über die Schwelle hatte heben lassen, war davongezogen, um sein Tagwerk bei der Pest im Norden zu verrichten.

Danach weilte Manuel in diesem eigentümlich irrationalen Teil des Waldes und diente dem Elend für, wie die Menschen an fröhlicheren Orten die Zeit zu rechnen pflegten, einen Monat und einen Tag. Von diesen Diensten ist es besser nicht zu reden. Aber das Haupt war mit Manuels Diensten zufrieden, weil das Elend die Gesellschaft liebt, und die zwei hatten lange freundschaftliche Gespräche zusammen, wenn Manuels Dienste und das Werk des Elends für den jeweiligen Tag vorbei waren.

»Und wie kamt Ihr in solch einem körperlosen Kopf zu wohnen?« fragte Manuel einmal.

»Ach, als Jahveh am Morgen des siebten Tages den Menschen erschuf, hat er mich am Nachmittag des Tages aus dem Lehm geschaffen, der noch übrig war. Aber er wurde dabei vom Kommen des Sabbath unterbrochen; denn Jahveh war in jenen Tagen natürlich ein sehr orthodoxer Jude. So blieb ich unvollständig und muß es immer bleiben.«

»Ich schließe daraus, daß Ihr dann das letzte, krönende Werk des Himmels seid und der Schlußstrich der Schöpfung.«

»So sagen mir die Pessimisten«, stimmte der Lehmkopf mit einem Gähnen zu. »Aber ich habe einen schweren Tag hinter mir, mit dieser ganzen Pest in Glathian und den Kriegen zwischem dem Kaiser und den Mailändern und den ganzen Oktoberfrösten, daher soll es der Philosophie für heute genug sein.«

Also diente Manuel dem Haupt des Elends für einen Monat von dreißig Tagen und einen Tag. Es war eine bemerkenswerte Eigentümlichkeit für diesen Teil des Waldes – eine Eigentümlichkeit, die jedermann wohlbekannt war, obwohl die Gelehrten dafür keine einmütige Erklärung gefunden hatten –, daß jeder Tag, den man darin verbrachte, wie ein Jahr verging, so daß Manuel in seinem Äußeren jetzt rasch alterte. Dies war mißlich, insbesondere als seine Zähne ihm den Dienst zu versagen begannen, da kein Bader in Reichweite war, aber sein Interesse an den anderen Plagen, die diesen Wald heimsuchten, ließ Manuel wenig Zeit, um über seine privaten Sorgen nachzudenken. Denn Béda erhielt Besuch von vielen seiner Art, so wie Mitlan und Kali und Thragnar und Pwyll und Apepi und anderen bösen Prinzipien, die dauernd zu Familientreffen und um alle außer einem von den zweihundertundvierzigtausend Zaubersprüchen der Capuas zu üben in die graue Hütte strömten. Und es war zu dieser Zeit, daß Manuel das erste Mal Sclaugs ansichtig wurde, mit dem er später eine so berühmte Auseinandersetzung haben sollte.

So verging der Monat von Tagen, die wie Jahre vergingen. Wenig ist bekannt von dem, was sich in der grauen Hütte zutrug, aber vielleicht ist das auch besser so. Dom Manuel jedenfalls sprach nie darüber. Soviel ist gewiß, daß das Haupt aus Lehm tagsüber durch die Welt streifte, um neidische Gerüchte zu verbreiten und Königreiche zu verschlingen und Patriotismus und Reformeifer anzufachen und übelmeinenden Rat zu geben und Leid und Sorgen und Verzweiflung und Böses zu jeder Art von Menschen zu bringen, und daß am Abend, wenn bei Sonnenuntergang Phobetor diese Elendsarbeit übernahm, Béda zufrieden nach Dun Vlechlan zurückkehrte, wo Manuels Dienste und eine wohlverdiente Nachtruhe seiner harrten. An den meisten Abenden gab es unaussprechliche Gesellschaft dort, aber keiner von diesen blieb über Nacht. Und nach jeder Nacht, die er allein mit dem Elend verbracht hatte, fand der Morgen Manuel gealtert vor.

»Mich wundert«, sagte Manuel einmal, nachdem er soeben die triefenden Kiefer gereinigt hatte, »die Herzlosigkeit und die unbeschwerte Manier, mit der Ihr Eurer schrecklichen Arbeit nachgeht.«

»Ah, aber da ich nur ein Haupt und kein Herz besitze, kann ich daher nicht gut die menschlichen Wesen bemitleiden, die ich im Rahmen der mir auferlegten Pflichten verfolge.«

»Das erscheint plausibel«, sprach Manuel, »und ich sehe wohl, daß Euch, wenn man Äußerlichkeiten trauen sollte, persönlich kein Vorwurf zu machen ist. Und doch kann ich mich nur wundern, warum die Welt der Menschen so dem Elend überantwortet sein soll, wenn Koshchei dem Ewigen, der alle Dinge machte, wie sie sind, etwas an den Menschen liegt.«

»Was da oben vor sich geht, Manuel, danach muß du andere fragen. Es gibt da welche, die das alles lenken, aber sie haben dem Elend nie erlaubt, in ihre hohen Orte vorzudringen.«

»Das kann ich verstehen, aber trotzdem wundere ich mich weshalb das Elend geschaffen wurde, um von den Menschen zu zehren.«

»Vielleicht finden die Kühe und Schafe und Hühner in euren Ställen und die Rebhühner und Kaninchen in euren Schlingen und selbst der schnappende Fisch an eurem Haken Zeit, sich in derselben Weise über euch zu wundern, Dom Manuel.«

»Ah, aber der Mensch ist die höhere Lebensform.«

»Eine bemerkenswerte Annahme. Aber selbst wenn wir davon ausgehen, daß sie richtig ist, steht auch nur ein Mensch über dem Elend? Du siehst also, daß es logisch ist, daß ich von euch zehren sollte.«

»Und doch glaube ich, daß das Elend der Erde als eine Prüfung und eine Probe gedacht war, um uns auf ein edleres und ewiges Leben hiernach vorzubereiten.«

»Warum in aller Welt solltest du das denken?« fragte das Haupt mit ungeheucheltem Interesse.

»Weil ich eine unsterbliche Seele habe, und –«

»Meine Güte, das ist ja alles sehr bemerkenswert. Wo ist sie, Manuel?«

»Sie ist irgendwo in mir.«

»Dann laß sie heraus, denn ich bin neugierig, sie zu sehen.«

»Nein, sie kann erst richtig heraus, wenn ich tot bin.«

»Aber was wird sie dir dann nützen?« fragte das Elend. »Und wie kannst du, der du noch nie tot gewesen bist, sicher sein, was nach deinem Tod mit dir geschieht?«

»Nun, so hat man es mir immer erzählt.«

Das Haupt schüttelte zweifelnd sich selbst. »Also, ich frage mich wirklich, von wem der Léshy du solche phantastische Geschichten gehört haben kannst. Ich fürchte, jemand hat sich einen Spaß mit dir gemacht, Manuel.«

»Oh nein, dies ist eine Ansicht, die von den weisesten und bewundernswertesten Menschen geteilt wird.«

»Ich verstehe. Es war also ein anderer Mensch, der dir all diese Schnurren über die ewige Bedeutung der Menschheit erzählt hat«, bemerkte das Haupt, dessen Interesse nachzulassen schien. »Ich verstehe. Und doch wirst du bemerkt haben, daß wiederum auch die Kühe und die Schafe und die Hühner sich der Schlachtung mit allen Kräften widersetzen.«

»Aber dies sind Geschöpfe der Erde. Bei den Menschen jedoch tragen zumindest einige Personen einen Funken des Göttlichen in sich. Jetzt kommt, findet Ihr das nicht?«

Das Haupt blickte jetzt ernster. »Ja, Manuel, die meisten jungen Leute tragen einen Funken in sich, der göttlich ist, aber es ist das Leben, das diesen bei allen von euch mit der Zeit zum Erlöschen bringt, ohne daß der Gevatter Tod ihre Seelen erst wie Bananen freischälen muß. Nein, die meisten von euch gehen mit sehr wenig Seele, wenn überhaupt welcher, ins Grab und sicherlich nicht genug davon, daß sie ewig vorhalten könnte. Nein, Manuel, nein, ich streite nie über Religion, weil sie nahezu der stärkste Verbündete ist, den ich habe, aber diese religiösen Vorstellungen finde ich bisweilen abstoßend; denn wenn die Menschen unsterblich wären, dann wäre auch das Elend unsterblich, und das könnte ich nie überleben.«

»Jetzt redet Ihr Unsinn«, sprach Manuel fest, »und von allen Arten des Unsinns ist zynischer Unsinn der schlimmste.«

»Aber keineswegs«, entgegnete das Haupt, »da es offensichtlich weit schlimmerer Unsinn ist, zu behaupten, daß die Allmacht irrsinnigerweise beschließen würde, die Ewigkeit mit euch Menschen zu verbringen. Nein, Manuel, ich fürchte, daß deine seltsame Theorie, daß du im Innern mit unzerstörbarem Material ausstaffiert bist und so weiter, weder für deine noch für meine Existenz eine sehr plausible Erklärung liefert und daß wir beide Rätsel ohne Antworten bleiben.«

»Und doch«, sprach Manuel, »insofern als es nur eines gibt, das alles Rauben und Raffen des Todes dem Leben niemals genommen hat, und dieses Eine das Elend der Erde ist –«

»Deine Prämisse ist unbestreitbar, aber welche Schlußfolgerung ziehst du daraus?«

Manuel lächelte langsam und schläfrig. »Ich schließe daraus, daß auch Ihr, der Ihr nie tot gewesen seid, nicht sicher sein könnt, was geschieht, wenn einer tot ist. Und so bleibe ich bei meiner eigenen Meinung über das Leben nach dem Tode.«

»Aber deine Meinung ist absurd auf den ersten Blick!«

»Das mag sehr wohl sein, aber mit ihr läßt sich sehr viel besser leben als mit Eurer Meinung, und zu leben ist im Augenblick meine Aufgabe. Zum Sterben werde ich kommen, wenn es soweit ist, und von den beiden Meinungen ist die meine auch die, mit der sich besser sterben läßt. Denn wenn Eure Meinung sich als richtig erweisen sollte, werde ich danach nicht einmal wissen, daß die meine falsch gewesen war; so habe ich alles zu gewinnen, zumindest was angenehme Vorerwartungen betrifft, und nicht das geringste zu verlieren, indem ich weiter dem lieben närrischen alten Glauben anhange, den meine Väter vor mir hatten«, sprach Manuel.

»Ja, aber wie um alles in dieser Welt –«

»Ah«, sprach Manuel immer noch lächelnd, »in dieser Welt werden die Menschen von ihrem Glauben genährt, und es mag wohl sein, daß auch dort ihre Nahrung dieselbe ist.«

Aber in diesem Augenblick kam Reeri (ein kleiner roter nackter Mann mit dem Kopf eines Affen) mit seinem Schwanz in der einen Hand und seiner knorrigen Keule in der anderen herein. Notwendigerweise machte die Ankunft des Blutdämonen ihrem Gespräch ein Ende, zumindest fürs erste.

XXI

Der Lohn des Elends

So ging Graf Manuels Jugend dahin, als er sich mehr und mehr mit dem Elend anfreundete und eine Zuneigung zwischen den beiden aufkam und beide gemeinsam über Manuels Schicksal beratschlagten. Oft sprachen sie über die königlichen Hoheiten, die Manuel geliebt hatte und nicht länger liebte.

»Denn seinerzeit«, gab Manuel zu, »glaubte ich wirklich, in die Prinzessin Alianora verliebt zu sein, und zu einer anderen Zeit war ich in Königin Freydis verliebt. Und selbst jetzt mag ich die beiden immer noch recht gern, aber keine dieser königlichen Damen konnte mich das Dienstmädchen Niafer vergessen machen, die ich auf dem Vraidex liebte. Außerdem neigten die Prinzessin und die Königin dazu, in allen Dingen ihren eigenen Willen durchzusetzen, und sie waren darauf aus, mich mit Macht und Reichtum und einer hohen Stellung und anderen Hindernissen dieser Art davon abzubringen, meinem eigenen Willen und meinem eigenen Begehr zu folgen. Ich konnte die dauernden Meinungsverschiedenheiten, zu denen das führte, nicht ertragen, die mich, als Gegensatz dazu, immer an die stille, liebe Art Niafers erinnerte und an das Entzücken, das die Art Niafers in mir weckte. So erschien es mir als das beste für alle Beteiligten, mit Freydis und Alianora zu brechen.«

»Was diese Frauen betrifft«, meinte das Haupt, »so magst du dich in mancher Hinsicht glücklich schätzen, sie los zu sein. Doch diese Alianora hat hübsche Augen und gewisse Kräfte.«

»Sie ist eine Prinzessin der Apsarasas«, führte Manuel fort, »und daher hat sie Macht über die Schmetterlinge und die Vögel und die Fledermäuse und über alle Geschöpfe der Luft. Ich weiß, denn sie hat mir einige der Geheimnisse der Apsarasas enthüllt. Doch über ihre eigene Zunge und über ihr Gemüt hat die Prinzessin Alianora keine Macht und überhaupt keine Kontrolle, und wenn ich sie geheiratet hätte, hätte sie mich so lange geplagt, bis ich ein König geworden und mein Leben der Politik und der Herrschaft über Menschen gewidmet hätte.«

»Auch diese Freydis hat wunderschönes schwarzes Haar – und gewisse Kräfte –«

»Sie war einst Königin von Audela, und daher behält sie die Macht über alle Figuren aus Erde. Ich weiß, denn sie hat mir einige der Geheimnisse von Audela enthüllt. Aber Freydis' schlimmster Feind geht auch in Rot und wird von Freydis' kleinen weißen Zähnen bewohnt; denn es war dieser Feind, der sie verraten hat. Und wenn ich sie geheiratet hätte, hätte sie mich allmählich dahin gelenkt, daß ich ein großer Bildnisschöpfer geworden wäre und mein Leben solchen Künsten gewidmet hätte.«

Das Elend sagte: »Du hast Liebe von diesen Frauen empfangen; du hast Macht und Wissen von diesen Frauen erlangt. Und doch verläßt du sie, um einer anderen Frau nachzulaufen, die dir weder Macht noch Wissen geben, sondern nur sehr viel Ärger bereiten kann. Es ist nicht heldenhaft, Manuel, aber es ist menschlich, und deine Überlegungen sind deinem Lebensalter wohl angemessen.«

»Es ist wahr, daß ich noch jung bin –«

»Nein, nicht so sehr jung; denn meine Gesellschaft macht dich reifer, und du triffst bereits die Vorkehrungen und redest die Narreteien eines Mannes in mittleren Jahren.«

»Ob jung oder alt, werde ich immer dessen gedenken, daß ich, als ich erstmals in die Welt hinauszog, nachdem ich noch kurz zuvor friedlich des Müllers Schweine gehütet hatte, das Dienstmädchen Niafer liebte. Sie starb. Ich starb nicht. Statt dessen überantwortete ich Niafer dem Gevatter Tod, und zu dem Preis bewahrte ich mein eigenes Leben und erwarb ein Rezept, mit dem ich unglaublich erfolgreich war, so daß ich heute ein Edelmann mit schönen Kleidern und Lakaien und mit eigenen Ländereien und Schlössern bin, wenn ich sie nur in Besitz nehmen könnte. So gehe ich nicht länger mit zerschlissenen Ellbogen einher, und königliche Hoheiten blicken mit Wohlgefallen auf mich, und mir gefallen sie nicht minder. Doch die Freude, die ich an Niafer fand, ist in keinem dieser Dinge zu finden.«

»Das ist auch eine alte menschliche Geschichte«, sagte das Haupt, »und du unterliegst da einer Verirrung, die die meisten Menschen in den mittleren Jahren ereilt. Doch du hast mir für einen Monat von Jahren treu gedient, außer daß du zweimal nicht genug Gift in meine Suppe getan hast und daß du vergessen hast, Eis herbeizuschleppen, an dem Abend, als der alte Schwarze hier war. Aber niemand ist vollkommen; deine Dienstzeit ist zu Ende, und ich muß dich deinen Bedürfnissen entsprechend entlohnen. Willst du also Glück haben und eine ewige Trennung zwischen dir und mir?«

»Ich habe nur einen glücklichen Menschen gesehen«, antwortete Manuel. »Er saß in einem trockenen Graben, und sein Blick war glänzend und leer, und er hatte Stroh im Haar; aber Tom o' Bedlam war vollkommen glücklich. Nein, es ist nicht Glück, was ich mir wünsche.«

Das Haupt wiederholte: »Du hast mir gedient. Ich entlohne dich, wie es sich gehört, mit dem Lohn, den du verlangst. Was willst du also haben?«

Dom Manuel sagte: »Ich will jene Niafer, die ein Dienstmädchen war und jetzt ein Geist in ihrem heidnischen Paradies ist.«

»Glaubst du denn, daß es möglich ist, die Toten wieder ins Leben zurückzuholen?«

»Ihr seid klug, aber ich erinnere mich an das, was Freydis mir gesagt hat. Wollt Ihr mir schwören, daß das Elend die Toten nicht zurückbringen kann?«

»Das will ich gern beschwören, auf all die wirkmächtigsten Reliquien der Christenheit.«

»Ah, ja, aber wollt Ihr dabei eines Eurer kalten harten Spitzohren gegen –« und hier flüsterte Manuel, was er nicht laut zu nennen wagte, »– halten, während Ihr diesen Eid leistet?«

»Natürlich nicht«, antwortete finster das Elend, »da sonst jeder unruhige Geist, der jemals mit dem Knochen klapperte und mit den Ketten rasselte, sich gegen mich erheben würde, wenn ich solch einen Eid leistete. Ja, Manuel, ich bin imstande, die Toten zurückzubringen, aber die Klugheit zwingt mich, über meine Macht zu lügen, weil diese Macht in vollem Maße auszuüben beinahe ebenso verderblich wäre wie eine Zerstörung dieses Kürbisses hier. Denn es gibt nur einen Weg, die Toten im Fleische zurückzubringen, und wenn ich diesem Weg folge, werde ich meinen Kopf verlieren, wie es alle anderen getan haben.«

»Was macht das einem Liebenden schon aus?« sprach Manuel.

Das Haupt seufzte und nagte an seinen weißen Lippen. »Ein Eid ist ein Eid für die Léshy. Daher mache du, der du menschlich bist, nun nutzbringenden Gebrauch von dem Wissen und der Macht, die dir durch Eidbrüche von jenen anderen Frauen zuteil geworden sind. Und wie du mir gedient hast, so werde ich dir dienen.«

Manuel rief schwarze Adler zu sich, in der Weise, wie die Prinzessin Alianora ihn gelehrt hatte, und er sandte sie in alle Teile der Erde nach jeder Art von weißer Erde. Sie gehorchten der Magie der Apsarasas, und aus Britannien brachten sie Dom Manuel die Erde, die Leucargillon genannt wird, und sie brachten Glisomarga aus Enisgarth und Eglecopala aus den gallischen Provinzen und Argentaria von Lacre Kai und weiße Erde jeglicher Beschreibung aus allen Teilen der Welt.

Aus dieser Erde schuf Manuel, wie Königin Freydis ihn gelehrt hatte, den Körper einer Frau. Er formte diesen Körper auf eigentümliche Weise, im Einklang mit dem alten Tuyla-Mysterium, und der Körper war so vollkommen, wie Manuel ihn machen konnte, in jeder Weise, außer daß er keinen Kopf hatte.

Dann sandte Manuel ein Wintergoldhähnchen in die Provence; es drang durch ein hochgelegenes Fenster in den Marmorpalast den Königs ein und gelangte in die Kammer der Prinzessin Alianora und stahl von dort ein Taschentuch, das mit gelben Maulbeerblüten verziert und mit den Tränen benetzt war, die Alianora in ihrem Kummer über Manuel vergossen hatte. Und Dom Manuel entsandte auch einen Falken, der mit Königin Freydis' Taschentuch zu ihm zurückkehrte. Dies war mit weißen Schwertlilien besetzt und gleichfalls mit Tränen getränkt.

Worauf, als alles bereit war, das Elend listig lächelte und sprach:

»In der Zeit, die vergangen ist, habe ich hohe Könige und Propheten zu Fall gebracht und auch Zauberer, wie damals, als das Elend beinahe gleichgültig gegen ihr Geschick Mithridates und Merlin und Moses zum Gespött machte, so wie es die Balladensänger heute noch gern berichten. Doch mit dir, Dom Manuel, werde ich anders verfahren, und ich werde dich in einer stilleren Weise mit der Zeit aus der Fassung bringen. Ho, ich muß deine Liebe zu Niafer vorsichtig angehen; denn die Liebe ist ein Gegner, der weder mit Skrupeln noch mit Vernunft behaftet, aber außerordentlich stark ist. Denn sieh: dich verlangt hartnäckig nach dieser verstorbenen heidnischen Frau, die im Leben, mag sein, nichts Bemerkenswertes war. Daher hast du das Elend gesucht, hast du für einen Monat von Jahren mit dem Schrecken gelebt, hast du deine Jugend geopfert und planst du, dem Tod zu trotzen, das tiefe Grab zu berauben und das Paradies zu plündern. Deine Liebe muß wahrlich groß sein.«

Manuel sagte nur: »Ich habe eine Verpflichtung zu erfüllen; denn Niafers Leben wurde geopfert, um das meine zu retten.«

»Ich nun, das Elend das einige Béda und andere Kruchina nennen und das für den Augenblick deine Liebe bezwungen hat – ich allein bin es, der für dich diese Frau erlangen kann, weil ich auf lange Sicht alle Dinge und Personen besiege. Das Leben ist mein Domizil, und der Geburtsschrei eines jeden Säuglings ist sein Lehenseid für mich. So bin ich Oberherr in einem Reich, wo alle mir dienen, ob sie wollen oder nicht, außer dir, der du mir aus freiem Willen gedient hast. Und wie du mir gedient hast, so muß ich dir dienen.«

Manuel sagte: »Das ist gut.«

»Es ist nicht so gut, wie du denkst; denn wenn du diese Niafer erst wiederhast, werde ich in Gestalt einer blassen, formlosen Wolke zu dir zurückkehren, und ich werde um dich aufsteigen, nicht plötzlich, sondern nach und nach. So wirst du durch mich die Frau sehen, um Liebe zu der einst dein Leben hochherzig und furchtlos geworden ist und um deretwillen der Tod verlacht und das Paradies beraubt wurde; und du wirst dich enttäuscht fragen: ›War es das wert?‹ Die ordentlichen, betriebsamen, unwichtigen Stunden zwischen dem Ankleiden für den Tag und dem Auskleiden für die Nacht hindurch wirst du dir heimlich in deinem Herzen diese Frage stellen, während ich in der Gestalt einer blassen, formlosen Wolke überallhin mit dir gehen und dir insgeheim zuflüstern werde.«

»Und was werdet Ihr mir zuflüstern?«

»Nichts, was du unbedingt irgend jemandem irgendwo würdest mitteilen wollen. Oh, du wirst es ertragen können, und du wirst zufrieden sein, soweit die menschliche Zufriedenheit reicht, und mein Triumph wird nicht an die Öffentlichkeit dringen. Aber nichtsdestotrotz werde ich meinen gegenwärtigen Bezwinger zu Fall gebracht haben, und ich werde die Liebe zunichte gemacht haben, die Schrecken und Tod nicht erschüttern und die die Gesetze der Erde nicht binden konnten; und ich, das Elend, das einige Béda und andere Kruchina nennen, werde in schrecklicher Weise dafür Zeugnis ablegen, daß der Geist des überwundenen Elends die Wirklichkeit ist.«

»Das ist morgen und nicht heute«, entgegnete Dom Manuel. »Heute aber liegt eine Verpflichtung auf mir, und die gilt es heute zu erfüllen.«

Dann band Manuel das Lehmhaupt des Elends in die beiden Taschentücher ein, die noch feucht von Freydis' und Alianoras Tränen waren. Als der Hahn dreimal gekräht hatte, band Dom Manuel das Haupt los, und es war nur eine formlose Masse aus weißen Lehm, Alianoras und Freydis' Tränen wegen.

Aus diesem Lehm modellierte Manuel nach bestem Wissen und Vermögen den Kopf Niafers, wie er sich an sie erinnerte, als sie einander auf dem Vraidex geliebt hatten; und als der weiße Kopf fertig war, setzte er ihn auf den Körper, den er aus den anderen Arten weißer Erde gemacht hatte. Dom Manuel kleidete diesen Körper in einen braunen Kittel, wie Niafer ihn in der Küche von Arnaye getragen hatte, und er tat die anderen Dinge, die erforderlich waren; denn dies war der Tag Allerheiligen, wo nichts Heiliges vernachlässigt werden sollte.

XXII

Niafers Rückkehr

Nun erzählt die Geschichte, wie Dom Manuel zu Füßen des Bildnisses saß und auf einem Flageolett spielte. Zauberei lag in der Musik, erklärte Dom Manuel später, denn sie habe in ihm eine Vision aufsteigen lassen und einen Wachtraum, in dem er dem Elend nachgefolgt sei.

Und dieser Wachtraum zeigte, wie das Elend, nachdem es aus seinen irdischen Besitztümern vertrieben worden war, in das heidnische Paradies einging (da das Elend unchristlich war), wo Niafer, die jetzt schon etwas über ein Jahr tot war, in Glückseligkeit einherging, und wie das Elend kurz darauf zu Niafer kam und mit einem dünnen Stimmchen zu ihr redete. Sie lauschte bereitwillig diesem Gerede von Manuel und von den Abenteuern, die Niafer mit Manuel erlebt hatte, und jetzt, da sie sich Manuels und seines klaren jungen Gesichts und seiner hellen ungleichen Augen und seiner starken Arme erinnerte, konnte sie im Paradies der Heiden nicht einmal mehr mäßige Zufriedenheit finden.

Danach ging das Elend im Paradies der Heiden in Gestalt einer blassen, formlosen Wolke umher. Und die Gefilde des Paradieses erschienen weniger grün, die Luft weniger rein und süß und der Himmel weniger strahlend, und das Wasser des Paradiesflusses Eridanus wurde trübe. Die Dichter wurden es müde, einander zuzuhören, die Helden verloren die Lust an ihrem Ringen und Wagenrennen und an ihren Übungen mit Speer und Bogen. »Wie kann einer erwarten, daß wir die Ewigkeit mit Spott und Spiel vergeuden, die doch nur geeignet sind, die Zeit zu vergeuden?« fragten sie.

Und die schönen Damen begannen ihre treuen Liebhaber, mit denen sie Hand in Hand durch immergrüne Myrtenhaine wandelten und mit denen sie auf ewig wiedervereint waren, als ziemlich langweilige Gefährten zu empfinden.

»Ich liebe dich«, sagten die Liebhaber.

»Das erzählst du mir schon seit zwölf Jahrhunderten«, erwiderten die Damen gähnend. »Und zu viel von jeder Sache ist irgendwann genug.«

»Bei meinem Leibe, das denke ich auch«, erklärten die Liebhaber. »Ich sagte es nur aus Höflichkeit und Macht der Gewohnheit, und ich kann dir versichern, ich bin dieser idiotischen Schmachterei ebenso müde wie du.«

So ging alles in diesem Paradies drunter und drüber, und als der Urheber all diesen Unheils entdeckt war, hielten die Seligen eine Versammlung ab; denn es war nun der Tag Allerseelen, an dem die Toten Vorrang haben.

»Wir müssen den Schein wahren«, sprachen jene toten Heiden, »und können hier nur glücklich aussehende Personen dulden, denn sonst wird unser Paradies einen schlechten Namen bekommen und die Religion unserer Väter wird in Verruf geraten.«

Und so verstießen sie das Elend, und Niafer gleich mit, aus dem heidnischen Paradies; denn das Elend hing an Niafer in Gestalt einer blassen, formlosen Wolke, und die beiden ließen sich nicht trennen.

Jene beiden wandten sich nun wieder erdwärts und kamen zu dem Fluß aus Schweiß, der Rigjon heißt. Niafer sagte zu dem feurigen Engel Sandalfon, der die Brücke dort bewacht: »Das Elend der Erde ist mit mir.«

Sandalfon sah, daß dem so war, und antwortete: »Meine Flammen können das Elend der Erde nicht verzehren.«

Sie kamen zu Hardaniel, dem lärmenden Engel, dessen Flüstern im Donner zu hören ist. Niafer sagte: »Das Elend der Erde ist mit mir.«

Hardaniel entgegnete: »Vor dem Elend der Erde bin ich stumm.«

Sie kamen zu Kemuel und seinen zwölftausend Engeln der Zerstörung, die das äußerste Tor bewachen. Niafer sagte: »Das Elend der Erde ist mit mir.«

Kemuel antwortete: »Ich zerstöre und beende alle anderen Dinge, aber für das Elend der Erde habe ich noch kein Ende gefunden.«

So passierten das Elend und Niafer all die Wächter dieses Paradieses; und in einem düsteren Land am Rand der Welt stiegen der vermischte Geist des Elends und von Niafers Geist durch ein Loch im Boden zutage, wie ein unwägbarer Hauch. Sie trennten sich voneinander an einem grauen Ort, der mit Pappeln bestanden war, und das Elend bot Niafer Lebewohl.

»Und sehr herzlich danke ich Euch für Eure Güte, jetzt, wo wir uns voneinander trennen und wo wir uns vielleicht nie wiedersehen werden«, sagte Niafer höflich.

Das Elend entgegnete:

»Hab keine Angst, daß du mich nie wiedersehen wirst, jetzt, wo du im Begriff bist, einmal mehr menschlich zu werden.

Gewiß, Niafer, muß ich dich für eine kleine Weile verlassen, aber ebenso gewiß werde ich zurückkehren. Zuerst wird es für dich viele Küsse und leises Lachen und den stillen, glücklichen Aufbau deines Zuhauses geben und das herzerschütternde Wunder des Kindes, das weder du noch Manuel, sondern ihr beide ist und dessen Leben nie zuvor auf Erden gesehen wurde, und das Leben wird überall weiße Wunder hervorknospen lassen, und du wirst jede Blüte für ewig halten. Lachend wirst du vom Leid sagen: ›Was ist das?‹ Und ich, das Elend, das einige Béda und andere Kruchina nennen, werde mich unheimlich darüber amüsieren.

Dann werde ich deinem Sehvermögen zu Hilfe kommen, und du wirst sehen, daß Manuel sehr viel mit anderen Personen gemein hat. Er wird daran gewöhnt sein, dich um sich zu haben, und du, ihn, und das wird das armselige Band zwischen euch sein. Die Kinder, deren Fleisch von deinem Fleisch und deren Leben von deinem frohen Schmerz seinen Ausgang nahm, werden von Tag zu Tag ein bißchen weniger dein eigen sein, bis diese Kinder ihre eigenen Wege gehen. Danach wirst du nur ein geduldeter Eindringling im täglichen Leben deiner Kinder sein, und man wird dein Kommen überall allenfalls nachsichtig verzeihen; im geheimen wirst du weinen, und ich, das Elend, das nennen, werde mich unheimlich darüber amüsieren.

Dann werde ich gewiß zu dir zurückkehren, wenn deine Tränen getrocknet sind und wenn du nicht länger glaubst, was die junge Niafer einst glaubte, und bei der Erinnerung an die Wünsche der jungen Niafer und an ihre Pläne, ihr Leben zu gestalten, nur noch deine gebeugten Schultern zuckst. Das Weiterleben wird für dich allein erstrebenswert bleiben. Die Verarmung des Lebens aber wird dich nicht länger tief bewegen. Achselzuckend wirst du vom Leid sagen: ›Was ist das?‹ Denn du wirst auch den Kummer als vorübergehend erkannt haben. Und dein Unvermögen, je mehr ganz dem Elend anheimgegeben zu sein, wird dir die Sicherheit verleihen, daß dein Kommen und Gehen von dem Geist des überstandenen und überwundenen Elends überwacht wird, und ich, das Elend, das einige Béda und andere Kruchina nennen, werde mich unheimlich darüber amüsieren.«

Da sprach Niafer voll Ungeduld: »Hast du die Absicht, mich ewig hier unter diesen dunklen Bäumen mit deinem dünnen, kleinen Stimmchen aufzuhalten, während Manuel unglücklich bleibt, weil ich nicht bei ihm bin?«

Und das Elend antwortete nichts, als es Niafer allein ließ, und sei es auch nur für eine gewisse Zeit.

Also geschah es in der Vision, die Dom Manuel zuteil ward (wie Dom Manuel später erzählte), während er auf dem Flageolett blies.

XXIII

Wie Manuel seine Liebste fand

Nun erzählt die Geschichte, wie alldieweil, nahe der grauen Hütte in Dun Vlechlan, das irdene Bildnis Niafers in der Novembersonne zum Trocknen lag und wie der grauhaarige Dom Manuel – nicht länger der blühende Knabe, der nach Dun Vlechlan gekommen war – zu Füßen des Bildnisses saß und auf einem Flageolett die Melodie blies, die Suskinde ihn gelehrt hatte und mit der er einst die junge Suskinde von ihrer dämmrigen Wohnstätte zu sich gerufen hatte, als Manuel noch ein Schweine hütender Bauer war. Jetzt war Manuel ein alternder Edelmann, und Niafer war nun ein heimatloser Geist, doch die Weise hatte dessen ungeachtet Macht über beide; denn in ihr lag die Schwere der jungen Liebe und der hochherzigen Jugendzeit, so daß die Melodie, die einst Suskinde aus ihrem niedrigen Palast mit den roten Säulen im zweifelhaften Zwielicht herbeigerufen hatte, nun Niafer unwiderstehlich aus dem Paradies herbeirief, wie Manuel gleich einem geschickten Haushälter Gebrauch von den diversen Kleinigkeiten machte, die er von drei Frauen gelernt hatte, um sich eine vierte Frau zu gewinnen.

Der Geist Niafers trat durch den Mund in das Bildnis ein. Alsgleich nieste der Kopf und sagte: »Ich bin unglücklich.«

Doch Manuel spielte weiter. Der Geist stieg weiter hinab und brachte Leben in die Lungen und den Bauch, so daß das Bildnis dann rief: »Ich bin hungrig.« Manuel aber spielte immer noch weiter. So wurde die Seele tiefer und tiefer hinabgezogen, bis Manuel sah, daß das weiße Bildnis die Farben des Fleisches angenommen hatte und die Zehen im Takt zu seiner Musik bewegte; und so wußte er, daß der gesamte Leib mit Leben erfüllt war.

Er warf das Flageolett nieder und berührte die Brust des Bildnisses mit den ehrwürdigen, formellen Gesten des alten Tuyla-Mysteriums, und er versiegelte den Mund des Bildnisses mit einem Kuß, so daß der Geist Niafers in dem Bildnis gefangen war, das Manuel geschaffen hatte. Unter seinen Lippen riefen die Lippen, die einst die des Elends gewesen waren: »Ich liebe!« Und Niafer stand vor ihm als eine lebende Maid, genauso wie Manuel sie seit mehr als einem ganzen Jahr in Erinnerung behalten hatte; aber mit jenem Kuß waren alle Erinnerungen an das Paradies und all die Züge der Vergeistigung von ihr gegangen.

»Hallo, mein lieber Wicht«, sagte Manuel als erstes von allem, »also, es ist wirklich nett, dich wieder hier zu sehen.«

Selbst in dem erhebenden Gefühl ihres Glücks empfand Niafer dies als eine nicht gerade leidenschaftliche Begrüßung von einem, der ungewöhnliche Mühen auf sich genommen hatte, um ihre Gesellschaft wiederzuerlangen. Mit großen Augen sah sie, daß Manuel alle Anzeichen eines Mannes in mittleren Jahren trug und so sprach, wie es für einen Mann seines Äußeren angemessen schien. Denn es war um den Preis seiner Jugend, daß Manuel die Frau zurückgewann, nach der seine Jugend sich sehnte, und das Elend hatte die Rechnung subtil ausgeglichen, indem es einen alternden Mann mit der Frau entlohnt hatte, um deretwillen ein junger Mann dem Elend furchtlos gedient hatte. Einen solchen jungen Mann gab es nun nicht mehr; denn der Unterlegene hatte den Sieger vernichtet.

Dann, nachdem Niafer diesen hochgewachsenen, grauhaarigen Fremden einen Augenblick lang betrachtet hatte, sah auch Niafer ernster und älter aus. Niafer bat um einen Spiegel, aber Manuel hatte keinen.

»Also, ich muß doch ganz bestimmt als erstes einmal wissen, wie getreu du mich in Erinnerung behalten hast«, meinte Niafer.

Er ging voran in den kahlen und öden Novemberwald, und sie kamen an den stahlfarbenen Wolfsee, der bei der grauen Hütte lag, und Niafer fand, daß sie hinkte, denn Manuel hatte ihre Beine nicht ganz richtig hinbekommen, so daß sie für den Rest ihres zweiten Lebens lahm ging. Dann blickte Niafer für eine Minute oder vielleicht auch für zwei auf ihr Spiegelbild in den tiefen, kalten Wassern des Wolfsees.

»Ist dies das beste Bild von mir, an das du dich erinnern konntest, mein Liebster?« meinte sie bedrückt, als sie auf Manuels Vorstellung von ihrem Gesicht herabsah. Denn die äußere Erscheinung, die Niafer nun trug, erinnerte Niafer nur sehr wenig an die, die sie aus den Zeiten kannte, als sie mit den Spiegeln der Lady Gisèle des öfteren Umgang pflegte; und es war für Niafer gar traurig anzusehen, wie sehr auch die liebsten Toten in nicht allzu langer Zeit dem Gedächtnis entschwinden.

»Nicht eine Linie und nicht einen Zug deines Gesichts«, sprach Manuel fest, »habe ich in all diesen Monaten vergessen, und auch nicht an diesen letzten einunddreißig Tagen, die wie Jahre vergangen sind. Und als meine Liebe mich dazu trieb, dein Bildnis zu machen, Niafer, hat meine Liebe mir seltene Geschicklichkeit verliehen. Selbst zu gewöhnlichen Zeiten, so sagt man mir, habe ich ein gewisses Geschick im Anfertigen von Bildnissen; und während ich nicht für einen Augenblick den Anschein erwecken wollte, mich dieses Geschicks zu brüsten, und um nichts in der Welt dich verärgern wollte, indem ich irgendeines von den lobenden Worten wiederholte, die über meine Bildnisse gesagt worden sind – von Leuten, meine Liebe, die die Mühe und Sorgfalt, die mit solch einer Arbeit verbunden sind, etwas mehr zu würdigen wissen als du –, so glaube ich doch bestimmt, daß in diesem Fall niemand einen Grund zur Beschwerde haben sollte.«

Sie blickte nun auf sein Gesicht, und sie sah, was der Monat mit Béda, mit dem ein Tag wie ein Jahr ist, dem Gesicht des Knaben angetan hatte, an das sie sich erinnerte. Graf Manuels Gesicht war gleichfalls neugestaltet worden: die Jugend war daraus gewichen, und der Monat von Jahren hatten Falten hineingegraben, Erfolg hatte es gehärtet, und Vorsicht hatte es hager werden lassen, und Selbstgefälligkeit hatte es geküßt. Und Niafer seufzte wieder, als sie wiedervereinigt unter entlaubten Bäumen am stahlfarbenen Wolfsee saßen.

»Man kann, wie es scheint, die Zeit und den Tod letztendlich doch nicht umgehen«, sprach Niafer, »denn keiner von uns beiden ist nun mehr die Person, die einst den Vraidex hinaufstieg. Aber wie dem auch sei: Ich liebe dich, Manuel, und ich bin zufrieden mit dem, was von dir übrig bleibt, und wenn der Leib, den du mir gegeben hast, nach deinem Willen ist, ist er auch nach meinem.«

Nun aber kamen drei abgerissene, hochgewachsene Gestalten, jeder von ihnen auf einem Auge blind und jeder mit einem dünnen, spitzen Bart, auf die Lichtung vor der grauen Hütte und zertraten die welken Blätter, die dort lagen, unter ihren Füßen, während sie nach Mimir schrien. »Komm heraus!« riefen sie. »Komm heraus, du elendiger Mimir, und zeig dich den dreien, die du betrogen hast!«

Dom Manuel erhob sich vom Ufer des Wolfsees und ging auf die Rufer zu. »Es gibt keinen Mimir«, sagte er ihnen, »in Dun Vlechlan oder zumindest nicht in diesem eigentümlich irrationalen Teil des Waldes.«

»Du lügst«, sagten sie, »denn obwohl du einen Körper an deinen Kopf geschnallt hast, erkennen wir dich wieder.« Dann sahen sie auf Niafer, und alle drei lachten hämisch. »War es für dieses bucklige, hinkende, schlammgesichtige Weib, daß du uns verlassen hast, du schielender alter Schuft? Und hast du die Stube des Weinhändlers zu Neogréant so schnell vergessen und was du mit den goldenen Tellern gemacht hast?«

»Nein, ich habe diese Dinge nicht vergessen, weil ich nie etwas von ihnen gewußt habe«, sagte Manuel.

Sprach einer der Gesellen, wobei er wild seinen Schnurrbart zwirbelte: »Hah, schamloser Mimir, sieh mich an, der ich dich und deinen blinden Sohn Oriander diese ganzen neun Jahrhunderte lang als ungerührte Gesellen gekannt habe! Jetzt, nehme ich an, willst du wohl auch die Sache mit dem Eichhörnchen abstreiten!«

»Ach, macht euch fort mit eurem Unsinn!« sprach Manuel. »Denn ich habe noch nicht einmal zweiundzwanzig Jahre des Lebens hinter mir, und ich habe euch nie zuvor gesehen, und ich hoffe, euch nie wiederzusehen.«

Aber sie alle drangen mit Säbeln auf ihn ein, so blieb ihm nichts anderes übrig, als sein Schwert zu ziehen und zu kämpfen. Und als jede von diesen einäugigen Gestalten sich nach dem Empfang seiner Todeswunde seltsam in Luft aufgelöst hatte, meinte Manuel zu Niafer, es sei immerhin ein Trost für ihn zu sehen, daß der Monat von Jahren ihn trotz seiner dahingegangenen Jugend als einen passablen Fechter zurückgelassen habe und daß er denke, sie sollten diesen Teil des Hochwaldes von Dun Vlechlan besser verlassen, in dem sich unerklärliche Dinge abspielten und alle Personen unvernünftig benahmen.

»Waren diese Waldgeister unvernünftig«, fragte Niafer, »in dem, daß sie sagten, daß der Körper und das Gesicht, die du mir gegeben hast, häßlich seien?«

»Meine Liebe«, erwiderte Manuel, »eben dieses Gerede war es, weshalb ich einen Konflikt zu vermeiden suchte, da es selbst im Umgang mit Dämonen keinen guten Eindruck macht, Verrückten etwas zuleide zu tun.«

»Manuel, und kann es wirklich sein, daß ausgerechnet du dich um den äußeren Eindruck scherst?«

Dom Manuel meinte bedächtig: »Mein Umgang mit dem Elend und seinen Verwandten hat mich viele Dinge gelehrt, welche ich niemals vergessen und über die ich nur sehr ungern reden werde. Eines dieser Dinge ist jedoch, daß es in den meisten Fällen einen Mittelweg gibt, auf dem es wenig Gegenverkehr und ein verhältnismäßig leichtes Vorankommen gibt. Du mußt wissen, daß die Gesellschaft, in der ich gewesen bin, ein großes Maß an Wendigkeit erforderte; denn es ist natürlich nicht ungefährlich, sich mit einem bösen Prinzip einzulassen. Nein, nein, man braucht, wie ich festgestellt habe, der Konvention nicht absolut und offen zu trotzen, um seinem eigenen Willen zu folgen«, sprach Manuel lebensklug und strich sich durch seinen grauen Bart.

»Ich bin so froh, daß du das endlich gelernt hast! Zumindest glaube ich, daß ich darüber froh bin«, meinte Niafer ein wenig wehmütig, als sie sich an den jungen Manuel erinnerte, der den Kopf immer so hoch getragen hatte.

»Aber, wie ich schon sagte, ich schätze, daß diese zerlumpten Gestalten, die mich am Verlassen dieses eigentümlich irrationalen Teils des Waldes hindern wollten, ebenso wie jener rote Bursche, der mich daran hindern wollte, ihn zu betreten, geistige Eindringlinge in das Reich des Elends waren, denen das Elend den Verstand genommen hatte. Nein, Niafer, ich will keinerlei Kritik äußern, denn uns beiden hat das Elend der Erde, das einige Béda und andere Kruchina nennen, sehr gut mitgespielt. Mich beunruhigt zwar der Verdacht, daß sein anderer Name Mimir war, aber davon brauchen wir jetzt nicht zu reden, denn was vorbei ist, ist vorbei, selbst ein toter Großvater. Nichtsdestoweniger denke ich, daß Dun Vlechlan nicht gut für die Gesundheit ist, und ich bin der Meinung, daß du und ich es anderswo gemütlicher finden werden.«

»Aber müssen wir nun zum Schweinehüten zurückkehren, lieber Manuel, oder bist du jetzt zu alt dafür?«

Dom Manuel lächelte, und man sah, daß er zumindest seinen alten Stolz zurückbehalten hatte. »Nein, jetzt, wo all meine Verpflichtungen erfüllt und wir wieder vereinigt sind, lieber Knilch, kann ich endlich überallhin reisen, so daß ich die Enden dieser Welt sehen und über sie urteilen mag. Und ansonsten werden wir tun, was uns gefällt, denn ich muß dir sagen, daß ich nun ein Edelmann mit Lakaien und eigenen Ländereien und Schlössern bin, wenn ich sie nur in Besitz nehmen könnte.«

»Das ist eine gute Nachricht«, sprach Niafer, »und viel besser als Schweinestehlen, und ich bin froh, daß die Welt Sinn genug gehabt hat, um dich wertzuschätzen, Manuel, und du sie. Und wir werden Rubine in meiner Adelskrone haben; denn Rubine habe ich immer schon gemocht. Aber nun erzähl mir schon, wie dies alles gekommen ist und was für einen Titel ich nun eigentlich tragen werde. Über die Reise zu den Enden der Erde können wir später noch reden; denn ich bin heute bereits weit gereist. Aber auf Rubine werden wir nicht verzichten.«

XXIV

Drei Frauen

Also legte Manuel seine Rüstung an, und während Manuel so viel von seinen Abenteuern erzählte, die er erlebt hatte, während Niafer tot war, wie er für ratsam hielt, verließen sie jenen eigentümlich irrationalen Teil des Waldes und zogen hinaus aus den kahlen Novemberwäldern. Und alsbald trafen sie in jenen öden Hügeln, die sich zu den Sanddünen von Quentavic hinabziehen, auf Königin Freydis und die Prinzessin Alianora, wo diese beiden königlichen Hoheiten mit einem stattlichen Gefolge auf die Küste zu ritten.

Alianora war an diesem Morgen gar prächtig anzusehen; sie saß auf einem weißen Pferd und trug ein Kleid aus schimmerndem Grün wie das Grün des Meeres im Sonnenlicht, und ihr goldenes Haar war mit Goldreif eingefaßt, der mit Smaragden besetzt war. Freydis, von dunkler Erhabenheit, ging in ein purpurnes Gewand gekleidet, das mit kleinen goldenen Sternen und Tintenhörnern bestickt war, und ein Falke mit Haube saß auf ihrer behandschuhten Faust.

»Sollte es wirklich wahr sein«, sprach Alianora mit einem Ausdruck der Verwunderung in ihrem schönen, stolzen Gesicht, »daß Dom Manuel uns um dieses schäbigen Krüppels willen verlassen und seine Jugend geopfert hat? Das Mädchen ist ja richtiggehend häßlich!«

»Unsere Aussichten werden dadurch nicht besser«, gab Freydis, die weise Königin, zu verstehen, deren Blick nicht auf Niafer, sondern auf Manuel gerichtet war.

»Wer sind jene verrufen aussehenden, frechen Personen, die dich so schamlos anstarren?« sprach Niafer.

Und Manuel, der sich darob verwunderte, diese zwei Zauberinnen beisammen anzutreffen, antwortete, wie er sie höflich aus einer gewissen Entfernung grüßte: »Zwei königliche Hoheiten, derer ich wohl zufrieden wäre, wäre da nicht ihre Neigung, ihren eigenen Willen haben zu wollen.«

»Und ich nehme fast an, du hältst sie für hübsch!«

»Ja, Niafer, ich halte sie für sehr schön. Doch nachdem ich sie mit ästhetischem Vergnügen angesehen habe, kehrt mein Blick bewundernd zu dem Gesicht zurück, das ich nach meinem Willen geschaffen habe, und zu der stillen Liebe meiner Jugend, und ich habe kein Begehr mehr, an Königinnen und Prinzessinnen zu denken. Statt dessen sage ich in meinem Herzen Dank dafür, daß ich voll Zufriedenheit mit der einen Frau in der Welt, die nach meinem Dafürhalten begehrenswert und schön ist, auf dem Weg zum nächsten Priester bin.«

»Das ist sehr süß von dir, daß du das sagst, Manuel, und gewiß hoffe ich, daß du die Wahrheit sagst, aber mein Glaube daran wäre größer, wenn du das nicht so glatt heruntergesagt hättest.«

Dann sprach Alianora: »Ich grüße dich, Graf Manuel, und sage dir zugleich für eine Weile Lebwohl! Denn wir alle reiten nach Quentavic, und von dort werde ich nach England übersetzen, um den König jener Insel zu heiraten.«

»Da sei Ihr ja zu beglückwünschen«, meinte Manuel höflich, Er blickte zu Freydis, die die Unsterblichkeit für seine Küsse abgelegt und die er verlassen hatte, um seinem eigenen Willen zu folgen. Solche Begegnungen sind immer unangenehm, und Dom Manuel zierte sich ein wenig. Dann meinte er zu ihr: »Und du gehst auch nach England?«

Sie erklärte ihm sehr ruhig, nein, sie gehe nur bis zur Küste, um sich mit drei oder vier der Wasserdämonen zu beratschlagen, wie man eine der roten Inseln verzaubern könne, um dort ihr Domizil aufzuschlagen. Sie habe sich praktisch schon entschieden, erklärte sie ihm, Sargyll mit einem Zauber zu belegen, da ihr dies als die geeignetste von diesen Inseln erschien, nach dem, was sie gehört habe, aber sie müsse den Ort erst sehen. Königin Freydis sah ihn alldieweil mit einer beunruhigenden Direktheit an, aber sie sprach ganz ruhig.

»Ja, ja«, meinte Manuel herzlich, »ich schätze, du wirst es da sehr gemütlich haben, und ich gönne es dir gewiß. Aber ich wußte gar nicht, daß ihr beiden Damen euch kennt.«

»Nun, unsere Angelegenheiten sind nicht deine Angelegenheiten«, sprach Freydis, »jedenfalls nicht mehr. Und was macht es schon, an diesem Novembertag, der nur ein mattes

Licht und überhaupt keine Wärme in sich zu haben scheint? Nein, jenem Mädchen dort gehört das Heute. Doch Alianora und ich hatten jeweils unser Gestern, und es mag die eine oder es mag die andere von uns dreien sein, die das Morgen haben wird, und es mag auch sein, daß die Verfügung über das Morgen ganz anders aussehen mag als erwartet.«

»Ganz gewiß«, erklärte Alianora mit jenem langsamen, lieblichen, stillen Lächeln, das ihr eigen war, »werde ich meinen Anteil am Morgen haben. Ich hätte dich zu einem König gemacht und mit der Zeit zum mächtigsten aller Könige, aber du bist deinem eigenen Willen gefolgt und hast mehr um das Herumhantieren mit feuchtem Lehm als um einen Thron gegeben. Und doch hat dich dieser Unsinn zumindest in einen sehr distinguiert aussehenden alten Herrn verwandelt. So, wenn ich dich brauche, werde ich dich rufen lassen, mit dem Zeichen, das wir vereinbart haben, Dom Manuel, und dann sieh zu, daß du unverzüglich zu mir eilst!«

Freydis sagte: »Ich hätte dich zu dem größten aller Bildnisschöpfer gemacht; aber du bist deinem eigenen Willen gefolgt, und statt neue und gottgleiche Wesen zu schaffen, hast du es vorgezogen, ein totes Dienstmädchen wieder zum Leben zu erwecken. Und dennoch sage ich dir, nimm dich in acht vor dem einen lebenden Bildnis, das du gemacht hast; denn es lebt noch, und es ist das einzige, was du nie aus deinem verschlossenen Herzen aussperren kannst, Dom Manuel. Und nichtsdestotrotz heische ich dich, Dom Manuel, zu mir zu kommen, wenn du mich brauchst.«

Manuel antwortete: »Ich werde beiden von euch immer Folge leisten.« Niafer sagte alldieweil überhaupt nichts. Aber sie dachte sich ihr Teil in ihrem Innern, des Inhalts, daß keine von diesen überheblichen Schlampen in Wirklichkeit die Person sei, der Manuel fortan Folge leisten würde.

So erklangen die Hörner. Der bunte Zug ritt weiter gen Quentavic. Und wie sie so ritten, fragte der junge Osmund Heleigh (Lord Brudenels Sohn) den edlen König von Navarre: »Aber wer, Majestät, war jener abgerissene grauhaarige Vagabund mit dem Hengst von altersblindem Silber auf seinem Schild und dem lehmfarbenen Krüppel an seiner Seite, daß unsere Königinnen ihr Roß anhalten sollten, um ein Gespräch mit ihm zu suchen?«

König Thibaut sagte, es sei der berühmte Dom Manuel von Poictesme, der seine Jugend um des Mädchens willen geopfert habe, das bei ihm war.

»Dann ist der alte Mann ein Narr in jeder Hinsicht«, erklärte Messire Heleigh und seufzte, »denn ich habe von seinem früheren Verhalten in der Provence gehört, und es lebt keine schönere Frau auf Erden als die Dame Alianora.«

»Ich sehe Königin Freydis als die hübschere von den beiden an«, entgegnete Thibaut, »aber ganz gewiß läßt sich keine von diesen unschätzbaren Frauen mit Dom Manuels Weibsbild da vergleichen.«

»Ob sie vielleicht eine Hexe ist, deren Magie schrecklicher ist als ihre Magie, daß sie diesen verschlissenen Kämpen in ihren Bann gezogen hat?«

»Es ist entweder Zauberei oder Idiotie, wenn es nicht etwas weit Höheres als beides ist.« König Thibaut blickte ernst, dann zuckte er die Schultern. »*Oy Dieus!* Selbst dann ist Königin Freydis immer noch mehr nach meinem Geschmack.«

Mit diesen Worten spornte der junge König seinen braunen Wallach an, um sich zu Königin Freydis zu gesellen (die ihm wenig später zum Verhängnis werden sollte), und das ganze prächtige Gefolge Alianoras zog gen Westen, während Manuel und Niafer gen Osten trotteten. Auf dem einen Weg gab es Farbe und viel Gelächter, auf dem anderen aber Zufriedenheit, wenn auch nur für eine kurze Weile.

Vierter Teil

Das Buch der Zuschläge

Und so machte Manuel all die Götter, die wir mamettes *und* ydola *nennen, welchen über den Stationen seines Lebens zu stehen bestimmt war: jeder der Götter aber, die Manuel in mühevoller Arbeit schuf, hatte an seinem Leibe einen Makel; und als obersten Götzen schuf er einen Gott der Philister.*

XXV

Begebnisse in Poictesme

Man erzählt sich in Poictesme, wie Manuel und Niafer ein Stück Wegs nach Osten zogen und sich dann dem warmen Süden zuwandten; und wie sie einen Priester fanden, um sie zu vermählen; und wie Manuel sich zwei Pferde beschaffte. Man erzählt sich auch, wie Manuel einen gar schrecklichen Drachen bei La Flèche bezwang und in der Nähe von Orthez mit einem Groach zu kämpfen hatte, den er besiegte und in eine Lederflasche einsperrte, aber man sagt, daß die Reise ansonsten ziemlich ereignislos verlief.

»Und jetzt, wo all meine Verpflichtungen erfüllt und wir wieder vereinigt sind, meine liebe Niafer«, sprach Manuel, als sie nach seinem Kampf mit dem Drachen beieinander saßen, »werden wir, wiederhole ich, überallhin reisen, so daß wir die Enden dieser Welt sehen und über sie urteilen mögen.«

»Liebster«, entgegnete Niafer, »ich habe darüber nachgedacht, und ich bin sicher, es wäre eine wunderschöne Sache, wenn die Leute nicht immer so häßlich wären.«

»Wie meinst du das, lieber Wicht?«

»Siehst du, Manuel, jetzt, wo du mich aus dem Paradies zurückgeholt hast, werden die Leute sagen, du solltest mir, als Ausgleich für die glücklichen Gefilde, aus denen du mich fortgeholt hast, zumindest eine einigermaßen komfortable und feste irdische Bleibe beschaffen. Ja, Liebster, du weißt, wie die Leute sind, und die Übelmeinenden werden nur zu entzückt sein, überall erzählen zu können, daß du eine offensichtliche Pflicht vernachlässigst, wenn du durch die Gegend ziehst, um über die Enden dieser Welt zu urteilen, mit denen du im Grunde genommen eigentlich gar nichts am Hut hast.«

»Und wenn, was macht das schon?« sprach Manuel mit einem überlegenen Achselzucken. »Reden tut niemandem weh.«

»Ja, Manuel, aber solch ein unstetes Umherziehen, zu unzivilisierten Orten, von denen nie jemand gehört hat, würde jenen Anschein erwecken. Nun gibt es nichts, was ich lieber täte, als mit dir auf Abenteuer auszuziehen, und eine Gräfin zu sein bedeutet mir nicht die Bohne. Ich mache mir ganz bestimmt nichts daraus, in einem eigenen Palast zu leben und mich um feine Kleider und die Verantwortung für meine Rubine kümmern zu müssen und Diener und jeden Tag Empfänge zu haben. Aber siehst du, Liebling, ich könnte es einfach nicht ertragen, daß die Leute schlecht von meinem lieben Gatten denken, und so, eher als das geschieht, bin ich bereit, mich mit diesen Dingen abzufinden.«

»Oh, oh!« sprach Manuel, und er begann an seinem kleinen grauen Bart zu ziehen. »Zeugt denn eine Verpflichtung so rasch die nächste? Nun, was soll ich deiner Meinung nach tun?«

»König Ferdinand um Truppen bitten und jenen schrecklichen Asmund aus Poictesme vertreiben.«

»Meine Güte!« sprach Manuel. »Wie einfach das alles bei dir klingt! Soll ich es gleich heute erledigen?«

»Also, Manuel, du redest, ohne nachzudenken, denn du kannst ja wohl kaum Poictesme an einem einzigen Nachmittag zurückerobern –«

»Oh!« sprach Manuel.

»Nein, und auch nicht eigenhändig, mein Liebster. Du müßtest erst einmal eine Armee aufstellen, sowohl Reiter als auch Fußtruppen.«

»Meine Liebste, ich wollte nur –«

»Und selbst dann wird es wahrscheinlich eine gewisse Zeit in Anspruch nehmen, die ganzen Nordmänner zu beseitigen.«

»Niafer, wirst du mich bitte erklären lassen –«

»Außerdem bist du meilenweit von Poictesme entfernt. Du könntest es heute nicht einmal mehr erreichen.«

Manuel legte ihr die Hand über den Mund. »Niafer, als ich

davon sprach, Poictesme heute noch zu unterwerfen, habe ich einen kleinen Scherz machen wollen. Ich werde nie mehr in deiner Gegenwart Ironie anzuwenden versuchen, da ich sehe, daß du meinen Humor nicht zu schätzen weißt. Indessen wiederhole ich dir: Nein, nein und tausendmal nein! Graf von Poictesme genannt zu werden klingt gut, es schmeichelt dem Ohr, aber ich will nicht in ein paar hundert Spatenvoll Dreck Wurzeln schlagen und bis an mein Lebensende dahinvegetieren. Nein, ich habe nur ein Leben hier, und in diesem Leben ist es mein Ziel, diese Welt und alle Enden dieser Welt zu sehen, um darüber zu urteilen. Und ich«, fügte er entschieden hinzu, »bin Manuel, und ich folge meinem eigenen Willen und meinem eigenen Begehr.«

Niafer begann zu weinen. »Ich kann es einfach nicht ertragen, daran zu denken, was die Leute über dich reden werden.«

»Komm, komm, meine Liebe«, sprach Manuel, »das ist doch albern.«

Niafer weinte.

»Du wirst dich damit am Ende nur selber krank machen!« sprach Manuel.

Niafer fuhr fort zu weinen.

»Mein Entschluß steht fest«, sprach Manuel, »also, was in Gottes Namen soll das nützen?«

Niafer weinte und schluchzte jetzt immer mehr. Und der große Kämpe saß da, sie anzuschauen, und seine breiten Schultern fielen herab. Er versetzte dem schweren, schuppigen grünen Kopf des Drachen, der immer noch zu seinen Füßen häßlich zu bluten lag, einen Tritt, aber das hatte auch keinen Wert mehr. Der Drachentöter war geschlagen. Gegen diese Ströme konnte er nichts ausrichten; seine Entschlossenheit wurde aufgeweicht und seine Unbeirrbarkeit von dieser salzigen Flut hinweggewaschen. Und man sagt auch, daß jetzt, wo seine Jugend dahingegangen war, Dom Manuel in seinem Herzen weniger gegen Ruhe und ein angenehmes Leben einzuwenden hatte, als er zugab.

»Also gut, dann«, sprach Manuel schließlich, »laß uns die Loire überqueren und nach Süden reiten, um nach deinem verdammten Krönlein mit den Rubinen und nach deinen Dienern und wenigstens ein paar von deinen Palästen zu sehen.«

Und so brachte man um die Weihnachtszeit einen hochgewachsenen, stämmigen, schiefblickenden grauhaarigen alten Krieger zu König Ferdinand in einen Zitronenhain hinter dem königlichen Palast. Hier pflegte der heiligmäßige König, pflichtgemäß ausgestattet mit seinem Heiligenschein und seiner Gänsefeder, an Mittwochen und Samstagen seine kleineren Wunder zu wirken.

Der König war entzückt über die Veränderung in Manuels Aussehen und sagte, daß Erfahrung und Reife der Erscheinung eines Edelmannes von Manuels Rang wohl geziemten. Aber den Teufel! Ihm Truppen zu geben, mit denen er Poictesme erobern könne, das sei etwas ganz anderes. Der König brauchte seine eigenen Truppen für seine eigenen Zwecke, die die sofortige Eroberung von Cordova erforderlich machten. Außerdem gab es da noch den Prinzen de Gâtinais und den Marquese di Paz, die auch mit diesem aberwitzigen Ansuchen gekommen waren, der eine um Soldaten, um ihm gegen die Philister zu helfen, der andere gegen die Katalaner.

»Jeder, dem ich jemals ein Lehen geschenkt habe, scheint heutzutage Truppen zu brauchen«, knurrte der König, »und wenn einer von Euch auch nur ein wenig Urteilsvermögen gezeigt hätte, hättet Ihr Euer Land gehalten, nachdem Ihr es erhalten hattet.«

»Es hat uns weniger an Urteilsvermögen gemangelt«, sprach der junge Prinz de Gâtinais mit begreiflicher Erregung, »sondern eher an Unterstützung von seiten unseres Lehensherrn.«

Dies war vollkommen richtig; aber da solche deutlichen Wahrheiten einem König und Heiligen gewöhnlich nicht ins Gesicht gesagt werden, gingen Ferdinands dünne Brauen nach oben.

»Meint Ihr?« sagte der König. »Wir werden sehen. Was ist das da, zum Beispiel?«

Er zeigte auf den Teich, von dem die Zitronenbäume bewässert wurden, und der Prinz blickte auf das Objekt, das in dem

Teich schwamm. »Majestät«, sagte de Gâtinais, »es ist eine Zitrone, die von einem der Bäume gefallen ist.«

»Ihr haltet es also für eine Zitrone. Und was meint Ihr dazu, di Paz?« fragte der König.

Der Marquese war ein Staatsmann, der wenig Risiken einging. Er ging zum Rand des Teiches und sah sich das Ding genau an, bevor er sich festlegte: und er kam lächelnd zurück. »Ah, Majestät, Ihr habt in der Tat eine wohlüberlegte Warnung gegen vorschnelle Urteile ersonnen; denn obgleich der Baum, unter dem das Ding schwimmt, ein Zitronenbaum ist, handelt es sich um eine Orange.«

»Ihr haltet es also für eine Orange, Marquese. Und was ist Eure Meinung, Graf von Poictesme?«

Wenn di Paz wenig Risiken einging, so ging Manuel überhaupt keine ein. Er watete in den Teich hinein und holte das Ding heraus, das da schwamm. »König«, sagte der große Dom Manuel und blinzelte weise mit seinen blaßblauen Augen, »es ist die Hälfte einer Orange.«

Da sprach der König: »Hier ist ein Mann, der sich nicht leicht durch den eitlen Schein dieser Welt täuschen läßt und der die Wahrheit höher schätzt als trockene Schuhe. Graf Manuel, Ihr sollt Eure Truppen haben, und Ihr anderen müßt warten, bis Ihr Graf Manuels Urteilskraft erlangt habt, die, laßt mich es Euch sagen, wertvoller ist als jedes Lehen, das ich zu vergeben habe.«

Und so zog Manuel, als der Frühling anbrach, an der Spitze einer durchaus beachtenswerten Armee in Poictesme ein, und Dom Manuel forderte Herzog Asmund auf, ihm das ganze Land zu übergeben. Asmund, der immer noch unter dem Grindfluch litt und daher ziemlich unleidlich war, weigerte sich mit wenig schmeichelhaften Ausdrücken, und der Kampf begann.

Manuel hatte natürlich keine Ahnung von Feldherrenkunst, aber König Ferdinand entsandte den Conde de Tohil Vaca als Manuels Adjutanten. Manuel trug nun eine juwelenbesetzte Rüstung, und der Anblick seines Schildes mit dem steigenden Hengst und dem Motto *Mundus vult decipi* wurde in der Schlacht ein Signal für die klügeren unter seinen Gegnern, sich in einem anderen Teil des Konfliktes auszuzeichnen. Böse Zungen behaupteten, daß im Rat und bei öffentlichen Auftritten Dom Manuel volltönend die Befehle und Meinungen wiederholte, die er von Tohil Vaca vorgesagt bekommen habe; wie dem auch sei, so lösten die offiziellen Äußerungen des Grafen von Poictesme überall das freundliche Mitgefühl aus, das man alten Freunden entgegenbringt, so daß kein Schade entstand.

Im Gegenteil entwickelte Dom Manuel eine unschätzbare Gabe für öffentliche Reden, und in jeder Stadt, die er einnahm und besetzte, hielt er machtvolle Ansprachen an die überlebenden Bewohner, bevor er sie hängen ließ, wobei er alle rechtdenkenden Menschen dazu aufforderte, die Gewaltherrschaft Asmunds abzuschütteln. Außerdem, wie Manuel darlegte, war dies ein Kampf, wie ihn die Welt noch nie gesehen hatte, denn es war ein Krieg, um den Krieg auf ewig zu beenden und den ewigen Frieden für jedermanns Kinder zu gewinnen. Niemals, wie er es treffend formulierte, hätten Männer für eine glorreichere Sache gekämpft. Und so weiter und so weiter, sagte er, und diese erhebenden Gedanken hatten eine erhebende Wirkung auf jedermann.

»Wie wundervoll du redest!« meinte Dame Niafer dann mit Bewunderung in der Stimme.

Und Manuel sah sie dann seltsam an und antwortete: »Ich bin dabei, dir dein Heim zu erarbeiten, meine Liebe, und die Gehälter deiner Diener, und eines Tages werden diese verbalen Juwelen in einem wirklichen Krönlein verewigt werden. Denn ich stelle fest, daß ein früherer Bekannter von mir zu Recht auf den Unterschied zwischen den Menschen und den anderen Tieren hingewiesen hat.«

»Ah, ja, in der Tat!« sagte Niafer sehr ernst; sie hatte zwar nicht genau verstanden, was er meinte, aber unterstellte ganz allgemein, daß es sich dabei um etwas Erbauliches und Frommes handelte. Denn Niafer war jetzt eine fromme Christin geworden, wie es sich für eine Gräfin von Poictesme ziemte, und es gab nirgendwo jemand, der eine aufrichtigere Ehrerbietung für feierliche Geräusche empfand.«

»Zum Beispiel«, fuhr Dame Niafer fort, »Sagt man mir, daß jene wunderschönen Reden, die du gehalten hast, eine solche

Wirkung auf die Philister drüben gehabt haben, daß ihre Königin Stultitia dir ein Bündnis angetragen und versprochen hat, dir Rammböcke und leichte Kavallerie zu senden.«

»Es ist wahr, daß sie es versprochen hat, aber sie hat es bislang nicht getan.«

»Nichtsdestoweniger, Manuel, wirst du sehen, daß ihre moralische Unterstützung von unschätzbarem Wert sein wird, und wie ich mir oft sage, ist das schließlich die Hauptsache –«

»Ja, ja«, sprach Manuel ungeduldig, »wir haben hier viel moralische Unterstützung und schöne Reden, und im Süden haben wir einen Heiligen, der für uns Wunder wirkt, aber Asmund hat eine Armee von ebenso ungebildeten und gottlosen wie hervorragenden Kämpfern, die Moral und Rhetorik nicht einmal für einen alten Fingernagel wert erachten.«

So gingen die Kämpfe jenen ganzen Frühling hindurch weiter, und in Poictesme erschien dies alles sehr wichtig und unvergleichlich, wie halt Kriege den Leuten, die selbst darin verwickelt sind, immer vorkommen. Tausende von Männern wurden erschlagen, zum Leidwesen ihrer Mütter und Geliebten und oftmals auch ihrer Frauen. Und es gab die übliche Anzahl von beispiellosen Massakern und Greueltaten und Plünderungen und Brandschatzungen und so weiter, und die Betroffenen nahmen ihre Leiden so ernst, daß es komisch ist, wenn man bedenkt, wie unwichtig es alles im Endeffekt war.

Denn dieses spezielle Blutbad war vor so langer Zeit von solch überragender und weltweiter Bedeutung, daß es jetzt nicht einmal mehr die Mühe wert ist, für unaufmerksame Ohren den Kampf der Ritter zu Perdigon zu schildern – aus dem nur Guivric und Coth und Anavalt und Gonfal lebend hervorgingen, oder von der einst berühmten verpfuschten Schlacht zu reden oder zu erzählen, wie die uneinsichtigen Kaufherren von Montors in einen Käfig gesperrt und aus Versehen getötet wurden. Es ist für keinen Lebenden mehr von Bedeutung, wie die Nordmänner die Schiffsbrücke bei Manneville verbrannten; noch, wie Asmund bei der unglückseligen Belagerung von Évre auf einen durchgekohlten Balken trat und zehn Klafter tief mitten in eine Schar von Feinden fiel und sich dabei das

Bein brach, aber sich dennoch so wacker schlug, daß er sich in Sicherheit bringen konnte; noch, wie bei Lisuarte eine Rotte von Bauern Manuels Leute mit Sicheln und Mistgabeln und Keulen in die Flucht schlug.

Die Zeit hat die Bedeutung dieser alten Heldentaten ausgewaschen, wie ein Tuch durch die Wäsche an Farbe verliert; und so handeln die Chronisten weise, wenn sie mit uneingetauchten Federn die Episode von den tapferen Siennesern und ihrem grünen Gift vor Bellegarde und den Umtrieben des Gegenpapstes ebendort beiseitewinken und an dem nötigen Papier knausern, um der Nachwelt die bezeichnende Methode zu vermitteln, mit der der hagere Tohil Vaca eine Steuer von einer Livre auf jeden Schornstein in Poictesme erhob.

Es ist nicht einmal mehr möglich heutzutage, ein warmes Interesse an jenen einst beachtenswerten Kesseln mit siedendem Schwefel und Fett und Löschkalk zu wecken, die, sehr zum Unbehagen von Manuels Mannen, über die Mauern von Storisende ausgeleert wurden. Denn obwohl dies ein sehr heroischer Krieg war, im dem alle erdenklichen moralischen Prinzipien hochgehalten und auf beiden Seiten die wohlklingendsten Reden geschwungen wurden, brachte er es doch nicht fertig, entweder die Erneuerung oder den Untergang der Menschheit herbeizuführen, und nachdem das Gemetzel und das allgemeine Kurz-und-klein-Schlagen zu Ende war, ging die Welt ziemlich genauso weiter, wie sie es nach allen anderen Kriegen getan hat, mit einer vagen Vorstellung, daß man eine Menge Zeit und Mühe nutzlos investiert habe, und einer Überzeugung, daß es ruhmlos wäre, dies laut zu sagen.

Daher genügt es, zu berichten, daß es überall viel Tote und Elend gab und daß im Juni, am Fronleichnamstage, der Conde de Tohil Vaca gefangengenommen und unter ungewöhnlicher Verwendung eines erhitzten Stocheisens, die von einer ziemlich schrecklichen Scherzhaftigkeit zeugte, ermordet wurde und daß Manuels Streitkräfte vernichtend geschlagen und in alle Winde zerstreut wurden.

XXVI

Wie Manuel den Storch bestellte

Nun ging Manuel, aus Poictesme vertrieben, mit seiner Frau nach Novogath, das seit etwa sieben Jahren die Hauptstadt von Philistia war. Königin Stultitia, die sechzigste Herrscherin dieses Namens, empfing sie freundlich. Sie hatte eine lange Unterredung allein mit Manuel in einem Raum, dessen Wände mit glasierten Fayencekacheln bedeckt und dessen Decke mit moralischen Lehrsätzen inkrustiert waren, die dort überall auf Schildern aus Zinnblech befestigt waren, so daß sie sich leicht auswechseln ließen. Stultitia saß an einem bronzenen Lesepult; sie trug eine rosa Brille und zu ihren Füßen schlummerte derweil ihr liebstes Spielzeug, eine blinde, sehr kleine, fette weiße Hündin namens Glück.

Die Königin meinte immer noch, daß man ein Bündnis gegen Herzog Asmund in die Wege leiten könne, sobald sich die öffentliche Meinung dafür erwärmen ließe, aber dies würde Zeit in Anspruch nehmen. »Habe Geduld, mein Freund!« sagte sie, und das war leicht zu sagen für eine reiche Matriarchin, die gekrönt und bebrillt in ihrem eigenen warmen Palast unter ihren eigenen Schornsteinen und Dachfenstern und Kampanilen und Kuppeln und Türmen und Zinnen saß.

Manuel und Niafer hatten indessen nicht einmal so viel wie einen Kuhstall, um darin diese empfehlenswerte Tugend auszuüben. So hörte Manuel sich um und erfuhr, daß Königin Freydis ihr Domizil auf Sargyll, der entlegensten der Roten Inseln, aufgeschlagen habe.

»Wir werden zu Freydis gehen«, meinte er zu Niafer.

»Aber wo diese Zicke doch anscheinend meint, daß du sie Gott-weiß-wie behandelt hast«, sagte Niafer.

Manuel lächelte das schläfrige Lächeln, das ihm eigen war. »Ich kenne Freydis besser, als du sie kennst, meine Liebe.«

»Ja, aber kannst du dich auf sie verlassen?«

»Ich kann mich auf mich selbst verlassen, und das ist wichtiger.«

»Aber Manuel, du hast doch eine andere liebe Bekannte in England; und in England, obgleich ich weiß Gott gern auf diese Bekanntschaft verzichten kann, wäre es wenigstens zu ertragen –«

Manuel schüttelte den Kopf. »Ich mag Alianora sehr gern, weil sie mir so ähnlich ist, wie es für eine Frau nur möglich ist, einem Mann ähnlich zu sein. Und das ergibt zwei ausgezeichnete Gründe – einen für mich und einen für dich, Wicht –, weshalb wir besser nicht nach England gehen sollten.«

So, in ihrem heimatlosen Zustand, faßten sie den Entschluß, sich nach Sargyll aufzumachen – »um jene andere liebe Bekannte von dir zu besuchen«, wie Niafer es in beredterem Ton ausdrückte, als Manuel lieb sein mochte.

Überhaupt begann Dame Niafer sich nun zu beklagen, daß Manuel sie über all seiner Politik und Strategie und schönen Reden und Privataudienzen mit schönen Damen vernachlässige, und sie begann wieder darüber zu reden, wie schade es sei, daß sie und Manuel wohl nie irgendwelche Kinder haben würden, ihr, Niafer, Gesellschaft zu leisten. Niafer beschwerte sich neuerdings ziemlich häufig über Kleinigkeiten, die hier irrelevant sind, und sie pflegte mit allem Anschein der Aufrichtigkeit darüber zu klagen, daß Manuel, als er die Lehmfigur für Niafer schuf, auf daß sie darin leben solle, sich so weitgehend von den anderswo hochzuschätzenden Eigenschaften der Unschuld und der freien Phantasie habe leiten lassen. Dies bereite ihr, so sagte sie, häufig große Unannehmlichkeiten.

Nun hatte sich Manuel seit seiner Ankunft in Novogath in dieser und jener und anderer Hinsicht umgehört, und so gab Manuel ihr hierauf voll männlicher Selbstsicherheit Bescheid. »Ja, ja, ein Kind oder zwei!« sprach Manuel. »Ich bin selbst der Meinung, daß dies eine hervorragende Idee wäre, während wir darauf warten, daß Königin Stultitia die öffentliche Meinung erwärmt, und ansonsten nichts Besonderes zu tun haben –«

»Aber Manuel, du weißt doch genau –«

»– und ich bin hinreichend bewandert in der Magie der Apsarasas, um den Storch herbeizubestellen, der mir aus einer glücklichen Fügung heraus noch etwas schuldig ist –«

»Was hat denn der Storch damit zu tun?«

»Nun, er ist derjenige, der die Kinder bringen muß, die dir Gesellschaft leisten sollen.«

»Aber Manuel«, meinte Niafer zweifelnd, »ich glaube nicht, daß die Leute von Rathgor, und von Poictesme ebenfalls, ihre Kinder vom Storch gebracht kriegen.«

»Zweifellos haben sie, wie in jedem Land, ihre seltsamen örtlichen Gebräuche. Wir aber brauchen uns mit solchen provinziellen Eigenheiten im Augenblick nicht zu befassen; denn wir sind in Philistia. Und daneben solltest du nicht vergessen, daß unser hauptsächlicher Rückhalt in dem halb-zugesagten Bündnis mit Königin Stultitia liegt, die, so weit ich sehen kann, der einzige Monarch überhaupt ist, von dem wir Unterstützung erwarten können.«

»Aber was hat Königin Stultitia mit dem Kind zu tun, das ich bekommen soll?«

»Alles, mein lieber Wicht. Du verstehst doch bestimmt, daß es äußerst wichtig für jemanden in meiner Situation ist, die Gefühle der Philister nach Möglichkeit nicht zu verletzen.«

»Aber die Philister haben schließlich auch Kinder, Manuel, und ich verstehe nicht, wie sie denkbarerweise etwas dagegen haben könnten, daß ich wenigstens ein sehr kleines bekäme, wenn du mich nur richtig hinbekommen hättest –«

»Aber nein! Niemand hat etwas gegen das Kind an sich, jetzt, wo du eine verheiratete Frau bist. Der Punkt ist, daß die Kinder der Philister vom Storch gebracht werden und daß eine bloße Anspielung darauf, daß irregeleitete Personen möglicherweise auf irgendeine andere Art und Weise ein Kind bekommen könnten, diese Philister als anstößig betrachten, unsittlich, lasziv und obszön.«

»Ach, wie merkwürdig von ihnen! Aber bist du dessen sicher, Manuel?«

»All ihre höchtsangesehenen und meistgelesenen Autoren, meine Liebe, vertraten in diesem Punkt ein und dieselbe Meinung. Und ihre Seranim haben jede Menge von Gesetzen erlassen, und ihre Ölhändler haben eine Gilde gegründet, eigens um derartige Anspielungen mit aller Schärfe zu verfolgen. Nein, es gibt zwar eine unbedeutende Sekte, die sich dafür ausspricht, sich mit den Kindern zu begnügen, die man im Kohlfeld findet, aber alle Leute, die etwas auf sich halten, lassen sich, wenn sie Nachwuchs haben wollen, einen Besuch vom Storch abstatten.«

»Es ist gewiß eine bemerkenswerte Sitte, aber sie scheint ihren Zweck zu erfüllen, sofern man damit zurechtkommt«, meinte Niafer. »Was ich will, ist aber das Kind, und wir sollten natürlich versuchen, das Kind nach Art der Philister zu bekommen, wenn du weißt, wie das geht; denn ich habe ganz bestimmt nicht den Wunsch, bei irgend jemandem Anstoß zu erregen.«

So traf Manuel Vorbereitungen, ein Kind nach der Art zu bekommen, wie es von den Philistern vorgezogen wurde. Er vollzog die entsprechende Anrufung, wobei er dies und jenes zusammentat, in der Art, wie sie einst die thessalischen Hexen und Zauberer gepflogen hatten, und er rief laut einen sehr alten, wenn auch etwas unziemlichen Zauberspruch aus dem alten Latein und sagte, wie Königin Stultitia ihn zu sagen geheißen hatte, ohne sich aus falscher Bescheidenheit zu zieren:

Dictum est antiqua sandalio mulier habitavit,
Quae multos pueros habuit tum ut potuit nullum
Quod faciundum erat cognoscere. Sic Domina Anser.

Dann nahm Manuel aus seiner Brusttasche ein Stück blaue Kreide und fünf seltsame Objekte, die so aussahen wie kleine schwarze Sterne. Mit der Kreide zog er auf den Boden zwei parallele gerade Linien. Manuel trat sehr vorsichtig auf eine dieser Kreidelinien und winkte dann Niafer zu sich. Auf dem Kreidestrich stehend legte er seine Arme um sie und küßte sie. Dann legte er die fünf schwarzen Sterne in eine Reihe –

* * * * *

– und trat auf die nächste Linie hinüber.

Nachdem der also herbeigerufene Storch sich auch prompt einfand, erinnerte Manuel den Vogel an die drei Wünsche, die ihm versprochen worden waren, als er dem Storch das Leben gerettet hatte. Und Manuel erklärte, für jeden Wunsch erbäte er sich einen Sohn, den ihm der Storch nach Art der Philister herbeibringen möge.

Der Storch meinte, das ließe sich machen. »Allerdings nicht heute morgen, wie Ihr meint, denn obgleich ich Euch einerseits verpflichtet bin, Dom Manuel, bin ich doch auch ein sehr beschäftigter Vogel. Nein, ich habe eine große Zahl von Bestellungen vorliegen, die Monate vor der Euren aufgegeben wurden, und ich muß in meinem Gewerbe ein gewisses System einhalten; denn Ihr habt keine Ahnung, was für ausführliche und genaue Belege häufig von den verheirateten Männern verlangt werden, wenn sie von mir die Rechnung erhalten.«

»Jetzt komm«, sprach Manuel, »du kannst dich ruhig etwas entgegenkommend zeigen, wenn du bedenkst, wie ich dein Leben vor dem Adler gerettet habe, und meine Frau und ich werden all unsere Kinder auf einmal bestellen und dich der Mühe entheben, irgendwelche Rechnungen aufzustellen, soweit es uns betrifft.«

»Oh, wenn Ihr Sonderkonditionen aushandeln wollt und dabei nicht mehr Rücksichtnahme zeigt, als mir alte Schulden unter den Schnabel zu reiben, dann könnte ich mir die Sache durchaus überlegen und das Ganze vergessen, um Euch los zu sein«, meinte der Storch mit einem Seufzer.

»Also bitte«, gab Manuel zu bedenken, »du könntest ruhig etwas fröhlicher an die ganze Sache herangehen.«

»Und warum sollte ich unter all den Vögeln, die den Himmel bevölkern, Grund zur Fröhlichkeit haben?«

»Nun, irgendwie erwartet man ein gewisses Maß an Frohsinn bei dir, der du Freude und Beißringe in so viele Haushalte bringst –«

Der Storch antwortete:

»Ich bringe die Kinder, unbefleckt und lieb und hilflos, und daher sagt man, ich brächte Freude. Doch von der Freude, die ich der Mutter bringe, soll niemand reden; denn Wunder lassen sich nicht säuberlich in Sätze sperren, noch ist die Wahrheit immer angemessen. Dem Vater bringe ich den Anblick seines eigenen Lebens, unsicher von ihm gehalten, erneuert und gestärkt in einer Form, die noch unbeeinträchtigt ist von Zeit und Narrheit. Und nicht mehr als anderswo ist er hier geneigt, sich selbst kleiner zu sehen, als er sich wähnt, und es ist er selbst, den er hier in dieser kleinen, zarten, unbegreiflichen Verkörperung in Händen hält. Denn wenn ich die Kinder bringe, haben sie kein Arg und keine Feigheit und nichts Böses in sich.

Ich bringe die Kinder, unbefleckt und lieb und hilflos, wenn ich später zu denen zurückkehre, die gestern Kinder waren. Und in allem hat die Zeit sie gezeichnet und das Leben sie entstellt und die Klugheit sie verkrüppelt, bis es mich dauert, das, was ich bringe, dem anzuvertrauen, was von dem übrig bleibt, was ich gestern gebracht habe. In den alten Zeiten wurden Kinder in den brennenden Schlund eines metallenen Gottes geworfen, aber die Zeit findet Gefallen an subtileren Opfern; denn der Moloch tötete sofort. Ja, Moloch, als ein Gott, tötete, wie der Hund tötet, nämlich voller Wildheit, die Zeit aber ist wie eine Katze, voll Hinterlist. So zeichnet und entstellt und verkrüppelt das Leben, und das Leben scheint seine Beute nach Lust und Laune zu besudeln und herabzuwürdigen, ehe es sie zerstört.

Ich bringe die Kinder, unbefleckt und lieb und hilflos, und ich lasse sie zurück, damit sie erdulden, was das Schicksal ihnen bestimmt hat. Täglich bringe ich in diese Welt die Schönheit und Unschuld, die Hochherzigkeit und den Glauben der Kinder, aber das Leben hat keine Verwendung – oder auch keine Nahrung – für diese schönen Dinge, die ich täglich bringe; denn immer finde ich bei meiner Rückkehr, daß der Gebrauch, den die Menschen vom Leben machen, jene Tugenden in denen, die gestern noch Kinder waren, ausgelöscht hat und daß diese Tugenden in gealterten Personen nicht mehr existieren. Und dann wünsche ich mir, daß Jahveh mich als einen Adler oder einen Geier oder sonst einen verhaßten Raubvogel geschaffen hätte, der ein weniger schmerzliches Morden und eine eher einsichtige Vergeudung betreibt, als ich sie betreibe.«

Hierauf antwortete Dom Manuel in jener ernsthaften und direkten Art, die ihm eigen war: »Jetzt sehe ich in der Tat, wie deine Aufgabe, wenn man es so sagen darf, als schlechte Investition erscheinen mag; aber schließlich geht dein Geschäft mich nichts an, und so steht es mir fern, Kritik daran zu äußern. Statt dessen laß uns von dieser hohen Warte herunterkommen und sage mir lieber, wann ich mit meinen drei Söhnen rechnen kann.«

Dann sprachen sie diese Sache mit den Kindern durch und wie man sie bekam, wobei Manuel die ganze Zeit auf dem Kreidestrich stehen mußte, und Manuel erfuhr, daß er, wenn es ihm lieber wäre, anstelle von einem der Buben drei Mädchen haben könne, da die Nachfrage nach Jungen dreimal so groß war wie die nach Mädchen. Für Niafer war es keine Frage, daß fünf Babys anstelle von dreien zu bekommen ein gutes Geschäft sei. Manuel meinte, er wolle keine Töchter; sie seien ihm eine zu große Belastung. Er hatte eine sehr bestimmte und feste Meinung in diesem Punkt. Dann redete Niafer wieder, und als sie geendet hatte, wünschte sich Manuel zwei Jungen und drei Mädchen. Danach schrieb der Storch fünf Vorbestellungen aus, und sie erledigten all die anderen erforderlichen Formalitäten.

Der Storch sagte, bei entsprechender Einteilung könne er ihnen eines der Kinder innerhalb von ein oder zwei Tagen zukommen lassen. »Aber wie lange seid ihr beiden eigentlich verheiratet?« fragte er.

»Oh, ewig«, sagte Manuel mit einem leisen Seufzer.

»Aber durchaus nicht, mein Liebster«, entgegnete Niafer, »wir haben erst vor sieben Monaten geheiratet.«

»In diesem Fall«, erklärte der Storch, »solltet ihr besser bis zum übernächsten Monat warten; denn es ist nicht in Mode bei meinen Auftraggebern, daß ich sie so früh heimsuche.«

»Nun«, sagte Manuel, »wir wollen, daß alles im Einklang mit den Sitten der Philister geschieht, selbst wenn wir dabei so unbegreiflichen Moden folgen müssen.« Und so kamen sie überein, daß das Baby in Sargyll angeliefert werden sollte, wo, wie Manuel dem Storch erklärte, für den Rest des Sommers ihre Heimstatt sein würde.

XXVII
Die Gastlichkeit von Sargyll

Dann schifften Manuel und Niafer sich ein, und nach einer Fahrt von zwei Tagen erreichten sie Sargyll, die Insel der Königin Freydis. Freydis war in jenen Tagen viel im Gerede, der Art und Weise wegen, wie König Thibaut durch sie zugrunde gerichtet worden war, und wegen ihres ebenso fatalen Umgangs mit dem Herzog von Istria und dem Prinz von Camwy und drei oder vier anderen edlen Herren. So zogen es die Schiffskapitäne, die Dom Manuel zunächst ansprach, vor, nicht zwischen den Roten Inseln zu verkehren. Dann sagte der jüdische Kapitän eines Kauffahrers – ein hagerer Mann namens Ahasuerus –: »Wer soll das verbieten?« und brachte sie ohne Zwischenfälle von Novogath nach Sargyll. Man erzählt sich, wie Oriander der Schwimmer dem gelben Schiff folgte, aber er machte keinen Versuch, Manuel ein Leid zu tun, zumindest diesmal nicht.

Also kam Manuel erneut zu Freydis. Er hatte sein erstes privates Gespräch mit ihr in einem Raum, der mit schwarzem Goldbrokat verhangen war. Weiße Matten lagen auf dem Boden, und unregelmäßig über den Raum verteilt waren große Messingvasen mit Lotosblumen. Hier saß Freydis auf einem dreibeinigen Schemel und führte Zwiesprache mit einem Panther. Von der Decke hingen starr blaue und rote und rötlichbraune Schlangen herab, alle tot und einbalsamiert, und in der Mitte der Decke war ein Gesicht gemalt, das nicht ganz menschlich war; seine Augen waren halb geschlossen und sein Mund halb zu einem unangenehmen Lachen geöffnet.

Freydis war von Kopf bis Fuß in Rot gekleidet, und, wie schon gesagt, ein goldener Panther redete mit ihr, als Dom Manuel hereintrat. Sie entließ alsgleich das Tier, welches Manuel freundlich anlächelte und dann einen Buckel machte, wie es alle Katzen tun, und so zu einem dünnen goldenen Bogen wurde, der mit einem Flackern nach oben verschwand, wie eine Flamme einen Lampendocht verläßt.

»Wohl denn, meine liebe Freydis«, sprach Manuel und schüttelte ihr sehr herzlich die Hand, »du sagtest mir, ich solle zu dir kommen, wenn ich dich bräuchte, und niemand könnte dich jetzt nötiger brauchen als ich.«

»Unterschiedliche Leute brauchen unterschiedliche Dinge«, gab Freydis in eher ernstem Ton zurück, »aber alles in dieser Welt vergeht.«

»Freundschaft jedoch vergeht nicht, hoffe ich.«

Sie antwortete langsam: »Wir sind es, die vergehen, so daß der junge Manuel, den ich in einem Sommer liebte, der vergangen ist, heutzutage selbst so vergangen ist wie die bunten Blätter jenes Sommers. Was, grauhaariger Kämpe, hast du mit jenem Manuel gemein, der Kraft und Jugend und Mut besaß, aber kein menschliches Mitgefühl und keine beständige Liebe? Und warum sollte ich dir jene leichtherzigen Jugendtorheiten vorhalten? Ah, nein, grauer Manuel, du weißt ganz genau, daß keine Frau das tun würde; und du bist klug, wie man weiß. Also biete ich dir mein Willkomm auf Sargyll, wo mein Wille das einzige Gesetz ist.«

»Du zumindest hast dich nicht verändert«, entgegnete Dom Manuel völlig wahrheitsgemäß, »denn du erscheinst heute, wenn überhaupt, dann eher noch schöner und jünger, als du in jener ersten Nacht auf dem Morven warst, da ich dich aus den hohen Flammen herbeirief, um dem Bildnis, das ich geschaffen hatte, Leben zu verleihen. Tja, das liegt nun wohl einige Zeit zurück, und ich mache keine Figuren mehr.«

»Deine Frau würde es für Zeitverschwendung halten, schätze ich«, meinte Königin Freydis.

»Nein, ganz so ist es nicht. Denn Niafer ist die liebste und folgsamste Frau, die man sich denken kann, und sie versagt mir keinen Wunsch.«

Freydis lächelte nun ein wenig, denn sie sah, daß Manuel glaubte, daß er die Wahrheit sprach. »Auf jeden Fall«, sagte sie, »ist es gewiß ein seltsam Ding, daß im kommenden Monat der Storch dein zweites Kind einer Frau bringen wird, die unter meinem Dach und in meinem goldenen Bett schläft. Ja, Thurinel hat mir soeben von deinem Plan berichtet, und es ist in der Tat ein seltsam Ding. Doch noch seltsamer ist es, daß dein erstes Kind, das kein Storch gebracht oder mitgestaltet hat, sondern das du nach dem Willen deiner stolzen Jugend und nach dem Bilde deiner stolzen Jugend aus Lehm geschaffen hast, irgendwo in der Gestalt eines strammen jungen Burschen durch die Welt hinken sollte und du nichts von seinem Tun weißt.«

»Ah! Was hast du gehört? Und was weißt du von ihm, Freydis?«

»Ich mutmaße vieles, grauer Manuel, dank meiner Beschäftigung mit jener grauen Kunst, die weder dem Guten noch dem Bösen dienlich ist.«

»Ja«, sagte Manuel mit seinem praktischen Sinn, »aber was weißt du?«

Sie nahm erneut seine Hand. »Ich weiß, daß du auf Sargyll, wo mein Wille das einzige Gesetz ist, willkommen bist, falscher Freund und höchst treuloser Liebhaber.«

Er konnte nicht mehr aus ihr herausbekommen, wie sie dort unter dem gemalten Gesicht standen, das mit seinem unangenehmen Lachen auf sie herabschaute.

So blieben Manuel und Niafer auf Sargyll, bis das Baby gebracht werden sollte. König Ferdinand, der gerade mitten in einem weiteren Feldzug gegen die Mauren stand, konnte im Augenblick ohnehin nichts für seinen Lehensmann tun. Doch prächtig gekleidete Boten kamen von Raymond Bérenger und von König Helmas und von Königin Stultitia, jeder, um dieses oder jenes mit der Zeit mögliche Bündnis zu besprechen. Alle waren sie sehr freundlich, wenn auch etwas unbestimmt. Aber Manuel dachte zur Zeit nur an Niafer und an das Kind, das kommen sollte, und hatte mit Politik wenig im Sinn.

Dann kamen auch zwei andere Schiffe, die mit Herzogs Asmunds Männern beladen waren, um zu versuchen, Manuel gefangen zu nehmen. Und so sandte ihnen Freydis ein Gesicht, das sie heulend wie Wölfe über das Deck laufen und ihre Schwerter und Flügelhelme wegwerfen und einen mit Händen und Zähnen gegen den anderen kämpfen ließ, bis keiner mehr am Leben war.

Der Monat ging somit ohne besondere Vorkommnisse ins Land. Und Niafer und Freydis wurden die besten und engsten

Freundinnen, und ihre Herzlichkeit im Umgang miteinander hätte in jedem kundigen Beobachter die schlimmsten Befürchtungen geweckt.

»Sie scheint ja eine sehr gutherzige Person zu sein«, gestand Niafer in ehelicher Zweisamkeit ihrem Gatten, »wenngleich sie gewiß seltsame Anwandlungen hat. Stell dir vor, Manuel, sie zeigte mir heute mittag zehn unheimlich komische Figuren, die – aber nein, das wirst du nie erraten! – die sie tatsächlich irgendwann einmal zum Leben erwecken will, ebenso wie du damals mich, als du mein Gesicht und meine Arme und Beine und so ziemlich alles andere auch falsch hinbekommen hast.«

»Wann will sie sie beleben?« fragte Manuel, um dann hinzuzufügen: »Es ist übrigens nicht wahr, lieber Wicht, aber ich will darüber jetzt keine Diskussion anfangen.«

»Das ist ja das Komische daran, und ich kann gut verstehen, daß du nicht unbedingt zugeben willst, wie wenig du von mir in Erinnerung behalten hattest. Wenn der Mann, der sie gemacht hat, seinen gerechten Lohn erhalten habe, sagte sie, und das, Manuel, mit dem erschreckendsten Gesichtsausdruck, den ich je gesehen habe.«

»Wie sahen diese Figuren aus?« fragte Dom Manuel.

Niafer beschrieb sie; ihre Beschreibung war wenig schmeichelhaft, aber es gab keinen Zweifel daran, daß dies die Figuren waren, die Manuel unbelebt in Obermorven zurückgelassen hatte.

Manuel nickte, lächelte und sagte: »So soll der Mann, der sie gemacht hat, also seinen gerechten Lohn erhalten! Nun, das ist ermutigend; denn wahrer Verdienst sollte immer belohnt werden.«

»Aber Manuel, wenn du ihren Blick gesehen hättest! Und wenn du gesehen hättest, was für schrecklich mißgestaltete Geschöpfe das waren –!«

»Unsinn!« sagte Manuel unerschüttert. »Du bist ein lieber Wicht, aber das macht dich nicht zu einem kompetenten Kritiker, was Physiognomie oder Kunst betrifft.«

So drängte er die Sache mit einem Lachen beiseite; und dies war, wie sich zeigen sollte, das letzte, was Manuel je von den zehn Bildnissen hörte, die er in Obermorven geschaffen hatte.

Aber man behauptet in Poictesme, daß Königin Freydis diesen Figuren Leben verlieh, jeder zu seiner Zeit, und daß ihre Zauberei sie als Menschen unter die Menschheit schickte, mit nicht sehr glücklichen Folgen, weil diese Bildnisse sich von natürlich gezeugten Personen dadurch unterschieden, daß sie in sich einen Funken des Lebens von Audela trugen.

Also lebten Manuel und sein Weib ohne besondere Zwischenfälle, bis der August herankam, und alldieweil gab es keine umsichtigere und rücksichtsvollere Gastgeberin als Königin Freydis, und niemand hätte geargwöhnt, daß ihr Haushalt in Wirklichkeit auf Zauberei gegründet war. Es war nur dadurch, daß Manuel eines Morgens zufälligerweise sehr früh aufstand, um einem dringenden Bedürfnis zu folgen, daß er durch die Empfangshalle kam, als sich, im Augenblick des Sonnenaufgangs, der Nachtportier in eine orangefarbene Ratte verwandelte und in den Abfluß kroch; aber Manuel erzählte natürlich niemandem etwas davon, weil es ihn ja eigentlich nichts anging.

XXVIII

Wie Melicent empfangen wurde

So ging der Monat zur allseitigen Zufriedenheit und ohne besondere Vorkommnisse ins Land, während Königin Freydis' Dienerschaft sich in jeder Hinsicht so benahm, als ob es menschliche Wesen wären; und am Ende des Monats kam dann der Storch.

Manuel und Niafer angelten an jenem Tage noch ziemlich spät am Flußufer, als sie den großen Vogel näherkommen sahen. Sie sahen ihn weiß im Abendlicht blitzen, bis auf die dünnen roten Beine und die blauen Schattierungen unter seinen Flügeln. Von seinem Schnabel hing ein mittelgroßes Bündel herab, das in ein hellblaues Tuch eingeschlagen war, so daß sie mit einem Blick sahen, daß der Storch ein Mädchen brachte.

Der Storch landete würdevoll auf dem Fenstersims, als sei dies für ihn der übliche Weg, in ein Schlafzimmer einzudringen, und trat mit dem Kind in Manuels Gemächer ein. Dies war ein erhebender und glücklicher Augenblick für die stolzen Eltern, die ihm dabei zusahen, und sie küßten einander feierlich.

Dann ließ Niafer Manuel das Angelgerät einpacken; sie selbst aber eilte ins Haus, um dem Storch den ersten seiner Schuldscheine im Austausch für das Baby zurückzugeben. Und wie Manuel noch dabei war, die Angelschnüre einzuholen, kam Königin Freydis zu ihm; denn auch sie hatte die Ankunft des Storchs gesehen und war, wie sie mit einem gemessenen Lächeln sagte, wohl zufrieden, daß die Sache so weit geklärt war.

»Denn jetzt, wo der Storch gekommen ist, können auch andere kommen«, sprach Freydis, »und wir werden das freudige Ereignis heute nacht mit einem frohen Fest zu Ehren deines Kindes begehen.«

»Das ist sehr freundlich und bezeichnend von dir«, meinte Manuel, »Aber ich nehme an, du möchtest gern, daß ich dabei eine Rede halte, und ich bin völlig unvorbereitet.«

»Nein, wir wollen keine deiner hochgeistigen und niederschmetternden Reden bei unserem Bankett haben. Nein, denn dein Platz ist an der Seite deiner Frau. Nein, Manuel, du bist zu diesem Fest nicht geladen, und sei es auch noch so sehr zu Ehren deines Kindes. Nein, nein, grauer Manuel, du mußt heute abend und die ganze Nacht hindurch oben bleiben; denn dieses Fest ist für jene, die mir dienen, und du dienst mir nicht mehr, und die Wege derer, die mir dienen, sind nicht deine Wege.«

»Ah!« sprach Manuel. »Dann ist dort also Magie im Gange! Ja, Freydis, ich habe mit solchen Sachen nichts mehr zu tun. Und während ich nicht für einen Augenblick den Anschein erwecken möchte, irgend jemanden kritisieren zu wollen, so hoffe ich doch, daß du dich auch auf kurz oder lang irgendwo häuslich niederlassen wirst, mit irgendeinem netten, anständigen Mann, und diese leeren Frivolitäten zugunsten der höheren und wirklichen Freuden des Lebens aufgeben wirst.«

»Und was sind diese Freuden, grauer Manuel?«

»Die Freude, die man beim Anblick seiner Kinder verspürt, die glücklich um den eigenen Herd herum spielen und sich zu ehrenhaften Männern und anmutigen Frauen entwickeln und ihrerseits ihre Kinder zu dir bringen, daß sie sich um deine müden alten Knie drängen, wenn die Winterabende sich neigen, und in dem warmen Feuerschein lächelst du über die Lockenköpfe dieser Kindeskinder dem lieben, runzligen, weißhaarigen Antlitz deiner geliebten und zeiterprobten Lebensgefährtin zu und bist, alles in allem, mit deinem Leben zufrieden und weißt, daß im großen und ganzen der Himmel eher unverdient freundlich zu dir gewesen ist«, sprach Manuel seufzend. »Ja, Freydis, ja, du magst mir glauben, daß solchermaßen die wahren Freuden des Lebens sind und daß solche Freuden zu suchen viel gewinnbringender ist als die müßigen Späße der Hexerei und Zauberkunst, welche in deinem Alter, wenn du mir ein offenes Wort gestattest, kaum der Würde einer Frau entsprechen.«

Freydis schüttelte ihr Haupt. Ihr Lächeln war grimmig.

»Zweifellos werde ich dich nie verstehen. Du brabbelnder Patriarch, wie kann jemand nur bereits von ein oder zwei Dutzend Enkelkindern reden, bloß weil er eine fünf Minuten alte Tochter hat, die er noch nicht einmal gesehen hat? Noch liegt die Zukunft jenes Kindes, mag sein, in deinem Ermessen. Aber geh nun zu deiner Frau, denn es ist Niafers Mann, der hier redet, und nicht der meine. Geh hinauf zu ihr, Methusalem, und sieh das neue Leben an, das du geschaffen hast und dessen du nie mehr Herr sein wirst.«

Manuel ging zu Niafer und fand sie über ihrem Nähzeug sitzen. »Meine Liebe, das geht aber so nicht, denn du solltest mit dem neugeborenen Kind im Bett liegen, wie es der Brauch bei den Müttern Philistias ist.«

»Was für ein Unsinn!« sprach Niafer. »Wo ich doch erst einmal jede einzelne rosa Schleife gegen blaue Schleifchen austauschen muß.«

»Und doch, Niafer, ist es ungemein wichtig für uns, die Philister in jeder Hinsicht zufriedenzustellen, was diese etwas delikate Angelegenheit mit dem Baby betrifft.«

Niafer murrte zwar, aber sie gehorchte. Alsbald lag sie in Freydis' goldenem Bett; dann blickte Manuel pflichtschuldig auf den Inhalt des kleinen lebendigen Bündels an Niafers Seite, und ob er die konventionellen Gipfel der Emotion erreichte oder nicht, ging niemanden etwas an außer Manuel. Er begann auf jeden Fall in der Art und Weise zu reden, wie Väter es gewöhnlich bei solchen Anlässen für erforderlich halten. Aber Niafer, die in diesen Tagen nie romantisch war, sagte nur, es sei jedenfalls ein Segen, daß alles vorbei sei, und sie hoffe jetzt, daß sie Sargyll so bald wie möglich verlassen würden.

»Aber Freydis ist doch so nett zu uns, meine Liebe«, sagte Manuel, »und ihr seid doch so gute Freunde geworden!«

»Ich habe nie in meinem Leben«, erklärte Niafer, »irgendeine Frau gekannt, die sich so verändert hat wie jene doppelgesichtige Katze, seit ich sie das erstemal auf ihrem hohen Roß sitzen und mit ihren Schlangenaugen auf dich herabblicken sah. Was ihre Freundschaft betrifft, so traue ich ihr genauso weit, wie ich gucken kann.«

»Und doch, Niafer, habe ich dich immer wieder beteuern hören –«

»Aber wenn das so war, Manuel, so geschah es aus Höflichkeit.«

Manuel zuckte taktvoll nur die Achseln. »Ihr Frauen«, meinte er nur.

»Als wäre es nicht so offensichtlich wie die Nase auf ihrem Gesicht – und ich nehme nicht an, daß selbst du, Manuel, bestreiten wirst, daß sie eine wirklich gute Nase hat –, daß es der Frau einfach in den Fingern juckt, einen Narren aus dir zu machen und dich dem Gespött der Öffentlichkeit preiszugeben. Manuel, ich sage dir, ich habe keine Geduld mit dir, wenn du so unbestreitbare Tatsachen zu bestreiten versuchst!«

Manuel, mit noch größerem Takt, sagte jetzt überhaupt nichts mehr.

»Und du magst reden, bis du schwarz im Gesicht bist, Manuel, aber ich werde das Kind trotzdem Melicent nennen, nach meiner eigenen Mutter, sobald sich ein Priester vom Festland finden läßt, um sie zu taufen. Nein, Manuel, es ist ja alles schön und gut für deine liebe Freundin, sich als eine graue Hexe zu bezeichnen, aber ich stelle fest, daß kein Priester in dieses Haus kommt, wenn man nicht eigens nach ihm schickt, und ich ziehe meine eigenen Schlüsse daraus.«

»Gut, gut, laß uns nicht weiter darüber streiten, meine Liebe.«

»Ja, aber wer hat mit diesen ganzen Streitereien und Vorwürfen angefangen, möchte ich wohl wissen!«

»Oh, das war wohl ich. Aber ich sprach ohne Überlegung. Ich hatte unrecht. Ich gebe es zu. So reg dich bitte nicht auf, ieber Wicht.«

»Und als ob ich etwas dafür könnte, daß es kein Junge ist!«

»Aber das habe ich nie gesagt –«

»Nein, aber du hast es gedacht und denkst es immer noch, und wenn du schmollst, ist das das einzige, was ich nicht ertragen kann. Nein, Manuel, nein, ich beschwere mich nicht, aber ich denke, nach allem, was ich durchgemacht habe, von wegen in Zelten zu schlafen und vor Nordmännern davonzurennen, und niemals einen Augenblick Ruhe und Bequemlichkeit, nachdem ich natürlicherweise damit gerechnet hatte, eine richtige Gräfin zu sein –« Niafer schluchzte, halb schon im Schlaf.

»Ja, ja«, sprach Manuel und strich ihr über das weiche, krause Haar.

»Und diese glatte Höllenkatze, die mich die ganze Zeit beobachtet hat – und sieht dabei zehn Jahre jünger aus als ich, wo du mein Gesicht und meine Beine ganz falsch hinbekommen hast – und wer weiß, was sie jetzt wieder plant –«

»Ja, gewiß«, sprach Manuel besänftigend. »Du hast ganz recht, meine Liebe.«

So wurde es still, und alsbald schlief Niafer ein. Manuel saß mit gebeugten Schultern da und blickte auf die Frau, die er um den Preis seiner Jugend aus dem Paradies zurückgeholt hatte. Sein Gesicht war ernst, seine Lippen waren geschürzt und vorgestülpt. Dann, nach und nach, begann er zu lächeln, und er schüttelte den Kopf. Er seufzte, nicht wie einer, den ein Kummer drückt, sondern wie ein Mann, der verwirrt und ein wenig müde ist.

Einige Zeit aber, nachdem Niafer eingeschlafen und als die Nacht schon ein gut Teil fortgeschritten war, konnte man ein Zischen und ein Schnauben in der Luft hören. Manuel trat ans Fenster und hob den scharlachroten Vorhang, der mit sich aufbäumenden goldenen Drachen besetzt war, und er sah hinaus, um eine große Anzahl von winzigen bläulichen Lichtern zu finden, die in einem verwirrenden Spiel wie leuchtende Flöhe durch die Dunkelheit hüpften. Diese näherten sich dem Flußufer und sammelten sich dort. Dann begannen die versammelten Lichter auf das Haus zuzukommen. Man konnte jetzt sehen, daß diese Lichter von Zwergen getragen wurden, die Eulenaugen und lange Storchenschnäbel hatten. Diese Zwerge hüpften und tanzten wie eine verrückte Leibwache um Freydis herum. Freydis wandelte in einer sehr bemerkenswerten Aufmachung zwischen ihnen. Auf ihrem Kopf glänzte die Uräuskrone, und sie trug ein langes Zepter aus Zedernholz mit einem Apfel aus blauem Tonsandstein an dessen Spitze, und an ihrer Seite ging die Erscheinung eines hochgewachsenen jungen Mannes.

So näherten sie sich dem Haus, und der junge Mann starrte fortwährend zu dem unerleuchteten Fenster hinauf, als ob er Manuel ansähe. Der junge Mann lächelte; seine Zähne strahlten hell in dem bläulichen Licht. Dann betrat die ganze Gesellschaft das Haus, und von Manuels Ausguck am Fenster aus konnte man nichts mehr sehen, aber man konnte drunten kleine tanzende Huftritte und das Klappern von Tellern und viel wieherndes Gelächter hören. Manuel zupfte unschlüssig an seinem ergrauten Bärtlein; denn es gab keinen Zweifel darüber, wer der stramme junge Bursche war.

Alsdann konnte man Musik hören; es war die berückende Nis-Melodie, die den Geist in süße Verwirrung und Vergessenheit stürzt, und Manuel machte keinen augenscheinlichen Versuch, ihrem Zauber zu widerstehen. Er entkleidete sich hastig, kniete kurz nieder und kletterte dann innerlich aufgewühlt ins Bett.

XXIX

Sesphra von den Träumen

Am Morgen stand Dom Manuel früh auf und ließ Niafer noch schlafend mit dem Baby zurück. Manuel kam hinab in die Empfangshalle, wo der Tisch immer so stand, wie die Festgäste ihn verlassen hatten. In der Mitte des unaufgeräumten Raumes stand ein riesiges, noch halb volles Kupfergefäß und daneben ein Trinkhorn aus Gold. Manuel hielt hier und trank von dem süßen Heidewein, als spüre er die Notwendigkeit, sich zu stärken.

Er trat in den hellen, windigen Morgen hinaus, und als er über den Rasen kam, sah er eine Kuh mit dem Rücken zu ihm auf den Hinterbeinen sitzen und in einem großen Buch lesen, das in grünes Leder gebunden war; aber als sie Manuels ansichtig wurde, legte sie den Folianten hastig beiseite und begann das Gras abzuweiden. Manuel ging ohne Kommentar weiter in Richtung des Flußufers, um die Konfrontation mit dem Bildnis zu suchen, das er aus Lehm gemacht und dem er durch unheilige Künste Leben gegeben hatte.

Das Ding tauchte aus den glänzenden Wellen des braunen Wassers empor, und das Ding umarmte Manuel und küßte ihn. »Ich bin ein heidnisches Wesen«, sagte das Ding mit einer süßen, traurigen Stimme, »und daher durfte ich erst zu dir kommen, als du deine Liebe einem Ungetauften schenktest. Denn ich bin nie getauft worden, und so ist mein wahrer Namen niemandem bekannt. Doch in den fernen Landen, wo ich als Gott verehrt werde, nennt man mich Sesphra von den Träumen.«

»Ich habe dir keinen Namen gegeben«, sagte Manuel; und dann sagte er: »Sesphra, der du die Erscheinung Alianoras und meiner Jugend hast! Sesphra, wie schön du bist!«

»Ist das der Grund, weshalb du zitterst, Manuel?«

»Ich zittere, weil ich bis in die Tiefen meines Seins erschüttert bin. Seit in den hohen Wäldern von Dun Vlechlan die Jugend aus mir wich, habe ich Tage aus kleinen Ärgernissen und kleinen Freuden und nur halb ernst zu nehmenden Wünschen durchlebt, die sich an der Oberfläche meines Seins bewegten wie Elritzen in den flachen Randgewässern eines stillen Sees. Aber jetzt, wo ich dich gesehen und gehört habe, Sesphra von den Träumen, und deine Lippen meine Lippen berührt haben, rührt sich in mir eine Leidenschaft, die mich ganz durchdringt, und ich habe Angst.«

»Es ist die Leidenschaft, die diejenigen erfüllt, die Bildnisse schaffen. Es ist der Meister, den du verleugnet hast, armer närrischer Manuel, und der Meister, der keine Verleugnung hinnehmen wird.«

»Sesphra, was willst du nun von mir?«

»Es ist mein Wille, daß du und ich von hier fort auf eine lange Reise gehen, in die fernen Lande, wo ich als Gott verehrt werde. Denn ich liebe dich, mein Schöpfer, der mir Leben gab, und du liebst mich mehr als irgend etwas sonst, und es ist nicht recht, daß wir getrennt sein sollten.«

»Ich kann nicht auf irgendeine Reise gehen, gerade jetzt, denn ich habe mein Land und meine Schlösser wiederzuerlangen und für meine Frau und mein Kind zu sorgen.«

Sesphra begann allerliebst zu lächeln; man sah, daß seine Zähne seltsam weiß und sehr stark waren. »Was bedeuten diese Dinge dir oder mir oder irgend jemandem, der Bildnisse macht? Wir folgen unserem eigenen Willen und unserem eigenen Begehr.«

»So habe ich einstmals gelebt«, sagte Manuel seufzend, »aber heutzutage liegt eine Verpflichtung auf mir, für meine Frau zu sorgen und auch für mein Kind, und ich habe nicht viel Muße für irgend etwas anderes.«

Dann begann Sesphra allerliebst zu reden, wie er mit einem Arm um Dom Manuel am Flußufer entlang ging. Immer hinkte Sesphra, wenn er ging. Ein steifer und hartnäckiger Wind wellte das breite, glänzende braune Wasser, und wie sie so gingen, stieß sie der Wind und zerrte an ihren Kleidern. Manuel hielt mit einer Hand seinen Hut fest, und mit der anderen hielt er den lahmen Sesphra von den Träumen. Sesphra redete von Dingen, die nicht wiedergegeben werden sollen.

»Das ist ein hübscher Ring, den du da hast«, meinte Sesphra auf einmal.

»Es ist der Ring, den meine Frau mir gegeben hat, als wir geheiratet haben«, entgegnete Manuel.

»Dann mußt du ihn mir geben, lieber Manuel.«

»Nein, nein, ich kann mich nicht davon trennen.«

»Aber er ist schön, und ich will ihn«, sagte Sesphra. So gab Manuel ihm den Ring.

Nun begann Sesphra wieder von Dingen zu reden, die nicht wiedergegeben werden sollen.

»Sesphra von den Träumen«, sprach Manuel sodann, »du verhext mich; denn wenn ich dir zuhöre, sehe ich, daß Manuels gefährdete Ländereien einen so geringen Teil der Erde ausmachen, wie ein Sandkorn zu dem Uferstrand beiträgt, auf dem wir hier entlang gehen. Ich sehe meine teure Gattin Niafer als eine ganz alltägliche und gewöhnliche Frau, die sich in keiner Weise von den Millionen solcher Frauen abhebt, die in diesem Augenblick das Frühstück bereiten oder sich mit anderen täglichen Dingen abplagen. Ich sehe mein neugeborenes Kind als ein schreiendes Stück Fleisch. Und ich sehe Sesphra, den ich so stark und seltsam und schön gemacht habe, und es ist, als ob sich in einem Traum jener hartnäckige Wind in meinen Ohren mit der süßen Stimme Sesphras vermischte, während du von Dingen redest, von denen zu reden gefährlich ist.«

»Ja, so ist es, Manuel, und so sollte es auch sein, und so wird es fortan auch sein, solange dir das Leben gewährt bleibt. Und so laß uns in das Haus gehen und lustige Briefe an König Helmas und Raymond Bérenger und an Königin Stultitia schreiben, als Antwort auf die schönen Angebote, die sie dir gemacht haben.«

Sie kamen zurück in die leere Festhalle. Dieser Raum war mit Platten aus Perlmutt und Kupfer ausgelegt; sechs Säulen aus Porphyr stützten die Empore für die Musiker. Am anderen Ende standen zwei Urnen aus Alabaster auf grünen Podesten, die mit goldenen Inschriften in dem alten Dirgham bedeckt waren.

Hier räumte Manuel die Teller aus getriebenem Silber von

einer Ecke des Tisches beiseite. Er nahm Feder und Tinte, und Sesphra sagte ihm , was er schreiben sollte.

Sesphra saß mit gefalteten Armen, und während er diktierte, blickte er zur Decke empor. Die Decke war mit Mosaik eingelegt; sie zeigte vier geflügelte Geschöpfe, die ihre Gesichter mit roten und orangegelben Flügeln verhüllten; von dieser Decke hingen an bronzenen Ketten Straußeneier, Bronzelampen und kristallene Kugeln herab.

»Aber dies sind recht unverschämte Antworten«, bemerkte Dom Manuel, als er zu Ende geschrieben hatte, »und sie werden ihre Empfänger wütend machen. Diese Fürsten, Sesphra, sind meine guten Freunde, und sie sind mächtige Freunde, von deren Gunst ich abhängig bin.«

»Ja, aber wie schön diese Antworten doch formuliert sind! Sieh doch hier, lieber Manuel, wie amüsant du König Helmas' scheußliche Nase in deinem Brief an König Helmas beschrieben hast und welch scharfer Witz aus dem Absatz über die Schuppen seiner Frau spricht, die einst eine Meermaid war –«

»Ich gebe zu, daß diese Passage recht originell ist –«

»– und das, was du in deinem Brief an die fromme Königin Stultitia über die Absurditäten der Religion sagst, und wie du dich über ihre Brille lustig machst, das sind Meisterstücke des Paradoxes und höchst exquisiter Prosa –«

»Diese Stücke sind, wie ich zugeben muß, recht nett geraten –«

»– und daher muß ich darauf bestehen, daß diese Antworten ihren Empfängern unverzüglich zugesandt werden, damit die Leute dich überall bewundern lernen.«

»Aber all diese Fürsten sind meine Freunde, Sesphra, und ihr Wohlwollen ist unerläßlich für mich.«

»Nein, Manuel! Denn du und ich werden uns nicht mehr um diese dummen Fürsten scheren, noch wirst du irgendwelche Freunde außer mir brauchen; denn wir werden zu diesem und jenem fernen Ort reisen, und unsere Art zu leben wird so und so sein, und wir werden so und so handeln, und wir werden überallhin reisen und die Enden dieser Welt sehen und darüber urteilen. Und wir werden uns nie mehr trennen, bis du stirbst.«

»Was wird dann aus dir, lieber Sesphra?« fragte Manuel ihn liebevoll.

»Ich werde dich überleben, wie alle Götter ihre Schöpfer überlebt haben. Und ich muß es Menschen schwachen Geistes, die von nutzlosen Studien und Altersschwachsinn in entsprechender Weise beeinträchtigt worden sind, überlassen, dein Monument zu errichten. Das ist die Art, wie alle Götter mit ihren Schöpfern zu verfahren verdammt sind, aber das braucht uns jetzt noch nicht zu bekümmern.«

»Nein«, sagte Manuel, »ich kann nicht mit dir gehen. Denn in meinem Herzen beginnt sich eine solche Liebe zu dir zu entzünden, daß sie mir Angst macht.«

»Durch Liebe gelangen die Menschen zum Glück, armer, einsamer Manuel.«

Nun, als Manuel Sesphra antwortete, war in Manuels Gesicht Kummer und Verwirrung zu lesen. Und Manuel sagte:

»Unter deinem süßen Zauber, Sesphra, bekenne ich, daß Menschen durch Liebe zu Selbstekel und Selbstverachtung gelangen, und aus diesem Grunde will ich nicht mehr lieben. Atemlos rennen die ranken Burschen, um nach den Sternen zu greifen, über den Rand eines schlammigen Pfühls, und es ist nur eine Frage der Zeit, bis ihnen selbige ein Bein stellt. Oh, Sesphra von den Träumen, du hast mich unter den Bann einer starken Magie gezwungen, daß ich voller Entsetzen die Wahrheit über meine lang gehüteten Lippen strömen höre, die mir nicht länger gehorchen ob deines süßen Zaubers.

Siehst du, allerliebster und allbezwingender Sesphra, ich bin manch hoher Liebe gefolgt. Ich habe die Hand nach der Unerreichbaren Prinzessin und danach nach der unerreichbaren Königin einer Rasse ausgestreckt, die edler und mächtiger als die unsere ist, und danach wollte ich keine geringere Liebe erlangen als die eines unerreichbaren Engels im Paradies. Hah, meine Liebe galt immer schon dem, was über mir stand; so war mein Ruf in den alten Tagen, und derart waren die unbezähmbaren Begehren, die eines nach dem anderen mein Leben mit süßem Zauber verklärt und wunderbar gemacht haben.

Der Teufel dabei war, daß diese stolzen Ziele nicht unerreicht blieben! Statt dessen wurde ich dazu verflucht, meinen

Willen zu bekommen, und immer war der Lohn meines Strebens am Ende alles andere als wunderbar und selten, sondern jene ganz gewöhnliche, irdene Gestalt einer menschlichen Frau, wie eine Figur aus Lehm. Und immer habe ich mich an einem klammen Morgen mit Abscheu vor mir selbst von jenem närrischen Verlangen abgewandt, das nach solchen Dingen gestrebt hatte, die der Besitz ihres süßen Zaubers entkleidete, so daß sie sich, wenn erst einmal besessen, zwar als ganz nett aber in keiner Weise mehr wunderbar erwiesen.

Nein, Sesphra, nein: ein Mann ist so beschaffen, daß er danach verlangen muß, sich mit der einen oder anderen Frau zu vereinen, und er ist darüber hinaus so beschaffen, daß sich mit einer Frau zu vereinen sein Verlangen nicht zufriedenstellt. Und in diesem Spiel gibt es nichts zu gewinnen; denn das Ende des Liebens muß für jedermann außer für jene glücklichen Personen, deren Liebe nicht erfüllt wird, immer Selbstekel und Selbstverachtung bedeuten, welche die Weisen in Schweigen ertragen und über die sie nicht reden, wie ich jetzt unter deinem süßen Zauber rede.«

Da lächelte Sesphra ein wenig und sagte: »Und doch, armer Manuel, gibt es, wie man mir sagt, nirgends einen getreueren Gatten als dich.«

»Ich bin an sie gewöhnt«, sprach Manuel leise, »und ich nehme an, wenn man sie mir wegnähme, würde ich wieder versuchen, sie zurückzuholen. Und ich will nicht ihr armes, närrisches Herz dadurch verletzen, daß ich gegen ihre närrischen Vorstellungen angehe. Außerdem habe ich ein bißchen Angst vor ihr, weil sie es immer fertig bringt, mich befangen zu machen. Und vor allem muß natürlich der Held einer so berühmten Liebesgeschichte, wie die unsere sie geworden ist, so daß diese verdammten Dichter jetzt überall Verse über meine Treue und Hingabe schmieden, den Schein wahren. So komme ich irgendwie durch den Tag, indem ich nie sehr aufmerksam auf die endlosen Dinge lausche, die sie mir erzählt. Aber ich frage mich oft, wie sich sicher alle Ehemänner fragen, wieso der Himmel je eine so langweilige und so unvernünftige und so voreingenommene Kreatur erschaffen konnte. Und wenn ich daran denke, daß für den Rest der Zeit diese Kreatur meine Lebensgefährtin sein soll, dann gehe ich gewöhnlich hinaus und bringe jemanden um. Dann komme ich zurück, weil sie weiß, wie ich gern meinen Toast habe.«

»Statt dessen, lieber Manuel, mußt du von dieser Frau weggehen, die dich nicht versteht –«

»Ja«, sagte Manuel voll Überzeugung, »das ist das Problem.«

»– und du mußt mit mir kommen, der dich voll und ganz versteht. Und wir werden überallhin reisen, so daß wir die Enden dieser Welt sehen und über sie urteilen werden.«

»Du führst mich in Versuchung, Sesphra, mit einem alten, unstillbaren Verlangen, und du hast mir einen starken Zauber auferlegt, aber nein, ich kann nicht mit dir kommen.«

Sesphras Hand schloß sich zärtlich um Manuels Hand.

Manuel sagte: »Gut, ich werde mit dir kommen. Aber was soll aus der Frau und dem Kind werden, die ich einsam und allein zurücklasse?«

»Das ist wahr. Es wird niemanden mehr geben, der sich um sie kümmert, und sie werden elendig zugrundegehen. Doch das ist unwichtig; vielleicht aber wäre es im ganzen gesehen besser, wenn du sie töten würdest, bevor wir von Sargyll losziehen.«

»Also gut«, sprach Manuel, »ich werde es tun, aber du mußt mit mir in das Zimmer hinaufgehen; denn ich könnte es nicht ertragen, dich auch nur für kurze Zeit aus den Augen zu verlieren.«

Jetzt lächelte Sesphra und seine Zähne blitzten. »Ich werde dich nie mehr verlassen, bis du tot bist.«

XXX

Abschied von Freydis

Sie gingen zusammen hinauf in das Zimmer mit den roten Vorhängen und zu dem goldenen Bett, wo mit sieben verschiedenen Früchten auf dem Nachttisch neben ihr Dom Manuels

Frau Niafer zu schlafen lag. Manuel zog seinen Dolch. Niafer drehte sich im Schlaf um, so daß sie die Rundung ihres kleinen Halses dem erhobenen Messer darzubieten schien. Man konnte nun sehen, daß auf der anderen Seite des goldenen Bettes Königin Freydis saß, umgeben von einem Rausch von Farben und in ihrem Schoß das nackte, neugeborene Kind.

Freydis erhob sich, wobei sie das Kind an ihre Brust hielt und lächelte. Ein Teufel mochte so lächeln, wenn er eine neue Qual für verlorene Seelen ersann, aber das Gesicht einer schönen Frau sollte nicht so grausam sein. Dann wich diese böse Freude aus Freydis' Gesicht. Sie tauchte ihre Finger in das Wasserbecken, in dem sie das Kind gebadet hatte, und mit ihren Fingerspitzen machte sie auf die Stirn des Kindes das Zeichen des Kreuzes.

Und Freydis sprach: »Melicent, ich taufe dich im Namen des Vaters und des Sohnes und des Heiligen Geistes.«

Sesphra sprang heulend auf das Kaminfeuer zu und rief: »Ein Pfennig, ein Pfennig, zwei Pfennig, anderthalb Pfennig und ein halber Pfennig!«

Auf seinen Ruf hin schossen hohe Flammen auf, und Sesphra fuhr zwischen diese Flammen, wie ein Mensch durch einen geteilten Vorhang tritt, und alsgleich fiel das Feuer zusammen und war, wie es zuvor gewesen war. Freydis' Hände woben bereits geschickt einen Schlafzauber, so daß Niafer sich nicht rührte. Freydis war heute prunkvoll in flammenfarbene Seide gewandet, und um ihr dunkles Haar war ein Reif aus brüniertem Kupfer.

Manuel hatte den Dolch fallen lassen, so daß seine Spitze sich in den Fußboden gebohrt hatte und die Waffe zitternd aufrecht stand. Aber Manuel war für einen Augenblick mehr erschüttert als der zitternde Dolch: Schrecken und Selbstabscheu waren es, die ihn durchbebten. So stand er für einen Moment stumm und blickte auf Dame Niafer, die den Schlaf der Gerechten schlief, und auf die feuerfarbene Freydis, die recht seltsam lächelte, und dann kehrte die alte Gelassenheit zu ihm zurück.

»Brecher aller Eide«, sprach Freydis, »laß dir sagen, daß dieser Sesphra von heidnischer Natur ist und nicht gedeihen kann außer unter jenen, deren Liebe den Ungetauften gilt. Daher konnte er nicht vor der Ankunft dieses kleinen Heidenkindes, das ich soeben getauft habe, nach Sargyll kommen. Jetzt haben wir nur christliche Schrecken hier, und wieder liegt dein Schicksal in meiner Hand.«

Dom Manuel blickte ernst. »Freydis«, sagte er, »du hast mich vor einer sehr unschicklichen Tat bewahrt. Einen Augenblick später, und ich hätte meine Frau und mein Kind getötet, da ich der Magie dieses Sesphra nicht widerstehen konnte.«

Darauf sprach Freydis, die immer noch ein seltsames geheimes Lächeln auf ihrem Gesicht trug: »In der Tat läßt sich kaum ausmalen, zu was für Narrheit und Elend Sesphra dich verleitet hätte. Denn du hast seine Beine ungleich geschaffen, und er hat dir seine Lahmheit nie verziehen.«

»Das Ding ist ein Teufel«, sagte Manuel. »Und dies ist die Figur, die ich zu machen begehrte, dies ist das Kind meiner langen Träume und Mühen! Dies ist das Geschöpf, das nach meinem Willen bewundernswerter und bedeutender als die eintönigen Menschen werden sollte, die ich in Straßen und Gassen und Palästen fand! Fürwahr, ich habe eine schreckliche Pest zum Elend der Menschheit losgelassen, der ich in keiner Weise Herr werden kann.«

»Das Ding ist du selbst, wie du einst warst, grauer Manuel. Du besaßest Frische und Geist, Jugend und Mut, und diese gabst du dem Bild und schufst es stolz nach dem Willen deiner stolzen Jugend und nach deiner stolzen Jugend Bild. Doch menschliches Mitgefühl und irgendeine währende Liebe hattest du damals nicht zu geben, weder deinen Mitmenschen noch jener schönen Figur, die du machtest, noch, ganz gewißlich, mir. So vergnügtest du dich damit, Sesphra so zu schaffen und auch mich zu dem zu machen, wie und was wir heute sind.«

Und wieder spiegelten sich jetzt aufkeimende böse Gedanken im Gesicht dieser klugen flammenden Frau, die noch vor kurzer Zeit erst König Thibaut und den Herzog von Istria und jene anderen liebestollen Fürsten zugrunde gerichtet hatte. Und Dom Manuel begann sie mit anderen, schärferen Augen anzusehen.

In Manuels Schuhen hätte sich der durchschnittliche Betrachter schon lange zuvor überlegt, daß Manuel, seine Frau und sein Kind an diesem zaubermächtigen Ort den Launen und den unheilsamen Dienern einer nicht sehr zuverlässig wirkenden Hexerin ausgeliefert waren. Der durchschnittliche Beobachter hätte sich unangenehm an jenen ungewöhnlichen Panther und an jenen unbehaglichen Nachtportier und an den Wahnsinn, der Herzog Asmunds Männer getroffen hatte, und an das häßliche Klappern der kleinen Hufe der Zwerge mit dem schrillen Gelächter erinnert; und für den durchschnittlichen Beobachter wäre dieser Raum ein Ort gewesen, von dem man sich viele Meilen entfernt zu sein gewünscht hätte.

Aber Dom Manuel sagte mit jovialem Lachen und der Direktheit, die ihm eigen war: »Du sprichst, als seist du nicht jeden Tag bewundernswerter geworden, liebe Freydis, und als ob es mir nicht ungemein schmeicheln würde, zu glauben, daß ich einen Anteil an dieser Vervollkommnung hätte. Du solltest nicht so unverblümt nach Komplimenten fischen.«

Die dunklen Glanzpunkte, die ihre Augen waren, hatten sich verengt, und sie blickte auf seine Hände. Dann sagte Freydis: »Ich sehe winzige Schweißtropfen auf deinen Handrükken, grauer Manuel, und so allein weiß ich, daß du mächtige Angst verspürst. Ja, du bist recht wundersam, selbst jetzt.«

»Wovor soll ich Angst haben? Aber ich bin natürlich ein wenig außer Fassung durch das, was hier soeben geschehen ist. Das würde jedem so gehen. Denn ich weiß nicht, wessen ich in Zukunft gewahr sein muß, und ich wünschte mir, ich hätte mich nie mit diesem unglückseligen Geschäft abgegeben, Dinge zu schaffen, derer ich später nicht Herr werden kann.«

Königin Freydis bewegte sich in schimmerndem Glanz auf das Kaminfeuer zu. Dort verhielt sie und blickte nachdenklich auf das Spiel der kleinen Flammen. »Doch hast du nicht wiederum viel Elend geschaffen, als du um deines Vergnügens willen diesem Kind hier Leben gabst? Sicherlich mußt du gewußt haben, daß es in ihrem Leben – wenn ihr ein solches noch lange gewährt bleibt –«, meinte Freydis nachdenklich, »weit weniger an Freude als an Kummer geben wird, denn so ist es mit dem Leben eines jeden. Doch all dies liegt gleichfalls nicht in deiner Hand. In Sesphra und in dem Kind und in mir hast du leichtfertig etwas geschaffen, dessen du nicht Herr werden kannst. Nein, ich bin es, die bestimmt, was dabei herauskommt.«

Nun kam ein goldener Panther ganz lautlos in den Raum, ließ sich zur Rechten Freydis' nieder und sah Manuel an.

»Das ist wahr«, sprach Manuel herzlich, »und ich bin sicher, daß niemand besser dazu geeignet ist als du, die Sache richtig in die Hand zu nehmen. Genau wie du sagst, Freydis, dies ist eine ernste Situation, und es sollte wirklich etwas getan werden. Also, meine liebe Freydis, was können wir tun, um diesem bezaubernden Dämon das Leben, das wir ihm gaben, wieder zu nehmen?«

»Wie könnte ich denn meinen Gemahl töten wollen?« fragte Königin Freydis, und sie lächelte allerliebst. »Oh, aber ja, dieses schöne, hinkende Kind von dir ist heute mein Gemahl – o armer, verschreckter, befangener grauer Manuel –, und ich liebe ihn; denn Sesphra ist all das, was du warst, als ich dich liebte, Manuel, und als es dir beliebte, deinen Spaß mit mir zu haben.«

Nun kam eine orangefarbene Ratte in den Raum, ließ sich auf dem Herd zur Linken Freydis' nieder und sah Dom Manuel an. Und die Ratte war so groß wie der Panther.

Dann sagte Freydis: »Nein, Manuel, Sesphra wird noch eine lange Zeit leben müssen, lang nachdem du zu Staub zerfallen bist, und er wird mit seinem hinkenden Gang überall dort zu finden sein, wo man Heiden findet, und er wird immer viel Liebe von den hochherzigen Heiden erlangen ob seiner schönen Gestalt und seiner unvergänglichen kecken Jugend. Und ob er irgendwo irgend etwas Gutes bewirken wird, ist zweifelhaft, aber gewiß wird er viel Leid bringen, und es ist ebenso gewiß, daß er bereits meinem Glück so wenig Achtung beimißt, wie du ihm einst beigemessen hast.«

Nun kam in den Raum ein anderes Geschöpf, wie kein Mensch es je im Wahn gesehen oder im Fieber erträumt hatte, und es legte sich zu Freydis' Füßen nieder, und es sah Dom Manuel an. Also niedergekauert gähnte das Geschöpf und entblößte ein alles andere als beruhigendes Gebiß.

»Nun, Freydis«, sprach Manuel leutselig, »was du mir da erzählst, gibt der Sache natürlich ein ganz neues Gesicht, und nicht um alles in der Welt würde ich die Harmonie zwischen einer Frau und ihrem Gemahl stören wollen –«

Königin Freydis sah von dem Flammen auf und blickte auf Dom Manuel. Trauer lag in ihren Augen. Dann zuckte sie die Achseln und streckte ihre Hände hoch über die Köpfe der verfluchten Tiere aus. »Und letztendlich kann ich das auch nicht tun. So geht denn hin, ihr beiden öden, unwichtigen, wohlvermählten Leute, und bleibt von der Vernichtung verschont. Ich aber werde hingehen, um meinen Gemahl zu suchen und Vergebung von ihm zu erbitten, dafür, daß ich ihn davon abgehalten habe, euch weiter zu quälen. Oh, ich war versucht, grauer Manuel, meinen schönen, großmächtigen Gatten seinen Spaß mit dir haben zu lassen und auch mit dieser mageren, häßlichen, hinkenden Gestalt und ihrem Balg, so wie du dir einstmals deinen Spaß mit mir gegönnt hattest. Auch Frauen sind so seltsam beschaffen, daß ich es letztendlich nicht ganz übers Herz bringen kann, diesem grauen, gesetzten, langweiligen Burschen, noch seinem Gesinde, ein Leid zu tun. Denn alles in dieser Welt vergeht, außer einem nur, und obgleich der junge Manuel, den ich in einem Sommer liebte, der vergangen ist, heutzutage selbst so vergangen ist wie die Blätter jenes Sommers, ist es gewiß, daß die Torheit einer Frau niemals vergeht.«

»Ich habe es fürwahr nicht verdient, daß dir noch etwas an mir liegen sollte«, sprach Manuel ziemlich unglücklich, »aber ich habe dich immer gern gemocht und werde es immer aufrichtig tun, Freydis, und aus diesem Grund freut es mich zu sehen, daß du jetzt nichts Gewalttätiges oder nicht Wiedergutzumachendes zu tun im Begriff bist, was deine bessere Natur später bereuen würde.«

»Ich habe dich einst geliebt«, sagte sie, »und jetzt bin ich sicher, daß dein Inneres immer ein kalter, harter, farbloser und sehr gewöhnlicher Kieselstein war. Aber es macht keinen Unterschied, jetzt, wo ich eine sterbliche Frau bin. Wie dem auch sei, du hast wieder Gebrauch von mir gemacht. Ich habe dir Schutz gewährt, als du obdachlos warst. Und jetzt wirst du wieder dein Begehr bekommen.«

Und Freydis trat an das Fenster und hob den roten Vorhang, der mit sich aufbäumenden goldenen Drachen besetzt war, aber die kauernden Tiere blieben am Herd hocken, und sie blickten weiter auf Dom Manuel.

»Ja, jetzt wieder, grauer Manuel, wirst du dein Begehr erhalten. Das Schiff, das dort an der Flußbiegung auftaucht, mit Schlangen und Burgen auf seinen braunen Segeln, ist Miramon Lluagors Schiff, das er gesandt hat, um dich von Sargyll abzuholen, und deine Tage im Exil sind nun gezählt. Denn Miramon steht unter dem Befehl von jemandem, der über uns allen steht; daher kommt Miramon gern und mit all seiner Macht, dir beizustehen. Und ich – die ich meine Schuldigkeit getan habe – mag nun von dannen gehen, um nach Sesphra zu suchen und nach seiner Vergebung, wenn ich sie erlangen kann.«

»Aber wohin willst du gehen, liebe Freydis?« sprach Dom Manuel, als würde ihm jetzt wirklich wieder etwas daran liegen.

»Was macht das schon aus«, antwortete sie und sah ihn mit einem langen, langen Blick an, »jetzt, wo Graf Manuel meiner nicht länger bedarf?« Dann blickte Freydis auf Niafer, die da im Zauberschlaf lag. »Ich liebe dich weder, noch kann ich dich gänzlich hassen, häßliche, lahme, magere und launische Niafer, aber gewißlich beneide ich dich nicht. Von mir aus kannst du deinen fickrigen grauen Gemahl gern behalten. Mein Gemahl ist ein unbarmherziger Gott. Mein Gemahl wird nicht alt und weichherzig und mir untertänig und wird es nimmer werden.« Danach beugte Freydis sich nieder, und Freydis küßte das Kind, das sie getauft hatte. »Eines Tages wirst du eine Frau sein, Melicent, und dann wirst du den einen oder anderen Mann lieben. Ich könnte der Hoffnung Ausdruck geben, daß du dann den Mann lieben mögest, der dich glücklich machen wird, aber die Art von Mann ist noch nicht gefunden.«

Dom Manuel trat zu ihr und achtete dabei überhaupt nicht der verfluchten Tiere, und er nahm Freydis' beide Hände in seine Hände. »Meine Liebe, glaubst du denn, ich sei ein glücklicher Mann?«

Sie sah zu ihm auf; als sie antwortete, zitterte ihre Stimme:

»Ich habe dich glücklich gemacht, Manuel. Ich hätte dich immer glücklich gemacht.«

»Vielleicht hättest du das wirklich, wer weiß? Ah, nun, wie dem auch sei, ich hatte eine Verpflichtung zu erfüllen. Zu keiner Zeit im Leben, so scheint es mir, gibt es nicht die eine oder andere Verpflichtung, die es zu erfüllen gilt, und wir müssen jeder soweit nachkommen, wie es uns möglich ist; nicht, das wir hoffen könnten, ihr wirklich gerecht zu werden, doch danach trachtend, dem Ziel möglichst nahe zu kommen. Nein, es ist kein fröhliches Trachten. Es ist ein Trachten, das einen zugrunde richtet!«

Sie sagte: »Ich hätte nie geglaubt, daß du mich je einmal dauern konntest. Warum sollte ich Mitleid mit dir empfinden, du grauhaariger Verräter?«

Rauh antwortete er: »Oh, ich bin nicht stolz darauf, was ich aus meinem Leben und aus deinem Leben und aus dem Leben dieser Frau da gemacht habe, aber glaubst du, ich würde darüber in Tränen ausbrechen? Nein, Freydis, der Junge, der dich liebte und im Stich ließ, ist hier –«, und er schlug auf seine Brust, »– eingeschlossen, eingekerkert, bis ans Ende der Zeiten, und stirbt sehr einsam vor sich hin. Wohlan, ich bin ein trickreicher Gefängniswärter; er wird nicht herauskommen. Nein, selbst am Schluß, liebe Freydis, gibt es das Band des Schweigens.«

Sie sagte, machtlos: »Es tut mir leid. Selbst am Ende gibst du mir nur noch neuen Kummer mit –«

Einen Augenblick lang standen sie und sahen einander an, und sie erinnerte sich später an sein trauriges und rätselhaftes Lächeln. Diese beiden hatten einander nichts mehr zu sagen, weder mit Worten noch in Taten.

Dann ging Freydis hinweg, und die verfluchten Tiere und ihr Schloß verschwanden mit ihr, wie Rauch vergeht. Manuel fand sich allein mit seiner Frau und seinem Kind auf einem abgeernteten Feld im Freien wieder, während Miramons Schiff am Ufer anlegte. Niafer schlief. Aber nun erwachte das Kind, um die Welt zu betrachten, in die es gekommen war, und das Kind hub an zu jammern.

Dom Manuel tätschelte dieses furchtbar kleine Geschöpf

vorsichtig mit seiner großen, starken Hand, an der der Trauring fehlte. Auch das würde eine Erklärung erfordern.

Es erscheint daher nicht unwahrscheinlich, daß er jene kurze Zeitspanne des Wartens auf einem abgeernteten Feld dem Nachdenken über die Frage widmete, wieviel genau von dem Geschehenen er vernünftigerweise seiner Frau erzählen sollte, wenn sie erwachte, um ihn zu befragen; denn dies war in den alten Zeiten ein Problem, welches kein umsichtiger Ehemann nicht sorgsam erwog.

XXXI

Miramons Bedingungen

Nun kamen über die Landungsbrücke des Schiffes sieben Trompeter, die in schimmernde Waffenröcke gekleidet waren; jeder davon führte einen Windhund an einer silbernen Kette, und jeder von den sieben Hunden trug in seinem Maul einen Apfel aus Gold. Nach diesen folgten drei Harfenspieler und drei Geistliche und drei Narren; alle davon trugen Stäbe mit Emblemen in der Hand und auf ihrem Haupte Kränze von Rosen. Dann kam Miramon, Herr der neun Arten des Schlafs und der sieben Formen des Wahnsinns, an Land. Eine unglaubliche Schar folgte ihm. Aber mit ihm kam seine Frau Gisèle mit ihrem kleinen Sohn Demetrios, so genannt nach dem alten Grafen von Arnaye; und es war dieser Knabe, so heißt es, der noch in den Windeln zum Mörder seines eigenen Vaters, des weisen Miramon Lluagor, von den Nornen bestimmt wurde.

Dame Niafer wurde aufgeweckt, und die beiden Frauen gingen beiseite, um ihre Babys zu vergleichen und über Babydinge zu reden. Sie legten die Kinder zusammen in eine Wiege. Eine lange Zeit später sollten diese beiden erneut so zusammen liegen, und von diesem Lager sollte das Mädchen ein langes Leid und der Junge seinen Tod davontragen.

Indessen hatten sich der stupsnasige Herr der neun Arten des Schlafs und der schiefblickende Graf von Poictesme am Flußufer niedergelassen, um über ernsthaftere Dinge als über Krupp und Milchzähne zu reden. Die Sonne stand schon hoch um diese Zeit, und so kamen Kan und Muluc und Ix und Cauac eilends von den Enden der Welt herbei und hielten einen blauen Baldachin auf, um das Gespräch zwischen ihrem Herrn und Dom Manuel zu beschirmen.

»Was höre ich da«, sagte Miramon Lluagor als erstes zu Dom Manuel, »von deinem Bündnis mit Philistia und von deinem Umgang mit Leuten, die sagen, daß meine schönsten Entwürfe nichts als Zeichen schlechter Verdauung seien?«

»Ich habe Poictesme verloren«, sprach Manuel, »und die Philister haben sich bereit erklärt, mich in meinen Ansprüchen zu unterstützen.«

»Aber das ist doch ein Unding! Ich, der ich alle Träume entwerfe, kann dem niemals zustimmen, und kein Philister darf je Poictesme betreten. Warum bist du nicht gleich zu mir gekommen, wenn du Hilfe nötig hattest, statt deine Zeit mit Königen und Königinnen zu vergeuden?« meinte der Magier verärgert. »Und schämst du dich nicht, ein Bündnis mit Philistia einzugehen, der du doch einst nur deinem eigenen Willen und deinem eigenen Begehr zu folgen pflegtest?«

»Nun«, gab Manuel zu verstehen, »ich habe soweit nichts als schöne Worte von Philistia bekommen, und ein Bündnis ist bislang noch nicht geschlossen worden.«

»Das ist nur zu gut. Nur laß uns die Sache schön der Reihe nach angehen. Imprimis, dich verlangt also danach, Poictesme in Besitz zu nehmen –«

»Nein, von verlangen kann eigentlich keine Rede sein, aber der Schein muß gewahrt bleiben, und meine Frau meint, es würde besser aussehen, wenn ich dieses Land von der Unterdrückung durch die heidnischen Nordmänner erlösen und ihr so ein angemessenes Heim verschaffen würde.«

»Item, dann muß ich dir zu diesem Land verhelfen, weil es keinen Sinn hat, unseren Frauen in solchen Dingen zuwider zu handeln.«

»Dein Entschluß ehrt dich –«

»Unter uns, Manuel, ich schätze, du beginnst jetzt die Gründe zu verstehen, die mich zu Beginn unserer Bekanntschaft veranlaßten, dir das magische Schwert Flamberge zu geben, und hast inzwischen gelernt, wer in den meisten Ehen die Hosen anhat.«

»Nein, so ist es keineswegs, Miramon, denn mein Weib ist die liebste und folgsamste aller Frauen und liest mir jeden Wunsch von den Augen ab.«

Miramon nickte zustimmend. »Du hast ganz recht, denn es könnte jemand mithören. So laß uns fortfahren, und du höre auf, mich zu unterbrechen. Item, du magst Poictesme, und deine Kinder und Kindeskinder bis ins letzte Glied mögen Poictesme nicht zu eigen haben, sondern als feudales Lehen. Item, du sollst für dieses Land nicht einem Heiligen wie Ferdinand, sondern einem Lehensherrn ganz anderer Art verpflichtet sein.«

»Gegen deine Bedingungen ist soweit nichts einzuwenden. Aber wer soll mein Oberherr sein?«

»Eine Person, an die du dich vielleicht erinnern wirst«, antwortete Miramon, und er deutete auf die bunte Schar seines Gefolges.

Einer von ihnen trat auf sein Zeichen vor. Er war ein hochgewachsener junger Bursche mit roten Wangen, großen braunen Augen und einem eher kleinen Kopf, der mit krausem, dichtgelocktem dunkelroten Haar bedeckt war, und Manuel erkannte ihn sofort, weil Manuel allen Grund hatte, sich an das merkwürdige Gespräch zu erinnern, das er mit Horvendile geführt hatte, kurz nachdem Niafer mit Miramons schrecklichem Halbbruder weggeritten war.

»Aber meinst du denn nicht, daß dieser Horvendile nicht ganz bei Sinnen ist?« fragte Dom Manuel den Magier leise.

»Ich gebe zu, daß er oft den Anschein erweckt.«

»Warum machst du ihn dann zu meinem Oberherrn?«

»Ich habe meine Gründe, davon kannst du ausgehen, und wenn ich nicht über sie rede, kannst du sicher sein, daß ich auch dafür meine Gründe habe.«

»Aber ist dieser Horvendile dann einer der Léshy? Ist er der Horvendile, dessen großer Zeh den Morgenstern bildet?«

»Ich will dir so viel sagen, daß er es war, der mich herbeirief, um dir in deiner Bedrängnis zu helfen, von der ich auf dem Vraidex noch nichts gehört hatte, aber warum sollte ich dir mehr erzählen, Dom Manuel? Komm, ist es nicht genug, daß ich dir ein Land und vergleichsweise ruhige Bedingungen für das Leben mit deiner Frau anbiete, daß du obendrein auch noch all meine alten Geheimnisse wissen mußt?«

»Du hast recht«, sprach Manuel, »und künftige Wohltäter sollte man nicht verärgern.« So fand er sich mit seiner Unwissenheit ab, noch fand er je heraus, was es mit Horvendile auf sich hatte, obwohl Manuel sich später so seine Gedanken darüber gemacht haben muß.

Indessen schüttelten Dom Manuel und der rothaarige Bursche sich die Hände und sprachen von ihrer ersten Begegnung. »Und ich glaube, du hast damals letztlich doch nicht völligen Unsinn geredet, mein Junge«, sprach Manuel mit einem Lachen, »denn ich habe gelernt, daß jene seltsame und gefährliche Sache, die du mir gesagt hast, sehr oft wahr ist.«

»Oh, wie sollte ich wissen«, gab Horvendile ruhig zurück, »wann ich Unsinn rede und wann nicht.«

Manuel sagte: »Und doch kann ich deine Rede nur zum Teil verstehen. Nun, es mag für uns das beste sein, nicht alles zu verstehen, was unsere Oberherrn uns sagen, und ob bei Sinnen oder nicht, ziehe ich dich doch der Königin Stultitia mit ihrer lächerlichen rosaroten Brille vor. So laßt uns denn mit den Formalitäten fortschreiten und die Artikel unserer Übereinkunft aufsetzen.«

Dies geschah, und sie erklärten formell ihr Einverständnis zu den Bedingungen, unter denen Dom Manuel und die Nachkommen Dom Manuels Poictesme für alle Zeiten als Lehen Horvendiles erhalten sollten. Es war ein Vertrag allergeheimster Natur, und seine zehn Klauseln zu enthüllen würde selbst jetzt schreckliche Folgen nach sich ziehen. So wurden die Bedingungen dieses Vertrages nie publik gemacht. Und so besitzt kein Mensch größere Freiheit, Kritik an dessen Bestimmungen zu üben, als die Umstände es Dom Manuel gestattet hatten, dem die Heirat die Verpflichtung auferlegt hatte, auf die eine oder andere Weise für Frau und Kind zu sorgen.

XXXII

Die Erlösung von Poictesme

Als dies alles erledigt und die Zukunft Poictesmes in allen Einzelheiten festgeschrieben worden war, da sagte Miramon Lluagors Frau zu Miramon Lluagor, daß Worte und Tintenfedern und rote Siegel ja ein ganz schönes Spielzeug für Männer seien, aber jetzt sei es höchste Zeit, daß etwas Vernünftiges in dieser Sache geschehe, da man von Niafer ja nicht erwarten könne, ihr Kind im Straßengraben aufzuziehen.

Der Magier sagte: »Ja, meine Liebe, du hast ganz recht, und ich werde mich gleich nach dem Essen als erstes darum kümmern.«

Dann sagte er zu Manuel: »Horvendile gab mir zu verstehen, daß du ordnungsgemäß um die Zeit der Wintersonnenwende in einer Höhle von einer jungfräulichen Mutter geboren wurdest und einen Vater hattest, der nicht menschlich war.«

Manuel antwortete: »Das ist sicherlich wahr. Aber warum rührst du nun diese alten Geschichten auf?«

»Du bist ordnungsgemäß von Ort zu Ort gewandert und hast Menschen Weisheit und Heiligkeit gebracht –«

»Das ist auch allgemein bekannt.«

»Du hast Wunder gewirkt, wie zum Beispiel, jemanden von den Toten aufzuerwecken, und so weiter –«

»Auch das ist unleugbar.«

»Du hast mit dem Bösen an einem Ort in der Öde verweilt und bist dort versucht worden, dich der Verzweiflung, der Lästerung und anderen Sünden anheimzugeben.«

»Ja, etwas von der Art hat sich in der Tat in Dun Vlechlan zugetragen.«

»Und, wie ich wohl weiß, du hast durch dein Verhalten auf dem Vraidex ordnungsgemäß meine Pläne vereitelt, der ich die Macht der Finsternis bin –«

»Ah, ah! Du, Miramon, bist also die Macht der Finsternis!«

»Ich herrsche über Traum und Wahnsinn, Dom Manuel; und diese sind die hauptsächlichen Mächte der Finsternis.«

Manuel machte ein etwas ungläubiges Gesicht, aber er sagte nur: »Also gut, damit wir weiterkommen. Es ist wahr, daß mir all diese Dinge irgendwie widerfahren sind.«

Der Magier sah den hochgewachsenen Kämpen eine Weile an, und in den dunklen Augen Miramons war eine seltsame Art von Mitgefühl zu lesen. Miramon sagte: »Ja, Manuel, diese Vorzeichen haben dein Leben soweit vor anderen ausgezeichnet, wie vordem die Anfänge des Mithras und des Huitzilopochtli, des Tammuz und des Herakles –«

»Ja, aber was macht es schon, wenn diese Zufälle mir widerfahren sind, Miramon?«

»– so wie sie Gautama und Dionysos und Krishna und allen anderen anerkannten Erlösern widerfahren sind«, fuhr Miramon fort.

»Ja, ja, all das zugegeben. Aber was, bitte, soll ich aus all dem ableiten?«

Miramon sagte es ihm.

Am Ende von Miramons Rede blickte Dom Manuel seltsam ernst, und Manuel sagte: »Ich habe die Veränderung, als König Ferdinand sich zu einem Heiligen wandelte, als überraschend genug empfunden, aber das übersteigt alles. Wie dem auch sei, du weist mir eine so gewaltige Verpflichtung, Miramon, daß es um so besser ist, je weniger darüber gesagt wird; und je früher diese Verpflichtung erfüllt und das Ritual vollzogen wird, um so einfacher für jedermann wird es sein.«

So ging Manuel mit Miramon Lluagor fort zu einem geheimen Ort, und dort ließ Dom Manuel mit sich geschehen, was notwendig war, und was geschehen ist, weiß niemand ganz genau. Aber so viel ist bekannt, daß Manuel litt und danach drei Tage an einem unterirdischen Ort verbrachte und am dritten Tage wieder hervorkam.

Dann sagte Miramon: »Nachdem dies nun ordnungsgemäß vollbracht und erledigt ist, verletzten wir nun keine messianische Etikette, wenn wir uns alsgleich an die Erlösung Poictesmes machen. Also, würdest du Poictesme lieber mit den Mächten des Guten oder mit den Mächten des Bösen erlösen?«

»Nicht mit den Mächten des Bösen«, sprach Manuel, »denn

ich habe viele von diesen in den hohen Wäldern von Dun Vlechlan gesehen, und ich gebe nicht viel um sie als Verbündete. Aber sind Gut und Böse ein und dasselbe für euch Leshy?«

»Warum sollten wir dir das sagen, Manuel?« sprach der Magier.

»Das, Miramon, ist eine recht abgestandene Antwort.«

»Es ist keine Antwort, es ist eine Frage. Und die Frage ist abgestanden, weil sie so oft gestellt worden ist und niemand bislang auf sie hat verzichten können.«

Manuel gab es auf und zuckte die Achseln. »Nun, laß uns siegen, wie wir können, wenn nur Gott auf unserer Seite ist!«

Miramon antwortete: »Keine Angst! Er wird auf unserer Seite sein, in jeder erdenklichen Form.«

So tat Miramon das Notwendige, und aus den Söllern und verstaubten Winkeln des Vraidex kamen starke Verbündete. Denn als erstes tat Miramon etwas Ungewöhnliches mit einem kleinen Fisch, und als Ergebnis dieser Handlung kam zu ihnen am Nachmittag des letzten Donnerstags im September, als sie am Strand des Meeres nördlich von Manneville standen, ein dunkelfarbiger Streiter, ganz in Gelb gekleidet. Er hatte vier Hände, in denen er eine Keule, eine Muschel, eine Lotosblüte und einen Diskus trug, und er ritt auf einem Hengst, dessen Fell wie neues Silber glänzte.

Manuel sagte: »Dies ist ein gutes Omen, daß dem Hengst von Poictesme durch einen anderen silbernen Hengst Hilfe gebracht werden sollte.«

»Laß uns nicht von diesem schimmernden Hengst reden«, gab Miramon hastig zu verstehen, »denn bis dieses Weltzeitalter vorbei ist, hat er keinen Namen. Aber wenn einst die Seelen aller Menschen klar wie Kristall sind, dann wird dieser Hengst einen Namen erhalten, und sein Name wird Kalki sein, und durch den Reiter auf diesem Hengst wird Antan erlöst werden.«

»Nun gut«, sprach Manuel, »das soll mir recht sein. Inzwischen, wenn ich das richtig verstehe, werden wir mit Hilfe dieses dunkelhäutigen Gentlemans Poictesme erlösen.«

»Oh nein, Manuel, er ist nur der erste unserer Erlöser, denn es geht nichts über das Dezimalsystem, und du wirst dich daran erinnern, daß in unserem Vertrag stand, daß in Poictesme in Zukunft alle Dinge immer zu zehnt gehen sollen.«

Danach tat Miramon das Notwendige mit ein paar Eicheln, und ihr Knacken wurde von einem fernen Donner beantwortet. So kam der zweite Streiter, um ihnen zu helfen. Dies war ein kräftig aussehender junger Kerl mit einem feuerroten Bart; er hatte einen Korb über die Schulter geschlungen, und er trug einen glänzenden Hammer. Er fuhr auf einem Wagen, der von vier Ziegenböcken gezogen wurde.

»Also, dies ist fürwahr ein wackerer Krieger«, sprach Manuel, »und heute ist ein Glückstag für mich und auch für diesen rothaarigen Herrn, hoffe ich.«

»Heute ist immer sein Tag«, entgegnete Miramon, »und höre du jetzt auf, mich bei meinen Beschwörungen zu unterbrechen, und reiche mir diese Flöte da.«

So blieb Manuel ebenso stumm wie jene einzigartigen Verbündeten, während Miramon ein anderes seltsam Ding mit einer Flöte und einem Palmzweig tat. Danach kam ein bernsteinfarbener Streiter; der war in Dunkelgrün gekleidet und trug eine Keule und eine Schlinge für die Seelen der Toten. Er ritt auf einem Büffel, und mit ihm kamen eine Eule und eine Taube.

»Ich denke –« sagte Manuel

»Du denkst gar nichts!« schnappte Miramon. »Du redest und windest dich nur, weil dich das Aussehen deiner Verbündeten verstört; und solch Gerede und Herumtanzen ist eine Ablenkung für einen Künstler, der sich abmüht, die Vergangenheit zum Leben zu erwecken.«

Mit diesen Worten wandte sich Miramon indigniert einer anderen Beschwörung zu. Sie rief einen Streiter auf einem leuchtenden Streitwagen herbei, der von scharlachroten Stuten gezogen wurde. Er war goldhaarig, und seine Haut war rotgebrannt, und er war mit Pfeil und Bogen bewaffnet. Auch er war stumm, aber er lachte, und man sah, daß er mehrere Zungen hatte. Nach ihm kam ein junger, strahlender Mann, der auf einem Eber mit goldenen Borsten und blutbefleckten Hufen ritt; dieser Krieger trug ein blankes Schwert in der Hand, und auf seinem Rücken, zusammengefaltet wie ein Tuch, war ein Schiff, das die Götter und alle lebenden Geschöpfe faßte. Und der sechste Erlöser war eine große, schattenfarbene Person, an dessen geschorenem Kopf zwei lange graue Federbüsche befestigt waren; er trug ein Zepter und ein Ding, welches, wie Miramon sagte, als Ankh bezeichnet wurde. Und das Tier, auf dem er ritt, war verblüffend anzusehen; denn es hatte den Körper eines Käfers, mit menschlichen Armen, und den Kopf eines Widders und die vier Füße eines Löwen.

»Also«, sagte Manuel, »ich habe nie in meinem Leben so ein Tier gesehen.«

»Nein«, sagte Miramon, »noch hat es sonst jemand; denn dies ist der Verborgene. Aber du hör endlich auf mit deinem ewigen Gerede und reiche mir das Salz und das junge Krokodil dort.«

Mit diesen zwei Bestandteilen verfuhr Miramon entsprechend, um einen siebten Verbündeten herbeizubeschwören. Schlangen wanden sich um Hals und Arme dieses Streiters, und er trug ein Halsband aus menschlichen Schädeln; sein langes schwarzes Haar war bemerkenswert gescheitelt; seine Kehle war blau, sein sonstiger Körper von einem fahlen Weiß, außer, wo er mit Asche beschmiert war. Er ritt auf dem Rücken eines schönen weißen Stiers. Als nächster kam auf einem gefleckten Hirsch einer geritten, der leuchtende Streifen von Gelb und Rot und Blau und Grün trug; sein Gesicht war dunkel wie eine Regenwolke, er hatte ein großes rundes Auge, weiße Stoßzähne ragten aus seinem Mund, und er trug eine buntbemalte Urne. Seine unaussprechlichen Begleiter hüpften wie Frösche. Der am fröhlichsten wirkende von all den Kriegern kam danach, mit einem zwergenhaften Körper und sehr kurzen Beinen; er hatte einen riesigen schwarzbärtigen Kopf, eine platte Nase, und seine Zunge hing ihm aus dem Mund und schwang beim Gehen hin und her. Er trug einen Gürtel und eine Halskette und sonst nichts außer dem Gefieder eines Falken, das seinen Kopfschmuck bildete, und er ritt auf einer großen, glatthaarigen schildpattgefleckten Katze.

Als nun diese ungewöhnlich aussehenden Verbündeten stumm vor ihnen am Gestade aufgereiht standen, sagte Dom

Manuel mit einer höflichen Verbeugung gegen jene entsetzliche Heerschar, er glaube kaum, daß Herzog Asmund solchen Erlösern Widerstand zu leisten imstande sein würde. Aber Miramon wiederholte, es gehe nichts über das Dezimalsystem.

»Jener Halbbruder von mir, der der Herr der zehnten Art des Schlafs ist, würde dieses Gezehnt hübsch abrunden«, sprach Miramon und kratzte sich am Kinn, »wenn er nicht eine so banale, schwarz-und-weiße Erscheinung hätte, abgesehen davon, daß er einer dieser schrecklichen Realisten ist, ohne einen Funken ästhetischen Gefühls. Nein, ich liebe Farbe, und wir werden nun den Westen mit Beschlag belegen!«

So gab sich Miramon als nächstes mit einem kleinen Ball von glänzenden Federn ab. Dann kam zu ihnen ein letzter Helfer; er ritt auf einem Jaguar und trug eine große Trommel und eine Flöte, die Musik in Form von Flammen verströmte. Dieser Streiter war ganz schwarz, aber er war mit Streifen von blauer Farbe bedeckt, und sein linkes Bein war ganz mit goldenen Federn bewachsen. Er trug ein rotes Barett in Gestalt einer Rose, einen kurzen Rock aus grünem Papier und weiße Sandalen, und bei sich trug er einen roten Schild, der in seiner Mitte eine weiße Blume hatte, deren vier Blütenblätter ein Kreuz bildeten. Solcherart war er, der den zehnten Streiter ausmachte.

Als nun dieses schreckliche Gezehnt vollzählig war, legte der Herr der sieben Formen des Wahnsinns Feuer an eine Handvoll Strohhalme und warf diese in den Wind und sagte, daß so der Zorn Miramon Lluagors über das Land kommen solle. Dann wandte er sich jenen schrecklichen Zehn zu, die er aus dem Gerümpel auf den Söllern des Vraidex wiederbelebt hatte, und es hatte den Anschein, daß Miramon tief bewegt war.

Und Miramon sprach:

»Ihr, die ich dem Menschen zur Verehrung geschaffen hatte, als die Welt jünger und schöner war, höret und lernt nun, warum ich neues Leben in leere Hüllen von meinem Abfallhaufen eingehaucht habe! Götter der alten Zeiten, entthront, verstoßen und zum Abfall der Geschichte geworfen, höret, wohin es mit dem Volke, dessen Vätern ihr Beistand gewährt habt, gekommen ist! Sie haben euch endgültig verworfen. Und die wenigen, die sich an euch erinnern, spotten eurer und sagen:

›Die großmächtigen alten Götter, die unsere Großväter verehrten, sind tot, wenn sie wirklich jemals mehr waren als ein paar merkwürdige Vorstellungen, die dem Hirn unserer Großväter entsprungen sind, die in jedem Wind, der ihre Felder mit Regen speiste, und in der hitzebringenden Sonne und in der Erde, die ihnen Leben spendete, Gott zu finden suchten. Und so war jede Stunde ihres Lebens mit seltsamen Ideen von Gott und mit Wahnvorstellungen von seiner Menschenfreundlichkeit erfüllt. Wir sind vernünftigere Wesen; denn wir verstehen die Zufälligkeiten von Wind und Wetter und finden sie in keiner Weise staunenswert. Und wenn es Götter geben sollte, so sind sie insoweit entgegenkommend, als sie uns nicht behelligen, und also erwidern wir ihre Höflichkeit, da wir wissen, daß das, was wir auf Erden tun, wichtig genug ist, um unsere ungeteilte Aufmerksamkeit zu erfordern.‹

Solcherart sind die Leute, die euch verlachen, solcherart sind die Leute, die die Götter nicht achten, welche Miramon einst schuf, solcherart sind die Leute, mit denen ihr heute frei so verfahren mögt, wie es Art der Götter ist. Macht nun das Beste aus dieser Gelegenheit und verheert ganz Poictesme, ehe noch das Abendessen auf dem Tisch steht!«

Die Gesichter jener Zehn wurden zornig, und sie riefen: »Blaerde Shay Alphenio Kasbue Gorfons Albuifrio!«

Dann stiegen sie alle zehn zugleich vom Meere auf, und schneller, als Menschen reisen, kamen sie über Poictesme, und was danach in Poictesme geschah, war lange Zeit noch eine Geschichte, die schrecklich anzuhören und gleichwohl überall zu hören war.

Manuel wurde nicht Zeuge dessen, was Grundlage dieser Geschichte war, als er allein am Meeresstrand wartete. Aber das Land ward krank, und seine Übelkeit hob sich würgend unter Manuels verwundeten Füßen, und er sah, wie das bleiche, gurgelnde, glitzernde Meer schleimig von Poictesme fortzukriechen schien. Und zu Bellegarde und Naimes und Storisende und Lisuarte und in all den starken Festen im Innern des Landes erschauten Asmunds hochgewachsene Krieger das eine oder andere jener zornigen Gesichter, die vom Meere aufstiegen, und viele starben rasch, wie es stets geschehen muß, wenn abgelegte Träume wiederbelebt werden, noch starb irgendeiner der Nordmänner in einer als menschlich erkennbaren Form.

Als Dom Manuel die Nachricht überbracht wurde, daß seine Erlösung von Poictesme vollbracht sei, da legte Manuel seine Rüstung ab und kleidete sich in ein neues Gewand aus weißem Damast, und darüber schnürte er einen Gürtel, der mit Granaten und Saphiren geschmückt war. Über seine linke Schulter schlang er ein Wehrgehänge, das mit Diamanten und Smaragden besetzt war, welches das unbefleckte Schwert hielt, mit dem er hier ebenso wie auf dem Vraidex obsiegt hatte. Über alles warf er einen roten Mantel. Dann verbarg der frühere Schweinehirte seine noch nicht ganz geheilten Hände mit weißen Handschuhen, von denen der eine mit einem Rubin, der andere mit einem Saphir geschmückt war, und seufzte. Und so kam Manuel der Erlöser (wie man ihn später nannte) in sein Reich, und die Leute von Poictesme hatten daran viel mehr Gefallen als er selbst.

Also trat Dom Manuel in das Gefängnis seines eigenen Schlosses ein und in die Bande hohen Standes, von denen es schwer ist freizukommen, um überallhin zu reisen und die Enden der Welt zu sehen und über sie zu urteilen. Und man sagt, daß in ihrem Palast mit dem roten Säulen Suskinde zufrieden lächelte und dem entgegensah, was da kommen sollte.

Fünfter Teil

Das Buch der Zahlungen

Also regierte Manuel in Tugend und Ehren mit jener edlen Dame, seinem Weibe, und er ward geliebt und gefürchtet von hohem und niederem Stand; denn er sprach Recht und Gesetz nach alter Väter Sitte *und hielt sein Land in Würden und gutem Ansehen und wahrte allenthalben den rechten Schein.*

XXXIII

Legenden aus Poictesme

Man erzählt sich in Poictesme erbauliche Geschichten von den Taten, die Manuel der Erlöser in den Tagen seiner Herrschaft vollbrachte oder zu denen er den Anstoß gab. Man erzählt sich auch viele Dinge, die unwahrscheinlich klingen und die daher nicht in diesem Buch enthalten sind; denn die alten Lieder und Geschichten neigen dazu, Graf Manuels Regierungszeit zu einer Art goldenem Zeitalter zu verklären.

So viele Ruhmestaten werden Manuel und den Recken, die er in der berühmten Ritterschaft vom Silbernen Hengst um sich sammelte – und unter denen Holden und der ritterliche Anavalt und Coth der Alderman und Gonfal und Donander den Vorrang hatten, während alle gleichfalls trefflich waren –, daß es sehr schwer zu verstehen ist, wie in der kurzen Zeit so viele Dinge geschehen sein sollen. Doch die Geschichtenerzähler von Poictesme haben sich seit langem daran gewöhnt, von einer großen Tat zu sagen – nicht fälschlich, aber irreführend –: »Also war es in Graf Manuels Zeit«, und der Verweis ist dann nach und nach als Datierung angesehen worden. So wurde die Zeitenfolge zurechtgebogen, um seinen Ruhm zu mehren, und der Ruhm Dom Manuels war wie ein Magnet, der die Großtaten anderer Tage und Jahre an sich gezogen hat.

Aber es ist hier nicht notwendig, von diesen Legenden zu reden, von den Taten, die von der Ritterschaft vom Silbernen Hengst vollbracht wurden, weil diese Geschichten anderswo aufgezeichnet sind. Einige mögen wahr sein, die anderen sind mit Sicherheit nicht wahr; aber es ist unbestreitbar, daß Graf Manuel stetig an Macht und Reichtum und Ansehen gewann. Miramon Lluagor diente ihm immer noch, ein wenig belustigt, als sein Seneschall; Könige waren nun seine Standesgenossen, und der frühere Schweinehirt war nun der anerkannte und vertraute Vetter von Kaisern geworden. Und Madame Niafer, die Gemahlin des großen Grafen, wurde überall, ohne daß von ihrer Seite ein Wort des Widerspruchs verlautete, als Tochter des verstorbenen Sultans von Barbarien bezeichnet.

Guivric der Weise illuminierte den Stammbaum, der die ruhmreiche Abkunft Dame Niafers von Kaiumarth, dem ersten aller Könige, aufzeigte, der als erster die Menschen gelehrt hatte, Häuser zu bauen; und dieser Baum hing in der großen Halle zu Storisende. »Denn wenn sich auch hier und da ein paar Irrtümer eingeschlichen haben mögen«, meinte Dame Niafer, »sieht er doch sehr gut aus.«

»Aber meine Liebe«, sagte Manuel, »dein Vater war nicht der Sultan von Barbarien; vielmehr war er zweiter Stallknecht in Arnaye, und dieser ganze Stammbaum ist eine ebenso lächerliche wie anmaßende Fälschung.«

»Ich sagte doch soeben, daß sich hier und da ein paar Fehler eingeschlichen haben mögen«, stimmte Dame Niafer gelassen zu, »aber das Entscheidende ist, daß das Ding wirklich sehr gut aussieht, und ich nehme an, daß nicht einmal du das abstreiten kannst.«

»Nein, ich streite nicht ab, daß dieses farbenprächtige Lügengebilde zum Glanz der Halle beiträgt.«

»Also, du siehst es ja selbst!« sagte Niafer triumphierend. Und danach wurde ihre neue Ahnenreihe nie mehr in Frage gestellt.

Und in der Zwischenzeit hatte Dom Manuel Boten über Land und Meer nach Rathgor zu seiner Halbschwester Math gesandt und sie gebeten, ihre Mühle zum erstbesten Preis zu verkaufen. Sie gehorchte und kam mitsamt ihrem Gatten und ihren beiden Knaben, von denen der jüngere später zum Papst von Rom aufstieg, an Manuels Hof. Manuel gab dem Müller das vakante Lehen von Montors, und fortan hätte man nirgends eine standesbewußtere Dame finden können als die Gräfin Mathiette von Montory. Sie pflegte zwar immer noch ständig davon zu reden, was Leuten »von unserem Stand« geziemte, aber es lag nun ein gewaltiger Unterschied darin. Und mit Niafer kam sie so gut aus, wie zu erwarten war, aber nicht besser.

Und früh im Sommer des ersten Jahres von Dom Manuels Regierungszeit (kurz nachdem Dom Manuel das Siegel der Scoteia, als Beute aus seinem berühmten Kampf mit Oriander dem Schwimmer, nach Storisende geholt hatte) brachte der Storch Niafer den ersten der versprochenen Knaben. Nach dem Aussehen des Bündels wurde dieses Kind nicht nach dem Vater genannt, den Manuel soeben getötet hatte, sondern nach dem Emmerick, der Manuels nomineller Vater gewesen war, und dieser Emmerick war es, der später lang und glücklich über Poictesme herrschen sollte.

So ging alles wohl mit Dom Manuel, und es gab nichts, was seinen Seelenfrieden gestört hätte, es sei denn ein Gefühl der Verantwortlichkeit für den Kult Sesphras, dessen Verehrung nun überall unter den Nationen an Bedeutung gewann. In Philistia insbesondere wurde Sesphra nun offen in den Kirchen und Akademien verehrt, und alle andere Religion und aller Anstand wurden unter den Ritualen Sesphras erstickt. Überall im Westen und Norden hielten seine Anhänger windige Reden und taten absonderliche Dinge, und daraus entwickelte sich mit der Zeit großer Schaden. Aber wenn dies Dom Manuel im geheimen bekümmerte, übte der Graf, hier wie anderswo, zu gutem Behufe seine unschätzbare Gabe, den Mund zu halten.

Noch sprach Dom Manuel jemals von Freydis, obwohl berichtet wird, als Kunde von dem Ende gekommen sei, das ihr unter dem Zwang der Druiden und der Satiriker in Teamhair zuteil geworden war, sei er stumm in das Zimmer des Ageus gegangen und an jenem Tag nicht mehr gesehen worden. Daß er sich allein in jenem Zimmer den Tränen hingab, ist unwahrscheinlich, denn seine harten, blassen Augen hatten das Weinen längst verlernt, aber es ist sehr wahrscheinlich, daß er sich an vieles erinnerte, was nicht alles zu seinen Gunsten sprach.

So ging alles wohl mit dem grauen Manuel; er hatte prächtige Paläste und schöne Wälder und Weiden und Muße und Zufriedenheit, und wann immer er in Begleitung seiner neun Ritter vom Silbernen Hengst in die Schlacht zog, mußten seine

Feinde geschlagen das Feld räumen. Überall wurde er als der größte und abgefeimteste Glücksritter auf Erden angesehen, und um dem allen die Krone aufzusetzen, brachte der Storch nach angemessener Zeit das zweite Mädchen nach Storisende, das sie nach Manuels Mutter Dorothy nannten. Und etwa um dieser Zeit kam auch ein junger Dichter aus England (Rimbaud war sein Name, und er fand nicht lange danach zu Coventry ein böses Ende), und er brachte Dom Manuel, als der hohe Graf gerade beim Abendessen zu Tische saß, eine Gänsefeder.

Der Graf lächelte, und er drehte das Ding zwischen den Fingern, und er dachte lange nach. Dann zuckte er die Achseln und sagte: »Was sein muß, muß sein. Wäre ihre rasche Auffassungsgabe nicht gewesen, wäre mein Kopf zum Trocknen auf eine silberne Lanze gespießt worden. Ich kann mich über die Verpflichtung nicht gut hinwegsetzen, wenn sie, wie es den Anschein hat, auf ihr besteht.«

Dann sagte er Niafer, daß er nach England gehen müsse.

Niafer blickte von dem Beerenkompott auf, mit dem sie gerade ihr Abendessen beschloß, um bedächtig zu fragen: »Und was mag jene liebe blondhaarige Freundin von dir wollen?«

»Meine Liebe, wenn ich die Antwort auf diese Frage wüßte, bräuchte ich nicht übers Meer nach England zu fahren.«

»Es ist wohl nicht schwierig zu erraten«, meinte Dame Niafer dunkel, obwohl auch sie sich in Wirklichkeit fragte, warum Alianora nach Manuel geschickt haben sollte, »und ich kann recht gut verstehen, daß ein Mann in deinen Schuhen lieber nicht möchte, wenn alle Leute davon wissen und ihn deswegen auslachen.«

Dom Manuel gab keine Antwort; aber er seufzte.

»Und wenn meine Meinung in diesem Haus auch nur ein bißchen gelten würde, könnte ich so einiges dazu sagen; aber wie die Dinge liegen, ist es im großen und ganzen besser für alle, dich deinen eigenen verbohrten Weg gehen zu lassen, damit du aus eigener Erfahrung herausfindest, daß das, was ich sage, wahr ist. Und jetzt, Manuel, wenn du nichts dagegen hast, sollten wir, meine ich, über etwas Angenehmeres reden.«

Dom Manuel sagte immer noch nichts. Die Zeit, wie gesagt, war unmittelbar nach dem Abendessen, und während der hohe Graf und seine Gemahlin über den Resten ihres Mahles saßen, spielte ein Musikant ihnen auf.

»Du bist kein sehr fröhlicher Gesellschafter, muß ich sagen«, bemerkte Niafer eine Weile später, »obwohl ich keinen Moment lang bezweifle, daß deine blonde Freundin deine Gesellschaft angenehm genug finden wird –«

»Nein, Niafer, ich bin heute abend nicht froh gestimmt.«

»Ja, und wessen Schuld ist es? Ich habe dir doch gesagt, du sollst nicht mehr als ein Stück von dem Braten nehmen.«

»Nein, nein, lieber Wicht, es ist nicht der Magen, der mich plagt, vielmehr ist es die Musik.«

»Also, Manuel, wie kann Musik jemandem im Magen liegen? Ich meine, der Junge spielt seine Violine wirklich sehr nett, besonders wenn man sein Alter bedenkt.«

Da sprach Manuel:

»Ja, aber das lange, leise Schuchzen der Violine, beunruhigend wie die vagen Gedanken, die von jener Zeit des Jahres geweckt werden, wenn der Sommer noch nicht ganz von der Welt geschieden ist, sondern noch wie ein Geist in den verfallenen Grabstätten des Sommers verweilt, spricht von dem, was war, und von dem, was sein wird. Ein blindes Begehren, dasselbe, welches in warmen, monderhellten Nächten wie Fieber in den Adern eines Jungen zu zittern pflegte, an den ich mich wohl erinnere, plagt nun ohne Nutz und Frommen einen ergrauten Herrn mit den unzähligen Schatten von unzähligen alten Kümmernissen und mit den kleinen Nadelstichen der Erinnerung an längst vergangene Freuden. Solches Dürsten bringt nichts Gutes für gesetzte, alternde Männer. Aber meine Lippen dürsten nach Lippen, deren Lieblichkeit nicht länger im Fleische besteht, und mich dürstet danach, daß eine tote Zeit und seine toten Glüten wiedererweckt würden, auf daß der junge Manuel wieder lieben mag.

Heute nacht nun ist gewiß irgendwo, während diese Musik mit unsicheren, tastenden Fingern an verheilt geglaubte Wunden rührt, eine alternde Frau, in allen Dingen für mich eine Fremde, ebenso nutzlos beunruhigt, und auch sie erinnert sich an Dinge, die schon halb vergessen sind. ›Uns, die wir einst eins waren, daß das Herz zum Herzen pochte und unsere Seelen so wie unsere jungen Lippen unzertrennbar waren–‹, also denkt sie, wie auch ich denke, ›– uns hat das Leben zum Lohn gegeben, daß wir uns mit Halbherzigkeiten abgeben müssen und nichts dagegen tun können, daß wir getrennt und fern voneinander dahinwelken?‹ Ja, es mag wohl sein, daß sie heute nacht so traurig ist wie ich, aber ich kann dessen nicht gewiß sein, weil die junge Liebe ein so blendender Glanz umfängt, daß er den Liebenden hindert, sein Gegenüber klar zu sehen, und daher lernte ich in jener schönen Zeit, als wir uns zusammen der Liebe hingaben, nicht mehr von ihr als sie von mir.

Von all meinen Enttäuschungen ist diese am bittersten und am schwersten zu ertragen: daß ich aus so vielen Kümmernissen und Sehnsüchten kein sicheres Wissen über das Wesen meiner Liebsten gewonnen habe, sondern daß ich mir notgedrungen Tränen über solchen vergangenen Flitter wie ihre bebenden roten Lippen und ihr glänzendes Haar kommen lassen muß. Ist also von Jugend und Liebe nicht mehr zu gewinnen als jungfräuliche Brüste und ein kleiner weißer Bauch, der dem Willen des Liebenden hingegeben wird, und kurze Trunkenheit und danach solch ein dumpfes Sehnen, welches schließlich in Selbstbescheidung erstirbt, fast so, wie jenes lange, leise Schuchzen der Violine dort in Schweigen erstirbt, jetzt, wo das Lied vorbei ist?«

Also redete der graue Manuel mit leiser Stimme, wie er prangend in Gold und Rot da saß und zwischen seinen Fingern eine Gänsefeder drehte.

»Nun ja«, meinte Niafer schließlich, »ich jedenfalls finde, daß er wirklich sehr nett spielt.«

Manuel schüttelte leicht mit dem Kopf. Dann lachte Dom Manuel. »Lieber Wicht«, sagte er, »komm, jetzt ehrlich, worüber hast du nachgedacht, als ich diesen ganzen Unsinn geredet habe?«

»Oh, ich habe daran gedacht, daß ich morgen als erstes nach deinem langen Unterzeug sehen muß; denn jedermann weiß, wie feucht und klamm das Wetter in England im Herbst ist –«

»Meine Liebste«, sprach Manuel mit tiefer Überzeugung, »du bist der Archetyp und das Ideal aller Ehefrauen.«

XXXIV

Abschied von Alianora

Nun nahm Manuel ein Schiff und fuhr nach England, und für das, was dort geschah, haben wir keine Quelle außer dem Bericht, den Dom Manuel nach der Rückkehr seiner Frau gab.

Also berichtete Dom Manuel:

Er ging direkt nach Woodstock, wo der König und die Königin zu der Zeit weilten. In Woodstock wurde Dom Manuel mit allen Ehren empfangen, und dort verbrachte er den ganzen September –

(»Warum mußtest du denn so lange bleiben?« fragte Dame Niafer.

»Nun«, erklärte Manuel, »eins führte zum anderen, wie es halt so kam.«

»H'm!« bemerkte Niafer.)

Er hatte schon bald eine private Unterredung mit der Königin. Wie sie angezogen war? Soweit Manuel sich erinnerte, trug sie einen grünen Mantel, der vorne von einer viereckigen Schließe aus getriebenem Gold und Edelsteinen zusammengehalten wurde; darunter ein hochgeschlossenes Kleid aus golddurchwirktem Jaquard mit engen Ärmeln, die so lang waren, daß sie ihre Hände halb bedeckten, ähnlich wie Manschetten. Ihre Krone war aus blumenverzierten Trifolien über einem rubinenbesetzten Reif. Natürlich waren es vielleicht auch nur Granate gewesen.

(»Und wo befand sie sich, als sie sich so in Schale geworfen hatte, um mit dir eine private Unterredung zu führen?«

»Wieso, in Woodstock natürlich.«

»Ich weiß, daß es in Woodstock war, aber wo genau in Woodstock?«

»Es war vor einem Fenster, meine Liebe, einem Fenster mit Scheiben aus weißem Glas und hölzernem Gitterwerk und einem bleigedeckten Vordach.«

»Deine Beschreibung läßt nichts zu wünschen übrig, aber wo war das Fenster?«

»Oh, jetzt verstehe ich dich! Es war in einem Zimmer.«

»In was für einem Zimmer?«

»Nun, die Wände waren mit farbenprächtigen Fresken mit Begebenheiten aus der sächsischen Geschichte geschmückt; der Kamin war mit sehr schön gearbeiteten steinernen Drachen verziert; und der Boden war mit frischem Stroh bedeckt. In der Tat hat die Königin eines der schönsten Schlafzimmer, das ich je gesehen habe.«

»Ah, ja«, sagte Niafer, »und worüber habt ihr geredet während der Zeit, die du im Schlafzimmer deiner lieben Freundin verbrachtest?«)

Nun, er fand, daß es Königin Alianora im ganzen gesehen recht gut ging (fuhr Dom Manuel fort), außer daß sie dem englischen Thron noch keinen Erben geschenkt hatte, und es war dies allein, was ihr Sorgen machte. Dies war auch der Grund, weshalb sie nach Graf Manuel geschickt hatte.

»Es macht nach allgemeiner Ansicht keinen besonders guten Eindruck, nach drei Jahren Ehe«, gab ihm die Königin zu verstehen, »Und die Leute beginnen eine Reihe von unfreundlichen Dingen zu sagen.«

»Es ist das allgemeine Schicksal von Königinnen«, erwiderte Dom Manuel, »der Kritik von Neidern ausgesetzt zu sein.«

»Du kannst dir deine geistreichen Aphorismen sparen, Manuel; vielmehr möchte ich, daß du mir in dieser Sache praktische Hilfestellung leistest.«

»Sehr gerne will ich dir helfen, wenn ich kann. Aber wie kann ich das?«

»Oh, du mußt mir dabei helfen, ein Baby zu bekommen – einen Jungen natürlich.«

»Ich will gerne alles tun, was ich kann, weil es gewiß keinen guten Eindruck für dich macht, keinen Sohn zu haben, der König von England werden wird. Aber wie kann ich von allen Leuten dir in dieser Sache helfen?«

Also, Manuel, nachdem du drei Kinder bekommen hast, solltest du sicherlich wissen, was dazu notwendig ist.«

Dom Manuel schüttelte sein graues Haupt. »Meine Kinder kamen aus einer Quelle, die nun erschöpft ist.«

»Das wäre eine bedauernswerte Nachricht, wenn ich sie glauben könnte, aber ich bin sicher, wenn du mich die Sache in die Hand nehmen läßt, kann ich dich vom Gegenteil überzeugen –«

»Nun, ich lasse mich gern überzeugen.«

»– wenngleich ich kaum weiß, wie ich anfangen soll, weil ich weiß, daß dies eine harte Sache für dich sein wird –«

Er nahm ihre Hand. Dom Manuel bekannte Niafer ohne Vorbehalt, daß er an dieser Stelle die Hand der Königin nahm und sagte: »Spiele nicht länger mit mir, Alianora, denn du mußt jetzt offenkundig sehen, daß ich bereit stehe, dir alles zu erfüllen. So leg denn deine Scheu ab und komme zur Sache, und ich will tun, was in meinen Kräften steht.«

»Also, Manuel, sowohl du als auch ich wissen sehr gut, daß selbst jetzt, wo deine Dorothee bestellt ist, du immer noch einen Schuldschein des Storchs über ein weiteres Mädchen und einen Knaben besitzt, die auf Verlangen nach Art der Philister geliefert werden sollen.«

»Nein, nicht auf Verlangen, denn die erste Order hat eine Lieferzeit von neun Monaten und die anderen noch länger. Aber was hat das damit zu tun?«

»Nun, Manuel, ich bitte dich wirklich nicht gern darum, aber ich bin in einer verzweifelten Lage, mit dieser ganzen Kritik und üblen Nachrede. So, um der alten Zeiten und um des Lebens willen, das ich dir als Weihnachtsgabe schenkte, indem ich meinem Vater eine fabulöse Geschichte erzählte, mußt du mir jene erste Schuldverschreibung überlassen, und du mußt den Storch dahingehend umdirigieren, daß er den Knaben nicht zu deiner Frau, sondern zu mir bringt.«

Das war es also, was Dame Alianora gewollt hatte.

(»Das habe ich die ganze Zeit gewußt«, bemerkte Dame Niafer – wahrheitswidrig, aber ihrer allgemeinen Theorie folgend, daß es besser war, im Umgang mit dem eigenen Ehemann allwissend zu erscheinen.)

Nun, Dom Manuel war bekümmert ob der Vorstellung, von seinem Sohn noch vor der Geburt getrennt zu werden, aber er wurde gleichermaßen von seiner früheren Freundschaft zu Alianora und seinem Gefühl der Verpflichtung ihr gegenüber getrieben, wie auch von der Pflicht, die ihm auferlegt war, so gut wie möglich für seinen Sohn vorzusorgen. Und niemand konnte bestreiten, daß der Junge als König von England einen erheblich höheren Status im Leben einnehmen würde denn als jüngerer Bruder des Grafen von Poictesme. So stimmte Manuel eine Klage an, die von seinem Kummer und Niafers Kummer sprach, so vorzeitig ihren geliebten Sohn zu verlieren –

(»Soll ich wiederholen, was ich gesagte habe, Liebste?«

»Nein, Manuel, ich verstehe dich nie, wenn du versuchst, in hochgestochenen und eindrucksvollen Worten zu reden.«)

Nun, also Manuel brachte eine sehr schöne Klage vor, aber im Endeffekt stimmte Dom Manuel diesem Opfer zu.

Er war jedoch nicht bereit, in England zu verweilen, wie es Alianora von ihm wollte.

»Nein«, sagte er edelmütig, »es würde überhaupt keinen guten Eindruck für dich machen, wenn du mich als deinen Liebhaber nehmen und dein Ehegelöbnis, niemanden zu lieben außer den König, brechen würdest. Nein, Alianora, ich will dir helfen, das Kind zu bekommen, das du brauchst, in Anbetracht der Tatsache, daß ich dir für mein Leben zu Dank verpflichtet bin und zwei Kinder übrig habe, aber ich bin nicht gewillt, irgend etwas mit einem Bruch deines Ehegelöbnisses zu tun zu haben, weil dies ein Verbrechen ist, das von der Heiligen Schrift verboten wird und wovon Niafer sicher früher oder später erfahren würde.«

(»Oh, Manuel, das hast du doch sicher nicht gesagt!«

»Meine Liebe, jenes waren meine genauen Worte. Und warum denn nicht?«

»Das war natürlich ein sehr vernünftiges Wort, allein, es hätte viel besser geklungen, wenn du dich rein auf moralische Gründe berufen hättest. Für Leute in unserer Position, Manuel, wie ich dir bestimmt immer und immer wieder gesagt habe, ist es von höchster Wichtigkeit, die rechte Hochachtung für Moral und Religion und dergleichen Dinge zu zeigen, wenn das Gespräch dies nahelegt; aber du nimmst ja keinen Rat an, außer aus bitterer Erfahrung, von der ich aufrichtig hoffe, daß sie dir erspart bleiben möge, und man könnte ebensogut

gegen eine Ziegelsteinwand reden, und daher solltest du jetzt besser weitererzählen.«)

Nun, die Königin weinte und versuchte ihn mit allen Mitteln zu überreden, aber Manuel blieb fest. So verbrachte Manuel jene Nacht im Zimmer der Königin und vollzog die notwendigen Beschwörungen und machte alles klar für den Storch, und dann kehrte Dom Manuel heim. Und das – nun, das war eigentlich alles.

So ähnlich lautete der Bericht, den Manuel seiner Frau gab. »Und im großen und ganzen, Niafer, sehe ich es eigentlich als eine recht gewinnträchtige Sache an; denn als König von England wird der Knabe Vorteile genießen, die wir ihm nie hätten bieten können.«

»Ja«, sagte Niafer, »und was für einen Eindruck macht jene liebe Freundin von dir heute?«

»– außerdem, sollte sich der Junge nicht gut entwickeln, wird unser Kummer darüber durch den Umstand gemindert werden, daß unsere Liebe für ihn, dadurch daß wir diesen Sohn von uns niemals sehen werden, nie übermäßig groß sein wird.«

»Da ist etwas dran; denn ich kann bereits absehen, daß Emmerick die störrische Art seines Vaters geerbt hat, und das macht mir natürlich Kummer, aber sag mir, welchen Eindruck macht diese Frau heutzutage?«

»– dann, was noch wichtiger ist als diese Überlegungen –«

»Nichts ist wichtiger, Manuel, in dieser sehr merkwürdig anmutenden Affäre, als der Eindruck, den diese Frau heutzutage macht. Mit anderen Worten: Wie sieht sie aus?«

»Ah, meine Liebe«, sprach Manuel diplomatisch, »ich wollte nicht davon reden, muß ich bekennen, denn du weißt, daß Blondinen so schnell verblühen –«

»Natürlich weiß ich das, aber –«

»– und da es schließlich nicht ihre Schuld ist, wollte ich dir nichts davon sagen, daß Dame Alianora heute so viele Jahre älter aussieht als du, da du als Brünette von vornherein einen unfairen Vorteil hattest.«

»Ah, aber das ist nicht der Grund«, meinte Dame Niafer immer noch mit ziemlich grimmiger Miene, aber offensichtlich etwas milder gestimmt. »Es ist das Leben, das sie führt, mit ihrer Hexerei und ihren Hausgeistern und diesen ewigen Festlichkeiten und Aufregungen, und jedermann erzählt mir, sie habe bereits angefangen, ihr Haar zu färben.«

»Oh, es war zweifellos irgend etwas daran getan worden«, meinte Manuel leichthin. »Aber es ist die Pflicht einer Königin, solche Reste von gutem Aussehen, wie sie ihr geblieben sind, zu erhalten.«

»Na also, da siehst du's!« sagte Niafer, die jetzt wieder ganz zufrieden mit sich selbst war, da sie die leichtherzige Art sah, wie Dom Manuel von der Königin sprach.

Ein oder zwei Jahre früher hätte Dame Niafer vielleicht zur Eifersucht Anlaß gesehen. Jetzt aber war ihre einzige Sorge, daß Manuel vielleicht einen Narren aus sich hätte machen lassen und dadurch ihren Lebensstand hätte gefährden können. Jede zufriedene Ehefrau ist nämlich grundsätzlich der Annahme, daß ihr Mann im großen und ganzen ein Narr ist, und weise Philosophen unterscheiden hier nicht zwischen Ursache und Wirkung.

Was Alianoras Idee betraf, sich Manuel zum Liebhaber zu nehmen, so fand Dame Niafer diese Vorstellung eher amüsant und sehr bezeichnend für die Intelligenz jener verblühten Blondine. Romantische Vorstellungen über Manuel zu hegen, erschien für Manuels Frau so jenseits aller Vernunft, daß sie halb wünschte, das arme Geschöpf hätte, ohne einen Skandal heraufzubeschwören, eine Gelegenheit erhalten können, selbst alles über Manuels tausendundeine Eigenheiten herauszufinden und was es hieß, mit ihm zu leben.

Da dies unmöglich war, verdrängte Niafer das verrückte Weibsbild aus dem Sinn und begann Manuel davon zu erzählen, was geschehen war, und das nicht zum erstenmal, als er weg war, und wieviel mehr sie sich von Schwester Math allenfalls gefallen lassen würde und wie gut es wäre, wenn alle Leute wüßten, was Sache sei. Und was Niafer betraf, so hatte Graf Manuels Erfüllung seiner Verpflichtung gegenüber Alianora damit ihr Ende.

Natürlich gab es Gerüchte, die dies, jenes und noch anderes sagten. Einige meinten, daß Manuels Geschichte in sich unwahrscheinliche Elemente enthalte; andere erklärten, daß Königin Alianora, die weit tiefer in die Magie der Apsarasas eingedrungen war als Dom Manuel, ebensogut den Storch ohne seine Hilfe hätte herbeibestellen können. Es war richtig, daß der Storch keine besondere Verpflichtung gegenüber Alianora hatte, aber selbst so, sagten diese Gerüchtemacher, hätte es einen sehr viel besseren Eindruck gemacht, und eine Königin könne nicht heikel genug in solchen Dingen sein, und dies zeige wieder einmal, wie das sei mit diesen fremden Frauen aus dem Süden; und obwohl sie natürlich niemandem etwas Übles nachsagen wollten, hätte es keinen Sinn, vor etwas die Augen zu verschließen, was jederman praktisch als Tatsache ansah und wo überall drüber geredet wurde, und eines Tages würde man schon sehen.

Aber letztlich waren Dom Manuel und die Königin die einzigen, die von diesen Dingen aus erster Hand hätten Aufschluß geben können, und dies war Dom Manuels Version davon. Was das übrige betraf, so ward er gegen das Gerede durch das Wissen gewappnet, daß er in England eine mildtätige Tat vollbracht hatte; denn die Popularität der Königin erhielt dadurch einen steilen Anstieg, und ganz England, besonders aber der König, war hocherfreut über den strammen Sohn, den der Storch Alianora pflichtschuldigst im nächsten Juni brachte.

Manuel sah diesen Knaben nie, der hernach über England herrschen und ein hoch angesehener Kriegsführer werden sollte, noch sah Manuel Königin Alianora jemals wieder. So tritt Alianora aus dieser Geschichte heraus, um lange Jahre des Elends und verheerende Kriege über England zu bringen, aber keinen Zauber für Dom Manuel mehr. Denn man erzählt sich, Dom Manuel habe ihr nie wiederstehen können, und zwar aufgrund jener unterschwelligen Armut des Gefühlslebens, die, wie einige sagen, Dom Manuel mit ihr gemeinsam hatte und die sie vor aller Welt verbargen außer voreinander.

XXXV

Das Fenster nach Süden

Es schien, in einem Wort, als ob die alte Unzufriedenheit Graf Manuel verlassen habe. Nichtsdestotrotz öffnete Dom Manuel in seinem prächtigen Palast zu Storisende an einem schönen, sonnenklaren, warmen Morgen (denn dies war der letzte Tag im April) ein Fenster, um einem Anblick zu begegnen, der ihn mehr verstörte als alles, was seine harten, hellen Augen je gesehen hatten.

So schaute er sich dieses Bild eine Weile an. Dann machte er systematisch Experimente mit allen drei Fenstern in diesem Zimmer des Ageus und fand, wie die Sache stand, soweit man seinen Sinnen trauen konnte. Danach, wie es einer intelligenten Person geziemte, ging er an seinen Schreibtisch zurück und begann die Verfügungen und Ermächtigungen und anderen Papiere zu unterzeichnen, die Ruric, der Kanzleisekretär, ihm dort hinterlassen hatte.

Doch die ganze Zeit ging Dom Manuels Blick immer wieder zu den Fenstern zurück. Es waren ihrer drei, die nebeneinander in die Wand eingelassen waren und alle nach Süden führten. Sie waren aus einem dicken, klaren Glas von einer Art, deren Fertigung heute eine verlorene Kunst ist; denn diese Fenster waren Teil der Beute gewesen, die Herzog Asmund von seinen schändlichen Einfällen in Philistia mitgebracht hatte. In jenem Lande hatten die Fenster einst zu einem Tempel des Ageus gehört, eines Gottes der Philister aus unvordenklicher Zeit. Aus diesem Grunde wurde der Raum das Zimmer des Ageus genannt.

Durch diese Fenster konnte Graf Manuel vertraute Felder, die lange Allee von Pappeln und die sanft ansteigenden Hügel dahinter sehen. Alles war, wie es gestern gewesen war und wie es seit dem Tag gewesen war, als Manuel vor nahezu drei Jahren in Storisende einzog. Alles war genau, wie es gewesen war, außer einem, nämlich daß bis gestern Dom Manuels Tisch neben dem letzten Fenster gestanden hatte. Er konnte sich nicht erinnern, daß bis heute dieses Fenster je geöffnet worden war, weil Graf Manuel, seit er seine Jugend verloren hatte, empfindlich gegen Zugluft geworden war.

»Es ist gewiß sehr merkwürdig«, sagte Dom Manuel laut, als er mit seinen Papieren fertig war.

Er trat erneut auf jenes sehr merkwürdige Fenster zu, als seine Tochter Melicent, die jetzt nahezu drei Jahre alt war, geräuschvoll und in einem entsetzlich schmutzigen Zustand hereinkam, um ihn zu belästigen. Sie sollte später eine strahlende Schönheit erlangen, aber mit drei war sie eines jener Kinder, die menschliche Kräfte nicht länger als drei Minuten sauberhalten können.

Dom Manuel bewahrte zu ihrer speziellen Belustigung eine kleine Fliegenpatsche auf seinem Schreibtisch auf, und diese ergriff er nun.

»Aus dem Zimmer mit dir, du kleine Pest«, knurrte er, »denn ich habe zu tun!«

So rannte das Kind, wie es seine Gewohnheit war, zurück auf den Flur und blieb dort zwar nicht mehr im Zimmer, aber doch mit einem kleinen Fuß auf der Schwelle stehen, während sie zu ihrem riesigen Vater emporlachte und dem berühmten Herrn von Poictesme eine kleine rote Zunge herausstreckte. Dann hockte sich Dom Manuel, wie er es immer tat, auf den Boden nieder, um mit seiner Patsche nach dem vorwitzigen Fuß zu schlagen, und Melicent quietschte vor Vergnügen und zog ihren Fuß rechtzeitig zurück, um der Patsche zu entgehen, und schob ihren anderen Fuß über die Schwelle und versuchte, auch den rechtzeitig zurückzuziehen, bevor er getroffen wurde.

So verbrachten sie eine Viertelstunde mit wildem Spiel, und so fand sie der ernste junge Ruric. Graf Manuel erhob sich mit einem verlegenen Grinsen vom Boden und klopfte sich den Staub ab und schickte Melicent in die Küche nach ein paar Zuckerplätzchen. Er sagte Ruric, was die günstigsten Bedingungen seien, die er den Bürgern von Narenta einräumen könne, und er gab Ruric die unterzeichneten Verfügungen.

Als Ruric fort war, ging Dom Manuel wieder zu dem letzten Fenster, öffnete es und blickte ein zweitesmal hinaus. Er schüttelte den Kopf wie einer, der ein Rätsel sieht und es nicht lösen kann. Dann legte er seine Rüstung an und ritt hinüber nach Perdigon, wohin der heilige König Ferdinand gekommen war, um sich mit Manuel zu beraten, wie sie die Ermordung des maurischen Generals Al-Mota-wakkil bewerkstelligen könnten. Diese Sache übertrug Dom Manuel Guivric dem Weisen; und war sie so los.

Zusätzlich hatte Graf Manuel sich an jenem Nachmittag an einem Gottesurteil zu beteiligen, bei dem es um einige Morgen recht wertvollen Ackerlands ging; Aber die Zuschauer meinten nachher, daß Graf Manuel das Aus-dem-Sattel-Stoßen-und-schwer-Verwunden des Earl Ladinas so nebenher besorgte, als sei sein Herz an jenem Tag nicht bei der Sache. In der Tat hatte er Grund dazu; denn während übernatürliche Rätsel für einen gut genug sind, wenn dieser noch ein unerfahrener Junge ist, oder selbst wenn einer, wie es sich geziemt, auszieht, um sie zu suchen, ist es beunruhigend, wenn solche mysteriösen Dinge sich ungebeten in das Leben eines angesehenen, gesetzten Edelmannes eindrängen, und daß das Fenster des eigenen Hauses seine Spielchen mit einem treiben sollte, erscheint eher ungehörig.

Und jenen ganzen Monat hindurch schien irgendeine Erinnerung Dom Manuel im Hinterkopf zu verfolgen, während die Ritter vom Silbernen Hengst mit der Verfolgung Othmars und seiner Banditen im Taunenfels beschäftigt waren; und sobald Dom Manuel die letzte Bande von diesen Gesellen gefangengenommen und aufgeknüpft hatte, ritt er nach Hause, um aus dem Fenster zu blicken. Es hatte sich nichts geändert.

Dom Manuel überlegte. Er läutete nach Ruric. Dom Manuel sprach mit dem Kanzleisekretär über dies und jenes. Irgendwann sagte Dom Manuel dann: »Es ist drückend heiß hier im Zimmer. Mach doch bitte das Fenster da auf!«

Der Sekretär gehorchte. Manuel sah ihm von seinem Schreibtisch aus genau zu. Aber beim Öffnen des Fensters hatte der Sekretär gezwungenermaßen mit dem Rücken zu Graf Manuel gestanden, und als Ruric sich umdrehte, war das junge, dunkle Gesicht Rurics ausdruckslos.

Dom Manuel spielte mit der juwelenbesetzten Amtskette auf

seiner Brust und sah Ruric an. Dann sagte Manuel: »Das ist alles. Du kannst jetzt gehen.«

Aber Graf Manuels Gesicht war betroffen, und für den Rest des Tages hielt er ein Auge auf den jungen Sekretär. Am Nachmittag fiel auf, daß dieser Ruric oft aus dem einen oder anderen Vorwand in das Zimmer des Ageus ging, wenn niemand sonst dort war. Am nächsten Nachmittag entdeckte Manuel, wie Ruric eine Laterne mit in das Zimmer des Ageus nahm, und das bei hellem Tageslicht. Der Graf wartete eine Weile, dann ging er durch die einzige Tür, die der Raum hatte, in das Zimmer. Das Zimmer war leer. Graf Manuel setzte sich und trommelte mit den Fingern auf die Platte seines Schreibtischs.

Nach einer Weile wurde das dritte Fenster geöffnet. Ruric der Sekretär kletterte über den Fenstersims. Er blies seine Laterne aus.

»Du bist tapferer als ich«, sprach Graf Manuel, »wie es den Anschein hat. Auf jeden Fall bist du jünger. Einst, Ruric, hätte ich keinen ordentlichen jungen Burschen dazu verleitet, sich auf dieses Abenteuer einzulassen, sondern hätte es selbst gewagt. Nun, ich habe jetzt andere Pflichten zu erfüllen und den Schein zu wahren, und die Leute würden darüber reden, wenn sie einen angesehenen Edelmann, der eine Stellung im Leben erworben hat, aus seinen eigenen Fenstern klettern sähen, und was meine Frau davon halten würde, läßt sich kaum ausmalen.«

Der Sekretär hatte sich überrascht umgewandt und seine Laterne klirrend zu Boden fallen lassen. Seine Hände zuckten hinauf zu seiner Kehle und umfaßten sie. Sein Gesicht war weiß wie das eines Aussätzigen, und er hatte den Kopf so tief zwischen die schwarzgekleideten Schultern gezogen, daß er wie ein Buckliger aussah, als er seinem Herrn die Stirn bot. Und eine andere Merkwürdigkeit fiel Manuel auf, und zwar, daß von der linken Seite von Rurics Kopf eine große Locke von seinem Haar abgeschnitten worden war.

»Was hast du dort draußen gefunden?« fragte Manuel.

»Ich kann es Euch nicht sagen«, erwiderte Ruric mit einem irren Lachen. »Aber statt dessen will ich Euch eine Geschichte erzählen. Ja, ja, Graf Manuel, ich werde Euch eine lustige Geschichte erzählen, wie vor langer, langer Zeit unsere gemeinsame Urmutter Eva eines Tages jenseits von Eden ihre Kinder wusch, als Gott nach ihr rief. Sie versteckte die Kinder, die noch nicht fertig gewaschen waren, und als der liebe Gott sie fragte, ob alle ihre Kinder da seien, um sich mit ihren zarten Köpfchen an seine Knie zu drücken und ihm ihre Gebete vorzuplappern, antwortete sie, ja. Und so sagte ihr Gott, daß das, was sie vor Gott zu verbergen versucht habe, auch vor den Menschen verborgen sein solle, und er führte die ungewaschenen Kinder hinweg und schuf einen Ort für sie, wo alles jung bleibt und wo es weder Gut noch Böse gibt, weil diese Kinder unbefleckt von menschlicher Schuld und unerlöst vom Blute Christi sind.«

Der Graf runzelte die Stirn und sagte: »Welch betrunkenen Unsinn redest du da am hellichten Tage? Es ist nicht irgendein närrisches Geschwätz, was ich von dir haben will, sondern eine sachliche Information über das, was auf der anderen Seite des Fensters zu finden ist.«

»Alle Freiheit und alle Freude«, gab ihm der junge Ruric wild zurück, »und aller Schrecken und aller Aufruhr.«

Dann redete er eine Zeitlang. Als Ruric seine Rede beendet hatte, lachte Graf Manuel verächtlich und sprach, wie es einem angesehenen Edelmann geziemte.

Ruric riß ein Messer heraus und griff seinen Herrn an und rief: »Ich folge meinem eigenen Willen und meinem eigenen Begehr, du alter, selbstgefälliger, schiefblickender Heuchler!«

Und Graf Manuel packte Ruric beim Hals, und mit bloßen Händen erwürgte Dom Manuel den jungen Sekretär.

»Jetzt habe ich die Welt von viel Gift befreit, würde ich meinen«, sagte Dom Manuel laut, als Ruric tot zu Manuels Füßen lag. »Jedenfalls kann ich solches Gerede in meinem Hause nicht dulden. Und doch wünschte ich, ich hätte den Jungen nicht verführt, dieses Abenteuer einzugehen, das von Rechts wegen mein Abenteuer war. Ich bin nicht immer Abenteuern ausgewichen.«

Er rief zwei Bedienstete, um den Leichnam wegschaffen zu lassen, und dann ging Manuel in sein Schlafzimmer und ließ sich von seinen Lakaien in eine Tunika aus purpurner Seide kleiden, und ein Kronreif wurde auf sein graues Haupt gesetzt, und die Trompeten erklangen, als Graf Manuel sich zum Abendmahle niedersetzte. Pagen in Hermelin bedienten ihn und brachten Manuels Speise auf goldenen Platten und gossen roten und weißen Wein aus goldenen Krügen in Manuels goldenen Becher. Kunstreiche Musikanten spielten auf Violen und Harfen und Flöten, während der hohe Graf von Poictesme seine reich gewürzten Speisen verzehrte und gesittete Gespräche mit seiner Gemahlin führte.

Sie hatten nicht so gut gespeist, als Manuel erst kürzlich von seiner Schweineherde Abschied genommen hatte und Niafer eine Dienstmaid war, die einen Auftrag ihrer Herrin ausführte, und als diese beiden sehr dankbar das Brot und den Käse des Klausners gegessen hatten. Sie hatten es nicht notwendig gehabt, sich mit seltenen Weinen zu stärken, als sie so viele Gefahren auf dem Vraidex und in Dun Vlechlan zu überstehen hatten, ob ihrer Liebe füreinander. Denn diese zwei hatten einander einst wunderbar geliebt. Jetzt machten überall Sänger Lieder über ihre alles überwindende Liebe, die den Tod verlacht hatte, und niemand leugnete, daß diese beiden selbst jetzt recht gut miteinander auskamen.

Aber heute abend war Dame Niafer verärgert, weil der Pastetenkoch ein Vetter des jungen Ruric war und, wie sie befürchtete, nun womöglich die Sachen hinwerfen und sich davonmachen würde, weil Dom Manuel den Sekretär erdrosselt hatte.

»Nun, dann zahl ihm einfach mehr Lohn«, meinte Graf Manuel.

»Das ist leicht gesagt und genau das, was ein Mann sich so vorstellt. Manuel, du weißt genau, daß dann der Fleischkoch und auch der Haushofmeister gleichfalls mehr verlangen würden, und das Ganze würde sich nicht mehr eindämmen lassen.«

»Aber meine Liebe, der Junge redete Aufruhr und Lästerei und ging mit einem großen Messer auf mich los.«

»Natürlich war das nicht richtig von ihm«, meinte Dame Niafer ungerührt, »und ich will sein Verhalten auch gewiß in keiner Weise gutheißen, Manuel, das weißt du genau. Aber wenn du selbst auch in dieser Situation wenigstens einen Moment daran gedacht hättest, wie schwierig es heute ist, einen Diener zu finden, und wie unzuverlässig die meisten von ihnen sind, hättest du gesehen, glaube ich, wie sehr wir von ihnen abhängen.«

Dann erzählte sie ihm alles über ihre zweite Kammerzofe, während Manuel sagte: »Ja«, und: »So etwas habe ich noch nie gehört«, und: »Du hast natürlich vollkommen recht, meine Liebe«, und so weiter, während er die ganze Zeit im Hinterkopf an etwas anderes zu denken schien.

XXVI
Ausflüchte

Danach konnte Graf Manuel nicht lange von dem Fenster wegbleiben, durch das Ruric mit einer Laterne geklettert und wieder zurückgekehrt war, um wie im Wahn gegen Gesetz und Ordnung zu lästern.

Der Ausblick aus diesem Fenster hatte etwas Merkwürdiges. Durch die zwei anderen Fenster des Ageus, die Seite an Seite mit diesem angebracht waren und ihm in jeder Hinsicht zu gleichen schienen, blieb die Sicht immer unverändert, und ebenso war es auch mit dem dritten Fenster, solange man durch das dicke, klare Glas nach draußen blickte. Aber wenn man das dritte Fenster des Ageus öffnete, dann war die ganze sonnenklare Sommerwelt, die man durch das dicke, klare Glas gesehen hatte, verschwunden, und man schaute in ein grenzenloses graues Zwielicht hinaus, in dem nichts mit Gewißheit auszumachen war, und die Luft roch nach Frühling. Es war eine seltsame Erfahrung für Graf Manuel, so durch das klare Glas seine blühenden Besitztümer und all die Erträge seiner berühmten Taten zu sehen und sie dann verschwunden zu finden, sobald das dritte Fenster geöffnet wurde. Es war merkwürdig und sehr interessant; doch solche Begebenheiten machen Leute mißtrauisch gegenüber Dingen, an die implizit zu glauben, wie jedermann weiß, Teil der Weisheit ist.

Nun stand am zweiten Tage, nachdem Ruric gestorben war – es war inzwischen Juni –, Graf Manuel an den drei Fenstern und sah in der Pappelallee seine Frau, Dame Niafer, Hand in Hand mit der kleinen Melicent gehen. Niafer war trotz ihres Hinkens eine ansehnliche Frau, solange Manuel sie durch das geschlossene Fenster des Ageus betrachtete. Dom Manuel blickte wohl zufrieden auf die Gemahlin, die der Lohn für seine Mühen und Leiden in Dun Vlechlan war, und das Kind, das der Lohn für sein Mitgefühl und seine Klugheit im Umgang mit dem Storch war. Alles schien gut, solange er sie durch das geschlossene dritte Fenster betrachtete.

Seine Hand zitterte ein wenig, als er nun dieses Fenster öffnete, um in ein graues, duftendes Nichts zu blicken. Doch im Fensterglas erschienen unverändert seine blühenden Gärten, und in der rechten Hälfte des Fensters waren zitternde Pappeln zu sehen, und Niafer und Klein Melicent lächelten zu ihm auf, und das Kind warf ihm einen Handkuß zu. Aber um diese schwingende Fensterhälfte herum war ein Nichts, und wenn er sich hinauslehnte und den Fensterflügel teilweise zuzog, konnte er sehen, daß hinter diesem freundlichen Bild auch Nichts war; nur in dem alten Glas des Ageus schienen seine Frau und sein Kind zu leben und sich zu bewegen.

Dom Manuel lachte kurz auf. »Hah«, sagte er, »dann sind vielleicht jene liebe, langweilige, allzeit nörgelnde Frau und jenes süße, stupsnasige Balg gar nicht wirklich. Vielleicht sind sie bloß schöne, alltägliche Trugbilder, welche die Nacht verbergen, die allein wirklich ist. Der Gedanke an sich ist beunruhigend. Er schafft eine nur noch größere Einsamkeit. Nichtsdestotrotz weiß ich, daß ich wirklich bin, und gewiß ist dieses Grau vor mir wirklich. Nun, was auch immer Ruric dort draußen befallen haben mag, es muß seinen Grund darin haben, daß es in diesem Grau ein anderes Wesen gibt, das wirklich und mit der Welt nicht zufrieden ist. Ich muß gehen, dieses Wesen zu suchen; denn hier werde ich nach und nach zu einem Mann, der wie betäubt einhergeht, eingelullt von angenehmen Träumen, die doppelt ermüdend werden durch das Geflüster meines alten Meisters von jenem Wissen, das meines Vaters Vater gehörte.«

Dann zeigte sich in dem grauen Dämmer ein Gesicht, das nicht menschlich war, und der runde, zahnlose Mund darinnen öffnete sich und sprach mit leiser Stimme: »Ich bin Lubrican und bin gekommen, dich zu geleiten, wenn du kühn genug bist, mir zu folgen.«

»Ich dachte immer, daß ›kühn‹ ein heutzutage ungebräuchliches Wort wäre«, sprach Manuel in jenem unbekümmerten Ton, den er sich für gesellschaftliche Belange aufsparte.

So kletterte er aus dem dritten Fenster des Ageus. Als er später wieder zurückkletterte, war eine Locke von der Seite seines grauen Schopfes geschnitten worden.

Nun erzählt die Geschichte, daß Dom Manuel danach verwandelt war und seine Bediensteten darüber tuschelten. Auch Dame Niafer wurde zu milder Verwunderung über die Veränderung in seinem Verhalten bewegt, aber hielt dies nicht für sehr wichtig, da es sich nie vorhersagen läßt, was ein Ehemann tun wird. Außerdem gab es andere Dinge zu bedenken; denn zu dieser Zeit kamen Ostlinge von Piaja (das sie geplündert hatten) in das Gebiet von König Theoderet herauf und belagerten Megaris, und der bedrängte König hatte Boten zu Dom Manuel geschickt.

»Aber das ist nicht meine Angelegenheit«, erklärte Manuel, »und ich beginne der Kriegszüge und der Erkältungen, die ich mir durch das Schlafen auf hart gewonnenen Schlachtfeldern zuziehe, müde zu werden.«

»Du würdest dich nicht erkälten, wie ich dir immer wieder gesagt habe«, erklärte Niafer, »wenn du mehr grünes Gemüse essen würdest, statt dich mit Fleisch vollzustopfen, und dich beim Kämpfen nicht immer so erhitzen würdest. Und doch solltest du besser gehen.«

»Meine Liebe, ich werde nichts dergleichen tun.«

»Doch, du solltest wirklich besser gehen, denn diese Ostlinge sind berüchtigte Heiden –«

»Nun waren auch andere Personen vor langer Zeit einmal Heiden, mein lieber Wicht –«

»Und es gibt gar manche Dinge, die noch viel, viel schlimmer sind, Manuel«, sprach Niafer in jenem ominösen Ton, bei dem es Manuel immer unwohl wurde, weil man nie genau wußte, was damit gemeint sein mochte. »Ja, diese Ostlinge sind ganz berüchtigte Heiden, und König Theoderet hat zumindest die Tugend, sich einen Christen zu nennen, und außerdem wird mir dies die Gelegenheit verschaffen, deine Zimmer zu lüften und gründlich sauberzumachen.«

So tat Manuel, wie es seine Gewohnheit war, das, was Niafer für am besten hielt. Manuel rief seine Vasallen zusammen und scharte seine neun Edlen der Ritterschaft vom Silbernen Hengst um sich, und ohne irgendwelches Aufsehen mit Hörnern und Trompeten zu erregen, kam er so schnell und unbemerkt im Schutze der Nacht über die heidnischen Ostlinge, daß nie ein solches Gemetzel und Gemorde gesehen wurde wie jenes, welches Dom Manuel über jene hochgewachsenen Heiden brachte, ehe noch das Frühstück auf dem Feldtisch stand.

Er griff von Sannazaro aus an. Die Überlebenden flohen daher, da sie keine andere Wahl hatten, durch die Felder östlich von Megaris. Dom Manuel folgte ihnen und schlachtete sie im offenen Feld nieder.

Also ward das Reich von schrecklicher Gefahr befreit, und Manuel wurde eine Zeitlang von den Banketten und Dankgottesdiensten und der Hinrichtung der Gefangenen und den verrückten Ideen der Schwester des Königs aufgehalten. Denn dieses romantische und sehr hübsche Mädchen hatte König Theoderet dazu angestiftet, Manuel mit wohlklingenden Angeboten dessen zu plagen, was Theoderet alles tun und geben würde, wenn nur der Retter von Megaris seine häßliche, verkrüppelte Frau verstoßen und des Königs schöne Schwester heiraten würde.

Manuel lachte ihn aus. Einige sagen, daß Manuel und des Königs Schwester auch ohne Heirat ausgekommen seien, andere klagen Dom Manuel an, eine Enthaltsamkeit an den Tag gelegt zu haben, die sich nicht sehr gut mit seinem hohen Stand vereinbare. Es steht jedenfalls fest, daß er irgendwann nach Poictesme zurückkehrte, mit einer Erkältung, das ist wahr, aber mit frischem Ruhm bedeckt und einer Menge an Beute und zwei neuen Lehen, die er seinem Besitz hinzufügen konnte. Und in Storisende fand Dom Manuel, daß seine Gemächer durch und durch gereinigt und so gründlich aufgeräumt worden waren, daß er nichts von seinen Sachen mehr finden konnte. Und daß der Pastetenkoch seinen Dienst aufgekündigt hatte.

»Da siehst du's mal wieder!« sprach Dame Niafer. »Und alles, was ich dazu zu sagen habe, ist, daß du jetzt hoffentlich endlich zufrieden bist.«

Manuel lachte, aber ohne Freude. »Alles hat sich verschworen, mich in diesen üppigen Zeiten zufriedenzustellen, und das ist es, was mich hauptsächlich plagt.«

Er kniff Niafer ins Kinn und sagte ihr, sie sollte lieber daran denken, was für einen berühmten Gatten sie heutzutage hätte, statt sich mit Pastetenköchen herumzuschlagen. Dann ging er dazu über, die kleine Melicent zu fragen, wie sehr sie Papa vermißt habe, als Papa weg war, und er küßte natürlich auch seine anderen beiden Kinder und bewunderte pflichtschuldigst die Erweiterungen von Emmericks Wortschatz während der Abwesenheit seines Vaters. Und danach ging er allein in das Zimmer des Ageus.

Danach pflegte er mehr und mehr Stunden im Zimmer des Ageus zu verbringen, und der Wandel in Graf Manuels Verhalten wurde mehr und mehr zum Gesprächsstoff. Und der Sommer verging, und ob Graf Manuel nun, wie die einen behaupteten, Pakte mit unheiligen Mächten abgeschlossen hatte oder nicht, so war es jedenfalls nicht abzustreiten, daß alles, was Graf Manuel anfaßte, wuchs und gedieh, und er wurde überall als der größte und von Skrupeln unbeleckteste Glücksritter auf Erden angesehen. Aber ganz gewiß hatte er sich verändert.

XXXVII
Was Heinzelmann sich dachte

Nun weiß die Geschichte zu berichten, daß am Morgen des Michaelistages Klein Melicent, die gerade in einer ruhigen Stimmung war, mit ihrer Puppe in dem hochlehnigen Stuhl neben dem dritten Fenster des Ageus saß, während ihr Vater an seinem Schreibtisch schrieb. Er macht Pausen zwischen den Sätzen, um nachzudenken und an seinen Nägeln zu kauen, und er war so mit seinem Brief an Papst Innozenz beschäftigt, daß er nicht bemerkte, wie sich das dritte Fenster langsam öffnete, und Melicent hatte sich schon eine ganze Weile mit dem seltsamen kleinen Jungen unterhalten, ehe Dom Manuel ganz in Gedanken aufblickte und sie sah. Dann zeigte sich Manuels Gesicht verstört, und er rief Melicent zu sich, und sie kletterte gehorsam auf den Schoß ihres Vaters.

Schweigen herrschte im Raum des Ageus. Der seltsame kleine Junge saß in den Stuhl zurückgelehnt, den Klein Melicent soeben verlassen hatte. Er saß da mit überkreuzten Beinen und umklammerte mit behandschuhten Händen sein rechtes Knie, während er Melicent abschätzend anblickte. Sein Gesicht war schön und traurig zugleich anzusehen, und blondgelocktes Haar hing ihm bis auf die Schultern, und er trug einen Rock aus zinnoberroter Seide, und an seiner linken Seite hing wie ein Schwert eine riesige Schere. Er trug auch einen spitzen Hut in vier changierenden Farben, und seine ledernen Handschuhe waren mit Perlen bestickt.

»Sie wird irgendwann eine Frau sein«, sagte der seltsame Junge mit seiner sanften, zarten Stimme, »und dann wird auch sie zu uns kommen, und wir werden uns einen schönen Kummer für sie einfallen lassen.«

»Nein, Heinzelmann«, erwiderte Graf Manuel, während er Melicents rundes, strohblondes Köpfchen streichelte. »Dies ist Niafers Kind. Sie entstammt einer Rasse, die keine Zeit hat, aus zweifelhaften Fenstern zu blicken.«

»Es ist auch dein Kind, Graf Manuel. Daher wird auch sie

irgendwann zwischen dem heutigen Tag und dem Tag ihres Todes das Wohnrecht im Reich meiner Schwester Suskinde erlangen wollen, wie auch du es, um einen Preis, erlangt hast. Oh, ganz gewiß hast du bislang wenig bezahlt außer jener einen Locke deines grauen Haares, aber mit der Zeit wirst du den anderen Preis bezahlen, den Suskinde fordert. Ich weiß es, denn ich bin es, der die Steuern meiner Schwester Suskinde eintreibt, und wenn die Stunde dafür gekommen ist, glaube mir, Graf Manuel, dann werde ich dich nicht lange bitten, noch gibt es irgendeinen Preis, den du, glaube ich, nicht willig zahlen würdest.«

»Das ist wahrscheinlich. Denn Suskinde ist weise und wundersam, und die ernste Schönheit ihrer Jugend ist die Erfüllung einer alten Hoffnung. Das Leben war für mich eine langweilige Sache von viel Geld und viel Blutvergießen geworden, aber sie hat mir das Gold und Rot des Morgens wiedergebracht.«

»So, dann liebst du meine Schwester Suskinde wohl sehr?« sprach Heinzelmann mit einem eher traurigen Lächeln.

»Sie ist meines Herzens Freude und die Sehnsucht meines Begehrs. Sie war es, nach der ich mich unwissentlich immer gesehnt hatte, seit ich das erste Mal von ihr fortging, um in meinem langen Streben nach Reichtum und Ruhm die grauen Höhen des Vraidex zu erklimmen. Ich habe alle meine Wünsche erfüllt und alle meine Träume verwirklicht gesehen; all jene göttlichen Unzufriedenheiten, die meine Jugend adelten, waren dabei, schmerzlos in weichen Kissen zu verdämmern. Und das Leben war mir zu der Gewohnheit geworden, das zu tun, was kleine Leute erwarteten, und die Jugend war von mir gegangen, und ich, der ich hohen Hauptes meinem eigenen Willen und meinem eigenen Begehr zu folgen pflegte, konnte mich nicht länger nach irgend etwas sehnen. Jetzt bin ich völlig verwandelt; denn Suskinde hat mir einmal mehr das Wohnrecht im Land der ewig Jungen und der zeitlosen, selbstquälerischen Jugend der grauen Tiefen vermacht, die Ruric in den Wahnsinn trieben, mich aber nicht.«

»Aber sieh, Graf Manuel, jener unbemittelte junge Niemand Ruric war nicht gefangen, wie du gefangen bist. Denn vom

Glauben der anderen gibt es kein Entkommen auf dieser Seite des Fensters. Der weltberühmte Manuel der Erlöser hat an diesem Ort sein Glück und sein Wohlergehen aufrechtzuerhalten, bis die einfallslosen Götter den Manuel, der einst seinem eigenen Willen und seinem eigenen Begehr folgte, ganz und gar vernichtet haben. Denn selbst die hohen Götter stellen inzwischen beifällig fest, daß du die Art von Person geworden bist, in die Götter Vertrauen setzen können, und so begünstigen sie dich, wo sie nur können. Hier ist alles für dich durch den Willen anderer vorherbestimmt. Hier gibt es kein Entkommen davor, heute ein wenig mehr Reichtum, morgen ein wenig mehr Weideland zu erwerben, verbunden mit einem täglichen Zuwachs an Anerkennung und Ehre und Neid von seiten deiner Mitmenschen und mit sich langsam vermehrenden Runzeln und einer Abstumpfung des Geistes und einem größer werdenden Bauch und mit der selbstgefälligen Billigung von jedermann im Himmel und auf Erden. Das ist der Lohn derjenigen, die du so humorvoll ›erfolgreiche Menschen‹ nennst.«

Dom Manuels Antwort kam sehr langsam, und Klein Melicent erschien es, als klinge die Stimme ihres Vaters traurig.

Und Manuel sprach: »Gewiß, es gibt, wie es scheint, kein Entkommen für mich auf dieser Seite des Fensters des Ageus. Mir wurde ein Bann auferlegt, in dieser Welt eine gute Figur zu machen, und ich habe mich dieser Verpflichtung entledigt. Dann kam eine andere und wieder eine andere Verpflichtung, die ich zu erfüllen hatte. Und jetzt liegt ein Geas auf mir, das sich weder duch Mühen noch durch Wunder aufheben läßt. Es ist das Geas, das einem jeden auferlegt ist, und das Leben eines jeden ist wie mein Leben, in dem kein Augenblick frei von der einen oder anderen Pflicht ist. Die Jugend prahlt mit großen Worten, aber am Ende kann niemand seinem eigenen Willen und seinem eigenen Begehr folgen. Jedesmal wird er mit dem konfrontiert, was von ihm erwartet wird, und Verpflichtung folgt auf Verpflichtung, und auf lange Sicht kann kein Held stärker sein als jedermann. So ergeben wir uns der Unvernunft dieser Welt, ob wir wollen oder nicht, und Helmas wurde weise, und Ferdinand wurde heilig, und ich wurde erfolgreich durch das, was von uns erwartet wurde, und durch das, dem zu widerstehen niemand von uns je eine wirkliche Chance hatte, in einer Welt, in der alle Menschen von ihrem Glauben genährt werden.«

»Und macht dich der Erfolg nicht zufrieden?«

»Ah, aber«, fragte Manuel langsam, ebenso wie er einst Horvendile in Manuels verlorener Jugend gefragt hatte, »was ist Erfolg? Man sagt mir, ich sei in allen Dingen wunderbar erfolgreich gewesen, sei von niedrigen Anfängen zum größten und von Skrupeln unbelecktesten Glücksritter auf Erden aufgestiegen; und doch, wenn ich den Beifall der Menschen höre, frage ich mich das manchmal selbst; denn ich weiß, daß ein kleinherzigerer und geistig ärmerer Mensch hier in Graf Manuels hohem gepolsterten Sessel sitzt, als damals mit des Müllers Schweinen ins Feld hinauszog.«

»Fürwahr, Graf Manuel, du bist mit der Welt einig geworden, indem du dich ihrer Narrheit ergeben hast. Aber tröste dich; denn dies ist der einzige Weg für einen, der die Enden dieser Welt nicht gesehen und über sie geurteilt hat. Zumindest hast du die Erfüllung all deiner Wünsche gefunden, und du hast eine sehr bemerkenswerte Figur in Graf Manuels hohem Sitz abgegeben.«

»Aber ich verhungere hier, Heinzelmann, ich vertrockne, bis ich zu Stein werde, und dieses beneidete Leben formt mich allmählich um zu einem willfährigen Idol, den Narren zur Verehrung, und der Beifall der Narren verwandelt mein Herz und meinen Geist in das steinerne Herz und den steinernen Geist eines Idols. Und ich blicke zurück auf meine Wagnisse aus der alten, atemlosen Zeit, und ich frage mich niedergeschlagen: ›War es das wert?‹ «

»Ja«, sagte Heinzelmann, und er zuckte die Achseln, ohne je sein trauriges Lächeln abzulegen, »ja, ja, all dies ist nur eine andere Art zu sagen, daß Béda sein Wort gehalten hat. Aber kein Mensch kann dem Elend entgehen, Graf Manuel, außer um einen Preis.«

Eine Weile sagte keiner etwas. Graf Manuel streichelte Klein Melicents rundes, strohblondes Köpfchen. Heinzelmann spielte mit dem kleinen Kreuz, das um seinen Hals hing. Das Kreuz schien aus geflochtenen Fäden gewirkt zu sein, aber wenn Heinzelmann es schüttelte, klingelte es wie eine Schelle.

»Und doch«, sprach Heinzelmann, »bleibst du nichtsdestotrotz hier. Nein, ehrlich, ich kann dich nicht verstehen, Graf Manuel. Wie ein Trunksüchtiger zu der Flasche zurückkehrt, die ihn zugrunde richtet, so kehrst du immer wieder zu deinem schönen Heim in Storisende und zu den unaufhörlichen Einflüsterungen des Vaters deines Vaters zurück, obgleich es dir freisteht, auf immer in Suskindes niedrigem Palast mit den roten Säulen zu verweilen und auf immer jenes Geflüsters und dieser öden Befriedigung menschlicher Begehren ledig zu sein.«

»Ich werde natürlich irgendwann dort meinen ständigen Wohnsitz nehmen«, sprach Graf Manuel, »Aber noch nicht gleich. Es wäre nicht ganz fair meiner Frau gegenüber, Storisende gerade jetzt zu verlassen, wo die Ernte kurz bevorsteht und alles sowieso schon ziemlich durcheinander ist –«

»Ich sehe, daß du immer noch Entschuldigungen erfindest, Graf Manuel, um den Zeitpunkt herauszuschieben, an dem du dich völlig in die Hand meiner Schwester gibst.«

»Nein, das ist es nicht, nein, wirklich nicht! Es ist nur, daß eben jetzt alles ein bißchen durcheinander ist, und außerdem, Heinzelmann, soll der Storch uns irgendwann Ende nächster Woche das letzte Mädchen bringen. Wir wollen sie Etarre nennen, und ich hätte so gern noch einen Blick auf sie geworfen, was wohl verständlich ist. Ja, allein die Höflichkeit zwingt mich schon zum Bleiben, da die Königin von Philistia den berühmten St. Holmendis eigens zu uns herüberschickt, um das Kind zu taufen. Und es wäre wirklich die Höhe der Unhöflichkeit, Heinzelmann, wenn ich mein Heim jetzt verlassen würde, als wollte ich mich vor seinem Besuch drücken –«

Heinzelmann lächelte immer noch sehr traurig. »Letzten Monat konntest du nicht kommen, weil deine Frau just dann so erschöpft davon war, in der heißen Küche zu stehen und Marmelade und Gelees einzukochen. Dom Manuel, wirst du dann kommen, wenn das Kind da ist und dieser Heilige seine Pflicht an ihm erfüllt hat und die ganze Ernte eingebracht ist?«

»Tja, also, Heinzelmann, eine Woche oder zwei danach werden wir das diesjährige Bier brauen, und ich habe immer mehr oder weniger danach gesehen –«

Heinzelmann lächelte immer noch traurig. Er zeigte mit seiner kleinen, behandschuhten Hand auf Melicent. »Und was ist mit deiner anderen Verpflichtung, die diesem Kind gilt?«

»Ja, das ist wahr, Heinzelmann, das Balg braucht einen Vater, der sich um sie kümmert, solange sie noch fast ein Baby ist. Und natürlich habe ich in letzter Zeit sehr ernsthaft darüber nachgedacht –«

Heinzelman sprach mit Überlegung. »Sie ist mit Abstand das dümmste und unattraktivste Kind, das ich je gesehen habe. Und ich, wie du dich erinnern wirst, bin blutsverwandt mit Kain und Seth ebenso wie mit Suskinde.«

Aber Dom Manuel ließ sich nicht provozieren. »Als ob ich nicht wüßte, daß dieses Kind in keiner Weise bemerkenswert ist! Nein, mein guter Heinzelmann, du, der du Suskinde dienst, hast mir seltsame, teure Dinge gezeigt, aber nichts, was seltsamer oder schöner wäre als etwas, was ich selber entdeckt habe. Denn ich bin jener Manuel, den die Menschen den Erlöser von Poictesme nennen, und meine Taten werden Stoffe für Barden abgeben, deren Großeltern noch nicht geboren sind; ich habe Liebe und Krieg gekannt und Abenteuer jeglicher Art: doch all die Seufzer und das unterdrückte Lachen von gestern und all das Trompetengeschmetter und Gejubel von heute und alles, was ich von den sonst verschwiegenen menschlichen Zügen großer Leute mitbekommen habe, die für kurze Zeit ihren Stand beiseite gelagt haben, und all das Gute, was ich in meiner Zeit getan haben mag, und all das Böse, was ich mit Sicherheit zerstört habe – all dies erscheint mir unwichtig gegen das Hervorbringen dieses lockenköpfigen Balgs. Nein, ohne Zweifel, im Vergleich mit Emmerick oder sogar mit Dorothy ist sie zurückgeblieben, und sie ist, wie du sagtest, ein in keiner Weise bemerkenswertes Kind, obwohl sie sehr oft, kann ich dir versichern, Dinge tut, die dich in Erstaunen versetzen würden. Zum Beispiel –«

»Verschone mich!« sagte Heinzelmann.

»Nun, aber es war wirklich sehr klug von ihr«, gab Dom

Manuel enttäuscht zu verstehen. »Was ich aber sagen wollte, war, daß ich, der ich Heiden Gottesfurcht gelehrt und mit Königen gescherzt habe und jetzt dem Heiligen Vater Bedingungen stelle, dazu gekommen bin, die Taten dieses verzogenen, selbstsüchtigen, häßlichen kleinen Wichts als wichtiger anzusehen als meine Taten. Und ich kann mich nicht dazu durchringen, sie zu verlassen, wenigstens jetzt noch nicht. So, Heinzelmann, mein Freund, glaube ich, ich will mich noch nicht gänzlich binden, wenigstens jetzt noch nicht. Aber nach Weihnachten werden wir weitersehen.«

»Und ich will dir die zwei Gründe nennen, weshalb du unfähig bist, dich zu entscheiden, Graf Manuel. Der eine Grund ist der, daß du ein Mensch bist, und der andere Grund ist der, daß auf deinem Haupt graue Haare wachsen.«

»Wie, kann es sein«, meinte der große Krieger bedrückt, »daß ich, der ich noch keine sechsundzwanzig Jahre des Lebens genossen habe, schon ein alter Mann bin und daß mein Leben bereits schwindet?«

»Du darfst den Preis nicht vergessen, den du gezahlt hast, um Dame Niafer aus dem Paradies zurückzuholen. Da die Wahrheit und nicht der Kalender über solche Dinge entscheidet, gehst du jetzt eher auf die sechsundfünfzig zu.«

»Nun«, sagte Manuel fest, »ich bedaure es nicht, und um Niafers willen bin ich bereit, hundertundsechs zu werden. Aber ansonsten ist es schon hart für mich, mich als einen alten Knacker zu sehen, der schon mit einem Fuß im Grabe steht.«

»Oho, so alt bist du noch nicht, Graf Manuel, aber die Macht Suskindes ist größer als jenes Kindes Macht; und außerdem gibt es einen Weg, die Macht des Kindes zu brechen. Der Tod hat bislang nur mit der Spitze eines Nagels kleine Runzeln in dein Gesicht gekratzt, um dich als den seinen zu kennzeichnen. Das ist bislang alles, und so bleibt die Macht meiner Schwester Suskinde über dich erhalten, der du einst deinem eigenen Willen und deinem eigenen Begehr zu folgen pflegtest, denn selbst heute verbleibt in dir ein Keim davon. Ja, ja, obwohl du sie heute verleugnest, wirst du morgen um ihre Gunst buhlen, und dann mag es sein, daß sie dich strafen wird. Aber wie dem auch sei, ich muß jetzt gehen, da du dich halsstarrig zeigst; denn es ist Zeit für mich, durch die Septemberwelt zu ziehen und die Abgaben für meine Schwester einzutreiben, und ihre Schuldiger sind sehr zahlreich.«

Und mit diesen Worten schlüpfte der Junge, immer noch ernst lächelnd, aus dem dritten Fenster in das graue, duftende Zwielicht, und Klein Melicent sagte: »Aber Vater, warum wollte dieser seltsame traurige Junge, daß ich mit ihm aus dem Fenster klettern sollte?«

»Er wollte nur nett zu dir sein, mein Kleines, denn er ist gern nett zu anderen.«

»Aber warum wollte der traurige Junge dann ein Stück von meinem Haar?« fragte Melicent. »Und warum hat er es mit seiner großen blitzenden Schere abgeschnitten, als du geschrieben hast und er mit mir spielte?«

»Um einen Preis zu bezahlen«, sprach Manuel.

Und er wußte nun, daß seinem geliebten Kind der Zauber der Alfen auferlegt worden und daß dies der Preis für sein Picknick war. Er wußte auch, daß Suskinde diesen Preis niemals aus der Hand geben würde.

»Und was macht dein Gesicht so blaß?« wollte Melicent wissen.

»Es muß blaß vor Hunger sein, Kind; darum denke ich, daß du und ich jetzt besser zum Essen gehen sollten.«

XXXVIII

Abschied von Suskinde

Aber nach dem Essen kam Dom Manuel allein in das Zimmer des Ageus und rüstete sich, wie es nötig war, und dann kletterte er ein letztes Mal aus dem verzauberten Fenster. Sein letzter Besuch in den Tiefen, so wird erzählt, war schrecklich, und es wird auch erzählt, daß von all den Taten in Manuels gedrängter Lebzeit die, welche er an diesem Tag vollbrachte, die härteste war. Aber er kämpfte sich durch, dank seiner Ausstattung und eines entschlossenen Herzens. Und als Dom Manuel zurückkehrte, hielt er in seiner linken Hand eine Lokke feinen, strohblonden Haares umklammert, und an beiden Händen war Blut, das aus keinen menschlichen Adern geflossen war.

Er blickte ein letztes Mal zurück in die grauen Tiefen. Ein gekröntes Mädchen erhob sich lautlos vor seinen Augen; sie war ganz weiß und rot, und sie schlang ihre weißen, blutbefleckten Arme um ihn, und sie zog ihn an ihre zerstochenen jungen Brüste, und sie küßte ihn ein letztes Mal. Dann lösten sich ihre Arme von Dom Manuel, und sie fiel von ihm ab und wurde von den grauen, duftenden Tiefen verschluckt.

»Und so leb wohl, Königin Suskinde«, sprach Graf Manuel. »Du, die du nicht menschlich warst, sondern nur die Wahrheit der Dinge kanntest, konntest niemals unsere närrischen menschlichen Vorstellungen verstehen. Sonst hättest du nie den einen Preis von mir verlangt, den ich nicht zu zahlen bereit bin.«

»Weinet, weinet um Suskinde!« sprach dann die Stimme Lubricans, die schwach in dem grauen und aprilduftenden Zwielicht heulte. »Denn sie allein war es, die das Geheimnis kannte, jene Unzufriedenheit zu bewahren, die göttlich ist, wo alles andere mit der Zeit in die Selbstgenügsamkeit von Tieren zurückfällt.«

»Gewiß, aber Unglücklichsein ist nicht das wahre Begehr des Menschen«, sprach Manuel. »Ich weiß es, denn ich habe sowohl Glück als auch Unglück gekannt, und keines davon hat mich zufrieden gemacht.«

»Weinet, weinet um Suskinde!« rief dann die sanfte und zarte Stimme Heinzelmanns. »Denn sie war es, die dich geliebt hätte, Manuel, mit jener Liebe, von der die Jugend träumt und die nirgendwo auf deiner Seite des Fensters existiert, wo sich alle geküßten Frauen zu irdenen Figuren wandeln und alle Liebe mit der Zeit in die Selbstgenügsamkeit von Tieren zurückfällt.«

»Oh, es ist nur zu wahr«, sprach Manuel, »daß mein ganzes Leben von nun an ein glanzloses Unterfangen sein wird ob meiner langen Sehnsucht nach Suskindes Liebe und Suskindes

Lippen und der ernsten Schönheit ihrer Jugend und all der hochgemuten Unzufriedenheiten der Jugend. Doch der Alfenzauber ist vom Haupt meines Kindes genommen worden, und Melicent wird ein Leben führen, wie Niafer es führt, und es wird besser für uns alle sein, und so bin ich zufrieden.«

Aus der Tiefe kamen nun viele Stimmen, die durcheinander riefen und wehklagten: »Wir weinen um Suskinde. Suskinde ward erschlagen mit der einzigen Waffe, die sie töten konnte, und wir alle weinen um Suskinde, die die schönste und weiseste unvernünftigste aller Königinnen war. Laßt all die verborgenen Kinder um Suskinde weinen, deren Herz und Leben April war und die tapfer gegen die Ordnungsgier der einfallslosen Götter gekämpft hat und die hingeschlachtet worden ist, um das Haar eines ganz gewöhnlichen Kindes zu bewahren.«

Da sprach der Graf von Poictesme: »Und jener Manuel, der zu seiner Zeit ein eigensinniger Kämpfer war und der gegen die verfügte Ordnung der Dinge aufbegehrte und der überallhin ging, um hohen Hauptes zu prahlen, daß er seinem eigenen Willen und seinem eigenen Begehr folge – nun, jener junge Bursche ist nun auch zum Schweigen gebracht und tot. Denn der löbliche und angesehene Graf von Poictesme muß sein, wie es der Wille und der Glaube und das Bedürfnis anderer vorschreiben, und es gibt kein Mittel dagegen und kein Entkommen, und der Schein muß gewahrt bleiben auf dieser Seite des Fensters, damit wir alle bei Sinnen bleiben.«

»Wir weinen, und mit Weinen und Wehklagen stimmen wir den Abgesang für Suskinde an –«

»Doch ich, der ich nicht weine – ich stimme den Abgesang für Manuel an. Denn ich muß von nun an in allen Dingen vernünftig sein, und ich mag nie mehr unzufrieden sein, und ich werde essen und schlafen, wie es die Tiere tun, und vielleicht sogar dazu kommen, selbstzufrieden über meinen Tod und meine glorreiche Auferstehung nachzusinnen. Ja, ja, so wird es kommen, und es wird mir nie mehr möglich sein, überallhin zu reisen und die Enden der Erde zu sehen und über sie zu urteilen; und das Begehr, dies zu tun, wird sich nicht länger in mir rühren; denn es liegt eine Wolke über mir, wo ich auch gehe, und es gibt ein Flüstern, das mir folgt, und ich merke, wie auch ich in die Selbstgenügsamkeit von Tieren zurückfalle. Indes ist aber kein Haar vom Haupte meines Kindes genommen worden, und so bin ich zufrieden.«

»Laßt all die verborgenen Kinder und alles sonst, was lebt, außer dem grauen, hochgewachsenen Sohn Orianders, dessen Blut wie eisiges Meerwasser ist, um Suskinde weinen! Suskinde ist tot, die unbefleckt war von menschlicher Sünde und unerlöst von Christi Blut, und die Jugend ist von der Welt gegangen. Oh, laßt uns weinen; denn die ganze Welt wird nun kalt und grau werden wie Orianders Sohn.«

»Und auch Oriander ist tot, wie ich wohl weiß, der ich ihn in meiner großen Zeit erschlug. Nunmehr geht meine Zeit hinüber, und ich gehe mit ihr, um Platz zu machen für die Bedürfnisse meiner Kinder, wie er für mich Platz gemacht hat. Und mit der Zeit werden diese Kinder und ihre Kinder nach ihnen so hinübergehen, und immer muß so auf die eine oder andere Weise das Alter der Jugend geopfert werden. Warum dies so sein muß, kann ich nicht sagen, noch sehe ich viel Gutes daraus kommen, noch finde ich in mir selbst einen Grund, der die hohen Götter, die alles übersehen, dazu bringen könnte, mir irgendwelche Geheimnisse anzuvertrauen. Aber ich bin mir gewiß, daß kein Haar vom Haupt des Kindes verletzt worden ist, und so bin ich mir gewiß, daß ich zufrieden bin.«

Mit diesen Worten schloß der ergraute Mann das Fenster.

Und im nächsten Augenblick kam Klein Melicent herein, um ihn zu stören, und sie war ganz besonders schmutzig und verlottert; denn sie hatte sich auf den Pflastersteinen der Terrasse gewälzt und die Hälfte der Knöpfe an ihrem Kleidchen abgerissen; und Dom Manuel wischte ihr ziemlich niedergeschlagen die Nase. Dann plötzlich lachte er und küßte sie. Und Graf Manuel sagte, er wolle nun nach Maurern schicken, um das dritte Fenster des Ageus zumauern zu lassen, so daß es niemals mehr zu seiner Zeit geöffnet werden könne, auf daß Graf Manuel durch dieses Fenster die dunkle, süßduftende Luft des Frühlings atme.

XXXIX
Manuels Hinübergang

Als dann Dom Manuel sich vom Fenster des Ageus abwandte, erschien es, als ob jener junge Horvendile die Tür auf der anderen Seite geöffnet habe und nach einem kurzen, nachdenklichen Blick auf Dom Manuel wieder fortgegangen sei. Dies geschah, wenn es überhaupt geschah, so schnell und verstohlen, daß Graf Manuel sich dessen nicht sicher sein konnte; aber er hatte keinen Zweifel daran, wer die andere Person war, die ihm gegenüberstand. Es ließ sich kaum vorstellen, wie dieser hagere Fremde in die privaten Gemächer des Grafen von Poictesme hatte vordringen können, aber Manuel verspürte auch nicht das Bedürfnis, sich zu fragen, wie dieses Eindringen vonstatten gegangen war; denn der Neuankömmling war schließlich kein völlig Fremder für Dom Manuel.

So sagte Dom Manuel nichts, sondern stand nur da und streichelte den runden, strohblonden Kopf Klein Melicents. Der Fremde wartete, gleichermaßen stumm. Es war totenstill im Raum, bis in der Ferne ein Hund zu heulen begann.

»Ja, gewiß«, sprach Dom Manuel, »ich hätte wissen können, daß mein Leben mit dem Leben Suskindes verbunden war, da mein Verlangen nach ihr das einzige Begehr ist, das ich unbefriedigt beiseite gelegt habe. O Reiter auf dem weißen Roß, du bist mir sehr willkommen.«

Sein Gegenüber erwiderte: »Warum solltest du glauben, daß ich irgend etwas von dieser Suskinde wüßte oder daß wir von den Léshy in irgendeiner Weise nachhalten würden, was du tust oder nicht tust. Aber ganz gleich, was du glaubst, es wurde bestimmt, daß die erste Person, die ich hier fände, mit mir auf meinem schwarzen Roß von hinnen reiten solle. Aber du und das Kind, ihr steht Seite an Seite. So mußt du wieder einmal die Wahl treffen, Dom Manuel, ob du oder jemand anders es ist, der auf meinem schwarzen Roß reiten wird.«

Da beugte sich Manuel hinab, und er küßte Klein Melicent. »Lauf zu deiner Mutter, Liebes, und sage ihr –« Er stockte. Er bewegte ganz merkwürdig den Mund, als wäre er steif, und als ob er versuche, ihn geschmeidiger zu machen.

»Aber was soll ich ihr sagen, Vater?« rief das Kind.

»Oh, etwas sehr Lustiges, mein Schatz. Sage deiner Mutter, daß Vater sie immer über und mehr als alles andere geliebt hat und daß sie sich immer daran erinnern soll und – oh, und daß sie dir deshalb ein paar Ingwerplätzchen geben soll«, schloß Manuel lächelnd.

Und so rannte das Kind glücklich fort, ohne auch nur einmal zurückzublicken, und Manuel schloß die Tür hinter ihr und war jetzt ganz allein mit seinem hageren Besucher.

»Komm«, sprach der Fremde, »so zeigst du am Ende gar doch noch ein Herz? Doch es hat keinen Sinn, mir etwas vorzumachen; denn ich weiß, daß du zu dieser Geste eher durch Eitelkeit als durch Zartgefühl getrieben wurdest. Oh, wahrscheinlich hast du dein Kind so gern, wie man es von dir verlangt, und deine anderen Kinder auch, aber du mußt doch sicher zugeben, daß du, nachdem du mit einem von ihnen eine Viertelstunde gespielt hast, des kleinen Kroppzeugs herzlich überdrüssig bist.«

Manuel sah ihn mit seinem schiefen Blick an und lächelte sein schläfriges Lächeln. »Nein, ich liebe alle meine Kinder mit der üblichen väterlichen Zuneigung.«

»Und du mußtest auch noch deine letzte große Geste haben, indem du eine heuchlerische Botschaft an deine Frau sandtest, um die arme Seele für den Morgen und den Tag danach zu trösten. Du läßt ihr – als großherzige Tat, wie du selbst glauben möchtest – diese Lüge zum Abschied zuteil werden, halb aus jener Freundlichkeit, die in Wirklichkeit Verachtung ist, halb aus Erleichterung, weil du endlich eine selbstzufriedene und stupide Närrin los wirst, derer auch du im Grunde deines Herzens müde bist.«

»Nein, nein«, sprach Manuel, immer noch lächelnd, »für mein befangenes Auge bleibt die liebe Niafer die klügste und schönste aller Frauen, und meine Freude an ihr ward niemals je erschüttert. Aber woher um alles in der Welt hast du diese seltsamen Vorstellungen?«

»Ah, ich habe das Ende so vieler verheirateter Männer mit angesehen, Graf Manuel.«

Und Manuel zuckte die Schultern. »Welche schrecklichen Indiskretionen deine Worte ahnen lassen! Nein, Freund, Dinge dieser Art haben einen üblen Klang, und jene Männer hätten dessen eingedenk sein sollen, daß es selbst am Ende das Band des Schweigens gibt.«

»Komm, komm, Graf Manuel, ich weiß, du bist ein seltsam kühler Bursche, und du hast diese Masken und Attitüden mit beträchtlichem Erfolg getragen, soweit es diese Welt betrifft. Aber nun bist du auf dem Weg in eine anders geordnete Welt, eine Welt, in der jene hübschen Verpackungen nicht das Wesentliche sind.«

»Nun, das mag sein, wie es will«, erwiderte Graf Manuel, »aber auf jeden Fall gibt es eine Schicklichkeit in solchen Dingen und eine Unschicklichkeit, und ich werde nie aus meinem eigenen freien Willen die nackte Seele Manuels irgend jemandem enthüllen. Nein, es wäre, glaube ich, kein angenehmer Anblick. Sicher, ich habe sie niemals angesehen, noch hatte ich je die Absicht. Vielleicht, wie du behauptest, wird eine Macht, die stärker ist als ich, eines Tages alle Masken beiseite reißen; aber das wird dann nicht meine Schuld sein, und ich werde mir selbst dann das Recht vorbehalten, diese Entblößung als einen tyrannischen und ziemlich vulgären Akt anzusehen. Indessen muß ich aus Notwendigkeit meinem eigenen Gefühl für das Schickliche treu bleiben und nicht dem von jemand anderem anhangen, nicht einmal der umfassenden Erfahrung von einem –«, Graf Manuel machte eine Verbeugung, »– der sozusagen mein Gast ist.«

»Oh, wie immer spielst du mir sehr geschickt etwas vor, und Menschen werden dir im allgemeinen sicher gern bestätigen, daß du es in deinem Leben zu etwas gebracht hast. Aber blick doch einmal zurück! Denn die Stunde ist gekommen, Graf Manuel, daß du bekennst, wie alle Menschen bei meiner Ankunft bekennen, daß du zwischen dem einen Begehr und dem anderen geschwankt und nie recht gewußt hast, was du eigentlich begehrtest, und niemals wirklich zufrieden warst, wenn dein Begehr sich einmal erfüllt hatte.«

»Vorsicht, mein Freund! Denn ich bin gezwungen, aus deinem wilden Gerede den Schluß zu ziehen, daß ihr von den

Léshy in der Tat unseren menschlichen Errungenschaften keine Obacht schenkt.«

Der Fremde hob, was er an Augenbrauen besaß. »Aber wie können wir das«, fragte er, »wenn wir auf so viele Dinge zu achten haben, die wirklich wichtig sind?«

Der schlichte, offene Dom Manuel antwortete ohne Groll, ja sogar jovial, aber im ganzen mit der Würde eines hohen Fürsten, der sich seines eigenen Wertes bewußt ist:

»Das entschuldigt dann deine unsinnigen Bemerkungen. Ich muß mich erkühnen, dir zu sagen, daß mir jedermann erzählt, daß ich sehr positive Errungenschaften habe, auf die ich zurückblicken kann. Ich will mich nicht selbst rühmen, verstehst du, und mich zu Selbstlob gezwungen zu sehen, ist etwas Schreckliches für mich. Doch Wahrhaftigkeit ist das Gebot dieser ernsten Stunde, und jedermann hierzulande kann dir erzählen, daß ich es war, der den grauen Vraidex erklomm und sich der Schlangen und anderen entsetzlichen Wächter Miramon Lluagors so wacker erwehrte, daß ich die meisten von ihnen vernichtete und die anderen in die Flucht schlug. Danach erzählen die Menschen, wie ich dem verschreckten Magier meine eigenen Bedingungen aufzwang und ihm sein verwirktes Leben schenkte, im Austausch für ein Versprechen seinerseits, fortan Sitte und Anstand zu achten und unter mir in dem Krieg zu dienen, den ich bereits damals gegen die Nordmänner plante. Ja, und die Leute preisen mich auch, weil ich all diese Dinge vollbrachte, obgleich ich dadurch behindert wurde, daß ich nach einer Frau sehen und sie beschützen mußte.«

»Ich weiß«, sagte der hagere Fremde. »Ich weiß, daß du irgendwie jenen sentimentalen, verträumten Halbbruder von mir besiegt und einen Krieger aus ihm gemacht hast, und ich gebe zu, daß dies eine durchaus bemerkenswerte Sache war. Aber was macht das jetzt noch für einen Unterschied?«

»Dann wird man dir erzählen, daß ich es war, der weise mit König Helmas argumentierte, bis ich ihn von seiner Narrheit abgewendet hatte, und daß ich König Ferdinand mit heiligen Argumenten von seiner Ruchlosigkeit bekehrte. Ich war es, der die Robe der Apsarasas wieder ganz machte, deren Magie ohne mich sonst unwiderruflich verloren gewesen wäre. Ich bezwang Freydis, die Königin mit den seltsamen Kräften, und ganz allein focht ich gegen ihre Spurne und Calcars und die anderen Schrecken der Altvorderenzeit, wobei ich, um genau zu sein, siebenhundertundzweiundachtzig von ihnen tötete. Ich besiegte auch das Elend der Erde, das einige Béda und andere Kruchina nennen, und wieder andere Mimir, nach einem sehr beachtlichen Kampf, den wir einen ganzen Monat lang mit verzauberten Schwerten ausfochten, ohne uns jemals eine Pause zu gönnen. Ich ging unerschrocken in das Paradies der Heiden und schlug all seine Wächter in die Flucht und holte so die Frau meines Herzens wieder in diese Welt zurück. Und so, Freund, gewann ich jene heldenmütige und unwandelbare Liebe wieder, die zwischen meiner Frau und mir besteht.«

»Ja«, meinte der Fremde, »auch das ist durchaus bemerkenswert. Aber was macht es jetzt noch für einen Unterschied?«

»Schließlich ist es allgemein bekannt unter den Menschen, daß nichts jemals Dom Manuel hat widerstehen können. So war es natürlich genug, sagen die Leute, daß ich jenen lüsternen und bösen Gott, den heutzutage viele als Sesphra von den Träumen anbeten, als er, um seine Macht zu festigen, ein Bündnis mit mir schließen wollte, heulend und zähneknirschend in das Herz eines großen Feuers jagte. Selber will ich von mir gar nicht reden, aber wenn schon die Götter vor einem Helden davonlaufen, dann muß es irgendeinen angemessenen Grund dafür geben; und von dieser Heldentat und von all diesen Heldentaten und von noch vielen anderen Heldentaten, die gleichermaßen unglaublich und gleichermaßen verbürgt sind, werden dir alle Leute hierzulande erzählen. Was die legendären Heldentaten betrifft, die ich vollbrachte, als ich Poictesme von der Unterdrückung durch die Nordmänner befreite, so wirst du dokumentarische Evidenz dafür in jenen drei epischen Gedichten finden, die da zu deiner Linken liegen, welche meinen Beitrag zu dieser Unternehmung rühmen –«

»Niemand bezweifelt, daß diese Unternehmung gleichfalls bemerkenswert gewesen sein mag, und ich bestreite es gewiß nicht; aber ich sehe nicht, wieso diese Dinge in unserer geschäftlichen Beziehung auch nur den geringsten Unterschied machen sollten, und außerdem lasse ich mich nie auf Diskussionen ein.«

»Und ich genauso wenig! Denn ich hasse eitles Gerede, und ich weiß, daß diese Dinge nun einmal als Tatsachen bekannt sind. Nein, Freund, du kannst mein Ansehen in dieser Welt nicht zerstören, wohingegen man in der Welt, in die mein Weg mich nun zu führen scheint, von solchen Dingen keine Notiz nimmt, wie du mir zu verstehen gegeben hast. Ob ich diese Dinge nun tat oder nicht, so wird man sie mir weder in dieser Welt noch in der nächsten je absprechen, und ich werde weiterhin das Ansehen dafür besitzen, ohne meine Zuflucht zu unschicklicher Prahlerei nehmen zu müssen. Und das, wie ich die ganze Zeit zu erklären versuche, ist genau der Grund, weshalb ich es nicht notwendig finde, dir von diesen Dingen zu erzählen oder auch nur auf sie anzuspielen.«

»Oh, zweifellos ist es eine Leistung, seine Mitmenschen in so vielen Dingen überragt zu haben«, gestand der Fremde einer Art widerwilligem Respekt zu, »aber, ich wiederhole, was macht es jetzt noch für einen Unterschied?«

»Und, wenn du mir meine gewohnheitsmäßige Offenheit entschuldigst, jene Frage wird mit ständiger Wiederholung etwas eintönig. Und wenn es so ist, es entmutigt mich nicht; darüber bin ich hinaus. Nein, ich öffnete einst ein Fenster, um so den Lohn für all meine wagemutigen Taten besser in Augenschein nehmen zu können. ... Jener Augenblick war mein Leben; jener einzige stille Moment faßte mein ganzes Leben zusammen, und –«, hier lächelte Manuel, »– immer noch, ohne mich selbst rühmen zu wollen, Freund, muß ich dir sagen, daß in dem Augenblick jeglicher Zweifel an meinem allgemein anerkannten Wert von mir wich, der ich ein Königreich erlöst und einen König gezeugt und einen Gott geschaffen habe. Und so verschwendest du deine Zeit, mein Freund, wenn du mich von der Zwecklosigkeit und Unwichtigkeit allen menschlichen Lebens zu überzeugen versuchst; denn ich halte nichts von diesem modernen morbiden und pessimistischen Gerede.«

Sein Gegenüber antwortete scharfsichtig: »Ja, du führst kluge Worte im Mund, und du trittst überzeugend auf, bis auf einen kleinen Punkt. Denn du nennst mich ›Freund‹. Ha, Manuel, hinter deiner schiefäugigen Maske sprach da ein krankes und überdrüssiges und enttäuschtes Wesen, wie krampfhaft du auch den äußeren Schein zu wahren suchst.«

»Da sprach bloße Höflichkeit aus mir, Gevatter Tod«, sagte Manuel und lachte nun offen, »und im übrigen, wenn du mir erneut meine Offenheit verzeihst, hat deine eigentliche Aufgabe weniger mit dem Inhalt meines Herzens als mit seiner fortdauernden Aktivität zu tun.«

»Es ist in der Tat nicht meine Sache, Graf Manuel, noch macht irgend etwas, das du tust, für mich einen Unterschied. Daher laß uns jetzt von hinnen gehen, es sei denn – o höchst ungewöhnlicher Mann, der am Ende zu behaupten wagt, sein Leben sei eine wichtige und erfolgreiche Sache gewesen – es sei denn, du möchtest noch etwas Zeit, um Abschied von deiner geliebten Frau und deinen teuren Kindern und all deinen anderen löblichen Werken zu nehmen.«

Dom Manuel hob die breiten Schultern. »Und zu welchem Zweck? Nein, ich bin Manuel. Ich habe die Einsamkeit erlebt, die allen Menschen gemeinsam ist, mit dem einzigen Unterschied, daß ich sie erkannt habe. Jetzt ist es für mich an der Zeit, wie es für alle Menschen einmal an der Zeit ist, in eben dieser Einsamkeit zu sterben, und ich weiß, daß es dagegen kein Mittel gibt.«

»Einst, Manuel, hast du dich gefürchtet, mit mir zu reiten, und du ließest Niafer an deiner Statt auf mein schwarzes Roß steigen und sagtest: ›Besser sie als ich.‹«

»Ja, ja, was für merkwürdige Dinge wir doch tun, wenn wir Knaben sind! Nun, ich bin jetzt weiser, denn seit damals habe ich alles erreicht, was ich begehrte, außer nur, die Enden der Welt zu sehen und über sie zu urteilen, und ich hätte auch das erreichen können, vielleicht, wenn ich es nur stärker begehrt hätte. Ja, ja, ich sage dir ganz offen, ich bin es mittlerweile aus Erfahrung so gewöhnt, mein Begehr zu bekommen, daß ich selbst jetzt glaube, wenn ich wollte, daß du allein von hinnen gehen würdest, müßtest auch du mir noch Gehorsam leisten.«

Gevatter Tod lächelte dünn. »Ich behalte mir meine eigene Meinung dazu vor. Aber angenommen, das, was du sagst, ist wahr – begehrt es dich denn, mich allein von hinnen ziehen zu lassen?«

»Nein«, sprach Manuel sehr leise.

Daraufhin trat Manuel an das westliche Fenster, und dort stand er und blickte hinaus über das weithin offene Hügelland. Er sah ein großes Land, gut darin zu leben, reich an Korn und Erz, von hohen Wäldern bewachsen und von lieblichen Auen durchzogen. Ummauerte Städte hatte es, und Burgen krönten seine Höhen. Sehr weit unten sah Dom Manuel die bleigedeckten Dächer seiner Burgfesten im Sonnenlicht glänzen; denn Storisende wachte über den höchsten Teil von ganz Poictesme mit allen seinen Bewohnern. Er überblickte von hier die Türme von Ranec und Ash; im Süden lag Nerac, im Norden schien Perdigon auf; und keines Landes Fürst besaß schönere Burgen als diese vier, in denen Manuels Vasallen saßen.

»Es ist seltsam«, sprach Dom Manuel, »wenn man bedenkt, daß alles, was ich sehe, vor einem Augenblick mein war, und es ist auch merkwürdig, wenn man bedenkt, was für ein berühmter Kerl dieser Manuel der Erlöser war und was für große Dinge er getan hat, und es ist schon ein schrecklicher Gedanke, wenn man sich fragen muß, ob all die hochgepriesenen Erlöser der Menschheit so sind wie er. Oh, gewiß, Graf Manuels Leistungen waren durchaus bemerkenswert und in dieser Art ohne Beispiel, und die Menschen werden noch lange Zeit von ihnen reden. Doch wenn ich zurückblicke – jetzt, wo dieser berühmte Graf von Poictesme mir nicht mehr so viel bedeutet –, ja, dann scheint mir, als sähe ich nur die Bemühungen eines Affen, der seines Schwanzes verlustig gegangen und des Kletterns müde geworden ist und der nun blind und auf Krücken von einem Rätsel zum anderen taumelt, ohne je etwas zu verstehen, gierig in all seinem Wollen und Begehren, doch allzeit ein Narr. Und so verspielte er an einem geheimen Ort seine Jugend für einen Preis, der kaum der Mühe wert war; und das schöne Geas, das ihm seine Mutter auferlegte, wurde ausgetauscht gegen das gewöhnliche Geas des Scheins, den die Erwartung weckt.«

»Solche Vorstellungen«, gab Gevatter Tod zu verstehen, »finden sich bei vielen Menschen in der leichtfertigen Zeit der Jugend. Dann steigt der gesunde Menschenverstand wie eine blasse, formlose Wolke um ihr Denken und Tun, und diese Vorstellungen verblassen. Dann bringe ich die Dunkelheit.«

»In jener stillen Dunkelheit, mein Freund, mag es vielleicht geschehen, daß ich wieder der Manuel werde, an den ich mich erinnere, und wieder anstelle der Vorstellungen anderer Personen zu meinen eigenen unbeweisbaren Vorstellungen zurückfinde, damit sie mich in jener Dunkelheit ergötzen mögen. So laß uns nunmehr gehen.«

»Gern«, sagte Gevatter Tod, und er wandte sich zur Tür.

»Halt, entschuldige bitte«, sprach Manuel, »aber in Poictesme geht der Graf von Poictesme in jeder Gesellschaft voran. Es mag dir vielleicht nicht wichtig erscheinen, aber ich lege meine alten Gewohnheiten nur ungern ab, so närrisch sie erscheinen mögen, und mein ganzes Leben bin ich vorangegangen. So reite du ein kleines Stück hinter mir, Freund, und trage dieses Totenhemd und Schweißtuch, bis ich ihrer bedarf.«

Dann wappnete sich der Graf und ritt hinweg von Storisende; er ritt auf dem schwarzen Roß, in prangender Rüstung, und vor sich hielt er seinen schwarzen Schild, der den silbernen Hengst von Poictesme und das Motto *Mundus vult decipi* trug. Hinter ihm ritt Gevatter Tod auf dem weißen Roß und trug des Grafen Totengewänder in einem ordentlichen kleinen Bündel. Sie ritten auf den Sonnenuntergang zu, und gegen den gelben Sonnenuntergang erschienen beide Figuren schwarz wie Schatten.

Und danach ward Graf Manuel nicht mehr in Poictesme gesehen, noch hat irgend jemand jemals mit Gewißheit gewußt, wohin er geritten ist. Da war wohl ein Knabe namens Jürgen, der Sohn Coths von den Felsen, der sehr früh am nächsten Morgen in einem Zustand des Schreckens nach Storisende kam, mit einer schrecklichen Geschichte von unglaublichen Ereignissen auf dem Obermorven, deren Zeuge er geworden sei. Aber der Geschichte des Kindes wurde keine Beachtung geschenkt, weil jedermann wußte, daß Graf Manuel unbesiegbar war und – da er alles hatte, was ein Mensch sich wünschen kann – niemals all diese Annehmlichkeiten aus freiem Willen aufgeben würde, und gewiß würde er sich auch nie an solch zweifelhaften Umtrieben beteiligen. Daher erhielt der kleine Jürgen eine Tracht Prügel, gleichermaßen für sein Fernbleiben über Nacht wie auch für seine wilde Geschichte, und die Leute von Poictesme warteten weiter auf die Rückkehr des großen Dom Manuel; und noch eine ganze Zeit danach kam ihnen nie der Verdacht, daß Dom Manuel sie verlassen habe und heimgegangen sei, nachdem er in allen Dingen Erfolg gehabt hatte. Und erst viel später wurde Klein Jürgens Geschichte der breiten Öffentlichkeit bekannt.

XL

Colophon: Da Capo

Man erzählt sich in Poictesme – aber nicht bei allen Leuten von Poictesme, weil die Frommen diesen Teil der Geschichte leugnen und von einer Himmelfahrt sprechen –, also, einige erzählen, daß nach jener schrecklichen Messe auf dem Obermorven, derer der junge Jürgen Zeuge wurde, der Erlöser von Poictesme auf eine lange und beschwerliche Reise mit Gevatter Tod ging, bis die beiden am Sonnenuntergang vorbei zu dem dunklen Strom Lethe gekommen waren.

»Jetzt müssen wir diese dunklen Wasser durchqueren«, sagte Gevatter Tod, »zum einen, weil dein Schicksal auf der anderen Seite liegt, und zum anderen, weil durch diese Berührung dieser Wasser alle Erinnerungen von dir fortgewaschen werden. Und das ist notwendig, damit sich dein Schicksal erfüllt.«

»Aber was ist mein Schicksal?«

»Es ist das aller lebenden Geschöpfe, Graf Manuel. Wenn du du selbst gewesen bist, kannst du nach dem Gesetz der Vernunft nicht bestraft werden, aber wenn du ein anderer als du selbst gewesen bist, dann wirst du erfahren, daß dies dir zur Strafe gereicht.«

»Das ist ein dunkler Spruch, nur allzu passend für diesen zweifelhaften Ort, und ich verstehe ihn nicht.«

»Nein«, sagte Gevatter Tod, »aber das macht keinen Unterschied.«

Nun kamen das schwarze und das weiße Roß an das Ufer des Stromes, und sie machten sich daran, ihn zu durchqueren, und die Schweine des Eubouleus warteten auf sie, aber diese waren noch nicht losgebunden.

Und so blickte Manuel in dem Augenblick, der ihm noch blieb, zurück, hinab in die Tiefen, und er sah, daß Gevatter Tod wahr gesprochen hatte. Denn alle Erinnerungen an Manuels Leben waren von ihm fortgewaschen worden, so daß diese Erinnerungen nun durch die schattendunklen Wasser des Lethe trieben. Versunken waren nun Helmas' weises Antlitz und das Gesicht St. Ferdinands mit dem blinden Heiligenschein und Horvendiles verwunderte Züge, und huschende Vögel und aufglänzende Bildnisse und die bunten Entwürfe Miramons zogen in einem Strudel vorbei; und unter ihnen trieb mit mahlenden Kiefern ein Kopf aus glattem weißen Ton. Die goldene Schönheit Alianoras und Freydis' dunkle Pracht und das unsterbliche junge Lächeln Sesphras schienen jeweils für einen Moment auf und waren verschwunden. Dann zeigten Niafers Augen zum letztenmal ihren milde tadelnden Blick, und die kleinen Gesichter von Kindern, die am Ende ihr und nicht Manuel glichen, vergingen mit ihr; und das Prangen von Rüstungen und das Aufwallen von stolzen Bannern und der Schimmer ferner Türme und all der Glanz und die Pracht, die Manuel irgendwo gekannt und geliebt hatte, außer nur dem klaren Rot und Weiß von Suskindes Gesicht, all das schien in einem wirbelnden Strom in den stillen Wassern zu vergehen, wie glitzerndes Treibgut, das der Fluß mit sich fortträgt.

Und Manuel seufzte, fast als sei er erleichtert. »Dies«, sagte er, »ist also das Ende von dem, der überall als der größte und von Skrupeln unbeleckteste Glücksritter seiner Zeit bekannt war.«

»Ja, ja«, gab Gevatter Tod zurück, während er langsam eines der Schweine des Eubouleus nach dem anderen losband. »Ja, es ist in der Tat das Ende, da dein ganzes Leben dort hinweggetragen wird, um ein letztes Mal vor deinen alten Augen vorbeizuziehen. Ich jedoch sehe dort nichts als gewöhnliches Wasser, und ich frage mich, was es ist, das du in jener dunklen Flut zu finden suchst, daß du so in sie hineinstarrst?« »Genau weiß ich es nicht«, sagte Manuel, »aber undeutlich scheine ich darin all die versunkenen Lieben und Wünsche und Abenteuer zu sehen, die ich hatte, als ich einen anderen Körper als diesen verbrauchten, ergrauten Körper trug, den ich jetzt besitze. Und doch ist es ein trügerisches Wasser; denn dort, wo es das Bildnis eines alten Mannes widerspiegeln sollte, wie ich es bin, zeigt es statt dessen das Gesicht eines Jungen, der seinem eigenen Willen und seinem eigenen Begehr zu folgen pflegte.«

»Und es ist gewiß sonderbar, daß du dies sagen solltest; denn wie jedermann weiß, war dies die häufigste Redensart deines Namensvetters, des berühmten Dom Manuel, der da jüngst in Poictesme verschied. . . . Aber was ist das da für ein Ding?«

Manuel hob von seiner Betrachtung des Wassers just das hübsche und blühende junge Gesicht, das Manuel im Wasser widerspiegelt gesehen hatte. Wie seine Erinnerungen verblaßten, wunderte sich der hochgewachsene Junge, wer dieser stupsnasige Fremde sein mochte, der dort bei den Schweinen des Müllers stand und wie in milder Überraschung in Richtung der zwei moosüberwachsenen Steine deutete, die ein Kreuz aus altem, wurmstichigen Holz trugen. Denn der Fremde zeigte auf das unvollendete, unbefriedigende Bildnis, das am Rande des Teiches von Haranton stand, welcher, wie man sagt, seltsame Träume hervorbringt . . .

»Es ist die Figur eines Mannes«, sprach Manuel, »welche ich geformt und immer wieder neu geformt habe und die doch nie so recht werden will, wie es mir gefällt. Und so ist es notwendig, daß ich weiter an ihr arbeite, bis die Figur meinem Willen und meinem Begehr entspricht.«

Also war es in den alten Zeiten.

EXPLICIT

Nachwort des Herausgebers

I

Es war keine sehr romantisch veranlagte Gilde von Autoren, die in der ersten Hälfte des 20. Jahrhunderts in den Vereinigten Staaten den Ton angab. Theodore Dreiser, William Faulkner, Sinclair Lewis, F. Scott Fitzgerald und Ernest Hemingway waren die herausragendsten Autoren der Zeit, allesamt Vertreter des realistischen Romans, der aus einer Reaktion gegen den Neoklassizismus und die romantische Literatur des 19. Jahrhunderts entstanden war.

James Branch Cabell (Richmond, Virginia, 14. 4. 1879 – 5. 5. 1958, ibid.) veröffentlichte zu Lebzeiten mehr als fünfzig Bücher. Die Autoren, die er bewunderte und als deren Schüler er sich ansah, waren die höfischen, aristokratischen, belesenen und gezierten Stilisten einer älteren Epoche. In seiner Autobiographie, *As I Remember It* (1955), nennt er sie mit Namen:

»Ich verweile hier, um ein wenig melancholisch über die Autoren nachzusinnen, deren Werk mein kritisches Urteil immer noch zu einem beträchtlichen Maße bewundert. Ich denke da, eher zufällig, an Lukian und Horaz, Villon, Montaigne und Marlowe, Sir Thomas Browne und Molière, Wycherley, Congreve und Sheridan, . . . Arthur Machen und Walter Pater und Oscar Wilde.«

Noch darf man unterstellen, daß er einfach angibt. Cabell war ein Aristokrat, soweit man dies in den USA sein konnte. Er wurde als Sproß zweier angesehenen und alteingesessenen Südstaatenfamilien geboren, vierzehn Jahre nach dem Ende des amerikanischen Bürgerkrieges und nur zwei nach dem endgültigen Abzug der Yankees. Er besuchte das William und Mary College, wo er sich auf Englisch und Griechisch spezialisierte und sein Examen mit Auszeichnung bestand. Danach arbeitete er eine Zeitlang für verschiedene Zeitungen, zuerst in New York, dann zu Hause in Richmond, und schließlich fand er sein Auskommen als Genealoge, d. h. als Ahnenforscher. Diese Tätigkeit betrieb er mehr oder weniger professionell, indem er im Auftrag verschiedener historischer Gesellschaften die Geschichte berühmter Familien aus Virginia recherchierte. In dieser Funktion reiste er auch nach Frankreich und England. In diesem Zeitraum verfaßte er eine Reihe von Gedichten im Geschmack der neunziger Jahre – Sestinas, Balladen, Rondeaux, die als Übersetzungen aus dem Französischen ausgegeben wurden – und begann im Stil der historischen Erzählungen der Romantik, deren ritterliches Ideal einen so verhängnisvollen Einfluß auf die Jugend der Konföderierten gehabt hatte, Geschichten für die Magazine zu schreiben.

Dies waren nicht die billigen *Pulp*-Zeitschriften, in denen sich wenige Jahre später Edgar Rice Burroughs mit seinen Mars- und Tarzan-Geschichten die ersten Sporen verdienen sollte, sondern das angesehene *Harper's Magazine,* und sie wurden von Howard Pyle, dem wohl angesehensten historischen Illustrator seiner Zeit, mit Bildern versehen und so als Geschenkbände zu Weihnachten mit farbigen Abbildungen gesammelt herausgebracht. Es sind Geschichten, wie Cabell selbst schreibt, »über schöne junge Maiden und tapfere Jünglinge, und alles hat ein glückliches Ende.«

Doch irgend etwas stimmt mit diesen Geschichten nicht. Die jungen Burschen sind ein bißchen zu clever, die Mädchen ein bißchen zu sehr von sich eingenommen, und die Moral ist nicht immer ganz die, die man erwartet. Schließlich begann sich Cabells Illustrator zu beschweren, die Geschichten seien »weder richtig historisch noch richtig phantastisch . . ., daß sie dem mittelalterlichen Leben nicht getreu sind und daß ihnen ein wirklich dauerhafter Wert mangelt, wie ich ihn der Welt vermitteln möchte«, und er weigerte sich, weiterhin Geschichten von Cabell zu illustrieren. Dies war ein harter Schlag für den jungen Autor, zumal er sich von allen Seiten sagen lassen mußte, daß die Bilder ja ganz schön gewesen seien, die Geschichten aber ohne sonderlichen Wert.

Cabell versuchte es weiter mit Romanen, sowohl mit solchen im historischen Gewand wie auch mit zeitgenössischen Stoffen aus dem alten Süden, aber seine Bücher landeten unweigerlich auf den Wühltischen. Sein Verleger Harper & Bros. lehnte es schließlich ab, seinen neuesten Roman, *Domnei*, herauszubringen, »weil bislang der Verkauf der Bücher, die wir von Ihnen herausgebracht haben, nicht derart war, daß er uns ermutigen könnte, ein neues Risiko auf uns zu nehmen.« Der Roman wurde 1913 schließlich doch unter dem Titel *The Soul of Melicent* veröffentlicht. Es wurden genau 493 Exemplare davon verkauft.

Noch mehr Probleme hatte Cabell, seinen nächsten Roman, *The Cream of the Jest*, an den Mann zu bringen. Zwei Jahre lang lief er damit von Verlag zu Verlag, bis schließlich Robert M. McBride & Company, die das Buch im April 1915 abgelehnt hatten, es genau zwei Jahre später doch noch veröffentlichten. Kritiker wie H. L. Mencken und Joseph Hergesheimer reagierten sehr positiv, und Burton Rascoe von der *Chicago Tribune* fand, daß jeder Cabell lesen müsse. Auch Sinclair Lewis fand das Buch ganz vorzüglich und wurde ein lebenslanger Freund des Autors. Aber der kommerzielle Erfolg stellte sich immer noch nicht ein. Er kam erst mit Cabells nächstem Buch, aber dies weniger wegen seiner literarischen Qualitäten, sondern aus ganz anderen Gründen.

Jurgen (1919) ging in die Literaturgeschichte ein, weil ein Mr. John S. Summer von der New Yorker Gesellschaft für die Unterdrückung der Unzucht *(Society for the Suppression of Vice)* den Verlag aufgrund des Artikels 1141 des Strafgesetzbuches des Staates New York wegen der Verbreitung unzüchtiger Schriften verklagte. *Jurgen* wurde aus dem Handel genommen, und nun geschah das Bemerkenswerte. Die Kritiker, die Cabells Qualitäten erkannt hatten, stellten sich offen auf seine Seite. Cabell und die puritanische Zensur waren monatelang Gesprächsstoff in Zeitungen und Künstlerkreisen. Das Buch war auf einen Schlag bekannt geworden, und der Prozeß, der Cabell glänzend rehabilitierte, stellte es auf eine Ebene mit

Dreisers *The Genius* oder James Joyce' *Ulysses*. Der »Fall Jurgen« gilt in den USA noch heute als einer der Musterprozesse um die Freiheit der Literatur, und der Roman selbst erhielt den Status eines kleineren amerikanischen Klassikers und ist seitdem nie wieder vom Markt verschwunden.

Danach wurde es wieder stiller um Cabell. Sein nächstes Buch, *Figures of Earth* (1921) – der hier vorliegende Roman –, und einige weitere erzielten noch Achtungserfolge, aber das große Publikum wandte sich von Cabell beinahe so schnell ab, wie es ihn entdeckt hatte, nachdem sich herausstellte, daß der erhoffte Pornograph überhaupt keiner war, sondern ein sehr subtiler, ironischer Autor, ungeheuer belesen und reich an allen möglichen Anspielungen – wobei der physische Aspekt zwischenmenschlicher Beziehungen einen durchaus angemessenen Raum einnimmt –, aber vor allem nach wie vor irgendwie nicht vertrauenswürdig. Cabells Haltung ist die eines unzuverlässigen Erzählers, dem man nicht glauben darf, was er schreibt, und in Verbindung mit dem symbolischen Modus seiner Erzählungen führt dies zu einer recht zwiespältigen Lektüre, bei der sich der Leser zwischen Form und Inhalt oftmals ziemlich alleingelassen vorkommt.

Obwohl Cabell noch bis in die fünfziger Jahre hinein Romane und Essays veröffentlichte, war der »Autor von *Jurgen*« nach dem Zweiten Weltkrieg ansonsten vergessen. Der amerikanische Kritiker Edmund Wilson, bekannt für seinen fulminanten Verriß von Tolkiens *Herrn der Ringe*, versuchte noch zu Lebzeiten des Autors eine kritische Rehabilitation zu erwirken, die mit den denkwürdigen Worten beginnt: »Cabell ist aus der Mode.« Aber es gelang auch ihm nicht, gegen den Zeitgeist anzugehen. Erst in den späten sechziger Jahren wurden im Rahmen der »Fantasy-Welle« nach dem großen Erfolg Tolkiens in den USA einige seiner Bücher im Taschenbuch wieder aufgelegt. Und mittlerweile ist das Bedürfnis nach »Fantasy« so groß, daß man zumindest diesen Aspekt von Cabells Werk wieder ins Auge gefaßt hat. Aber ein großer Publikumserfolg ist ihm nach wie vor verwehrt geblieben.

Cabell ist immer noch aus der Mode, und er wird es bleiben. Woher dann die Berechtigung, so könnte man fragen, einer deutschen Cabell-Edition, wo es ohnehin genug derartiges Material auf dem Markt gibt? Aber gerade in einer Zeit, wo der Markt überschwemmt ist mit von magischem Brimborium überzuckerten Entwicklungsromanen, die im Grunde für ein jugendliches Publikum bestimmt sind, erscheint mir ein Autor wie Cabell wichtiger denn je. Gegen das Bedürfnis nach einfachen Lösungen setzt er sein altmodisches Stilempfinden, seinen intellektuellen Zynismus und seine Verwendung von »Fantasy« als einem symbolischen Modus einer illusionslosen Weltbewältigung, die allein schon deshalb keinen Anspruch auf Allgemeingültigkeit erhebt, weil sie eben diese Frage zu ihrem zentralen Anliegen macht.

Keiner hat dies schärfer formuliert als der bereits zitierte Edmund Wilson, der einmal schrieb:

»Was mich betrifft, wenn wir schon über imaginäre Reiche lesen müssen, so gebe man mir James Branch Cabells Poictesme. Er zumindest schreibt für Erwachsene, und er stellt das Drama des Lebens nicht als eine Kraftprobe zwischen den Guten und den bösen Wichten dar. Bei ihm steckt in einer Episode von drei Seiten mehr als bei Tolkien in einem zwanzigseitigen Kapitel, und er verunsichert den Leser mehr durch einen Verweis auf etwas, das nie beschrieben wird, als Tolkien mit seiner gesamten Dämonologie.«

II

Den Hauptteil von Cabells literarischem Werk macht die in 18 Bänden zusammengefaßte »Biographie vom Leben Manuels« aus. Andere Zählungen kommen auf 25 Teile, aber wie dem auch sei, so sind diese Chroniken vom Grafen Manuel von Poictesme und den 23 Generationen seiner Nachkommenschaft wohl das umfangreichste Projekt der Schaffung einer imaginären Welt. Die einzelnen Teile können unabhängig voneinander gelesen werden, und sie wurden einzeln zwischen 1905 und 1927 publiziert. Die Werke aus der Zeit vor 1919 hat Cabell in späteren Jahren überarbeitet, und allesamt wurden sie 1927–1930 in der von ihm selbst besorgten »Storisende-Ausgabe« in chronologischer Folge geordnet:

I. *Beyond Life: Dizain des demiurges* (1919) (Historische Datierung: 1918).
Ein literaturkritischer Prolog, in dem der Autor John Charteris sein – und damit Cabells – romantisches Credo und die verschiedenen Philosophien von Manuels Nachkommen erläutert.

II. *Figures of Earth: A Comedy of Appearances* (1921) (Historische Datierung: 1234–1239).
Wie Manuel vom Schweinehirten zum Grafen von Poictesme aufstieg und nach seinem denkwürdigen Hinscheiden den Beinamen »der Erlöser« erhielt.

III. *The Silver Stallion: A Comedy of Redemption* (1926) (Historische Datierung: 1239–1277).
Die Abenteuer der neun Edlen von Poictesme (der »Ritterschaft vom Silbernen Hengst«) nach dem Tode Manuels des Erlösers und die posthume Entwicklung seiner Legende.

IV. *Domnei: A Comedy of Woman-Worship* (1920) (Historische Datierung: 1256–1274).
Dies ist die überarbeitete Fassung von *The Soul of Melicent*. Melicent ist die älteste Tochter Dom Manuels. Um ihre Hand bemühen sich der Christ Perion und der Heide Demetrios, während der Jude Ahasuerus von der Rivalität der beiden zu profitieren sucht.
The Music from behind the Moon: Another Comedy of Woman-Worship (1926) (Historische Datierung: ungültig). Diese Novelle wurde von Cabell zusammen mit *Domnei* in Teil IV aufgenommen, weil es seines Erachtens dieselbe Geschichte ist. Hauptfiguren sind hier Ettarre, die jüngste Tochter Dom Manuels, und der Dichter Madoc. Alle Daten werden dabei am Ende durch einen Federstrich Madocs getilgt.

V. *Chivalry: Dizain des reines* (1909) (Historische Datierung: 1264–1420).
Sammlung von zehn Geschichten über Alianora von Provence, die Frau König Heinrich III. von England, und die Frauen von neun weiteren englischen Königen, die alle Nachkommen von Manuel sind.

VI. *Jurgen: A Comedy of Justice* (1919) (Historische Datierung: 1277–1278)
Jurgen geht auf die Suche nach seiner Frau, die vom Teufel entführt worden ist. Auf seiner Reise lernt er eine Vielzahl von mehr oder weniger legendären Frauen kennen, von seiner großen Liebe Dorothy la Désirée (der zweiten Tochter Dom Manuels) bis hin zur schönen Helena, und erfährt, was die Welt im Innersten zusammenhält.

VII. *The Line of Love: Dizain des mariages* (1905) (Historische Datierung: 1293–1593).
Chronik von zehn Generationen der Nachkommen Perions und Melicents, die zugleich die Verbindung zwischen Poictesme und den Musgraves von Amerika herstellt.

VIII. *The High Place: A Comedy of Disenchantment* (1923) (Historische Datierung: 1698–1724).
Florian de Puysange, ein Abkömmling Manuels und Jurgens, geht in den Wald von Acaire, um die schöne Melior aus ihrem Zauberschlaf zu wecken. Sein Fehler ist es, die Frau seiner Träume zu heiraten.

IX. *Gallantry: Dizain des fêtes galantes* (1907) (Historische Datierung: 1750–1755).
Eine Sammlung von Geschichten über die Abkömmlinge Florian de Puysanges (der übrigens sechsmal heiratete).

X. *Something About Eve: A Comedy of Fig-Leaves* (1927) (Historische Datierung: 1805–1835).
Mit Gerald Musgrave sind wir in der 19. Generation nach Manuel und in Lichfield, einer imaginären Stadt in Virginia,

USA, angelangt. Er ist ein wenig erfolgreicher Dichter und geht, nachdem er seinen Körper mit dem eines Sylanen getauscht hat, auf die Suche nach Antan, dem legendären Land der Dichter.

XI. *The Certain Hour: Dizain des poêtes* (1916) (Historische Datierung: 1220–1893).
13 Erzählungen um die Figuren, die Manuel aus Lehm gemacht hatte und die durch Königin Freydis zum Leben erweckt wurden. Unter ihnen sind Allessandro de Medici, William Shakespeare, Alexander Pope und andere Dichter und Denker.

XII. *The Cords of Vanity: A Comedy of Shirking* (1909) (Historische Datierung: 1894–1903).
Hauptfigur dieses Romans, der in Amerika spielt, ist Robert Etheridge Townsend, Gerald Musgraves Urenkel.

XIII. *From the Hidden Way: Being Seventy-Five Adaptions* (1916).
Eine Sammlung von Townsends Gedichten.

XIV. *The Jewel Merchants: A Comedy in One Act* (1921).
Ein Theaterstück Townsends, das im Florenz der Medicis spielt (Historische Datierung: 1533).

XV. *The Rivet in Grandfather's Neck: A Comedy of Limitations* (1923) (Historische Datierung: 1896–1927).
Hauptfigur dieses Romans ist Colonel Rudolph Musgrave, der Großneffe Geralds.

XVI. *The Eagle's Shadow: A Comedy of Purse-Strings* (1904) (Historische Datierung: 1904).
Hauptfigur ist hier Townsends Vetter, der Schriftsteller Felix Bulmer Kennaston.

XVII. The Cream of the Jest: A Comedy of Evasions (1917) (Hstorische Datierung: 1907–1915).
Ein weiteres Buch um Felix Kennaston, Nachkomme Dom Manuels in der 23. Generation, der mit Hilfe eines magischen

Talismans jede Nacht der Frau seiner Träume begegnet. Diese Frau ist Ettarre, die zweite Tochter Dom Manuels, und sie erkennt in ihm Horvendile, den wandernden Demiurgen, und so erweist sich Poictesme als ein Land, das ein Nachkomme Dom Manuels im Traum erschaffen hat.
The Lineage of Lichfield: An Essay in Eugenics (1922)
Die vollständige Genealogie der Nachkommen Dom Manuels des Erlösers.

XVIII. *Straws and Prayer-Books: Dizain des diversions* (1924) (Historische Datierung: 1924).
Das Gegenstück zu *Beyond Life*, in dem Cabell erklärt, was ihn dazu brachte, die »Biographie« zu schreiben.

III

Wie Cabell selbst im Vorwort schreibt, erscheint es auf den ersten Blick ein wenig widersinnig, daß in dieser vielbändigen »Biographie vom Leben Manuels« dem Titelhelden nur ein einziger Band gewidmet ist. Doch ist dies in Wirklichkeit so zu verstehen, daß alle Nachkommen Dom Manuels in irgendeiner Weise an seinem ›Leben‹ Anteil haben (daher auch der scheinbar tautologische Titel; denn ›Biographie‹ heißt ja für sich schon ›Lebensbeschreibung‹). In den ganzen Romanen und Erzählungen steht jedoch die Figur des Erlösers von Poictesme immer schattenhaft im Hintergrund; sein legendäres Leben ist das, woran sich alle, die nach ihm kommen, zu messen haben.

Worin aber liegt die Leistung von Manuels Leben? Wir haben dem ersten Band im Deutschen den Titel »Die Legende von Manuel« gegeben, mit einer bewußten Doppeldeutigkeit, der auch Cabell sicherlich etwas hätte abgewinnen können. Denn Manuels Leben ist der Stoff, aus dem Legenden gemacht werden, und er vollbringt all das, was von einem rechten Erlöser erwartet wird – wie Miramon Lluagor ihm dies vor Augen führt –: angefangen von seiner übernatürlichen Geburt über seine Bekehrung der Sünder und Belehrung der Toren bis hin zu seinem Kampf mit dem Elend und der Macht der Finsternis. Es fehlt eigentlich nur noch der Opfertod und die Auferstehung, und selbst das wird uns noch vorexerziert.

Doch bei näherem Hinsehen stimmt irgend etwas nicht mit diesen ganzen Heldentaten. Sie sind entweder wirklich nur Legende, in dem Sinne, daß sie nie zustande gekommen sind, wie die Begegnung von Manuels Mutter mit dem Meerdämon Oriander, oder sie sind Manuel durch Zufall widerfahren, oder sie waren zumindest nicht so gemeint. Die Legende von Manuel, wie schon Edmund Wilson erkannt hat, ist ein Bluff, und ein ungeheuer effektiver dazu. Sie ist der ultimate Schluß zu seinem selbstgewählten Motto: *Mundus vult decipi!* Die Welt will betrogen sein.

Der ganze Roman ist ein Spiel mit betrogenen Erwartungen. Dies beginnt bereits in der ersten Szene, wo Manuel zum Helden erkoren wird und ein mächtiges Zauberschwert erhält, aber er erhält es geschenkt und muß es sich nicht erst erwerben, und dies, wie sich später herausstellt, von demjenigen, den er besiegen soll, weil dieser gern besiegt werden möchte. Und der Witz an der Sache ist, er braucht es nicht einmal, weil ihn die Klugheit seines Gefährten, der sich später als Gefährtin herausstellt (was Manuel aber bereits von vornherein weiß), aus allen gefährlichen Situationen rettet. Eine Klugheit, die im Grunde gar keine ist, weil sie auf Instruktionen beruht, die das Mädchen Niafer im Traum erhalten hat. Darauf schwören sich Manuel und Niafer ewige Treue, aber diese hält nicht vor bis an ihr seliges Ende, sondern nur bis zum Fuß des Berges, den sie zusammen erklommen haben, wo Manuel sich entscheiden muß, ob er lieber sich selbst oder seine Liebste opfern will. Und anders als im Märchen stellt er fest, daß ihm sein eigenes Leben doch mehr wert ist als das ihre.

Hier, am Tiefpunkt des Abenteuers angekommen, trifft Manuel Horvendile, den wandernden Demiurgen*, und der verrät ihm »ein seltsam und gefährlich Ding«, worauf Manuel

* gr. *demiourgos,* Weltenschöpfer, der nach der gnostischen Philosophie nicht identisch ist mit Gott.

ihn zunächst für verrückt erklärt, dann aber seinem Rat folgt und all die Wundertaten vollbringt, von denen in der Geschichte erzählt wird, bis er schließlich gar Niafer zurückerlangt und als Erlöser gefeiert wird.

Wir können uns ungefähr denken, was Horvendile Manuel gesagt haben mag.

Doch ist nicht auch Manuel im Grunde ein betrogener Betrüger? Er war in die Welt hinausgezogen mit dem Vorsatz, stets nur seinem eigenen Willen und seinem eigenen Begehr zu folgen, nur um festzustellen, daß eine Verpflichtung die nächste nach sich zog, bis daß von den vielen Geas das anfängliche, irrationale seiner Mutter, »in der Welt eine gute Figur zu machen«, sich noch als das beste erwies.

Dennoch fällt es uns schwer, Mitleid mit Dom Manuel zu empfinden, da er sich als ein allzu kühler Bursche gibt, der seine aufgesetzte Maske niemals fallen läßt – es sei denn unter Zwang, wie in dem Gespräch mit seinem selbstgeschaffenen Ich, Sesphra von den Träumen, dessen Zauber er sich nicht entziehen kann. Aber selbst im Angesicht des Todes wissen wir nicht so recht, ob wir eher Mitleid mit ihm haben oder seine Unverfrorenheit bewundern sollen, wenn er noch dem Gevatter Tod mit brillanter Rhetorik entgegenhält, daß es immer noch besser sei, an den Sinn des Lebens zu glauben, wenn sich dessen Sinnlosigkeit ebensowenig beweisen lasse.

In einer Welt, in der es kein Kriterium gibt, zwischen Schein und Sein zu unterscheiden, wer mag da sagen, ob es einen Unterschied macht, ob die Legende von Manuel Wahrheit ist oder nur Lüge? Immerhin gibt Manuel zu, daß ihn das Erreichte nicht zufriedengestellt hat, und auf die Frage des Gevatters Tod, ob er, wenn dies denn möglich sei, ihn allein gehen lassen würde, antwortet er mit einem leisen Wörtchen: »Nein.«

Wenn sich überhaupt eine definitive Aussage aus Manuels Handeln ableiten läßt, dann ist es die, daß Zufriedenheit und Selbstgenügsamkeit den Tod bedeuten. Unter den vielen Frauen, die er in seinem Leben gekannt hat, hat er zwar jede auf die eine oder andere Weise geliebt, und Niafer, die bis zu einem gewissen Grade auch seine Schöpfung war, mehr als alle anderen. Aber glücklich gemacht hat ihn nur eine – die enigmatische Suskinde, die er bei seinem letzten, verzweifelten Ausbruch aus einer Welt, in der er alles erreicht hat, was es zu erreichen gab, gefunden hat, und der er sich gern mit ganzem Herzen ergeben hätte, hätte er es nur gekonnt.

Suskinde ist eine der wenigen offensichtlich allegorischen Figuren in der Geschichte; die Buchstaben ihres Namens ergeben in anderer Zusammensetzung das Wort »unkissed«. Sie steht für die jugendliche, unerfüllte Liebe, und es ist bezeichnend, daß die Erinnerung an Suskinde das einzige ist, was Manuel aus seinem alten Leben in das neue mit hinübernimmt, als die Geschichte am Ende ihre überraschende Wendung nimmt.

Es gibt eine Reihe von Romanen, die zyklisch angelegt sind, so daß sie am Ende wieder am Anfang beginnen. Eric Rücker Eddisons *Der Wurm Ouroboros* (1922) dürfte das am ehesten vergleichbare Beispiel sein. Doch keiner hat dies so brillant gehandhabt wie Cabell; er sorgt nicht nur für die strukturell notwendige Amnesie am Ende, sondern auch für die poetisch notwendige Anamnesis. Die Gestalt von Manuels Jugendliebe Suskinde, die in den ersten Kapiteln schattenhaft im Hintergrund steht und dann allmählich verblaßt, weil er sie erst im Alter kennenlernt, und die paradoxerweise von seinem jugendlichen Haupt geschorene Locke, über deren Bedeutung er nicht reden mag, obgleich er insgeheim um sie weiß, zeigen, wem seine Loyalität gehört: dem ewigen Streben nach Glück, das an sich einen Wert darstellt, so sehr die Welt auch trügen mag.

Bergisch Gladbach
Mai 1984
Helmut W. Pesch

FANTASY

Band 20 076

Jessica A. Salmonson

Die goldene Naginata

Deutsche Erstveröffentlichung

Mächtigste Kriegerin von Naipon ist Tomoe Gozen, die Samurai des Mikado. Um ihren Herrn zu retten, hat sie den Shogun gedemütigt. Der Herrscher Naipons sinnt auf Rache. Er zwingt die Kriegerin in einen aussichtslosen Kampf. Tomoe Gozen muß sich zwischen Pflicht und Freiheit, zwischen Liebe und Ehre entscheiden und die wunderbare Waffe gewinnen, die man die goldene Naginata nennt . . .
Die früheren Abenteuer der Tomoe Gozen sind erschienen als »Tomoe, die Samurai« (Bastei-Lübbe Fantasy 20064).

BASTEI LÜBBE

Sie erhalten diesen Band im Buchhandel, bei Ihrem Zeitschriftenhändler sowie im Bahnhofsbuchhandel.

FANTASY

Band 20 072
Michael Moorcock
Das Buch Corum

Michael Moorcock, Jahrgang 1939, gilt als einer der Begründer der New Wave in der Science Fiction. Als Herausgeber des legendären Magazins NEWWORLDS trug er dazu bei, die Grenzen dieses vielfach als trivial abqualifizierten Genres zu sprengen. Sein eigenes literarisches Werk reicht von seinen Fantasy-Zyklen um den »Ewigen Helden« und der Roman-Teralogie um Jerry Cornelius, mit dem er einen bis heute fortlebenden Mythos der POP-Kultur geschaffen hat, bis hin zu seinem exotischen Schelmenroman »Byzanz ist überall« (Bastei-Lübbe Paperback).

Mit der Chronik um Prinz Corum schuf Moorcock einen der faszinierendsten Helden der Fantasy. Der sechsteilige Zyklus liegt hiermit erstmals geschlossen in einem Band vor.

BASTEI LÜBBE

Sie erhalten diesen Band im Buchhandel, bei Ihrem Zeitschriftenhändler sowie im Bahnhofsbuchhandel.

FANTASY

Eine außergewöhnliche Reihe für die Freunde heroischer Epen. Fantasy-Romane entführen Sie in mythische Welten. Niveauvolle, pralle Erzählungen aus dem Reich phantastischer Sagengestalten.

Band 20 069

Piers Anthony

Elfen-Jagd

Deutsche Erstveröffentlichung

Oger sind bekanntlich groß, häßlich, brutal und dumm und fressen kleine Mädchen. Doch Krach, Sohn eines Ogers und einer menschlichen Mutter, ist anders. Zuerst wird er mit dem Fluch der Intelligenz geschlagen. Dann findet er sich auf einer wilden Jagd durch ganz Xanth als Begleiter einer hübschen jungen Elfe und einer ganzen Schar von Mädchen wieder, die zu ihm als ihrem Beschützer aufsehen. Doch um ihr Vertrauen zu rechtfertigen, muß er sich dem schrecklichen Nachthengst stellen, dem er seine Seele verpfändet hat.

BASTEI LÜBBE

Sie erhalten diesen Band im Buchhandel, bei Ihrem Zeitschriftenhändler sowie im Bahnhofsbuchhandel.

Band 13 009

Marion Zimmer Bradley

Geschichten aus dem Haus der Träume

Deutsche Erstveröffentlichung

Irgendwo im sonnigen Kalifornien liegt Greyhaven, das Haus der beliebten Autorin Marion Zimmer Bradley, die mit Romanen wie DIE NEBEL VON AVALON und DAS LICHT VON ATLANTIS Weltruhm erlangte. Es ist zugleich das Heim einer großen Familie von anderen Autoren, die durch ihr Vorbild selbst dazu gebracht wurden, phantastische Geschichten zu erfinden.
In dieser Anthologie stellt Marion Zimmer Bradley ihre eigenen Geschichten und die ihrer Freunde der Öffentlichkeit vor und gibt mit ihren Einführungen einen Werkstattbericht aus der Zunft der neuen Märchenerzähler.

BASTEI LÜBBE

Sie erhalten diesen Band im Buchhandel, bei Ihrem Zeitschriftenhändler sowie im Bahnhofsbuchhandel.